HEYNE‹

Emma Sternberg

Die Breznkönigin

Roman

WILHELM HEYNE VERLAG
MÜNCHEN

MIX
Papier aus verantwor-
tungsvollen Quellen
FSC® C014496

Verlagsgruppe Random House FSC® N001697
Das für dieses Buch verwendete
FSC®-zertifizierte Papier *Holmen Book Cream*
liefert Holmen Paper, Hallstavik, Schweden.

4. Auflage
Originalausgabe 08/2013
Copyright © 2013 by Emma Sternberg
Copyright © 2013 by Wilhelm Heyne Verlag, München
in der Verlagsgruppe Random House GmbH
Redaktion: Anne Tente
Printed in Germany 2013
Umschlaggestaltung: © Eisele Grafik·Design, München
Satz: Buch-Werkstatt GmbH, Bad Aibling
Druck und Bindung: GGP Media GmbH, Pößneck
ISBN: 978-3-453-40911-8

www.heyne.de

1

Es gibt ja diesen Spruch. Wenn Frauen Nein sagen, meinen sie Ja. Ein Riesenschmarrn, wenn man mich fragt. Wenn Frauen Nein sagen, dann meinen sie natürlich auch Nein, und zwar absolut unmissverständlich.

Das Problem ist bloß, dass sie nie Nein sagen.

Ich zum Beispiel. Jetzt in dieser Sekunde. Ich meine, geht's noch? Wie spät ist es? Fünf Uhr morgens? Vier? Auf alle Fälle eine Uhrzeit, zu der jeder halbwegs hirngesunde Mensch allerhöchstens leise »Himmelherrschaftszeiten« stöhnt, wenn das Telefon klingelt, sich dann die Decke über den Kopf zieht und versucht, den Blödmann, der anruft, zu ignorieren. Und was mache ich? Robbe quer übers Bett zum Nachtkästchen hin, räuspere mir den Schlaf aus der Kehle (als sei es anrüchig, um vier Uhr morgens noch unterm Plumeau zu liegen!), und hebe ab.

»Ja?«, sage ich freundlich.

So herum stimmt's schon eher: Wenn Frauen Ja sagen, meinen sie manchmal »Leckt mich doch alle mal am Arsch«.

»Fanny, i bin's«, krächzt es durch den Hörer.

Das Omilein, wer sonst. Es ist eigentlich immer das Omilein, wenn zu schwachsinnigen Zeiten das Telefon klingelt. Seit wir eine Telefonanlage im Haus haben, *denkt* sie nicht einmal mehr daran, sich persönlich in meine Einliegerwohnung unterm Dach zu quälen. Sie drückt einfach die Zwei, und schwupps, hat sie mich dran.

»Omilein, was is denn?«, frage ich mit liebenswürdiger Stimme, dabei habe ich eine ungefähre Ahnung. Höchstwahrscheinlich ist ihr geliebtes Fuß-Vitalbad alle. Oder sie braucht neuen Allgäuer Latschenkiefer-Fußbalsam aus der Apotheke. Es hinterlässt eben Spuren, wenn man siebzig Jahre lang Tag für Tag in der Küche steht.

Dass sie mich deshalb mitten in der Nacht anruft, finde ich aber schon ein bisserl komisch.

»Was is?«, quietscht es aus dem Hörer. »Hast dein neuen Funkwecker scho wieder weggschmissen?«

Ich halte den Hörer zu und gähne leise. Den Funkwecker hat mir die Omi beim Quelleversand bestellt. Im Online-Shop, eh klar. Seit der Papa ein iPad hat, ist das Omilein ganz verrückt nach dem Internet. Mit dem iPad ist das Surfen ja auch kinderleicht. Das Omilein gibt die Anweisungen, der Papa tippt und wischt.

»Blödsinn«, sage ich.

»Dann schau halt drauf!«

Ich hebe den Kopf und blinzle.

Oha.

Es ist halb zehn.

Und plötzlich fällt mir auch wieder ein, was ich dem Omilein versprochen hatte: Sie um Punkt neun Uhr zum Aldi zu fahren. Da ist nämlich ab heute der Dornfelder im Angebot: die Flasche für 2,99. Nicht dass jetzt einer denkt, bei uns werden die Gäste mit Billigzeugs abgespeist, nein, alles allerbeste Qualität. Die Kartoffeln sind vom Bauern Maierhofer, das Kraut vom Bauern Bauer, und in die Hausmacherwürste vom Omilein kommt ausschließlich schwäbisch-hällisches Bio-Landschwein vom Metzger Bachhuber, drunter macht sie's nicht. Sie verwendet nur thüringischen Majoran und tasmanischen Pfeffer; das Mehl, aus dem sie ihre weltberühmten Butterkekse backt, lässt sie eigens dafür mahlen. Und im Ausschank gibt's ausschließlich Tegernseer Hell, Schneider Weisse und Lammsbräu Edelpils. Bloß mit dem Wein hat's das Omilein nicht so. Und von diesen Städtern, die neuerdings anreisen und dann meinen, sie müssten auf ihre Linie achten, ausgerechnet hier in ihrem Wirtshaus, von denen hat sie eine glasklare Meinung. Solchenen Deppen kannst das Geld ruhig aus der Tasche ziehen. Daher der Aldi.

»Mei, des tut mir leid. Bin gleich da, Omilein, gell?«

Aber das Omilein hat schon aufgelegt.

Im nächsten Augenblick höre ich ihre Schritte unten vor dem Haus. Und dann die Beifahrertür meines Fiat Punto.

Also schnell duschen und runter. Wobei ... ich kann auch nichts dafür, aber ich kann mir *noch* so fest vornehmen, mich morgens im Bad zu beeilen – wenn ich erst mal mit geschlossenen Augen unter der herrlich heißen Dusche stehe, sind meine Glieder wie gelähmt. Jedes Mal, wenn ich mir vornehme, mich *endlich* zu überwinden und jetzt *wirklich* das Wasser abzudrehen, geht meine Hand wie von selbst zum Duschgel und beginnt, meinen müden Körper noch einmal einzuseifen.

Es ist fast so, als würde unter der Dusche mein größter Wunsch wahr – einmal am Tag ganz für mich allein sein. Ganz für sich allein ist man nämlich nur selten, wenn man Mitglied einer bayerischen Wirtsfamilie ist. Vor allem, wenn die bayerische Wirtsfamilie so wie meine Familie ist.

Eine Stunde später parke ich den Punto wieder vor dem Haus. Das Omilein hat den Gurt schon in der letzten Kurve gelöst, jetzt schnappt sie sich ihre Polenmarkt-Einkaufstasche, aus der oben Grablichter, Küchenrollen und hautfarbene Kniestrümpfe rausschauen, und springt aus dem Wagen.

»Omilein!«, rufe ich empört.

Nicht dass ich ihr erlaubt hätte, auch nur eine einzige der fünfzehn Kisten Wein, die sich auf der umgeklappten Rückbank stapeln, ins Haus zu tragen, aber *anbieten* hätte sie's mir ja wohl schon können. Zumindest theoretisch.

»Heit is Bratwursttag!«, sagt sie unwirsch, knallt die Tür hinter sich zu und marschiert, dass das Herbstlaub nur so durch die Luft wirbelt, auf den Kücheneingang zu. Der weiße Langnese-Abfalleimer, der daneben steht, hat Augen, Nase und einen Mund, in den man seinen Müll wirft. Er sieht aus, als lache er mich aus.

Der Bratwursttag ist heilig in den Minghartinger Stuben. Omis Hausmacherwürste sind im ganzen

Oberland bekannt. Entsprechend ist der Donnerstag der einzige Wochentag, an dem das Geschäft auch mittags brummt – abgesehen vom Sonntag natürlich (Weißwurstfrühstück, mehr sag ich nicht). Und tatsächlich, obwohl es noch nicht einmal halb zwölf ist, sehe ich ihn auch schon, den ersten Bratwurst-Aspiranten: den Rubenbacher Sepp, der früher die Schreinerei schräg gegenüber hatte. Wie ein hungriger Tiger läuft er in seinem grauen Lodenjanker vor dem Wirtshaus auf und ab. Als er mich aus dem Wagen steigen sieht, reißt er seinen Hut vom Kopf.

»Servus, Breznkönigin!«, ruft er und lacht.

Ich verziehe den Mund zu einem Grinsen. Breznkönigin nennt er mich, seit ich mit vierzehn bei einem Schülerturnier im Minghartinger Schutzenverein einspringen musste und prompt gewonnen hab, gemeinsam mit seinem Sohn Max Rubenbacher, der Wurstkönig wurde, ebenfalls gegen seinen Willen. Es gibt ein grässliches Foto von uns beiden, das eingerahmt auf Omileins Nachtkästchen steht. Max und ich in Tracht, er mit einer Kette aus dicken Regensburgern um den Hals, ich mit einer aus Brezn. Wir grinsen beide angestrengt in die Kamera, zu alt, um uns unschuldig zu freuen, und zu jung, um dem Irrsinn etwas Ironisches abzugewinnen. Siebzehn Jahre ist das jetzt ungefähr her, und seit siebzehn Jahren nennt der Rubenbacher Sepp mich so.

»Servus, Herr Rubenbacher«, rufe ich.

»Bitte?«, schreit er und zupft an seinem Ohrläppchen.

»Kauf dir a Hörgerät!«, erwidere ich, aber natürlich nur so laut, dass er's nicht hört.

»Hä?«, macht er und reißt es sich jetzt fast aus, sein Ohrli.

»Griasss eahnaaa!«, rufe ich überdeutlich und winke, als hätte ich es mit einem Dreijährigen zu tun, so lange, bis er's endlich kapiert. Er lächelt und winkt, dann sperrt die Omi die Tür zum Wirtshaus auf, und der Rubenbacher marschiert ins Haus. Ich muss nicht dabei sein, um bildlich vor Augen zu haben, was nun passiert. Er wird sich an dem Platz hinten links in der Ecke niederlassen, der schon seit Ewigkeiten »sein« Platz ist, die Speisekarte aufschlagen und froh sein, dass in dem Lampenschirm über ihm eine eigens für seine schlechten Augen eingedrehte 70-Watt-Halogenlampe glüht. Dann wird er mit geradezu rührender Gründlichkeit die Aktionskarte studieren, die auch schon dieselbe war, als er sie noch lesen konnte.

Montag: Wollwursttag

Dienstag: Ruhetag

Mittwoch: Schafkopfen

Donnerstag: Bratwursttag

Freitag: Krustenbratentag

Samstag: Haxntag

Sonntag: Weißwurstfrühstück

Alt ist er geworden, der Rubenbacher Sepp, das fällt mir wieder einmal auf. Dabei ist er noch nicht einmal siebzig. Schmal und schwerhörig und traurig sitzt er da unter seiner Lampe. Das Omilein meint, dass das daran liegt, dass seine Frau gestorben ist, kurz nachdem er in Rente ging. Wer weder arbeiten kann noch lieben, sagt sie, der verkümmert wie ein Kasten Geranien, den keiner mehr gießt.

Und da weiß das Omilein leider, wovon es spricht. Ihr Mann ist nämlich auch früh gestorben, zumindest so fruh, dass ich mir nicht sicher bin, ob die Bilder, die ich von ihm im Kopf hab, meine eigenen sind oder nicht doch bloß aus alten Erzählungen und Fotoalben stammen. Sicher aber weiß ich, dass mein Opa drei große Lieben hatte: das Omilein (und ihre gute Küche), den FC Bayern und seine BMW, ein schon damals unglaublich altes Motorrad, das immer noch hinten in Papas Scheune steht. Eine schicksalhafte Kombination: Nach einem Ausflug zum Lokalderby im Münchner Olympiastadion hatte er es so eilig, rechtzeitig zum Abendessen nach Hause zu kommen, dass er irgendwo auf dem Mittleren Ring eine rote Ampel übersehen hat und von einem VW Bulli erfasst wurde. Und, na ja, was soll ich sagen? Die BMW ist einigermaßen heil geblieben. Der Opa nicht.

Seit Opas Tod meidet das Omilein Städte, die mehr als zehntausend Einwohner haben. An schlechten Tagen ist ihr sogar schon Bad Tölz zu viel. Und sie arbeitet *nur* noch. Tag und Nacht quasi. Natürlich hat die Omi schon immer eins a gekocht, sagt zumindest der

Papa, vom selbstgemachten Kraut bis zu den handgerollten Knödeln. Aber erst nach dem Tod vom Opa hat sie angefangen, wirklich *alles* selber zu machen – die Bratwürstel, den Apfelkren, die Panade für's Backhendl. Sogar in der Ketchup-Herstellung hat sie sich einmal versucht, aber nachdem die kleine Mercedes Schaller von nebenan über ihrem Pumuckl-Teller einen Tobsuchtsanfall bekam, hat sie dann doch wieder Heinz eingeführt. Und auf den guten Händlmaier-Senf, auf den lässt sie natürlich nichts kommen.

Die einzige Zerstreuung, die sich die Omi hin und wieder gönnt, sind dienstags ihre Besuche auf dem Minghartinger Friedhof, wo sie für ein halbes Stündchen mit dem Opa spricht. Und hin und wieder liest sie die schönsten Stellen in ihren geliebten Heftchenromanen nach, in *Silvia-Schicksal, Bianca* und *Baccara*. Im Herzen ist das Omilein nämlich Romantikerin, nur zeigen mag sie das halt nicht. Aber ich kenne sie. Und deshalb weiß ich auch, dass es sie wahnsinnig traurig macht, wie weit ich davon entfernt bin, ihr ein paar Urenkel zu schenken. Ich hab auch keine Ahnung, woran es liegt, dass das mit mir und den Männern nie was wird. Ich meine, es ist ja nicht so, dass ich noch Jungfrau wäre. In meiner Schulzeit war ich mal ein Jahr lang mit einem Jungen aus Utting zusammen, der zwei Klassen über mir war, und während meiner Zeit in Pforzheim hat es auch mal das eine oder andere Gspusi gegeben. Und dann war da noch diese Geschichte mit Gregor, einem Wolfratshauser Grafikdesigner, in den ich am Anfang über beide Ohren verliebt war, der jedoch nach wenigen Wochen wollte, dass ich ihn, statt mit ihm zu schlafen, an einer Hundeleine im Wohnzimmer auf und ab führe und ihm sein Abendessen im Fressnapf serviere. Die Omi war todtraurig, als ich ihn verlassen habe, was kein Wunder war, ich hab es ja nie über mich gebracht, ihr den Grund für diesen Schritt zu verraten. Ohne Mann, findet die Omi, ist das doch alles nix.

»Fanny!«

Ihr Kopf erscheint im Küchenfenster.

»Was?«, rufe ich, dabei kann ich's mir denken.

Das Omilein macht eine unwirsche Geste, dann verschwindet ihr Kopf, und das Küchenfenster schließt sich. Ich hieve zwei Kartons Wein aus dem Kofferraum, trage sie ins Haus und stelle sie hinterm Tresen ab. Dann nehme ich die vier Bratwürste an Kraut aus der Durchreiche zur Küche, bringe sie dem Herrn Rubenbacher und zapfe ihm schleunigst sein Bier.

»An Guadn«, wünsche ich ihm, aber der Rubenbacher ist schon so sehr in den Genuss von Omis Würstchen versunken, er bemerkt nicht einmal, dass er nichts gehört hat.

Als ich zurück zum Tresen gehe, lugt mir die Omi durch die Durchreiche entgegen.

»I dad amoi nach deim Auto schaug«, sagt sie und grinst listig.

»Warum?«, frage ich, aber sie antwortet nicht, sondern zieht eine Augenbraue hoch und grinst noch breiter.

Mir schwant Böses. Und als ich aus dem Wirtshaus

hinaus auf den Parkplatz trete, wird meine Ahnung Gewissheit.

Wie war das? Sprach ich eben von »der kleinen Mercedes Schaller von nebenan«? Ich muss mich korrigieren. Ich hätte natürlich sagen müssen: »Mercedes Schaller, der Teufel von Mingharting.« Mercedes ist die Tochter von unserer Nachbarin Iris Schaller, ein neunjähriges Mädchen, das nicht nur verwöhnt ist bis dorthinaus, sondern auch hinterlistig und böse. So böse, dass sie ausgerechnet am Haxentag Mayonnaise in die Seifenspender im Männerklo füllt. Oder der gehbehinderten Weingschwendtner-Mami unterm Tisch die Schnürsenkel verknotet. Neulich hat sie sogar einen Karpfen aus dem Weiher hinterm Brennkessel vom Papa versteckt, wo er ihn natürlich schon nach wenigen Stunden gerochen hat – gefunden aber leider erst, als man sich in der Scheune kaum noch aufhalten konnte, ohne ohnmächtig zu werden.

Dagegen ist das hier im Prinzip lächerlich. Das Gör hat einen Karton aus dem Kofferraum aufgerissen, eine Flasche aufgeschraubt und malt jetzt mit Omis gutem Dornfelder Fratzen in den Kies. Ein Riesensmiley hat sie schon geschafft, dem entweder ein fetter Joint oder bloß die Zunge aus dem Mund hängt. Jetzt arbeitet sie an einer Rakete, zumindest *hoffe* ich, dass das längliche Objekt, das sie mit konzentrierter Miene auf unseren Parkplatz gießt, eine Rakete ist.

»Mercedes!«, rufe ich.

Das Kind schaut auf und versteckt die Flasche hinterm Rücken.

»Sag amoi, spinnst du?«, rufe ich.

Die Mercedes grinst und schmiert sich mit rotweinroten Fingern eine ihrer schwarzen Locken aus dem Gesicht.

»Jetzt hilfst mir aber auch, des Zeug ins Haus zu schleppen«, sage ich streng, aber da lässt das blöde Blag die Flasche lieber fallen und schießt wie ein geölter Blitz in Richtung Nachbargrundstück.

»Mercedes!«, rufe ich ihr entrüstet hinterher.

Da dreht sie sich noch mal um. »Mei Nam is spannisch!«, ruft sie. »I hoaß Marrsädäss! Ned Merzedes!«

Ich strecke ihr die Zunge raus, und sie verschwindet um die Ecke.

»Märrsädäss«, äffe ich sie leise nach und hebe die Flasche auf. Den Deckel hat das kleine Monster offensichtlich in ihrer Rocktasche verschwinden lassen. Also nehme ich die Flasche und trag sie der Omi in die Küche.

»Drecksblag, blödes«, schimpfe ich, als ich die Küche betrete und den letzten Schluck Dornfelder in die Ochsenschwanzsuppe schütte.

»Fanny«, sagt die Omi tadelnd, schleckt sich ein bisschen Brät vom Finger und sieht mich von ihrem Schemelchen aus missbilligend an. Sie hat überall in der Küche solche Schemel aufgestellt, vor der Wurstmaschine, vor dem Herd, vor dem Vorratsschrank, vor der Spüle, und zwar so, dass ich mindestens einmal täglich gegen einen davon renne. Den Traum, irgendwann einmal kurze Röcke zu tragen, hab ich längst aufgegeben: Meine Beine sind nicht einfach nur käsig, nein, sie sehen aus wie Bavaria Blu, der mit dem feinen Blauschimmel.

»Die Kloane hat's halt a ned leicht«, sagt die Omi jetzt mit vorwurfsvoller Stimme und wirft noch eine Handvoll Majoran in den Bottich mit der Wurstmasse.

Ich verdrehe die Augen. Tatsächlich hat es das Schicksal nur so mittelgut mit dem Mädchen gemeint. Die Mutter von der Mercedes, die Iris Schaller, ist nämlich die einzige alleinerziehende Mutter im Umkreis von 20 Kilometern, und das obendrein auch noch deswegen, weil sie sich im Alter von 42 Jahren im Sommerurlaub auf La Gomera von einem spanischen Animateur hat schwängern lassen, aus Versehen. Die späte Schwangerschaft hat ihren Hormonhaushalt offensichtlich so in Wallung gebracht, dass sie von da an das Gefühl hatte, unbesiegbar zu sein. Ständig sah man sie mit kugelrundem Bauch, Fluppe und einem schönen Radler auf der Terrasse, und wenn man sie drauf ansprach, erwiderte sie bloß, das mit dem Rauchen habe den Babys früher schließlich auch nicht geschadet, und dass sie *überhaupts ned* verstünde, warum sich alle so aufführen. Auch heute noch belehrt die Iris Schaller jede Frau im gebärfähigen Alter, das ganze Geschiss um die Schwangerschaft sei vollkommen übertrieben, man sehe sich nur ihre prächtige Mercedes an, der würd's doch an *überhaupts nix* fehlen.

Na ja. Hirn zumindest hat sie nicht besonders viel.

»Natürlich hat sie's ned leicht, die kleine *Märrsädäss,* aber deshalb muss sie mir das Leben ja ned a no schwer machen«, sag ich, obwohl ich weiß, dass das ungerecht ist.

Das gibt's, glaube ich, auch nur auf dem Dorfe: die Meinung, dass das Opfer sich nicht so anstellen soll. Oder dass es im Prinzip sogar selbst schuld ist.

Als Nächstes suche ich den Papa. Wobei *suchen* vielleicht das falsche Wort ist, wenn man von vornherein weiß, wo man fündig wird. Der Papa sitzt auf seinem Sofa hinten in der Scheune, das iPad auf den Knien, und wischt hektisch auf dem Display herum, als er mich hereinkommen sieht. Wahrscheinlich habe ich ihn bei der Lektüre seiner geliebten *Kicker*-App ertappt.

»Papa, auf geht's. Wir mussen schnell's Auto ausladen«, sage ich.

»Was? Nein!«, sagt er entsetzt und fährt hoch. »Ich fang grad an zum Brennen!«

Knurr.

»Des schaugt aber ned so aus, wenn i ehrlich bin.«

»Du, Fanny, wirklich. I muss jetz anfangen, sonst werd i heit nimmer fertig«, verteidigt er sich und fängt prompt an, an seiner Destille herumzumachen.

»Ach, leck mich«, will ich sagen, aber dann verkneif ich's mir. Ich hatte ja sowieso nichts anderes erwartet. Mein Vater hilft mir nämlich nie. Mir nicht, und dem Omilein auch nicht.

Mit dem Papa und dem Wirtshaus ist es nämlich folgendermaßen:

Es gibt ja Leute, die haben das Gefühl, im falschen

Körper geboren zu sein, so wie dieser Hochspringer, der mal eine Frau war, oder diese Miss-Universe-Kandidatin, die schon als vierzehnjähriger Junge angefangen hat, Hormone zu nehmen, damit das mit dem Bartwuchs gar nicht erst was wird. Mit dem Papa ist das ungefähr so ähnlich. Er ist als Wirtssohn geboren, was, wenn man in Bayern auf dem Land lebt, quasi Schicksal ist, absolut unausweichlich. Ungefähr so zwangsläufig wie die britische Thronfolge oder die Drogenkarriere eines Rockgitarristensprosses. Das wäre nun eigentlich gar nicht weiter schlimm, weil der Papa im Grunde nicht der Typ ist, der sich groß wehrt gegen die Wendungen, die das Leben nimmt. Nur halt in dieser einen Sache, da ist er absolut entschieden: Ausgerechnet im Wirtsdasein findet er keinen Sinn. Klar, bei ein paar Gästen setzt er sich schon auch mal dazu. Wenn der Burschenverein kommt, zum Beispiel, und bei den Fußballern eh, und bei den Schafkopfern spielt er sogar mal die eine oder andere Runde mit. Aber mit dem Wirtshaus an sich, also mit der Küche oder dem Ausschank, und mit dem Serviettenbestellen und dem Mit-der-Brauerei-telefonieren? *Niente*, nichts. Allenfalls bringt er mal einen einzelnen Teller an irgendeinen Tisch, aber selbst das eigentlich nur, wenn darauf eine für ihn bestimmte Scheibe Schweinsbraten liegt und ich gerade nicht in Hörweite bin.

Was er stattdessen gern wäre? Na, sagen wir es so: Könnte man sich einer Existenzumwandlung unterziehen, dann ließe sich der Papa zum Fußballtrainer umoperieren. Tag und Nacht studiert er den *Kicker*, *Sport-Bild* und das FC Bayern-Forum bei *Transfermarkt.de*. Das Omilein sagt, dass er die Fußballleidenschaft ganz klar vom Opa hat. Als die Mama vom Papa wird sie das schon wissen.

Zu seinem anderen Hobby fällt allerdings auch ihr nicht viel ein.

Der Papa hat in der Scheune seine eigene kleine Destille, wo er aus absurden Obstsorten und Pflanzen noch absurdere Schnäpse brennt. Kornelkirschenbrand zum Beispiel. Oder einen Geist aus Wilder Hegauer Haferschlehe. Oder Maiwipfelgeist, aus frischen Fichtensprossen destilliert. Oder er sammelt Därgelkirschen im Altmühltal und macht daraus irgendein Wasser. Und die Omi *schwört* auf den Weißdornbrand, den er aus den Büschen unten am Weiher gewinnt. Seit sie davon jeden Abend ein Glaserl trinkt, fühlt sie sich dem Herzinfarkt so fern wie ein Moslem der Leberzirrhose und schläft obendrein so fest wie ein alter Brauereigaul. Im Wirtshaus kommt Papas Spezialkollektion leider nur so mittelgut an. Die Stammgäste, die sturen Hunde, kleben halt an ihrem Jägermeister und stoßen nach besonders schwerem Essen allenfalls mal mit einem Obstler an.

»Ach leck mich«, sage ich jetzt doch, aber wirklich nur so leise, dass es wie eine Verabschiedung klingt. Dann gehe ich zurück zum Auto und lade die blöden Kisten eben allein aus.

2

Es klingelt. Gerade jetzt, wo ich nach drei Stunden Mittagsdienst im Wirtshaus nur mal eben ganz kurz die Beine hochlegen wollte und mir dabei unbeabsichtigterweise für ein Attosekündlein die Augen zugefallen sind, macht irgendetwas Krach. Bestimmt das Omilein, denke ich, taste mit geschlossenen Lidern nach dem Telefon und hebe ab.

»Ja?«, murmele ich, doch da ist gar niemand.

Es klingelt schon wieder. Ich greife nach dem Handy auf dem Nachtkästchen.

»Hallo?«

Aber nein, keiner dran.

Komisch. Vielleicht ist es an der Tür? Im Halbschlaf kann ich die verschiedenen Klingelgeräusche ja nie so richtig auseinanderhalten, also blinzele ich mit einem Auge zur Gegensprechanlage, um zu gucken, ob das grüne Lämpchen leuchtet – und bemerke dabei, dass auf dem Schreibtisch etwas blinkt.

Es ist der Bildschirm meines Laptops. Grmpf.

Es gibt Technologien, an die werd ich mich in diesem Leben einfach nicht gewöhnen. An Computer, die am Telefon so tun, als ob sie Frauen sind, zum Beispiel. Oder an diesen blöden Kassenautomaten im Parkhaus in Bad Tölz. Und genauso wenig werde ich mich damit abfinden, dass meine Freundin Bea mich dazu gezwungen hat, mich bei Skype anzumelden.

Ich seufze, steige aus dem Bett und sortierte mir notdürftig das Haar. Videotelefonie – ich finde ja, dass allein das Wort wie eine perverse sexuelle Praktik klingt. Ich meine, *ich* wäre ja irgendwie davon ausgegangen, dass es den meisten Menschen ganz gelegen kommt, wenn nicht jeder, der am ersten Feiertag mal eben durchklingelt, um frohe Weihnachten zu wünschen, gleich den Zustand deines Zimmers, deiner Frisur und deines Make-ups sieht. Aber offensichtlich bin ich da die Einzige. Bea zumindest ist total wild darauf, mit mir zu *skypen*.

Ich klicke auf das Symbol mit dem Telefonhörer. Ein futuristisches Geräusch ertönt, und schon habe ich meine beste Freundin auf dem Bildschirm, hübsch zurechtgemacht und – war ja mal wieder klar – perfekt frisiert und geschminkt. Seit sie in New York wohnt, ist sie *immer* perfekt frisiert und geschminkt, ganz anders als ich. Ich sehe meistens so aus, als sei ein hungriger Raubvogel über mich hergefallen, um in meiner Frisur nach Beute zu suchen: brünett, zerzaust, wirr.

Hinter Beas Rücken ist Jaspers absurd schickes Apartment zu erkennen, in dem sie jetzt lebt. Das aus Berlin importierte Gründerzeitparkett, der echte Kamin, das Paar riesiger Bodenlampen vor der Fensterfront und die Fünfzehntausend-Dollar-Sitzlandschaft aus irgendeinem besonderen Leder, Chinchilla oder Papagei oder was weiß ich. Ich muss mich gar nicht erst umdrehen, um zu wissen, wie der Hintergrund aussieht, den Bea gerade sieht. Es war Ende der Achtziger, als der Papa den Dachboden des Gasthofs ausgebaut hat, inklusive hölzerner Wandverkleidung und Strukturtapete. Klar, als ich von Pforzheim wieder hergezogen bin, hab ich hier natürlich schon noch mal renoviert, wobei »renoviert« eher heißt: Großeinkauf bei IKEA und alles andere weiß überstreichen. Am Anfang erschien mir der Unterschied zu vorher so riesig, dass ich mich richtig wohlgefühlt habe zwischen meinen hellen, neuen Möbeln. Aber seit einiger Zeit fallen mir die Mängel wieder auf: das billige Gummibaumparkett aus dem Baumarkt, der abplatzende Lack an den Türen und die Tatsache, dass man einem Couchtisch für 4,99 seinen Preis eben doch ansieht. Und auch die Strukturtapete ist immer noch eine Strukturtapete, egal ob geweißelt oder nicht.

»Hi«, sage ich, lasse mich vor ihr auf den Schreibtischstuhl fallen und nehme mir ganz fest vor, die Wohnung in den Weihnachtsferien auf Vordermann zu bringen.

Bea lacht auf, als sie mich sieht.

»Was?«, frage ich gereizt.

»Hast du geschlafen?« Sie kichert.

»Was? Nein! Wie kommst du denn darauf?«

Ihr Gesicht nähert sich dem Monitor, und ich muss mit ansehen, wie sie mit breitem Grinsen mein Gesicht einer sehr genauen Untersuchung unterzieht.

»Wirklich nicht?«, fragt sie dann. »Komisch, ich könnte schwören, dass das Rote da auf deiner Backe ein Abdruck deiner rechten Hand ist.«

»Schmarrn«, sage ich und reibe mir die Wange, was sie mit noch lauterem Glucksen quittiert. »Ich hab nur ganz kurz die Füße hochgelegt, bloß ein klitzekleines Minütchen.«

»Ach so«, sagt sie nur.

»Ich musste eben früh aufstehen«, rechtfertige ich mich.

»Verstehe.«

»Ja! Die Omi musste zum Aldi ...«

»... und da hat sie natürlich keiner außer dir fahren können.«

Ich erröte.

»Der Papa musste brennen«, verteidige ich ihn schwächlich.

»Und deine Mutter war im *Office*«, sagt sie und wackelt mit den Augenbrauen.

Jetzt muss auch ich lächeln. Meine Mutter hat vor ein paar Jahren ein einwöchiges Office-Management-Seminar in einem Schulungszentrum in Frankfurt gemacht. Seither redet sie ständig nur noch von *Workflow* oder *Change-Prozessen* – dabei ist sie bloß die Sekretärin des hiesigen BayWa-Regionalleiters, und ihr Einkommen reicht gerade so, um den Papa mit zu ernähren. Manchmal hab ich das Gefühl, sie will mit ihrem professionellen Getue bloß darüber hinwegtäuschen, dass sie es in ihrem Leben nicht so weit wie erhofft gebracht hat, nämlich, sich als Gattin eines erfolgreichen Unternehmers präsentieren zu können – beim Friseur zum Beispiel oder im Nagelstudio oder bei der Kosmetikerin. Als sie bemerkt hat, dass der

Typ an ihrer Seite mitnichten vorhat, sich zum erfolgreichen Stargastronomen aufzuschwingen, war sie bereits mit ihm verheiratet und mit mir schwanger. Am Anfang hat sie noch versucht, ihren Mann zu seinem Glück (oder besser gesagt, zu ihrem Glück) zu zwingen, aber irgendwann hat sie es aufgegeben. Seither macht halt jeder bloß noch so sein Ding: der Papa seine Schnäpse und die Mama Diät.

»Mei, die Mama muss halt ihre *Work-Life-Balance* im Visier behalten«, sage ich, und obwohl das natürlich nicht *so* wahnsinnig komisch war, lachen wir jetzt beide, so wie früher manchmal, herzlich und ausgiebig.

Bea weiß alles über mich und meine Familie. Wirklich *alles*. Sie ist im einzigen Plattenbau des ganzen Oberlandes aufgewachsen, der zufälligerweise genau im Nachbardorf stand. Ihr Vater ist Lehrer an der Volksschule und ihre Mutter stand jahrelang beim Bachhuber hinter der Theke. Nach dem Abitur haben wir uns beide in Pforzheim auf der Goldschmiedeschule eingeschrieben. Wir haben zusammen in einer WG am Rande der Altstadt gewohnt und nächtelang nichts anderes gemacht, als uns bei Rotwein und selbstgemachter Bolognese-Sauce unsere tiefsten Geheimnisse und Wünsche zu erzählen.

Goldschmiedekunst – für uns beide war das damals *der* Traumberuf. Wenn wir da im Kerzenschein an unserem kleinen Esstisch saßen, malten wir uns aus, wie es sein würde, wenn wir erst unseren eigenen, gemeinsamen Laden hätten, irgendwo, wo das

Leben viel mehr zu bieten hat. In München oder Augsburg oder Nürnberg. Wir stellten uns vor, wie herrlich es sein würde, frei und unabhängig zu sein und das zu machen, was *wir* wollten, und darauf zu pfeifen, was unsere Familien dazu sagten. Aber als wir die Schule abgeschlossen hatten und fast schon mit der Anschlusslehre fertig waren, die wir beide in ähnlich verschnarchten Pforzheimer Juweliergeschäften absolvierten, lernte Bea auf einer Party einen Pforzheimer Steuerberater kennen, in dessen Kanzlei sie gleich nach Ende unserer Ausbildung als Teamassistentin einstieg. Mann, war ich da enttäuscht. Unser eigener Laden war in weite Ferne gerückt. Und als dann auch noch die Babsi schwanger wurde, die damals an meiner Stelle in den Stuben die Kellnerin gemacht hat, und das Omilein lauthals meine Rückkehr nach Mingharting verlangte, war es mit der Träumerei endgültig vorbei.

Die Jahre rasten nur so dahin, während ich mich im Wirtshaus abrackerte und die Bea sich im Büro von ihrem Typen. Es war so viel zu tun, dass ich immer nur an Weihnachten merkte, dass schon wieder ein Jahr vergangen war. Irgendwann gab es zwischen Bea und ihrem Typen eine Krise (eine sehr, sehr blonde und schlanke Krise, die plötzlich schwanger war), und Bea lernte einen New Yorker Anwalt kennen – ausgerechnet auf der Flucht zu mir, beim Umsteigen am Frankfurter Hauptbahnhof. Dann ging alles ganz schnell: Sie verließ den Steuerberater, zog zu Jasper nach New York, und sechs Wochen später fand die Hochzeit auf den Virgin Islands statt, direkt am Strand, mit Blumen im blonden Haar und nur ganz wenigen Gästen. Es war das erste Mal überhaupt, dass ich Europa verließ. Zum Glück half mir Bea, den monströsen Sonnenbrand, den ich mir gleich am ersten Tag holte, mit Make-up zu kaschieren, sodass man ihn auf den Hochzeitsfotos, die Jaspers cooler Fotografenfreund machte, kaum sieht. Ein Jahr ist das jetzt her.

Inzwischen wohnt sie in einer Gegend namens Park Slope in Brooklyn, in einem sogenannten *Brownstone*. Die Ecke muss total in sein, denn allein in ihrer Straße wohnen Tom Hanks und drei berühmte Schriftsteller. Und seit Kurzem arbeitet sie sogar wieder als Goldschmiedin, in einem Laden, in dem Hollywoodstars ihre Verlobungsringe bestellen. Vor ein paar Monaten kam sogar James Franco vorbei und hat sich umgesehen – und das, obwohl er Single ist. So cool ist der Laden.

»Ach, Fanny«, sagt Bea, als wir uns wieder beruhigt haben. »Du musst echt zusehen, dass du langsam mal wegkommst aus deinem Dörfchen.«

»Ach ja?«

Das versetzt mir einen Stich. Seit Bea weg ist, redet sie ständig davon, wie toll und befreiend es sei, ein neues Leben anzufangen.

»Ja, Fanny«, sagt sie mit abgeklärter Miene.

»Danke für den Tipp«, sage ich zynisch.

»Ich meine es ernst, Fanny. Wenn du immer nur rumsitzt und wartest, dass von alleine etwas passiert, passiert am Ende womöglich gar nichts.«

»Du tust grad so, als gäb's da draußen wer weiß wie viele freie Stellen für Goldschmiede, die alle bloß drauf warten, dass ich mich um sie bewerbe. Außerdem sitze ich nicht rum. Ich schufte wie eine Idiotin.«

»Fanny, das meine ich nicht«, sagt sie und schaut mich über den halben Globus hinweg an wie eine … keine Ahnung. Wie eine Grundschullehrerin.

»Hab ich dir von der letzten Stelle erzählt, auf die ich mich beworben habe? Diese Internet-Trauringfirma?«, fahre ich sie an, viel heftiger, als ich eigentlich will.

»Ja, Fanny, hast du. Das war blöd, aber …«

»Das war *blöd?*«

Ich schnappe nach Luft. Blöd nennt sie das! Oh, wenn ich nur daran denke! *Trau(m)ringe online* hieß der Laden, bei dem die Kunden allen Ernstes die Möglichkeit hatten, ihre Ringe in einem sogenannten *Trau(m)ringkonfigurator* selbst zu designen. Meine Aufgabe wäre es gewesen, diese Machwerke dann in Gold zu gießen. Als ich dort war und sah, wie ein Dutzend trauriger Goldschmiede in einer riesigen Container-Werkstatt hässliche Schmuckkanten in viel zu dicke Goldreife frästen, beschloss ich, lieber lebenslänglich Fleischpflanzerl mit Kartoffelsalat zu servieren, als mir das anzutun.

»Fanny, das meine ich nicht.«

»Was meinst du denn dann?«, frage ich und starre wütend in die kleine Kamera auf meinem Laptop.

»Du musst endlich mal dein Leben in die Hand nehmen.«

»Ach ja?« Ich funkle sie an. »Nennt man *zufälligerweise mit einem reichen Mann zusammenstoßen* jetzt neuerdings *sein Leben in die Hand nehmen?* Alles, was du in New York hast, hast du doch von Jasper: deinen Job, deinen Friseur, sogar deine neuen Freunde, also tu nicht so!«

Bea wird rot, aber dann findet sie in ihren selbstbewussten Gesichtsausdruck zurück.

»Es geht hier aber nicht um mich.«

Wieso eigentlich nicht? Ich sehe sie an, aber ich sage nichts.

»Es geht um dich, Fanny. So viel Talent auf einem Haufen! Und du vergeudest es, als gäbe es überhaupt keine Möglichkeiten!«

»Es gibt auch keine!«, sage ich trotzig.

»Ach Fanny«, sagt sie.

Sie sieht mich traurig an und ich bekomme sofort ein schlechtes Gewissen. Früher haben Bea und ich uns nie so gestritten. Ganz im Gegenteil: Über die meisten Sachen waren wir fast schon erschreckend ähnlicher Ansicht, und wenn nicht, dann war es uns irgendwie auch wurscht. Aber seit sie in New York ist, ätzen wir uns ständig an. Und insgeheim weiß ich auch, wieso: Weil ich eifersüchtig bin, eifersüchtig und neidisch. Ich hätte auch gern einen Ritter, der auf seinem weißen Klepper um die Ecke getrabt kommt und mein Leben für mich regelt. Leider traben hier allenfalls weiße Opels vorbei, und ihre Halter sind allesamt jenseits der Fünfzig und meist auch der drei Promille. Alle, mit denen ich in der Schule war, sind weg, schon lange. Die Bea in New York, der Max in Berlin ... und die, die noch da sind, sind verheiratet, haben Kinder, Wohnzimmerwände von Möbel Mahler und ein Carport vor dem Haus.

»Tut mir leid, Bea, es ist nur ...«

»Ich weiß«, unterbricht sie mich. »Ich weiß doch.«

Wir schweigen, und mir wird ganz warm ums Herz, weil das Wichtigste im Leben doch ist, dass man sich ohne Worte versteht. Ich meine, ist doch so, oder?

»Und sonst?«, fragt sie mich und schaut mich liebevoll an.

»Ach, Bea. Wenn du wüsstest.«

Und dann ratschen wir.

Eine halbe Stunde später beenden wir das Gespräch, versöhnt, fröhlich, als alte Freundinnen. Während wir uns verabschieden, geht es mir so gut wie schon lange nicht mehr. Doch dann verschwindet Beas Gesicht vom Monitor, und als ich meinen Laptop zuklappe, überkommt mich eine Traurigkeit, die ich bis hinab in die Zehenspitzen spüre.

Ich stehe vom Schreibtisch auf, gehe zum Fenster und sehe hinaus. Zu meinen Füßen liegt der Parkplatz, auf dem man immer noch die Überreste der Dornfelder Malereien des Teufels von Mingharting sieht. Nach rechts geht es ins Dorf hinein, wo rund um den Maibaum Dorfkirche, Telefonzelle, ein Schaukasten mit den Gemeindeinformationen und der Edeka versammelt sind. Aber wenn man nach links blickt, wird einem klar, wie fernab von allem Mingharting liegt:

Bis an den Alpenrand hin erstrecken sich Hügel und Felder, und wenn an einem Herbsttag wie heute die Sonne scheint, ist es, als ob die Landschaft in tausend Farben glüht, in Gold und Kupfer und Braun. Ich starre auf die Baumgruppe, die sich nicht weit entfernt zwischen den Äckern erhebt, auf die Bank und das Marterl, die darunter stehen. Eine Landstraße schlängelt sich an dem Ensemble vorbei, aber es passiert nur ein paar Mal am Tag, dass man aus der Richtung ein Auto kommen sieht. Darüber ein Himmel, der irrsinnig klar und hell und hoch ist.

Ich seufze und spüre, wie in meinem Hals ein Kloß wächst. Ich meine, das ist meine Heimat, oder? Das alles hier. Und eigentlich mag ich auch die Arbeit im Wirtshaus ganz gern, aber natürlich hat Bea recht, das kann nicht alles gewesen sein. Sieben Jahre ist das jetzt her, dass ich aus Pforzheim hierher zurückgekommen bin, sieben Jahre, die wie im Flug vergangen sind, und in denen ich davon geträumt habe wegzugehen. Ich müsste endlich etwas anfangen mit meinem Leben. Und natürlich muss ich auch endlich raus aus Mingharting, wo die Welt doch irgendwie bloß stillsteht. Aber andererseits – wo soll ich denn hin? Nichts und niemand da draußen wartet auf mich, in New York nicht und in München nicht, und in Bad Tölz leider auch nicht.

Wie immer, wenn ich Trost suche, wandert meine Hand hinauf zu meinem Dekolleté und umfasst den Anhänger, der dort an einer Halskette hängt. Er ist aus billigem 925er Silber, und doch ist er unglaublich wertvoll für mich. Er war eines der ersten Stücke, die ich in meiner Ausbildung selbst entworfen und realisiert habe. Es ist ein ganz schlicht gefasster, ungeschliffener Rohdiamant. Er sieht von außen grün-gräulich und unförmig aus, fast hässlich, und nur, wer sich auskennt, kann ahnen, was in seinem Innern schlummert, was zum Vorschein kommen würde, wenn man ihn aus seiner Kapsel befreien und schleifen würde. Die anderen haben mich für verrückt erklärt, als ich ihnen den Anhänger gezeigt habe. Wie ich nur auf die Idee käme, ausgerechnet einen Diamanten zu verwenden, dem man gar nicht ansieht, dass er einer ist? Aber ich fand, dass doch genau so das Leben ist. Die allergrößten Schätze findet man ja auch immer dort, wo man sie überhaupt nicht vermutet – und die wertvollsten Menschen ohnehin. Das Omilein zum Beispiel: von außen Dörrobst, aber innen ein Herz von einem Menschen und quietschfidel. Oder meine beste Freundin: Dass ich die in einem Derbolfinger Plattenbau finden würde, hätte auch keiner gedacht.

Ich habe so viel ungewöhnlichen Schmuck gemacht. Ohrringe in der Form kleiner, goldener Papierschiffchen. Ketten, die aussahen, als bestünden sie aus winzigen Vergissmeinnicht Blüten. Eine winzige Kassette als Kettenanhänger, inklusive Tonband und drehbarer Bandwickel.

Ich war einmal so kreativ. Und jetzt? Jetzt bin ich nur noch Kellnerin.

Ich stolpere ins Bad und lasse auf dem Weg dorthin meine Klamotten auf den Boden gleiten. Dann stelle ich mich unter die Dusche. Ich drehe den Hahn ganz auf und spüre, wie mir das heiße Wasser über den Nacken rinnt. Die Kette nehme ich nie ab, auch jetzt nicht.

Ich greife zum Duschgel und seife mich ein, wasche mir die Haare, obwohl ich das heute Morgen schon einmal getan habe. Doch dann, plötzlich, drehe ich, statt mein Ritual wie sonst ewig hinauszuzögern, das Wasser wieder ab und mache mich fertig.

Nicht einmal träumen mag ich noch, so entmutigt bin ich.

Es ist halb sechs, als ich die knarrende Treppe hinunter zum Gasthaus tapse. Mein Gespräch mit Bea klingt immer noch nach, aber schon bald läuft das Abendgeschäft, und wie immer am Bratwursttag füllt sich unser Lokal wie nichts.

Mingharting ist ein putziges Örtchen, so klein, dass man sich nicht einmal die Absätze neu besohlen lassen kann, ohne dass sich irgendeiner dazu äußert. Fünfhundert Einwohner, vier Vereine (Schützen-, Burschen-, Fußballverein und Schafkopf-Club), weiß getünchte Häuser mit Geranien vorm Balkon und grün lackierten Fensterläden. Aber am Bratwursttag kommt nicht nur das Dorf, sondern der halbe Landkreis – Großeltern, Enkel, Kinder, eine Geburtstagsrunde, Gemeindebeamte, Ärzte, Bauern. Ich muss mich so sehr beeilen, mit dem Servieren nachzukommen, dass mein Kummer in den Hintergrund rückt.

Ich trage Teller um Teller zu den Tischen, zapfe Spezi und Wasser und Bier, kassiere und gebe Zigarettengeld raus, und als der Brunner Adi ein Spassettl über das Trinkverhalten unseres Bürgermeisters macht, da lache ich schon wieder.

Auch das ist etwas, was du als Wirtstochter lernst: Du musst den Kopf immer so schnell wie möglich wieder über Wasser kriegen.

Zwischendurch schaut der Papa vorbei, um sich eine Halbe und zwei Bratwürstel zu holen, die ihm das Omilein mit einem Klacks Develey-Senf und etwas Kraut in eine aufgeschnittene Semmel drückt, und mit denen er gleich wieder in der Scheune verschwindet. Kurze Zeit später huscht die kleine Mercedes herein und will ebenfalls zwei von Omis Spezial-Hotdogs: einen für sich und einen für ihre Mami, und für die gleich noch eine Radler-Halbe. Später dann, als nur noch ein paar Leute vom Gemeinderat am Stammtisch sitzen, flattert auch noch die Mama vorbei, die festgestellt hat, dass sie es ohne Abendessen doch nicht aushält und sich nur noch schnell einen Salat mit Putenstreifen mit nach oben nehmen will, flankiert von einer schön eingeschenkten leichten Weißen. Die Omi grummelt, denn Frauen auf Diät sind ihr ein Graus, erst recht am Bratwursttag. Wer nicht essen kann, kann auch nicht lieben, da ist sie sich sicher – eine Regel, die sie durch die Mama direkt bestätigt findet. Was dann doch wieder ein bisschen ungerecht ist. Denn lieben kann die Mama durchaus, bloß halt vor allem sich selbst. Während sie also darauf wartet, dass das Omilein ihr den Salatteller garniert, setzt sie sich in eine ruhige Ecke und versenkt sich mit mönchischer Ruhe darin, sich die Fingernägel zu lackieren. Dann trägt sie ihr Abendessen mit gespreizten Fingern in den ersten Stock, um bei einer Folge *Sex and the City* oder *Falcon Crest* auf DVD darin herumzupicken.

Es ist also ein Bratwursttag wie jeder andere auch. Es wird spät, die Omi macht den Herd aus, ich bringe den Gemeinderäten noch eine Lage Obstler hinter an den Tisch. Der Huber Sepp nimmt gerade seinen Hut von der Bank und verabschiedet sich, da öffnet sich plötzlich die Tür, und ein hochgewachsener Mann steht vor mir, breitbeinig wie ein Cowboy, aber elegant gekleidet, der Kopf kahl, Verblüffung im Gesicht. Ich starre ihn an, und plötzlich beginnt er zu strahlen – wie ein Kind, das zum ersten Mal in seinem Leben vor einem Weihnachtsbaum steht.

Und dann bricht es aus ihm heraus: »Das ist ja *geil* hier!«

3

»Grüß Gott«, sage ich, ziemlich erstaunt, weil, na ja: Normalerweise finden unsere Gäste das Wirtshaus schon gemütlich und hübsch und auch nett eingerichtet. Ist es ja auch, mit dem uralten, durchgetretenen Dielenboden und den langen, dunklen Tischen und Bänken. Da sind die alten Messinglampen aus den Zwanzigerjahren, die mein Uromilein mal bei einer Wiener Kaffeehausauflösung erstanden hat und die jetzt von den krummen Deckenbalken baumeln: Es gibt jede Menge alte Bauernmalereien und Wanduhren. Und Kruzifixe, die schon lange ausgemustert wären, wenn es hier nicht nach der Omi ginge sondern nach mir. Vor den Fenstern hängen altmodische Spitzengardinen, und in den Fenstern stehen jede Menge Zwerge, Wolpertinger und anderes Getier. Wie gesagt, die meisten Gäste finden das alles topgemütlich und urig. Aber »geil«? Ich weiß nicht. Die Stammtischler staunen auch nicht schlecht, aber wahrscheinlich nicht sosehr über das Lob als vielmehr über den Typen.

»Grüß Gott«, grinst der in einem Dialekt, der eindeutig nicht bayerisch ist, und lacht dann wie über einen total gelungenen Witz. Obwohl er noch nicht besonders alt zu sein scheint, vielleicht allenfalls Anfang vierzig, hat er überhaupt keine Haare auf dem

Kopf – so kahl wie der ist selbst der Metzger Bachhuber nicht, und über den machen sie schon Witze. Statt Frisur trägt der Typ einen grauen Pullunder aus sichtbar teurer Wolle, ein hellblaues Hemd und eine dunkelgraue Krawatte, die allen Ernstes *gestrickt* ist.

»Sagen Sie, kriegt man noch etwas zu essen bei Ihnen?«

»Äh«, mache ich und sehe in Richtung Durchreiche. Die Omi ist höchstwahrscheinlich schon am Saubermachen, aber andererseits: *So* furchtbar spät ist es auch wieder nicht, vielleicht grad mal Viertel nach zehn. Und außerdem ist irgendetwas an dem Typen dran, dass man ihm seinen Wunsch nicht abschlagen will. Zumindest klang die Frage nach dem Essen eigentlich eher ein bisschen wie ein Befehl.

»Logisch!«, sage ich.

Aus der Küche flucht es. Dann wird, laut und deutlich vernehmbar, die Würstelpfanne wieder auf den Herd geknallt. Wenn die Omi will, dann hört sie wie ein Luchs. Der Huber Sepp nutzt die kurze Ablenkung, um sich hinter dem Rücken des Typen aus dem Lokal zu stehlen.

»Pfiati, Fanny«, formt er dabei lautlos mit den Lippen und macht die universelle Geste für »Anschreiben, bitte«. Ich nicke und winke ihm einen heimlichen Abschiedsgruß.

»Geil«, strahlt der Typ.

»Da hinten?«, frage ich und deute in eine Ecke.

»Perfekt!« Der Kerl schlendert zu dem Tisch und setzt sich. Dass ihn die Stammtischler schweigend dabei beobachten, scheint ihn nicht im Mindesten zu stören. Ganz im Gegenteil, man hat fast das Gefühl, er würde seine eigene Anwesenheit genießen.

Ich hole eine Speisekarte und reiche sie ihm.

»Und? Derf's scho was zum Trinken sein?«

Er strahlt mich an, dann sagt er: »Ja, unbedingt! Ein Weizenbier, bitte!«

Vom Stammtisch her hüstelt's, ich verkneife es mir, schmerzhaft das Gesicht zu verziehen, und verschwinde hinterm Tresen. Bei uns heißt es natürlich *Weiß*-bier, nicht Weizen. Wer Weizen sagt, outet sich als Saupreiss, oder, noch schlimmer, als Berliner. Wo der Typ wohl herkommt? Ich stelle ihm sein Bier hin, als sei nichts. Immerhin hat er keinen Rotwein geordert.

»Fanny, machst uns noch a Lage«, ruft der Brunner Adi vom Stammtisch herüber.

Aha. Gerade eben hat er noch groß angekündigt, dass er morgen früh raus und jetzt wirklich langsam in die Gänge kommen müsse. Aber jetzt scheint er sich's anders überlegt zu haben. Offensichtlich macht es ihn unruhig, dass ich mich plötzlich so freundlich um einen Fremden kümmere.

Dabei hab ich dem Adi mehr als einmal erklärt, dass bei mir für Männer über fünfzig nichts zu holen ist, vor allem nicht für welche, die von ihrer Mutter nach einem kleinen, berühmten Vegetarier mit Schnauzer benannt worden sind. Und das ist nicht nur ein Gerücht. Die Mutter vom Adi hat's dem Omilein höchstpersönlich erzählt – und prompt Lokalverbot dafür bekommen. Und weil der arme Adi für seine skru-

37

pellose Mutter natürlich nicht im Geringsten etwas kann, kriegt er von der Omi stets besonders große Portionen, als Trost quasi. Leider hat das zur Folge, dass der Adi seither denkt, *ich* meine es besonders gut mit ihm. Ganz egal, wie schnippisch ich ihm die Teller serviere, der Adi ist sich sicher, dass ich insgeheim und vielleicht sogar, ohne es selbst zu wissen, scharf auf ihn bin.

»Aha. Ganz plötzlich ist der Durscht wieder da, gell, Adi?«, necke ich ihn.

Der Adi grummelt, aber das kümmert mich nicht. Grummeln tut der Adi nämlich ständig.

»Und, zum Essen?«, frage ich den Glatzkopf und zücke das Blöckchen, das mit Werbung für *Spezi Energy* bedruckt ist.

Der Mann starrt auf die Karte, als gewähre sie Einblick ins Reich der tausend Jungfrauen oder in irgendein anderes Paradies, dessen Tore sich erstmalig vor ihm öffnen.

»Erde an Gast? Hallo?«, frage ich noch einmal.

»Das klingt ja alles so *geil*«, sagt er abwesend und ohne aufzusehen.

»*Schmeckt* auch alles *geil*«, imitiere ich ihn amüsiert.

»Können Sie mir nicht einfach was empfehlen?«, fragt er und sieht mich an.

Pfff ... diese Frage *hasse* ich ja. Natürlich kann ich ganz grundsätzlich *alles* empfehlen, was auf der Karte steht, denn erstens hat es das Omilein gekocht, und zweitens hätten wir es sonst ja nicht auf der Karte.

Also, was, bitte schön, soll ich darauf sagen? Nur ganz selten mal, wenn die Omi sich verschätzt hat und irgendwas weg muss, zischt sie mir durch die Durchreiche zu, dass ich zusehen soll, den blöden Braten oder die Haxen loszukriegen. Was heute aber nicht der Fall war.

»Was ist denn am allerbesten hier?«, fragt der Weizen-Typ noch einmal.

Am allerbesten! Gähn.

Ich erkläre ihm, dass heute Bratwursttag ist, und dass die Omi die Bratwürstel selber macht und zu Recht für sie berühmt ist.

»*Ihre Großmutter* macht die?«, fragt er und sieht mich ungläubig an.

»Freilich«, sage ich, ohne einen Schimmer, was der Piefke so bemerkenswert daran findet, eine Omi zu haben.

»Und was gibt's dazu?«

Blöde Frage. Ich schau ihn ausdruckslos an.

»Wokgemüse«, sage ich.

»Echt?«, sagt der Kerl.

»Ja, so ein Schmarrn. Kraut natürlich!«

»Ein Glück! Her damit!«

Zwei Stunden, nachdem ich dem neuen Gast – von dem ich inzwischen weiß, dass er Quirin Eichelmann heißt und tatsächlich aus Berlin kommt – seine Portion Bratwürstel gebracht habe, öffnet er schließlich doch noch seinen Gürtel. Endlich, muss man sagen, denn ich hatte mich schon ernsthaft gefragt, wie er das alles in sich reinbringt: Nach den Bratwürsteln hat er sich eine Portion Nierchen in Senfsauce bestellt, danach einmal Ochsenbäckchen mit Selleriestampf, dann noch eine Vorspeisenportion ausgebackenes Kalbsbries. Das ganze begleitet von einer Portion Kartoffelsalat, einmal Bratkartoffeln und einem Knödel mit noch mehr von der Ochsenbackensauce, dazu drei Weißbier, zwei Helle, ein großes Wasser. Bei den Stammtischlern, die selbst allesamt gute Esser sind, wurde vor Verwunderung kaum noch geredet, und als dieser Eichelmann dann auch noch ein Glas Wilde Apfelquitte aus Papas Spezialkollektion bestellt hat, haben sie vor Schreck oder aus Protest gleich auch noch eine Lage geordert, und zwar Jägermeister, wie's sich hier gehört. Nur für den Brunner Adi war das der Zeitpunkt, nach Hause zu gehen – recht verschnupft und mit einer Visage, aus der mir die Vorwürfe nur so entgegengesprungen sind. Was mir natürlich egal war.

Auf alle Fälle hat Quirin Eichelmann nach der Apfelquitte gleich noch einen Schnaps bestellt, dann noch einen und dann noch einen, und alle wurden von ihm mit tief empfundenen Worten des Lobes bedacht.

»Hammer.«

»Sooo der Hammer.«

»Geil.«

Der Papa hat inzwischen übrigens Wind davon bekommen, dass im Wirtshaus Ungewöhnliches im Gange ist, und hat sein Exil in der Scheune verlassen, um zu sehen, wer der Pfundskerl ist, der sich da so inbrünstig seinem Hausgebrannten widmet. Jetzt serviert er Quirin Eichelmann höchstpersönlich den nächsten Schnaps, den zwölften, meine ich, aber vielleicht hab ich mich auch verzählt. Und, wer hätte das gedacht: Er benutzt sogar ein Tablett dafür. Plötzlich.

Hab ich doch schon immer vermutet. Wenn er nur wollen tät, tät das mit dem Servieren schon gehen.

Die Stammtischler sind inzwischen so betrunken, dass sie sich kollektiv entscheiden zu gehen, ganz kleinlaut und ohne das Trara, mit dem sie sich sonst immer verabschieden.

Nur der Gschwendtner Toni hebt den Hut: »Habe die Ehre«, sagt er leise, aber auch das klingt ganz vernuschelt.

Dann sind wir allein, der Papa, der Eichelmann und ich. Das Omilein klappert noch ein bisschen in der Küche vor sich hin, wahrscheinlich stinksauer wie immer, wenn Gäste vergessen, wo ihr Zuhause ist. Für sie als Wirtin ist es Ehrensache, erst ins Bett zu gehen, wenn sich auch der letzte Gast auf den Heimweg gemacht hat, ganz egal, wie müde sie ist. Ich würde auch gern langsam mal Heia machen, aber dieser Eichelmann ist einfach nicht totzukriegen.

»Was isssn diss jetz?«, fragt er, als der Papa ihm das Glas hinstellt. Immerhin, wenigstens ist seine Zunge inzwischen müde.

»Preiselbeergeist«, sagt der Papa und lässt sich neben ihm auf die Bank fallen.

»Auch von dir?«, fragt der Eichelmann erstaunt.

»Sowieso«, sagt der Papa stolz und schwenkt den Brand in seinem Gläschen.

Ich hab übrigens nicht mitbekommen, wann die beiden beim Du gelandet sind, und ich fürchte, dass sie es selber auch nicht wissen. Der Papa hat bereits mehr als ein Schnäpschen mitgezwitschert, natürlich ausschließlich aus Verkostungsgründen. Überhaupt trinkt der Papa seine Brände quasi nie, allenfalls hin und wieder, um die Qualität zu sichern. Sagt er. Heute schien er sich bezüglich der Qualität nicht so recht sicher gewesen zu sein, zumindest leuchtet seine Nase eher rötlich.

Der Eichelmann schnuppert, der Papa tut's ihm nach.

»Irrsinnig gut«, murmelt Eichelmann in sein Schnapsglas hinein, dann wirft er den Kopf in den Nacken und trinkt.

»Boah«, macht er und wischt sich mit dem Handrücken den Mund ab.

»Könnt ihr nicht nach Berlin ziehen alle zusammen? Ich meine, ich gehe echt viel essen und war schon in vielen Lokalen, nicht nur hier in Bayern, sondern überall auf der Welt. Aber so etwas unglaublich … äh … Unglaubliches wie diesen Laden hier«, er zeigt mit dem Finger in der Gaststube herum, »hab ich echt noch nie erlebt. Diese Lampen! Und diese Holztische!«

Er haut mit der Faust darauf, dass die Gläser klirren.

Der Papa lacht geschmeichelt, was mich fast ein bisschen amüsiert, denn weder ist er einer, der sich gern Honig ums Maul schmieren lässt, noch einer, der sich bei anderen anbiedert. Aber die Begeisterung, mit der dieser Eichelmann von unserem kleinen Wirtshaus schwärmt, ist so ansteckend, dass sie sogar auf mich überspringt – und das, obwohl ich überhaupt nicht im Fokus seines Interesses stehe. Je ausführlicher er die Minghartinger Stuben lobt, desto besser gefallen sie auch mir, und für einen Augenblick bin ich richtig stolz darauf. Als ich zwischendurch die umliegenden Tische abwische, die Stühle zurechtrücke und die Tonkrüge auf den Tischen mit Besteck auffüllte, fühle ich mich fast so, als würde ich gerade etwas ganz anderes machen, irgendetwas, das viel cooler ist.

»Jella hat sie doch nicht mehr alle«, sagt der Eichelmann aus heiterem Himmel und sieht sich kopfschüttelnd in der Gaststube um.

»Is des dein Weibi?«, fragt der Papa jovial. Offensichtlich wittert er die Chance, die Beziehung zu seinem Fan aus der Fremde zu intensivieren.

»Meine Frau«, sagt Eichelmann und versieht ihn mit einem verständnislosen Blick. »Sie ist abgereist, weil ihr die bayerische Küche zu *schwer* ist.«

»Aber einen Salat bekommt sie hier doch auch«, werfe ich ein.

»Salat mit *Putenstreifen*«, ergänzt der Papa.

»Ja, mit in *Butter* gebratenen Putenstreifen, und mit Kartoffelsalat und öligem Dressing! Jella hat eine Gabel davon genommen und dann den Rest des Abends nicht mehr mit mir geredet!«

Eichelmann schaut verzweifelt, aber das ist natürlich nur allzu verständlich. Plötzlich habe ich ziemlich genau vor Augen, wie so eine Berlinerin aussehen muss, die einen Urlaub abbricht, weil die Putenstreifen in Butter gebraten sind. Wahrscheinlich wiegt sie 36 Kilo und ist unzufrieden, dass es nicht weniger sind. Bei uns im Dorf gibt's nur eine schlanke Frau, die Mutter von der Mercedes nämlich. Und die ist kreuzunglücklich, weil sie isst wie ein Mähdrescher und trotzdem weder einen erkennbaren Hintern hat, noch in erwähnenswertem Maße Holz vor der Hütte.

»Aber dann ist diese Jella vielleicht einfach nix für dich«, sagt der Papa, der nachfühlen kann, wie es ist, mit einer diäthaltenden Frau verheiratet zu sein. Er fasst dem Eichelmann freundschaftlich an die Schulter.

Der sieht ihn an und wird plötzlich ganz müde im Gesicht.

»Vielleicht hast du recht«, sagt er langsam.

»Du, bestimmt! Was will denn einer wie du mit einer Frau, die nix isst!«

»Die Liebe geht seltsame Wege«, sagt Eichelmann und lächelt gequält. Aber dann hellt sich seine Mine wieder auf. »Na, ist ja auch egal, so lang sie *mir* das Essen nicht verbietet.«

»Siggstas«, sagt der Papa.

»Ach, Mann, Wolfi. Weißt du was? Bring mal noch irgendwas Geiles.«

Das lässt sich der Papa nicht zweimal sagen. Wie der Blitz verschwindet er hinterm Tresen und klappert mit den Flaschen. Seine Standards hat er bereits allesamt vorgeführt. Jetzt wird weiter hinten im Schrank gesucht, dort, wo die *richtig* ungewöhnlichen Sachen stehen. Ich werfe einen Blick auf die Uhr und stelle fest, dass es bereits nach eins ist. Ich sollte die Pause nützen. Nicht dass der Eichelmann noch mal Hunger kriegt und das Omilein hinten in ihrer Küche zum Rumpelstilzchen wird.

»Die letzten sechs Schnäpse gehen aufs Haus«, sage ich. »Aber jetzt müsst i dann doch langsam die Rechnung bringen.«

»Schon klar«, sagt Eichelmann, greift sich in die Gesäßtasche und wirft eine Karte auf den Tisch. Eine American Express Gold Card.

»Mir nehmen leider nur EC«, sage ich.

Er macht nur eine verständnisvolle Geste und wühlt eine andere Karte hervor, eine EC-Karte der Berliner Sparkasse. Besser.

»Bin gleich zurück«, sage ich und hole das kleine graue Gerät.

Das Omilein hat sich lange dagegen gewehrt, Kartenzahlung einzuführen, aber der nächste Geldautomat ist elf Kilometer entfernt. Als es vor ein paar Jahren losgegangen ist, dass die Leute aus der Stadt plötzlich irgendeinen Tick bekommen haben, der sie hier raus aufs Land getrieben hat, hat auch das Omilein eingesehen, dass das die einfachste und zuverlässigste Art ist, an ihr Geld zu kommen.

Ich tippe den Betrag ein, reiche Eichelmann das Teil, und er tippt rasend schnell seine Geheimzahl ein, und das auch noch ohne hinzuschauen. Spätestens das hätte ihn als Städter enttarnt: Wenn sich unsere normalen Gäste über das Gerät beugen, versuchen sie angestrengt, die richtigen Zahlen zu treffen, und sehen dabei meistens aus, als müssten sie einen schrecklichen Feind besiegen.

»Danke«, sage ich und reiche ihm den Beleg.

Eichelmann lächelt, allerdings, aber das fällt mir erst jetzt auf, nicht wegen mir, sondern weil der Papa endlich eine neue Flasche bringt.

»Jetzt hab ich was ganz was Feines«, verkündet der und füllt mit großer Geste zwei frische Gläser. »Maiwipfelgeist. Selbstgesammelt!«

Eichelmanns Kopf kippt so weit nach vorne, dass seine Nase fast ins Glas taucht, als er daran riecht. Dann kippt er ihn in einem Zug – und scheint mit einem Schlag endgültig besoffen.

»Hammer. Hammer, Hammer. Und du biss auch der Hammer, ganz ehrlich«, lallt er dem Papa zu.

Der Papa senkt den Kopf und seine Gesichtsfarbe nähert sich der seiner Nase an: leicht rötlich. Er ist es nicht mehr gewohnt, dass ihm einer zeigt, dass er ihn liebt.

»Ihr seid alle der Hammer«, sagt Eichelmann, steht auf und erhebt feierlich seine Stimme.

»Ein Hoch auf die Großmutter!«, ruft er in Richtung Küche. Er hebt sein Glas und versucht, daraus zu trinken, was natürlich nicht geht, weil es bereits leer ist.

Selbstverständlich erntet er für sein Lob nur ein Schimpfen, das leise durch die Durchreiche dringt.

»Überhaupt ist alles in Bayern der Hammer«, seufzt Eichelmann schließlich und setzt sich wieder. »Dass das die Jella bloß einfach nicht kapiert.«

»Wer ned essen kann, kann auch ned lieben«, kräht es aus der Küche. »Guad Nacht beisammen!«

Das Omilein lugt durch die Durchreiche, aber Eichelmann hat die Augen geschlossen und bemerkt sie nicht. Einen Augenblick lang sieht es aus, als sei er tot oder eingeschlafen oder ohnmächtig, aber dann zuckt sein Mundwinkel ein wenig. Das ist für den Papa das Signal, dass sein neuer Freund noch ansprechbar ist.

»Wo schlafst denn du eigentlich?«, fragt er mit besorgter Stimme.

»Hä?«, fährt Eichelmann erschrocken hoch.

»Mir ham leider keine Gästezimmer«, erkläre ich ihm. Das tue ich auch, um diesem sonderbaren Gast klarzumachen, dass jetzt wirklich endlich mal Schluss ist. Ich bin saumüde, und für den Papa wird es auch langsam spät.

»Ach so«, murmelt er.

»Aber wennst magst, dann kannst du gern ... also, in meiner Scheune steht a Sofa, das gar ned amoi so unbequem ...«, beeilt sich der Papa zu sagen, der offensichtlich Angst hat, dass der Abend mit seinem neuen Freund schon zu Ende ist.

»Oder ich schlaf einfach hier«, nuschelt der Eichelmann und kippt so abrupt zur Seite, wie er eben hochgefahren ist. Nun liegt er seitlings auf der Bank.

»Aber des Sofa is wirklich ...«

»Nee, schon in Ordnung ...«, murmelt Eichelmann.

»Aber dann kannst amoi die Destille oschaung«, sagt der Papa. In seiner Stimme mischen sich Verzweiflung und Müdigkeit, auf eine Weise, dass man ihn sofort in den Arm nehmen will.

Der Eichelmann hört das schon nicht mehr. Sein Mund steht leicht offen, und er schnarcht leise.

4

Am nächsten Morgen weckt mich eine Stimme, die mir irgendwie bekannt vorkommt. Zuerst denk ich natürlich an das Omilein, denn es ist allerspätestens sieben Uhr, und wenn um die Zeit irgendwer Krach macht, dann ist das normalerweise sie. Als ich jedoch genauer horche, merke ich, dass das, was da unverständlich vom Parkplatz hinauf durch das angelehnte Fenster schallt, gar keine Frauenstimme ist.

Sekunden später habe ich mich aus dem Bett gewuchtet und sehe hinaus. Und dann erkenne ich ihn: Quirin Eichelmann, der vor dem Gasthaus auf und ab marschiert. Mit der einen Hand hält er den Kragen seines zerknitterten Tweedjackets zu, denn es ist Herbst und morgens schon ganz schön kühl. In der anderen hält er sein Handy, in das er mit einer Energie spricht, die ich bis jetzt allenfalls aus Achtzigerjahre-Filmen kannte, die an der Wall Street spielen, und die, angesichts dessen, was der Kerl gestern alles die Kehle hinabgestürzt hat, nicht ganz unbeeindruckend ist.

Immerhin scheint er sich umgezogen zu haben, denn er hat eine neue Krawatte um den Hals. Auf seiner Nase sitzt eine riesige Pilotenbrille.

Würde mich ja schon interessieren, was der da unten redet.

Vorsichtig öffne ich das Fenster. Leider ist das Quietschen der Angeln so laut, dass Eichelmanns Blick unmittelbar zu mir hochfährt. Ich erröte leicht und winke schüchtern. Er hebt die Hand und winkt zurück, bevor er auf sein Handy zeigt und mir so zu verstehen gibt, dass er gerade telefoniert. Als könne ich das nicht selber sehen.

»Ja, *total* sicher«, sagt er in den Apparat und fängt mit der freien Hand an, sich im Widerschein seines Daimler die Glatze zu frisieren.

»Lass mich halt mal machen!«, sagt er und nestelt an seinem Krawattenknoten herum.

»In Kreuzberg!«, sagt er und sieht auf die Armbanduhr.

»Nee, nicht in Mitte. Mitte ist over!«, sagt er, und als er sieht, dass ich immer noch am Fenster stehe: »Hey, Jo, ich muss jetzt aufhören, okay? Alles klar, ich melde mich.«

Er beendet das Gespräch, atmet einmal tief ein und aus, nimmt die Sonnenbrille ab, schirmt seine Augen ab und blickt wieder hoch zu mir.

»Morgen, Fanny!«, ruft er und winkt mir lachend zu.

Sieh an, er erinnert sich an meinen Namen. Und das, wo es doch eigentlich bereits ein Wunder ist, dass er überhaupt schon wieder stehen kann, geschweige denn wie ein Elitesoldat auf und ab zu schreiten. Was der Mann wohl beruflich macht? Ich habe mich das gestern Abend nicht gefragt, aber seiner Performance nach zu urteilen ist er professioneller Trinker.

»Morgen!«, antworte ich und warte ab.

»Fanny, ich bin so froh, dass ich dich sehe. Kannst du mir einen Kaffee besorgen? Ich sterbe sonst. Bitte!«

Als ich nach einer mittelschnellen Dusche herunterkomme, bekomme ich gerade noch mit, wie das Omilein versucht, den Eichelmann dazu zu überreden, sie zur Apotheke zu bringen.

»Fußbalsam! Jetzt! Späder is koa Zeit ned!«

»Omilein«, weise ich sie zurecht. »Geht's no? Du kannst doch ned deine Gäste so umeinanderkommandieren!«

Die Omi flucht und nimmt mir das Versprechen ab, dass ich dafür nachher die Tour übernehme. Dann verschwindet sie in der Küche, um schon mal das Kraut zu hobeln, das es nachher zum Krustenbraten gibt. Ich werfe derweil die Kaffeemaschine an und zapfe dem Eichelmann seinen Kaffee, genau so, wie er ihn sich eben gewünscht hat: mit einem doppelten Espresso, viel Milchschaum und fast ohne Milch.

»Sooo, bittschee … ein Kaffeetscherl«, sage ich und stelle ihm das Haferl hin.

»Danke«, sagt er und grinst mich an.

»Sehr gern«, sage ich.

Und weil er einfach nicht aufhören will zu grinsen, stemme ich die Hände in die Hüften und sehe ihn streng an.

»Was is denn?«, frage ich, was dazu führt, dass er noch breiter grinst. Dann schüttelt er den Kopf.

»Oh, Fanny, wir zwei. Ich hab so eine geile Idee.«

»Obacht, Bürscherl«, warne ich.

Zusammen mit erhobenem Zeigefinger und einem finsteren Blick ist das meine Standardreaktion auf Anmachen von Männern unter siebzig. Bei denen, die älter sind, genügt meist schon der Zeigefinger, denn die hatten in aller Regel ein paar Jahrzehnte Zeit, die Sprache der Frauen zu erlernen.

»Nein!«, wehrt er ab. »Neeeiiin! Ich bin verheiratet, alles klar?«

Er guckt mich an, als hätte ich *ihm* ein unmoralisches Angebot gemacht, und ich hebe entschuldigend die Hände.

»Hol mal deine Eltern«, sagt er, völlig unvermittelt.

Ich sehe ihn an. Meine Eltern?

»Und das Omilein brauche ich auch.«

»Äh, und wozu, wenn die Frage genehm ist?«

»Siehst du gleich.«

Der Typ stellt mich vor Rätsel, ganz ehrlich. Aber gut. Ich folge seiner Anweisung und habe schon erstaunlich kurze Zeit später die ganze Mannschaft um den Stammtisch versammelt: den Papa, die Mama und mich. Das Omilein bringt noch fix eine Kanne Kaffee und einen Teller Butterkekse, dann setzt auch sie sich.

Als ich die Familie eben zusammengetrommelt habe, hat keiner gemurrt oder gezögert, im Gegenteil. Es war, als hätten alle gleich gespürt, dass das, was jetzt kommt, irgendwie wichtig ist. Die Mama hat extra im Büro angerufen und gesagt, dass es später wird. Und der Papa hat sogar ein wenig von dem Davidoff-After-Shave aufgelegt, das ihm die Mama vor ungefähr zwölf Jahren zu Weihnachten geschenkt hat. Er starrt den Eichelmann so ängstlich und erwartungsvoll an wie ein kleines Kind, das sich nicht ganz sicher ist, ob der Mann, der vor ihm steht, auch wirklich der heilige Nikolaus und nicht doch der schreckliche Krampus ist.

»Liebe Familie Ambach«, fängt der Eichelmann an und setzt ein gewinnendes Lächeln auf, »das kommt jetzt vielleicht etwas plötzlich, aber als ich heute Morgen aufgewacht bin, hatte ich *die* Idee.«

Und dann fängt er an zu reden.

Wir brauchen ein bisschen, bis wir schnallen, was der Eichelmann eigentlich von uns will. Er holt etwas weit aus, indem er erst ausführlichst von den verschiedenen Lokalen erzählt, die er in Berlin besitzt. Von der Cocktailbar direkt an der Spree und von diesem Laden in Mitte, in dem es so etwas Ähnliches wie schwedische Tapas gibt. Von einem Steakrestaurant erzählt er auch – wobei sich Omileins Augen zu gefährlichen Schlitzen verengen, als Eichelmann behauptet, dass es darin das beste Fleisch der ganzen Welt gibt. Und er erzählt von einer Zeitschrift, die *Landlust* heißt und die wahnsinnig erfolgreich ist, und davon, wie gut in Berlin zurzeit österreichische Restaurants funktionieren, weil die Leute so verrückt nach Wiener Schnitzel sind. Und dass es überhaupt so dermaßen an der Zeit sei für die süddeutsche Küche. Und dann sagt er etwas, was den Papa schon wieder erglühen lässt vor Stolz und Zuneigung: dass er's nämlich im Urin hat, dass die Welt reif für ungewöhnliche Obstbrände ist.

»Wodka ist over, Gin ist over, Whiskey total Seventies. Es muss was Neues kommen, und ich bin mir sicher, dass ein *Kornelkirschenbrand* oder *Maiwipfelgeist*« – er betont beide Worte so, als könne er immer noch nicht glauben, dass es so etwas tatsächlich gibt – »genau das ist, worauf alle warten, sie wissen es nur noch nicht.«

Der Papa nickt, als hätte er das schon immer gesagt, und versieht das Omilein mit einem triumphierenden Blick.

Die Mama richtet sich auf und versucht, ihre Stimme superprofessionell klingen zu lassen, was ihr erstaunlich gut gelingt.

»Und *in a natzschell* soll des jetzt was heißen?«, fragt sie und schnappt sich mit spitzen Fingern einen Keks. »Wollen Sie die Brände meines Mannes nach Berlin importieren?«

Sie beißt ein winziges Stück vom Keks ab und sieht Eichelmann unverwandt an. Wer sie nicht besser kennt, könnte den Blick ihrer aufgerissenen Augen für unschuldig halten, aber ich bemerke ganz klar die Dollarzeichen darin. Die Mama hat sich nie auch nur einen Deut um das Wirtshaus geschert, seit sie mit dem Papa verheiratet ist. Nur wenn sie das Gefühl hat, dass irgendwo ein bisschen Geld rausspringen könnte, lässt sie sich in unsere Sphären nieder. Bei der Tausendjahrfeier von Kleinwiesenhausen zum Beispiel. Da hat sie eigenhändig einen großen Imbisswagen gemietet und mit Argusaugen den Papa dabei beaufsichtigt, wie er Omis Bratwürstel für 3,50 das Stück unter die Leute brachte. Oder wenn in der Region eine BayWa-Zweigstelle Betriebsfeier hat. Da lässt sie dann großzügig ihre guten Kontakte spielen und handelt höchstpersönlich die Verträge mit dem Omilein aus – nicht unbedingt zum Vorteil der Bay-Wa, muss man sagen.

»*In a nutshell*«, wiederholt Eichelmann, »möchte ich nicht nur die Brände Ihres Mannes nach Berlin importieren, sondern das alles hier.«

Er breitet die Arme aus und sieht uns erwartungsvoll an.

»Wie jetzt?«, fragt die Mama und reißt die Augen noch weiter auf, diesmal ist jedoch unklar, ob aus Gier oder aus Erstaunen.

»Ich will die Minghartinger Stuben in Berlin eröffnen.«

Die Mama schweigt, der Papa schweigt, und ich schweige auch. Ich versteh bloß Bahnhof und die anderen offensichtlich auch.

»Wie jetzt?«, fragt die Mama, nun plötzlich schüchtern. »Die Minghartinger Stuben in Berlin?«

»Oiso, i bleib hier, bloß, dass des gleich amoi klar is«, platzt es da aus der Omi raus. Sie verschränkt die muskulösen Arme vor der schmalen Brust und macht ein schmollendes Gesicht. Der Papa guckt verunsichert, rutscht aber, wie um ihr zuzustimmen, ein kleines Stück näher zu ihr hin.

Ich hingegen bleibe völlig regungslos. Ich kapier nämlich gar nichts.

»Sie müssen ja auch gar nicht nach Berlin, Frau Ambach. Das ist ja das Geniale. Ich will den Laden in Berlin *nachbauen!*«

Er sieht wieder begeistert in die Runde, aber noch immer rührt sich keiner. Sogar die Augen von der Mama haben sich misstrauisch verengt. Den Eichelmann scheint das nicht zu irritieren. Er redet einfach weiter.

»Ich meine, wenn wir dieses Gasthaus hier in Berlin aufmachen, und diese ganzen Deppen, die seit der Wende nur noch in irgendwelche ironisch gemeinten Läden rennen, das hier sehen! Wenn die mal erleben würden, wie echt und atmosphärisch ein Restaurant sein kann! Und dann halt vor allem dieses unglaublich geile Essen! So gute Würste haben die in ihrem ganzen Leben noch nicht probiert! Die würden uns die Tür einrennen, darauf wett ich!«

Die Blicke am Tisch: immer noch skeptisch.

»Und wisst ihr was? Ich hab schon eine super Location im Kopf, die total gut passen würde. Ich kenne auch einen genialen Möbelbauer, der kann die Einrichtung und die Holzvertäfelung und das alles eins zu eins kopieren. Dann müssen wir natürlich auch unbedingt das Logo und den Schriftzug übernehmen, allenfalls ein kleines bisschen modernisiert, damit es nicht zu cheesy wirkt. Und den Namen behalten wir natürlich auch. Stellt euch das mal vor, Leute! Die Minghartinger Stuben! In *Berlin!*«

Berlin – das Wort hallt durch die Gaststube, fremd und glänzend wie ein Raumschiff, das am falschen Ort gelandet ist.

»Schön und gut. Und was ist unser *benefit* aus der ganzen Geschichte?«, fragt die Mama, als sie sich von dem Schrecken erholt hat.

»Dazu wollte ich gerade kommen«, sagt Eichelmann und schaut so siegesgewiss drein wie sonst nur der Bürgermeister im Wahljahr, wenn's wieder einmal Freibier für alle gibt, auf Gemeindekosten natürlich.

»Du, Wolfi«, sagt er und sieht meinen Vater an. »Du müsstest etwas größere Mengen von deinen Bränden produzieren. Nicht wahnsinnig viel natürlich. Je rarer die Ware, desto mehr kann man schließlich mit dem Preis hochgehen, vor allem, wenn es das Zeug weltexklusiv nur bei uns gibt.«

Der Papa wirkt plötzlich nervös, wie immer, wenn irgendetwas nach Arbeit klingt, nickt aber.

»Und Sie, Frau Ambach«, sagt der Eichelmann, jetzt an die Omi gerichtet. »Sie müssen im Prinzip nur Ihre besten Rezepte preisgeben und den Chefkoch des neuen Restaurants ein oder zwei Wochen lang unter Ihre Fittiche nehmen. Am besten hier vor Ort, in der Originalküche. Na ja, und dann müssten Sie nebenbei noch Unmengen von Ihren fantastischen Würsten produzieren. Die lassen wir dann per Kühlexpress nach Berlin kommen, das wird der absolute Hammer.«

Er sieht sie an, mitreißend, begeistert, aber das Omilein reagiert nicht. Stattdessen meldet sich jetzt wieder die Mama zu Wort, die bei Verhandlungen gerne mal die Führung übernimmt.

»Des is aber a bisserl wenig«, sagt sie.

»Und deshalb«, sagt Eichelmann und tut so, als

würde er den Einwand mit dem Finger aufspießen, »und deshalb bekommt ihr natürlich eine *Lizenzgebühr.*«

»Ah«, kiekst die Mama und bekommt vor lauter Freude rote Flecken im Gesicht, obwohl er ja noch gar nicht konkretisiert hat, was er sich unter dieser Lizenzgebühr vorstellt, jetzt in Zahlen, meine ich.

Eichelmann schnappt sich einen Keks und grinst.

»Es gibt da nur ein Problem«, sagt er, steckt den Keks im Ganzen in den Mund und kaut genüsslich. Die Flecken in Mamas Gesicht werden dunkelrot, und der Papa rutscht auf der Bank noch ein kleines Stückchen näher zur Omi hin.

»Ich brauche in Berlin …«, sagt er mit vollem Mund, und nimmt sich einen Augenblick, um den Keks hinterzukauen. »Der Keks ist der Wahnsinn, Frau Ambach, den *müssen* wir in Berlin auch anbieten, zum Kaffee oder so, das geht doch bestimmt?«

»*Wos* brauchan Sie in Berlin?«, fragt die Omi mit der unbewegten Miene einer CIA-Agentin.

Der Eichelmann nickt.

»Wir brauchen jemanden, der dem Team da oben ein bisschen zur Seite steht. Jemanden, der überwacht, was in der Küche abgeht, der den direkten Vergleich zu hier hat und am besten die Restaurantleitung übernimmt. Wissen Sie? Der auch ein bisschen bayerischen *soul* mitbringt.«

Er deutet mit dem Oberkörper eine Samba-Tanzbewegung an, dann richtet sich sein Blick auf mich.

Um genau zu sein: *Alle* Blicke richten sich auf mich.

Mit einem Mal steht mir der Schweiß auf der Stirn.

»Na!«, sage ich und schüttele den Kopf, doch der Eichelmann nickt.

»Ich?«, frage ich mit fassungsloser Stimme.

»Du«, sagt er und sieht dabei sehr ernst aus.

»Ganz bestimmt ned!«

»Doch!«

»Ja, und was soll dann bittschön meine Familie machen, so ganz ohne mich?«, frage ich. Ich spüre, wie mein Herz zu pochen beginnt. Ich? Nach Berlin? Mir wird speiübel.

»Des stimmt allerdings«, springt der Papa mir endlich bei. »Mir brauchen die Fanny hier. Moanst du ned auch, Mama?«

»Da finden wir scho jemanden«, sagt die Mama, ehe das Omilein antworten kann.

»Wen denn?«, fragen der Papa und ich im Chor.

»Ja, dich zum Beispiel!«, sagt die Mama.

»Mich?«, sagt der Papa entsetzt. »Na, bestimmt ned!«

»Doch! Ich find des eh unmöglich, dass du dich allerweil vor der Arbeit drückst«, sagt die Mama und reißt damit eine Wunde wieder auf, von der wir alle dachten, dass sie längst verheilt wäre.

»Aber ...«, sagt der Papa.

»Na, na, na«, wiegelt die Mama seine Einwände ab.

»Aber ...«, sagt der Papa wieder.

»Doch! Du kannst deiner Mutter scho amoi wieder a bisserl unter die Arme greifen.«

»Aber i woaß doch überhaupts ned, ob i des machen will!«, werfe ich mit leiser Verzweiflung ein. Ich meine, die tun so, als sei die Sache quasi längst entschieden!

»Warum denn des plötzlich?«, fragt die Mama entrüstet. »Jahrelang jammert's, dass es endlich von da weg will, und plötzlich will's doch nimmer! Hin und her! Dieses Kind!«

»Ich will ja auch weg«, protestiere ich, »aber do ned nach Berlin!«

»Fanny!«, mischt sich der Eichelmann ein. »Hör mal. Berlin ist *die* Stadt zurzeit. New York, London, Paris – kannst du alles vergessen. Die richtig coolen New Yorker ziehen alle nach Berlin. Ey, da oben geht es ab, das malst du dir gar nicht aus. Englische DJs! Schriftsteller aus Kalifornien! Italienische Computerkünstler! Bloggerinnen aus Korea!«

Ich schau den Eichelmann so befremdet an, als hätte er ein Spinnennest im Gesicht. Wieso sollte ich mich auf einmal für Bloggerinnen aus Korea interessieren? Bloß weil sie in einer Stadt wohnen, die grau und dreckig und kriminell ist? Ich meine, ich weiß doch, was da oben los ist! Und außerdem – Bloggerinnen? Ich bin ja noch nicht einmal bei Facebook.

»Und das Brandenburger Tor ist in Berlin, Fanny!«, springt die Mama ihm zur Seite. »Und der Berliner Bär und der Ku'damm und der Fernsehturm!«

Diesmal ist es am Eichelmann, befremdet zu schauen, und zwar in Richtung Mama.

»Und finanziell wär's für uns alle riesig! Du bekämst bestimmt ein Supergehalt«, sagt die Mama und versieht Eichelmann mit einem beschwörenden Blick, und, tatsächlich, der nickt. »Und a bisserl mehr Umsatz käme uns mehr als gelegen, gell, Omi?«

Sie sieht die Omi an, die dem Eichelmann gegenüber im Präsidium sitzt und bis jetzt noch kein Wort gesagt hat.

»Genau, Mama, wie siggst denn du des?«, fragt der Papa, wohl in der Hoffnung, dass das Thema vielleicht ganz fix aus der Welt zu schaffen ist.

Das Omilein schweigt, legt den Kopf schief und betrachtet den Teller mit den Keksen. Dann zieht sie die Schultern in die Höhe.

Alle sehen sie an.

»Von mir aus«, sagt sie mit ergebener Stimme.

Und dann richten sich alle Blicke am Tisch auf mich.

»Da hörstas«, sagt die Mama und verschränkt die Arme.

Ich will tief Luft holen, aber irgendwie arbeiten meine Lungen nicht. Ich? Nach Berlin? Wirklich? Ich wollte immer weg, klar, und ich bin meiner Familie mehr als einmal auf die Nerven gegangen mit meinen Ausbruchsfantasien. Aber ich hab höchstens von einer Stelle in einem Juweliergeschäft in München geträumt. Gut, und hin und wieder heimlich davon, nach Italien zu ziehen. Prinzipiell klingt das, was der Eichelmann da sagt, ja nicht schlecht ... aber wenn ich gerade versuche, darüber nachzudenken, ist es, als würde mir das Hirn ausgeknipst. In meinem Kopf ist es stockduster, kein noch so winziges Lichtlein leuchtet mir den Weg.

Die Mama sagt etwas, aber ich sehe nur pink geschminkte Lippen, die sich in einem fort bewegen. Einzelne Silben dringen an mein Ohr, ohne dass ich irgendetwas verstehe.

Plötzlich weiß ich, dass ich Luft brauche. Klare, frische Luft.

Ich stehe so schwungvoll auf, dass ich fast den Stuhl umschmeiße, und werfe einen langen, hilflosen Blick in die Runde.

Dann stürze ich durch die Tür.

Ich sitze unten am Ufer des Weihers, dort, wo ich mich schon als Kind oft versteckt habe, wenn ich meine Ruhe haben wollte oder einfach nicht wusste, wohin. Aus der Ferne höre ich meine Mutter rufen, aber ich weiß, dass sie mich nicht sieht. Ich sitze hinter dem morschen Kahn, der dort seit Jahrzehnten umgedreht liegt. Er ist so löchrig, dass er im Wasser wahrscheinlich wie ein Stein untergehen würde. Ich habe die Schuhe und die Socken ausgezogen, stupse mit dem großen Zehen ganz leicht die Wasseroberfläche an, und sehe zu, wie sich die Wellen in immer größer werdenden Ringen ausbreiten.

Alle großen Sachen haben immer nur eine ganz kleine Ursache. Das Weltall, Veränderungen, Schwangerschaften.

Der Golf meiner Mutter heult auf, dann höre ich, wie er sich langsam entfernt. Ich atme auf. Ich hatte schon befürchtet, sie würde heute den ganzen Tag blaumachen, so lange, bis sie mich gefunden und überredet hat, nach Berlin zu gehen.

Ich hasse es, wenn sie mich überredet. Das hier muss ich selbst entscheiden. Es geht ja schließlich um mein Leben und nicht um ihres.

Klar, sie hat natürlich recht. Ich wollte immer weg, und ich wundere mich selbst darüber, dass ich jetzt, da sich diese Tür öffnet, so panisch reagiere. Ich meine, es ist eine Irrsinnschance, vielleicht die Chance meines Lebens. Aber andererseits: Berlin? Geht's noch eine Nummer größer? Außerdem wollte ich weg, um meinen eigenen Schmuckladen aufzumachen und nicht, um gleich wieder in einem Wirtshaus zu buckeln. Im Wirtshaus buckeln kann ich auch hier, dazu muss ich doch wirklich nicht nach ... nach ... Westpolen!

Hinter meinem Rücken höre ich, wie sich jemand langsam nähert, aber ich drehe mich nicht um. Es ist das Omilein, das spüre ich ganz genau. Es *kann* nur das Omilein sein. Sie ist die Einzige, die meine Verstecke kennt. Sie ist die einzige, die *mich* kennt. Außerdem erkenne ich ihre Schritte.

»Fanny«, sagt sie, als sie direkt hinter mir ist. Sie flüstert fast, und ich sehe nun doch zu ihr hinauf. Wie sie da steht, in ihrem Kochschurz, auf ihren dünnen, knochigen Beinen. Von hier unten kann man durch die Stützstrumpfhose hindurch die Härchen an ihren Waden sehen, weshalb ich mich bemühe, schnell wieder in ihr Gesicht zu blicken.

»Kimm amoi auffi«, sagt sie mit sanfter Stimme und winkt mich zu sich hoch. »Wenn i mi da unten hi setz, kriegts ihr mi bloß no mit Hilfe der Feuerwehr auf die Fiaß.«

Sie deutet auf ihren Rücken, und mir wird schmerzhaft bewusst, wie alt sie inzwischen schon ist. Die liebe Omi.

Ich schlüpfe zurück in meine Socken und Schuhe und komme wieder auf die Beine. Dann lehnen wir uns nebeneinander an den Kahn und blicken auf den See.

»Na, Fanny?«, fragt sie nach einer Weile.

»Ach, Omilein. I woaß ned. Findst du wirklich, dass des so a grade Idee ist? Die Minghartinger Stuben in Berlin?

»Fanny, i hab koane Ahnung«, gesteht sie.

»Aber du hast doch gesagt, dass du dafür bist?«

Sie sieht mich an und nickt.

»Oiso willst du doch, dass ich geh?«

»Naa, von *wollen* kann überhaupts koa Rede sein.«

»Aber warum sagst du denn dann nix?«

»Weil ich glaub, dass es gut für dich war, wennst gehst.«

Sie sieht mich offen an, und ich blicke einigermaßen skeptisch zurück. Das ist das erste Mal in meinem Leben, dass sich das Omilein zu meinen Fluchtgedanken äußert, und jetzt tut sie's auch noch positiv. Früher hat sie immer so getan, als würde sie mich gar nicht hören, wenn ich mal wieder davon gesprochen habe, wegzugehen und endlich den Laden aufzumachen, von dem ich träume, seit ich zwanzig bin.

»Aber du wolltst doch, dass ich wieder daher zurück komm, Omi.«

»Ja, Fanny, weil mir damals die Kuh vom Eis ham

holen müssen. Aber des is jetzt sieben Jahr her. Des kannt i ja ned wissen, dass du deinen Arsch nimmer hochkriegst.«

»Und wieso denkst du, dass es gut für mich wär?«, frage ich.

»Weil's vielleicht dei letzte Chance is, dassd amoi was anders vo der Welt siggst. Am Ende bereust du des ewig, wennst jetz ned gehst.«

Ihr Blick ist jetzt so ernst, dass ich gar nicht antworten kann. Sie hat recht. Es könnte meine letzte Chance sein. Nicht dass ich Quirin Eichelmann sonderlich attraktiv fände, aber vielleicht ist er der Ritter, von dem ich so bloß nicht geträumt habe, und Berlin ist der Ort, an dem ich mein Glück finde.

»Eigentlich wollt i irgendwann mal was anders machen als Gastronomie«, sage ich leise.

»I woaß scho, Fanny, i woaß scho. Aber dem kommst du a ned näher, wennsd di immer bloß hier verkriachst.«

Ich sehe sie an und habe plötzlich das Gefühl, eine beste Freundin zu haben, von der ich überhaupt nicht wusste, dass sie existiert.

»Du meinst, i soll des machen?«, frage ich, immer noch ein bisschen unsicher. »Nach Berlin gehen und euch alleine lassen?«

»Ja, Fanny. Mir schaffen des scho hier.«

Ich atme ein und muss für einen kurzen Moment die Augen schließen, und dann passiert etwas, von dem ich immer dachte, dass es nur dann geschieht, wenn es mit dem Atmen ganz zu Ende geht: Mein ganzes Leben zieht an mir vorüber. Ich sehe kleine Kinderhände, *meine* Hände, von Omileins guten Bratwürsteln verschmiert. Ich sehe Mamas Nagellack, mit dem ich den Bauernschrank in meinem alten Zimmer mit einem neuen, pinken Herz verziere. Ich sehe das Sofa in der Scheune, auf dem ich Seit an Seit mit dem Papa in *Oh, wie schön ist Panama* versunken bin. Und dann ziehen Gerüche an mir vorbei, von leeren Bierfässern, angebratenem Sauerkraut und frischen Brezn. Und tausend Geräusche höre ich auf einmal, spritzendes Fett, das Gebrüll, wenn der Papa beim Schafkopf verliert, das Zirpen der Grillen in einer Sommernacht, das Maunzen von Katzenbabys. Und dann tauchen die Gesichter meiner alten Freunde vor mir auf, die aus der Schule, die aus dem Ort und die aus den umliegenden Dörfern – sie sind alle aus Mingharting weggegangen. Und plötzlich denke ich an das alte Kinderzimmerfenster von Bea, hinter dem jetzt irgendjemand anderes lebt, und an meine alte Schule, in die inzwischen die Generation nach mir geht, und dann denke ich an diesen Kahn hier unter meinem Po, unter den der Max und ich so oft gekrochen sind, wenn wir nicht wollten, dass uns einer findet. Der Max. Der ist doch auch in Berlin.

Ich lege den Kopf in den Nacken und öffne die Augen, starre in den Himmel, an dem die Wolken fast unwirklich schnell vorüberziehen. Und auf einmal wird mir klar, dass es tatsächlich auch für mich Zeit wird zu gehen.

Ein Leben ist zu Ende, und es ist Zeit, dass ein neues beginnt.

»Okay, ich mach's«, sage ich.

»Guad«, antwortet das Omilein, nimmt meine Hand und drückt sie. »Guad, guad. Und jetzt, kloane Fannymaus, bringst mi endlich zur Apotheke.«

Sechs Monate später ...

5

Als wir in den Landeanflug gehen, schaue ich noch schnell nach, ob sich zwischen Sicherheitshinweisen und Lufthansa-Magazin auch wirklich ein Brechbeutel befindet. Mir ist speiübel, aber ich fürchte, das hat nichts damit zu tun, dass der gwamperte Typ neben mir so nach Fleischpflanzerln stinkt, dass es einem schier die Schuhe auszieht. Nein, um ehrlich zu sein: Ich bin nervös, ein bisschen.

Das da unten ist meine Zukunft.

Von oben schaut Berlin aus, als hätte einer einen riesigen Kübel Betonschutt in eine vorher nicht weiter bemerkenswerte Gegend gekippt. Die Stadt ist grau und grenzenlos, und ein heller Dunst hängt wie eine staubige Decke darüber. Eben haben wir eine riesige Plattenbausiedlung überflogen, jetzt entdecke ich den Fernsehturm, der mir aus diesem unglaublichen Moloch wie eine kleine, diamantbesetzte Krawattennadel entgegenglitzert.

Ich meine, es ist nicht so, dass ich mich nicht prinzipiell freuen würde auf Berlin. Doch, doch, das tu ich schon irgendwie. Immerhin hat mir Bea den ganzen Winter über haarklein erzählt, wie toll die Stadt ist, wie *vibrant* und *thrilling* und *inspiring* (idiotische neue Angewohnheit von ihr, dass sie plötzlich denkt, die richtigen Worte nur noch auf Englisch zu finden). Sie hat mir ausführlich berichtet, wie großartig die Cafés dort sind, und die Läden und Kneipen und Boutiquen. Und die Clubs. Und als ich gefragt hab, was sie meint, Diskos? Da hat sie nur den Kopf geschüttelt und »Fanny« gesagt, als hätte ich irgendwas nicht kapiert.

Überhaupt war es ungefähr so ähnlich, wie wenn man befürchtet, dass man schwanger ist. Egal, wo man hingeschaut hat, war plötzlich Berlin, im Fernsehen und in den Zeitschriften, und überall hieß es, dass es die aufregendste, coolste, hippste, kreativste und lebenswerteste Stadt der Welt sei. Ich hab es so oft gehört, dass ich gar keine rechte Kraft mehr hab, die Sache anzuzweifeln. All die Leute da draußen, die können doch nicht irren. Und hat nicht sogar John F. Kennedy den Satz gesagt: »Ich bin ein Berliner«? Ich werde jetzt auch einer, aber, um die Wahrheit zu sagen: Ich fühle mich einfach bloß wie ein kleines Mädchen, das zum ersten Mal allein in die Schule marschiert.

Ich umfasse den Diamanten an meinem Hals, als das Flugzeug noch tiefer sinkt. Mit der anderen Hand umkralle ich den Reiseführer, den ich mir am Flughafen gekauft habe, um ihn während des Fluges zu lesen, und den ich dann aber doch kein einziges Mal aufgeschlagen habe. Ich bin halt immer noch keine Profifliegerin, gell. Trotz der 18-Stunden-Odyssee zu Beas Hochzeit in der Karibik. Die Dächer unter uns rücken immer näher und ich schließe die Augen.

Dann landen wir, so hart und ruppig, dass sich aus dem Typen neben mir ein gewaltiger Rülpser löst. Ich wende mich unauffällig ab und versuche, flach zu atmen. Es dauert eine Ewigkeit, bis die Maschine endlich steht und das Signal zum Lösen der Gurte erklingt. Ich schließe noch einmal kurz die Augen, dann öffne ich sie.

Da ist er. Ich entdecke ihn gleich, als ich aus dem Flughafengebäude in die kalte Februarsonne trete: Quirin Eichelmann, mein neuer Chef, wieder mit Pilotenbrille auf der Nase, dickem Schal überm Tweedsakko, lässig an seinen schwarzen Daimler gelehnt.

Fast muss ich lachen, als ich ihn erblicke.

»Hey! *Welcome*, Fanny!«, ruft er.

Er macht einen Schritt auf mich zu und breitet die Arme aus, als würde er die Welt bejubeln oder mir das Schloss Versailles präsentieren oder was weiß ich, dabei befinden wir uns nach wie vor bloß im trauriggrauen Innenhof des Flughafens Tegel, der im Vergleich zum Franz-Josef-Strauß-Flughafen in München wie der lange nicht benutzte Seitenflügel eines baufälligen Krankenhauses wirkt.

Ich halte Quirin höflich die Hand hin, aber er drückt mich direkt an sich, als sei ich eine alte Freundin und er wahnsinnig glücklich, mich zu sehen. Dann wirft er zwei Küsse in die Luft, einen über meine linke Schulter, einen über meine rechte.

»Lass dich ansehen! Wie war dein Flug?«

Er nimmt mir das Gepäck ab und wuchtet es in den

Wagen. Ich habe bloß meinen großen alten Wanderrucksack dabei, ein Mordsgerät, das mein Vater vor ungefähr zwanzig Jahren mal gekauft hat, als er mit den Fußballern ins »Trainingslager« nach Garmisch gefahren ist. Natürlich nicht, um Sport zu treiben, sondern damit sich die ganze Mannschaft mal wieder ohne Ehefrauen in trauter Eintracht und aller Ruhe schön einen in den Tank kippen konnte. Seither ist der Rucksack auf dem Speicher gelegen, direkt neben dem alten, staubigen Köfferchen aus Kunstleder, mit dem das Omilein Mitte der Achtzigerjahre mal wegen Pfeifferschen Drüsenfiebers im Krankenhaus war. Er lag da, bis ich ihn dann hergenommen hab, um damit nach Pforzheim zu ziehen. Seither hänge ich an dem Ding. Er ist mit mir auf die Virgin Islands geflogen, und jetzt hierher.

»Nett, dass du mich abholst, Quirin.«

»Selbstredend!«, sagt er, öffnet mit Schwung die Beifahrertür, bevor er sie ebenso schwungvoll wieder hinter mir zuknallt.

»Wir fahren gleich als Erstes ins Wirtshaus, oder?«, fragt er und wirft sich auf den Fahrersitz.

»Logisch«, sage ich, obwohl ich nichts dagegen gehabt hätte, mich erst einmal zu duschen und umzuziehen. Denn erstens sind der Papa und ich aus lauter Panik, den Flug zu verpassen, viel zu zeitig los. Drei Stunden habe ich auf dem blöden Terminal 1 gewartet, bis endlich Zeit zum Einchecken war. Zweitens habe ich jetzt, da ich im Auto sitze, das ungute Gefühl, nach Fleischpflanzerln zu riechen. Und drittens interessiert mich meine neue Bleibe natürlich auch riesig. Der Quirin wird mir nämlich seine alte Wohnung überlassen, die er immer wieder untervermietet, weil er den schönen, spottgünstigen Mietvertrag nicht aufgeben mag – angeblich ein riesiges ausgebautes Dachgeschoss ganz in der Nähe der neuen Minghartinger Stuben. Ein Bett und einen Esstisch hat er mir auch schon organisiert, Einbauschränke und Küche sind ebenfalls drin. Das hat den Vorteil, dass mein ganzer Hausrat erst einmal in Bayern bleiben kann und ich nicht den ganzen Stress auf einmal habe. Organisation scheint ja überhaupt Quirins großes Ding zu sein. Ich meine, wie lange ist das her, dass er eines Abends in unserem Wirtshaus aufgetaucht ist? Ein halbes Jahr. Und nächste Woche ist schon der 3. März und damit Eröffnung.

»Also dann, auf geht's«, sagt er, lockert seinen Krawattenknoten und steigt so dermaßen aufs Gas, dass der Typ mit Schnauzbart und Schiebermütze, der gerade über die Straße will, einen großen Satz zurück auf den Bordstein macht. Ich quietsche vor Schreck, aber Quirin lacht nur.

»Hipster-Versenken!«, ruft er.

»Hier?«, frage ich, als wir in einer belebten Straße halten – direkt vor einem Trödelladen, in dessen Schaufenster jede Menge orangefarbenes Plastikzeugs steht, Tischlampen aus den Siebzigern, Butterdosen, so Kram.

»Hier«, sagt Quirin und steigt aus dem Wagen.

Ich steige ebenfalls aus und sehe mich um. Das ist also Kreuzberg. So so.

Eigentlich ganz hübsch, das Viertel: Altbauten und hohe Platanen säumen die Straße, dazwischen stehen das ganze Trottoir hinab Tische und Stühle. Es ist ungewöhnlich warm für die Zeit, und jetzt wirkt es fast so, als sei die ganze Straße ein einziges großes Café. Was sie ja irgendwie auch ist. Menschen mit windschiefen Frisuren sitzen vor Tassen und Gläsern, blinzeln in die Sonne und scheinen eine rechte Gaudi zu haben. Die meisten sind auf eine Art und Weise angezogen, dass man sie bei mir daheim auf dem Land direkt komisch anschauen täte mit ihren knöchelhohen Chucks, hautengen Hosen und riesigen Sonnenbrillen. Spatzen hüpfen von Tisch zu Tisch. Ein junger Typ auf einem Rennrad schlängelt sich durch das Gewusel auf dem Bürgersteig auf uns zu, er hat ein Trucker-Käppi auf dem Kopf und riesige, neonfarbene Kopfhörer um den Hals, die ihm anscheinend die Sicht blockieren, denn ich muss einen Satz zur Seite machen, damit er mich nicht umfährt.

»Ja, so eine Wildsau! Obacht!«, rufe ich.

»Haba keina Bremsa, sorry!«, sagt er mit einem Akzent, der spanisch oder portugiesisch oder sonstwas ist, dann ist er um die Ecke verschwunden.

Keine Bremsen, das passt ja zu der Gegend, denk ich noch und sehe ihm kopfschüttelnd hinterher, da berührt mich Quirin an der Schulter und holt mich ins Hier und Jetzt zurück.

»Komm, wir nehmen den Kücheneingang«, sagt er.

»Ich will erstmal von außen schauen«, sage ich, aber der Quirin schnappt sich meine Hand und zerrt mich mit sich.

»Hintenrum ist spannender«, erklärt er und grinst. Dann sperrt er die Haustür eines ziemlich heruntergekommenen Altbaus auf. »Hier entlang, bitte.«

Na ja. Das Wort »Mücheneingang« trifft es nicht *ganz*, selbst wenn man die Minghartinger Stuben zum Vergleich hernimmt, die originalen, meine ich. Wir betreten einen miefigen Durchgang, in dem zerschlagene, alte Fliesen auf dem Boden liegen und jeder einzelne Briefkasten zerdellt oder sogar aufgebogen ist. Links geht ein schummriges Treppenhaus ab, danach kommen wir in einen Hinterhof voller Mülltonnen und Fahrräder. Ich ducke mich unter einer voll behängten Wäscheleine hindurch und folge Quirin nach rechts und schließlich durch eine Tür, die so schwer ist, dass er sich dagegenstemmen muss, um sie aufzukriegen. Endlich treten wir ein.

Oha.

Nicht übel.

Überhaupt nicht übel.

Also, sagen wir es so: Dass unsere Küche im Wirtshaus ein bisschen, äh, *grattlig* ist, wusste ich natürlich. Sie besteht nämlich größtenteils aus gebrauchten Einbauküchenmöbeln, die auf dann doch eher gewagte Art zusammengemixt sind: ein weißes, gefälschtes Landhausbüfett, eierlikörgelbe Unterschränke unter brauner PVC-Arbeitsplatte und zwischendrin die alten Eiche-Rustikal-Möbel, die die Mama gleich nach dem Einzug ins Wirtshaus nicht mehr in ihrer Wohnung haben wollte. Lose unter das Chaos gemischt sind ein sechsflammiger Herd von 1960, vier höchstwahrscheinlich ebenso alte Kühlschränke und das Trumm von Wurstmaschine, die das Omilein vor Jahr und Tag mal dem Metzger Bachhuber abgekauft hat.

Die Küchenmöbel, zwischen denen ich jetzt stehe, kannte ich bislang bloß aus dem großen *Gastro-Star*-Katalog für Gastronomiebedarf, der bei uns zwischen ein paar ausgemusterten *Bianca*-Heftchen im Personalklo liegt. Die Möbel sind allesamt aus schwerem Edelstahl, die Arbeitsplatten glänzen kalt, die neuen, weißen Fliesen blitzen. Die Töpfe und Schüsseln, die sich in einem schweren Stahlregal stapeln, sind auch brandneu, nicht einmal die hölzernen Kochlöffel haben einen Flecken. Ich erkenne einen überdimensionierten Wärmeschrank, mehrere Heißluftöfen und einen Kombidämpfer, in dem man einen Kleinwagen parken könnte. Und dann erblicke ich den Gemüsewaschtisch, der auf der Seite ein Loch hat, unter dem man einen fahrbaren Mülleimer parken kann. Den hat sich das Omilein schon *immer* gewünscht.

»Astrein«, sage ich anerkennend, und der Quirin, das ist nicht zu übersehen, freut sich diebisch.

»Und jetzt ...«, kündigt er an, aber er wird unterbrochen.

»Funny!«, höre ich eine mir wohl bekannte Stimme.

Ich fahre herum und entdecke die schwarzen Dreadlocks vom Schorschi, der unter irgendeinem Schrank hervorkriecht.

»Der Schorsch!«, rufe ich. »Servus! Schön, dich zu sehen!«

Schorsch kommt auf die Beine und begrüßt mich, ebenfalls mit Bussi hier und hier. Ich dachte zwar immer, das machen sie nur in der Münchner Schickeria, aber ich lerne ja schnell, gell, also küsse ich diesmal zurück. Dann lachen wir, einfach nur so, weil's halt nett ist, sich wieder mal zu sehen.

Der Schorsch wird in den Minghartinger Stuben den Küchenchef machen, deshalb kennen wir uns schon, denn der Quirin hat ihn zum dreiwöchigen Küchenpraktikum bei der Omi geschickt. Natürlich heißt der Schorsch eigentlich gar nicht Schorsch, sondern Goredenna, was ein Bantu-Wort für Sturmwolke ist. Der Schorsch kommt nämlich ursprünglich aus Mosambik. Als er dann mit seiner Familie nach New York ausgewandert ist, hat er sich in George umbenannt, damit's die Amis aussprechen können und weil's halt einfacher ist. Das mit dem Schorsch ist dann auf dem Mist vom Omilein gewachsen.

Überhaupt hat's der Omi mit dem Schorschi *pfenningguad* gefallen. Nicht nur, weil der mit Mordsbegeisterung auch noch die abscheulichsten Auswüchse der bayerischen Küche in seinem Schlund versenkt hat (und bei saurem Rehlüngerl oder altbayerischem Hirnschmarrn steig sogar ich aus), sodass er sich in den drei Wochen einen recht schönen Hendlfriedhof angefuttert hat, überm Gürtel, meine ich. Nein, er war auch ein sehr gelehriger Schüler, der immer gleich ganz genau kapiert hat, worum's der Omi geht, wenn sie Ochsenschwanz auskocht, Semmelknödel dreht oder Krustenbraten brät. Die beiden waren ein Herz und eine Seele, wobei ich nicht weiß, wie sie sich eigentlich verständigt haben. Mit Worten auf alle Fälle nicht. Das Hochdeutsch ist bei beiden nämlich eher gebrochen.

»So good, dass du da bist«, sagt er herzlich, und seine Dreadlocks umkränzen sein lachendes Gesicht wie die Strahlen einer dunklen Sonne. »Wurde Zeit!«

»Ich freu mich auch, dass ich da bin«, sage ich und spüre, wie mir beim Anblick vom Schorschi ganz heiter ums Herz wird. Ich meine, ich will nichts von ihm, ehrlich nicht, auch wenn sich das Omilein unverhohlen Hoffnungen in der Richtung macht. Aber er ist ein saunetter Kerl, und plötzlich bereitet mir die Aussicht darauf, ab jetzt mit ihm zusammenzuarbeiten, ein total gutes Gefühl.

»Du darfst dich auch freuen«, sagt Quirin stolz. »Wenn wir aufmachen, ist die Bude voll. Du müsstest mal die Liste der Journalisten sehen, die zur Eröffnung kommen, da fällt dir nichts mehr ein, ehrlich!«

»Pfenningguad«, freue ich mich.

»It's totally great«, stimmt der Schorsch mir zu.

»Und jetzt die Probe«, sagt Quirin. »Ist alles fertig, George?«

»Fertig.« Er nickt.

»Okay Fanny, Augen zu«, sagt Quirin. Dann nimmt er ein Geschirrtuch und verbindet mir damit die Augen. »Ich hab deine Familie übrigens doch noch überreden können, zur Eröffnung zu kommen.«

»Was? Wie hast'n des hingekriegt?«, frage ich, aber Quirin antwortet nicht, und wegen der Halbleinen-Augenbinde kann ich auch nicht erkennen, was für ein Gesicht er macht.

»Hier entlang«, sagt er und bugsiert mich um die Ecke, und dann noch ein paar Meter geradeaus. Ich höre, dass wir durch eine Schiebetür gehen und habe dann den Eindruck, einen anderen Raum zu betreten.

»Hier links ... noch ein paar Meter ... und jetzt hinsetzen ... halt, warte! Hier!«

Ich komme auf einer Bank zu sitzen. Vor mir kann ich eine Tischplatte ertasten, eine Tischplatte aus altem, lackiertem Holz, wenn ich mich nicht irre.

»Noch nicht gucken«, sagt Quirin und verschwindet wieder durch die Schiebetür.

Ein paar Minuten vergehen, Minuten, in denen ich ins Schwarze blicke und nicht den blassesten Schimmer habe, wie groß oder hell oder dunkel der Raum ist, in dem ich mich befinde. Dann höre ich, wie sich jemand nähert. Besteck wird vor mir hingelegt, dann ein Teller abgestellt.

Der Duft von Kraut und Gebratenem steigt mir in die Nase.

»Und jetzt guck«, sagt Quirin und nimmt mir die Binde ab.

Und ich gucke. Und wie.

6

»Darf ich vorstellen«, höre ich Quirins Stimme durch den Lärm der Menschenmenge, dann spüre ich eine Hand, die mich am Ärmel packt.

Mist. Ich wollte gerade noch einmal versuchen, mich durch das Gedränge der Gäste in Richtung Ausgang zu wurschteln, denn hier drinnen herrscht ein solches Chaos, dass es vollkommen unmöglich ist, ein Telefonat zu führen. So langsam werde ich nämlich unruhig. Es ist halb neun, und das Flugzeug, das meine Familie von München nach Berlin bringen sollte, müsste bereits vor vier Stunden gelandet sein, aber es ist immer noch keiner hier aufgetaucht. Gerade eben hat das kleine Hotel angerufen, in dem Quirin die drei untergebracht hat, und das nur ein paar Schritte die Straße hinunter liegt. Die Empfangsdame war dran, reichlich ungeduldig. Die Rezeption schließe bereits um acht, ob sie mir nicht die Zimmerschlüssel vorbeibringen könne, sie wolle so langsam nach Hause gehen. Als sie dann eben vor mir stand und mir die Schlüssel in die Hand gedrückt hat, ist mir klar geworden, dass ich die drei hätte abholen müssen, stressige Partyvorbereitungen hin oder her. Ich meine, die Mama, der Papa und die Omi ganz allein in Berlin? Wer weiß, wo die drei abgeblieben sind.

Ich versuche so zu tun, als würde ich die Hand meines Chefs nicht bemerken, aber Quirin packt so dermaßen zu, dass mir nichts anderes übrig bleibt als stehenzubleiben und mich zu ihm umzudrehen.

»Autsch«, rufe ich und sehe ihn böse an.

»Meg«, sagt Quirin und schiebt mich in Richtung einer Frau mit roter Hochsteckfrisur und Lippenpiercing. »Meg, das ist Fanny Ambach. Ihre Urururgroßeltern haben die Minghartinger Stuben gegründet. Sie ist quasi das Herz von dem allen hier.«

Ich ziehe artig die Mundwinkel hoch und versuche, mir meine Anspannung nicht anmerken zu lassen. Die Frau greift meine Hand und lächelt.

»Toll«, sagt sie, »*Ganz* toll.«

»Und das«, sagt Quirin, »ist Meg Rosenberg, die Chefredakteurin von *Zitty*.«

»Ah!«, sage ich und tue erfreut, obwohl ich nur eine ungefähre Vorstellung habe, was *Zitty* ist – irgendein Stadtmagazin, das weiß ich, aber ganz ehrlich, Quirin hat mich heute schon so vielen Journalisten vorgestellt, dass ich langsam den Überblick verliere. »Na, dann herzlich willkommen hier!«, sage ich und bemühe mich ganz ernsthaft, Herzlichkeit auszustrahlen. Bis vorhin gerade eben wäre mir das auch noch ohne Weiteres gelungen, aber so langsam spielt meine Fantasie verrückt. Ich visioniere die Mama, den Papa und das Omilein in einer Seitenstraße im finstersten Wedding, ausgeraubt und zum Paket verschnürt von einem gewalttätigen, skrupellosen Taxigangster, der Omileins Glauben daran, dass nur Bares Wahres ist, ausgenutzt und ihr die Handtasche ausgeräumt hat.

»Toll ist das hier, ganz ehrlich«, sagt die Chefredakteurin. »Und dieses Zeug hier«, sie deutet auf das Glas in ihrer Hand, »wie heißt das gleich wieder? Es schmeckt *fan-tas-tisch!*«

»Fraenzi«, sage ich, zum ungefähr hundertsten Mal an diesem Abend. »Ein Prosecco aus Bayern. Ganz was Besonderes.«

»Ich glaub, ich besorg mir gleich noch einen«, sagt sie, ext ihr Glas und verschwindet Richtung Tresen.

Uffz. Meine Chance.

Ich umrunde eine Gruppe Männer in Anzügen, deren Hosen so kurz sind, dass man die bunt geringelten Socken darunter sieht. Sie lassen die Gläser ihrer Tegernseer Hellen aneinanderkrachen und brechen in Gelächter aus. Dann drücke ich mich an einer Frau in ärmelfreiem Top vorbei. Sie ist quasi bis hinter die Ohren tätowiert und hält einen kleinen Teller Ochsenbackerl in der Hand.

»An Guadn«, sage ich im Vorbeigehen, ganz einfach, weil sich das so gehört.

»Danke«, sagt sie überrascht, dann fällt ihr Blick auf meine Schürze. »Ach so! Sagen Sie, wo Sie gerade hier sind ... Was ist das hier noch mal?«

Sie deutet auf ihren Teller.

»Ochsenbackerl«, sage ich. »Fein, gell?«

»Super. *Sooo* super«, sagt sie und nimmt noch einen Bissen. Dann entdeckt sie jemanden in der Menge. »Brian!«, ruft sie und winkt mit ihrer Gabel. »Huhu! Hier!«

Zwei Schritte weiter stoßen zwei Frauen mit Fraenzi an.

»I love that stuff!«, sagt die eine.

»Bavarian Prosecco! Amazing!« Das war die andere.

Ich muss sagen, anfangs bin ich ja skeptisch gewesen mit diesem komischen Fraenzi, weil so Kinkerlitzchen wie bayerischen Prosecco gibt's beim Omilein selbstverfreilich nicht. Es war Quirins Idee, das Zeug bei der Eröffnung auszuschenken, aber das muss man ja niemandem sagen. Genauso wenig, wie man irgendwen darauf aufmerksam machen muss, dass das Gesöff mit dem bescheuerten Namen natürlich nicht aus Bayern kommt, sondern bloß die Erfindung eines fränkischen Weinguts ist – und Franken ist so ziemlich ungefähr das genaue Gegenteil von Bayern. Hauptsache, den Leuten schmeckt es, und das tut es: Die Eröffnungsparty ist ein voller Erfolg.

Endlich schaffe ich es, mich durch die Eingangstür zu drücken.

Püha.

Erschöpft lehne ich mich gegen ein parkendes Auto. Solche Menschenmengen ist man bei uns daheim ja nicht einmal an Ostern gewohnt. Dann ziehe ich mein Handy aus der Schürze und wähle die Nummer von der Mama. Und gerade, als es zu tuten beginnt, entdecke ich sie. Nicht gefesselt, nicht geknebelt, sondern unversehrt in einem Taxi, das genau in diesem Augenblick um die Ecke biegt.

Der Wagen rollt noch, da springt das Omilein schon

aus dem Auto, den Mund so eng zusammengekniffen, da bekäme man kein Pfennigstück hindurch.

Es ist nie ein gutes Zeichen, wenn sie so ein Gesicht macht.

»Omilein«, winke ich ihr zu, »Omi!«

Sie reißt eine Hand hoch und steuert so entschlossen auf mich zu wie eine Dampflokomotive. Ihr Gesicht entspannt sich kein bisschen.

»Omilein, was is denn?«

Da kommt auch schon die Mama anmarschiert und fängt an, sich über ihr »Rindsvieh von Ehemann« zu beschweren, so laut und bayerisch, dass ich mich unwillkürlich umschaue, ob uns auch keiner hört.

»Aber was is denn passiert?«, frage ich entsetzt, und die Mama und die Omi drehen unisono die Augen zum Himmel.

Mein Blick geht zum Papa, der mit gequälter Miene immer noch auf der Taxirückbank sitzt und offensichtlich darauf wartet, dass der Fahrer ihm sein Wechselgeld gibt. Oder darauf, dass die beiden Frauen seines Lebens aus ebendiesem verschwinden.

»Jetz erzähl schon«, sage ich zur Mama, während der Papa aus dem Taxi steigt und sich nähert.

»Später. I brauch jetzt zerschtamoi was zum Trinken«, sagt die Mama und stolziert schon mal voraus.

»Und i erst«, sagt die Omi und marschiert ihr hinterher.

Ich sehe den Papa an, aber der sagt nichts, sondern wird immer roter im Gesicht.

»Was war denn?«, frage ich ihn.

»Nix weider«, winkt er ab. »Jetzt gehma endlich nei.«

Ich sehe ihn erstaunt an. Neugierig bin ich jetzt zwar schon, aber gut, dann gehen wir eben.

Es ist fast Mitternacht, als sich das Gedränge in den Minghartinger Stuben langsam etwas auflöst. Ich verabschiede Meg, die Chefredakteurin, deren Wangen vor lauter Fraenzi wie die einer dicken Barockputte aussehen.

»Danke für die Einladung, Fanny.«

»Komm gut heim, Meg!«

Ich gebe Debbie, einer Designerin aus Houston, Texas, links und rechts ein Bussi.

»Gud Naht!«,

»Good night! Danke fürs Kommen!«

Dann halte ich den Typen mit den zu kurzen Hosen und den Ringelsocken die Tür auf, und im Vorbeigehen gibt mir jeder Einzelne einen Handkuss, was mich so unglaublich vergnüglich stimmt, dass ich kaum aufhören kann zu grinsen.

Mann, geht's mir gut, ganz ehrlich. So gut wie schon lange nicht.

Was ja eigentlich eher verwunderlich ist. Weil: Die letzte Woche war so stressig, dass ich kaum zum Durchatmen gekommen bin, geschweige denn dazu, so etwas wie heimatliche Gefühle zu entwickeln, weder für das Wirtshaus noch für mein Dachgeschossschloss am Maybachufer. Was natürlich irgendwie auch etwas damit zu tun hat, dass diese Minghartinger Stuben am Ende doch eher wenig zu tun haben mit dem, was bei uns daheim in Bayern steht. Die Decke ist nicht halb so dunkel und niedrig wie die in Mingharting, sondern hoch und licht und stuckverziert, was eigentlich ganz gut aussieht, weil man Platz hat zum Atmen, andererseits natürlich das Gegenteil von *griabig* ist. Die Lampen, die der Quirin hat anfertigen lassen, sehen tatsächlich genau wie die daheim aus, allerdings hängen sie halt an drei Meter langen Kabeln. Das ist natürlich auch ganz schick, allerdings nur solange es dunkel ist und man unter einem der Lichtkegel sitzt. Bei Tageslicht hängt der Himmel quasi voller Kabel, was echt ein bisschen ungemütlich ist. Und natürlich sehen auch die Fenster des Raums ganz anders aus. In Mingharting gibt es bloß kleine Gucklöcher mit Vorhängen und allerlei Krimskrams davor, weil Tageslicht braucht kein Mensch, wenn er in einem Wirtshaus sitzt. Hier hingegen gibt es mehrere raumhohe Fenster zur Straße hin, und ich hab mich in den ersten Tagen kaum daran gewöhnen können, dass ich in Zukunft quasi in einem Schaufenster serviere. Und so gehen die Unterschiede weiter: Die Schnitzereien an den Stühlen sind so dezent, dass man sie kaum sieht. Die Wände sind schlohweiß statt tabakgilb. Der Dielenboden hier ist frisch abgeschliffen, in Mingharting hingegen so durchgetreten, dass er an manchen Stellen eher einer Bobbahn ähnelt. Und vor allem fehlen halt auch die Wolpertinger, die bei uns daheim in jeder Ecke stehen. Wobei, na gut – am Kopfende des Speisesaals hat Quirin einen riesigen an die Wand montieren lassen. Ein fast schon religiös angeleuchtetes Mordstrumm mit Flügeln und drei verschiedenen Köpfen aus insgesamt sechs Tieren: ein Hasenkopf mit Wildschweinzähnen, ein Marderkopf mit Geweih und ein Fuchskopf mit Einhorn auf der Stirn. Irgendein Berliner Künstler hat es angefertigt, der Name hat mir nichts gesagt, aber Quirin nannte ihn mit so großer Ehrfurcht, dass man ihn wohl eigentlich kennen müsste. Nicht dass ich irgendwas von Kunst verstünde, aber der Wolpertinger gefällt mir eigentlich ganz gut. Ich meine, die Idee des Wolpertingers ist ja an sich schon absurd, da schadet es nichts, wenn man den Schwachsinn noch zwei, drei Windungen weiter dreht und auch von der Größe her noch eine Schippe drauflegt.

Na ja. Wie auch immer. Auf alle Fälle fand ich den Gasthof am Anfang irgendwie doch ein wenig *zu* anders als unseren in Bayern. Ich hatte das Gefühl, dass die Atmosphäre nicht stimmt, dass alles zu modern und hell ist, *clean,* wie die Bea sagen würde. In der letzten Woche war ich fast ein bisschen enttäuscht deswegen, weil der Quirin ja versprochen hatte, die Minghartinger Stuben *nachzubauen,* und nicht nur hier und da anzudeuten, wie das Mutterschiff aussieht.

Aber dieser Abend heute hat mein Gefühl vollkommen umgedreht. Ich meine, wahrscheinlich war es einfach ungerecht, von einem neueröffneten Lokal zu verlangen, dass es von Anfang an Geschichte und Seele mitbringt, oder? Was nicht ist, das kann noch werden, und ich bin fest überzeugt, dass dieser Ort hier noch wird. Nach den vielen Leuten und dem Fraenzi und den tausend Busserln, die in die Luft geworfen wurden und die immer noch durch den Raum fliegen, ist es fast so, als sei das hier nun wirklich mein eigener Gasthof. Als sei ich tatsächlich Wirtin, und das mitten in Berlin. Und das kribbelt. Wie narrisch kribbelt es.

Ich winke einer Fotografin hinterher und rechne insgeheim damit, gleich wieder Quirins Hand auf der Schulter zu spüren, aber der steht an der Bar und kippt Schnäpse. Mit einem Typen in kariertem Anzug und Krawatte und seiner Frau Jella, die inklusive High Heels, schwarzem Seidenkleid und Abendhandtäschchen tatsächlich allenfalls fünfzig Kilo wiegt. Dann fällt mein Blick auf den Papa, der direkt unter dem Wolpertinger sitzt, allein auf der Bank, die fast so wie die daheim in Mingharting aussieht. Sein Blick ist glasig, und er hat seinen Trachtenhut mit Gamsbart auf dem Kopf, was den seltsamen Effekt hat, dass er aussieht, als würde er zum Wolpertinger dazugehören, als sei er Teil des Kunstwerks.

»Na, Papa«, sage ich und lasse mich neben ihn sinken.

»Na, Fanny«, sagt er, ohne mich anzusehen.

»Magst no a Schnapserl«, frage ich ihn und blinzel.

»Jetz hör auf«, sagt er und wird wieder einmal rot, sodass ich zum ungefähr siebenundzwanzigsten Mal heute Abend lachen muss.

Ich fürchte, die Geschichte seiner ersten Flugreise wird man sich noch auf seiner Trauerfeier erzählen.

Was nämlich keiner wusste, und er selbst naturgemäss auch nicht: Der Papa hat Flugangst. Ganz schlimme, offensichtlich. Oder zumindest so schlimme, dass er sich dazu gezwungen sah, einen Flachmann voll Weissdornbrand mit sich zu führen, weil Weissdorn doch gut fürs Herz ist, etcetera pepe. Nun wusste der Papa natürlich auch, dass Flüssigkeiten an Bord nicht erlaubt sind. Logisch, die Mama (mit immerhin schon drei Flugreisen nach Catania, Bari und Malaga quasi bereits Senator-Card-Aspirantin) hat ihn ja ungefähr achthundert Mal darauf hingewiesen. Aber irgendwie hat er gedacht, dass er das Ding nur tief genug in der Unterhose versenken müsse, dann würde es schon keiner bemerken. Auch nicht der Metalldetektor.

Tjaja.

Und so hat die ganze Familie nachher ihren Flug verpasst. Erst hat der Papa noch so getan, als sei bloss seine Gürtelschnalle am Alarm schuld gewesen, dann hat er behauptet, es hätte gar nicht gepiepst. Aber als der Sicherheitsbeamte dann den Flachmann in der Gesässgegend ertastet hat und den Papa bat, ihm das Schmuggelgut auszuhändigen, tat der Papa so, als sei es ein Fall für Amnesty International, wenn Menschen dazu gezwungen werden, in Flughafenkabinen die Hosen auszuziehen, und als sei nicht er, der Papa, ein Fall für die Gendarmerie, sondern diese schrecklichen Flughafenfuzzis. Und überhaupt sei es nicht möglich, den Flachmann abzugeben, denn der sei ein Erbstück seines verstorbenen Vaters und damit unersetzbar. Erst, als der Sicherheitsbeamte dem Papa mit einer Rektaluntersuchung gedroht hat und quasi schon den Gummihandschuh überstreifte, hat er klein beigegeben. Übrigens durfte er den Flachmann am Ende doch mitnehmen, aber ohne Inhalt. Der Rest der Reise war der reine Albtraum, meint die Mama. Eine Panik, man glaube es nicht.

»Lass di ned ärgern von mir«, sage ich, und dabei fällt mein Blick auf die Mama, die mit drei jungen Männern an der Bar herumsteht und über irgendetwas in Gelächter ausbricht. »Und von der Mama auch ned«, füge ich hinzu.

Der Papa schüttelt den Kopf, was ich zunächst als Zustimmung werte, aber dann sagt er: »Ach, Fanny.«

Und dann fällt mir auf, dass er gar nicht seine Frau anstarrt, sondern den Quirin, der nur ein paar Schritte von der Mama entfernt immer noch den Typen mit den Karos umschwirrt. Der Mann ist Galerist, wenn ich mich recht erinnere, auf alle Fälle lief die Sache mit dem Riesenwolpertinger irgendwie über ihn. Einen Augenblick lang sehen wir den beiden zu. Wie der Quirin eine neue Runde bestellt, wie der Typ die karierte Krawatte lockert und den Schnaps hinterkippt, wie der Quirin es ihm nachtut, und sie dann einfach weiterreden, ganz so, als sei es bloß irgendein Klarer und kein Geist von wilden Apfelquitten oder was weiß ich.

Ich schau den Papa an, und bemerke, dass seine Augen möglicherweise gar nicht glasig sind. Es könnten gut auch Tränen sein, die darin glänzen.

»Ach, Papa«, sage ich und lege ihm einen Arm um die Schultern. Ich spüre, wie schwer er atmet. Plötzlich tut er mir wahnsinnig leid, wie er da sitzt. Ich meine, er war quasi verliebt gewesen in den Quirin. Im Vorfeld der Eröffnung haben die beiden ständig miteinander telefoniert, haben diskutiert, was an Schnäpsen auf die Karte kommt und was nicht. Der Quirin hat sogar einen Grafiker besorgt, der ihm die Etiketten schick gestaltet hat, mit einer echten Corporate Identity, richtig modern und nobel – weil bis dahin hat der Papa ja immer bloß Weck-Einkochglas-Etiketten vom Omilein beschriftet. Und jetzt kommt er hier an, wäre beinahe inhaftiert worden auf der Reise, und der Quirin kümmert sich einen Dreck um ihn. Klar, irgendwann vorhin mussten sich alle mal mit ihm auf einen Tisch stellen (das Omilein hat der Schorschi da hinaufgehievt), und er hat jeden Einzelnen vorgestellt, die Omi, die Mama, mich, und den Papa natürlich ebenfalls. Aber leider bloß ganz kurz, als den »Schöpfer der unfassbaren Geister«, was natürlich irgendwie ganz nett war, aber mehr dann halt auch nicht.

»Ach komm, des is eben so«, sage ich. »Heut is Eröffnung, da muss er sich um seine Gäste kümmern. Nimm's ihm ned übel.«

Ich drücke ihm die Schulter, aber er rührt sich nicht. Erst nach einer ganzen Weile wendet er sich zu mir.

»Ach, Fanny«, sagt er schon wieder, und dann seufzt er so tief, als ginge es mit ihm darnieder. »Und du bleibst jetzt echt da hier?«

Mich durchfährt ein Stich, und mir fällt auf, dass ich in der ganzen Aufregung nie bedacht habe, dass ich ja nicht nur in Berlin ankomme, sondern im selben

Moment auch von daheim verschwinde. Und dass das für den Papa heißt: Er bleibt allein im fernen Mingharting, wo ihn seine Frau bloß ärgert und seine Mutter plötzlich will, dass er wieder im Wirtshaus hilft. Und Quirin, immerhin Urheber der ganzen Chose, dankt ihm nicht einmal dafür. Außer mit einem hübschen Sümmchen Lizenzgebühren natürlich, plus der garantierten Abnahme einer ordentlichen Menge an Schnäpsen und Würsteln, aber das interessiert bloß die Mama, den Papa nicht.

»Des werd scho alles. Wirst sehen. Sei ned traurig«, sage ich und knuffe ihn aufmunternd in die Seite, aber er steht nur auf und streicht sich mit den Händen übers Gesicht. Mit einem Mal muss ich daran denken, wie es damals war, als ich zur Ausbildung nach Pforzheim gegangen bin. Da hat er tagelang nicht mehr gegessen, getrunken, geredet.

»I bin bloß müd«, sagt er. »I muss ins Bett.«

Er schaut sich um und blickt so verloren drein, als hätte er sich im Wald verirrt. Seine Frau nimmt keine Notiz von ihm, und der Quirin auch nicht. Ich will gerade seinen Hotelschlüssel aus der Tasche ziehen, da sieht der Papa mich plötzlich ganz komisch an, und nun bemerke es auch ich.

Die Omi fehlt. Die ganze Zeit schon.

Um genau zu sein, ich habe sie schon seit Stunden nicht mehr gesehen.

Der Papa guckt sich suchend um, aber im Gastraum ist sie nicht. Er läuft raus vor die Tür, ich sehe derweil am Abort nach, aber nichts.

Ich schau den Papa an und er mich.

Und dann kommt es mir plötzlich.

»Mir nach«, sage ich und nicke dem Papa zu. Wir marschieren quer durchs Lokal, am Tresen vorbei, durch die Schiebetür.

Und dann sehe ich sie. Nur von hinten zwar, aber trotzdem ist der Anblick so komisch, dass ich den Papa ansehen muss und wir in Lachen ausbrechen. Das ist das letzte Mal passiert, als ich ... keine Ahnung ... 14 gewesen bin.

Aber das war ja auch so dermaßen klar.

Die Omi hat einen leeren Kasten Bier umgedreht und so zum Schemel umfunktioniert. Darauf steht sie, direkt neben dem Schorsch. Die beiden bemerken uns nicht, natürlich nicht. Denn die Omi ist gänzlich gebannt von dem neuen Konvektionsofen mit 360 Kochprogrammen, Infraroteinheit, Mikrowelle und LCD-Display, den der Schorschi ihr in heller Begeisterung vorführt.

7

Vor Gate 4 verabschieden wir uns, ein bisschen erschöpft, aber nicht unglücklich. Heute ist Samstag, die Eröffnung war gestern, und wir haben den ganzen Tag zusammen in der Stadt verbracht, volles Programm: Unter den Linden, Holocaust-Mahnmal, Brandenburger Tor. Wir sind in die Kuppel des Reichstags hinauf, wo die Mama steif und fest behauptet, sie hätte beim Händewaschen auf dem Klo Ursula von der Leyen höchstpersönlich gesehen, und sie hätte dieselbe Handcreme verwendet wie sie. Wir sind die Friedrichstraße entlanggebummelt, wo sich das Omilein am Checkpoint Charlie für einen Euro mit einem falschen russischen Soldaten fotografieren hat lassen. Der Papa wollte dann natürlich auch ein Bild, zusammen mit seiner Mama, und weil wir schon mal dabei waren, haben wir dann auch noch alle zusammen ein Foto gemacht. Es ist das erste gemeinsame Foto seit meiner Kommunion, glaube ich, geschossen von zwei Japanerinnen, die in Stiefeln mit 12-Zentimeter-Absätzen gerade einen Stadtrundgang machten. Wir sind durch die Hackeschen Höfe spaziert und auf den Fernsehturm hochgefahren. Als ich da oben stand, und uns die Stadt wie ein grauer, endloser Teppich zu Füßen lag, musste ich daran denken, wie ängstlich ich noch vor einer Woche war, als das Flugzeug in den Landeanflug sank. Heute ging es mir ganz anders. Mein Herz hat angefangen zu klopfen, als ich an die ganzen Abenteuer dachte, die da unten auf mich warteten.

Der Papa stellt seinen Koffer ab und sieht mich an.

»Papa«, sage ich und falle ihm in die Arme. Er hält mich ganz fest, gräbt mir die Finger in den Rücken, und ich bemerke, wie unregelmäßig er atmet. Er riecht auch immer noch ein bisschen nach Bier, muss man sagen. Nach dem Fernsehturm haben wir nämlich am Alexanderplatz einen Ableger des Hofbräuhauses entdeckt, eine bierdimpfelige Halle, in der es Blasmusik vom Band gab und sächselnde, wahnsinnig gestresste Kellnerinnen in Dirndln. Eine Touristenfalle wie aus dem Bilderbuch, in der das einzig authentische die Händlmaier-Krüge waren. Aber wir waren gut drauf, und drum bestellten wir uns jeder eine Bratwurst (schwammig), eine Brezn (schwammig) und ein Bier dazu (immerhin echtes Hofbräu, wobei die Omi findet, dass es auch in Bayern nichts taugt).

»Servus, Fanny«, sagt der Papa nun und blickt blinzelnd in eine andere Richtung.

Ich drücke ihn noch einmal, dann wende ich mich der Mama zu.

»Mach's gut, Mama«, sage ich, und tue etwas, was ich nur ganz selten tue: Ich nehme sie in den Arm. Und staune nicht schlecht, als sie mir laut schmatzend links und rechts zwei Bussis über die Schultern wirft. Man kann sagen, was man will, aber schnell lernen tut sie.

»Servus, Fanny«, sagt sie und knetet mir die Schultern. »Viel Spaß in der großen Stadt. Ich bin ganz neidisch.«

Dann ist das Omilein an der Reihe.

Ich beuge mich zu ihr runter und umarme auch sie, und sie tätschelt mir die Schulter, als wolle sie mich beruhigen. Was freilich überhaupt nicht nötig ist, denn ich *bin* ruhig. So ruhig, wie du nur sein kannst, wenn du in wenigen Minuten alles hinter dir gelassen haben wirst und gleich endgültig dein neues Leben beginnt.

»Oiso, Fanny«, sagt sie. »Auf geht's, gell?«

Dann greift sie zu mir hoch und nackelt mir von da unten die Wange, was mich zu jedem anderen Zeitpunkt wahnsinnig geärgert hätte, mich aber jetzt und hier irgendwie rührt. So richtig überzeugt hat sie die Berliner Version der Minghartinger Stuben nicht, aber dass sie mir trotzdem zu verstehen gibt, dass sie mein Vorhaben unterstützt, das ermutigt mich.

»Ach, Omi«, sage ich, und mir geht fast das Herz über vor Zuneigung.

»Werd scho«, antwortet sie und blinzelt mir schelmisch zu. Dann stellt sie sich zur Mama in die Schlange vor dem Gate. Nur mein Vater steht immer noch da, als würde er auf etwas warten.

»Na, Papa?«, frage ich, und er seufzt vernehmlich.

»Was is? Magst hierbleiben bei mir?«, frage ich und stupse ihn neckend an.

»Um Gottes Willen«, sagt er mit erschrockenem Gesicht und schaut, dass er seiner Frau hinterher kommt.

»Schick mir die Bilder vom Checkpoint!«, rufe ich

ihm nach, und er hebt den Arm, um mir zu signalisieren, dass er mich gehört hat.

Die Omi marschiert forsch durch die Sicherheitsschranke, die Mama nimmt vorher ihren Nietengürtel ab, dann ist der Papa dran, diesmal ohne jegliche Probleme.

»Servus«, rufe ich den dreien noch hinterher, aber der Lärm der anderen Fluggäste verschluckt meine Stimme. Ich beobachte, wie der Papa misstrauisch in die Auslage das Breznstands am Gate lugt und in der Menschenmenge verschwindet. Ein Stich geht durch mein Herz, und ich frage mich, wann ich die drei wohl wiedersehen werde. Im Sommer? In den Weihnachtsferien? Wir haben gar nichts abgemacht, und jetzt ist es zu spät.

Wir sind mit dem Taxi hergekommen, aber jetzt, wo ich allein und ohne Anhang bin, wage ich mich mit Bus und U-Bahn auf den Rückweg. Die Reise ist zwar lang, aber *so* kompliziert dann doch wieder nicht, und mein Selbstvertrauen wird größer, je länger ich unterwegs bin. Es wächst und gedeiht, obwohl mich mein Weg durch heruntergekommene Bahnhöfe führt, die Sitze mit Graffiti verziert sind und im Laufe der Fahrt mindestens 69 Leute ein- oder aussteigen, die rein optisch als gewalttätige Schwerverbrecher oder mindestens Drogendealer durchgehen würden, und obwohl ich mich zwischenzeitlich doch *sehr* zusammenreißen muss, um nicht wie ein eingeschüchtertes Zwergkarnickel in die Welt zu blicken.

Als ich am Ende der Reise am Görlitzer Bahnhof endlich die Treppen hinabsteige und wieder weiß, wo ich mich befinde, fühle ich mich so cool, dass George Clooney neben mir wie ein Bub mit vollen Windeln wirken würde.

Ich meine, hey! Ich führe ein Wirtshaus! In Kreuzberg, dem angesagtesten Viertel Berlins! Das soll George Clooney erst mal hinkriegen!

Ich freue mich so sehr, dass ich am liebsten wie ein junges Fohlen durch die Straßen springen will.

Eigentlich hatte ich ja geplant, vor der Arbeit noch einmal kurz in das riesige Dachgeschoss-Appartement zu gehen, das mir der Quirin für einen lächerlichen Preis vermietet und an das ich mich immer noch nicht ganz gewöhnt habe, weil es so großzügig und luxuriös und schick ist. Es liegt praktischerweise keine zwanzig Minuten Fußmarsch vom Wirtshaus entfernt, ich muss nur an dieser großen Kirche und dann am Görlitzer Park vorbei, an der Hobrechtbrücke über den Landwehrkanal und dann bin ich auch schon da. Ich hatte vor, mich kurz frisch zu machen – die Wohnung hat eine riesige, antike Badewanne, die beeindruckenderweise mitten im Wohnzimmer steht –, aber als ich auf die Uhr sehe, ist es dann doch schon viertel vor fünf und gleich beginnt ohnehin meine Schicht. Das Wirtshaus öffnet ja täglich um sechs (außer Montag, da ist dicht), und eine Stunde vorher muss zumindest einer aus dem Service da sein, und das bin meistens ich. Außerdem spüre ich plötzlich das Bedürfnis, meine Kollegen zu sehen und einfach loszulegen. Der erste richtige Tag für mich seit der Eröffnung gestern!

Herzklopfen, aber ehrlich.

Ein unglaublich guter Geruch schlägt mir entgegen, als ich das Wirtshaus durch den Hintereingang betrete, nach Bratensauce und brauner Butter und feinstem Backwerk. Ich stürme durch die Küche, wo der Schorsch und die anderen vier Köche gerade mit schnellen, ruhigen Bewegungen die letzten Vorbereitungen für den Abend treffen, weiter in den Personalraum, wo die Spinds für die Mitarbeiter sind. Ich nicke Lara, Mathilde und Eva zu, die heute für den Service eingeteilt sind, und schlüpfe in die Uniform, die Quirin in Absprache mit mir festgelegt hat: Jeans und weißes T-Shirt, und dann noch eine dunkelblaue, fast bodenlange Schürze, die man sich um die Hüften wickelt. Nicht gerade typisch bayerisch, das ist natürlich klar, aber der Quirin fand es gut, ein bisschen Distanz zur Tradition aufzubauen, damit wir nicht zu folkloristisch und verkleidet aussehen, was mir natürlich nur recht ist. Bayerin hin oder her, ich fühl mich prinzipiell nicht besonders wohl in Kleidern, und Dirndl sind da besonders schlimm. Na ja, auf alle Fälle sehen wir alle – Jungs wie Mädchen – wahnsinnig schlank in diesen tollen langen Schürzen aus, hochgewachsen und anmutig. Ich betrachte mich in dem schmalen Spiegel, der neben der Türe hängt, erst von der einen Seite und dann von der anderen. Ich trete näher und betrachte mein Gesicht. Obwohl ich natürlich selber weiß, dass ich von Kopf bis Fuß wie eine Kellnerin gekleidet bin, eigentlich vollkommen gewöhnlich, habe ich ein Gefühl, das ich schon so lange nicht mehr hatte, dass ich mich kaum daran erinnern kann.

Ich spüre, dass ich am Leben bin.

8

Der Laden läuft, man glaubt es nicht. Da war der Minghartinger Bratwursttag eine Trauerfeier dagegen. Seit der Eröffnung vor vier Wochen herrscht ein Remmidemmi wie auf der Kaufinger Straße, an so was wie Verschnaufpause ist nicht einmal zu denken. In der Küche gehen die Gasherde den ganzen Abend nicht aus, das Tegernseer Helle sprudelt und sprudelt und sprudelt, und es ist noch kein einziges Mal passiert, dass ich durch die Schiebetür in die Küche gekommen bin und da kein Teller stand, der schleunigst serviert werden wollte. Die Mädels aus dem Service laufen sich die Hacken blutig, ehrlich, und, bloß nebenbei bemerkt: ich mir auch. Eigentlich bin ich ja explizit *nicht* als einfache Bedienung eingestellt worden, sondern als *Maître de,* so nennt's zumindest der Quirin. Soll heißen: Ich bin diejenige, die die Leute beim Reinkommen an der Tür abfängt, ihnen ein herzliches *Grüß Gott* schenkt, sie zu ihren Tischen bringt und ihnen bei der Wahl der Speisen beratend zur Seite steht. Aber das ist natürlich nicht alles. Der Quirin hat ja schließlich noch vier andere Restaurants, ist also maximal ein- oder zweimal pro Woche in den Stuben und kann sich ergo nicht um allen Kleinkram kümmern (und vor allem ist Kleinkram an sich eher nicht so sein Ding). Deshalb bin ich auch hinter den Kulissen diejenige, die den Überblick behält und zusehen muss, dass alles in Ordnung ist. Ich muss die Dienstpläne schreiben, zusammen mit dem Schorschi die Logistik kontrollieren, die Bestellungen unterzeichnen und als Ansprechpartnerin für quasi alles fungieren. Jemand ist krank? Sagt er's der Fanny. Klo verstopft? Die Fanny soll fix einen Klempner finden. Finger unters Messer gekriegt? Die Fanny weiß, wo das Verbandszeug ist und obendrein auch noch, wie man eine Hand so in Mullbinden wickelt, dass sie quasi schon aus Ehrfurcht wieder heile wird. Kurzum: Ich hätte auch ohne laufenden Wirtshausbetrieb einen Buckel voll Arbeit und eigentlich echt Besseres zu tun als zu bedienen. Aber bei so einem Irrsinns-Halligalli wird natürlich jeder Mann gebraucht.

Ich stelle der Gruppe an Tisch vier neue Helle hin und den beiden Asiatinnen, die ich vorhin zu Tisch sieben gebracht hab, *endlich* ihre Speisekarten.

»Tut mir leid. Bittschön«, sage ich, schlage die glänzenden Mappen auf und reiche sie ihnen über den Tisch, woraufhin beide leicht erröten.

»Excuse me ...«, sagt die kleinere (obwohl jetzt natürlich alle beide keine Brigitte Nielsens sind, längenmäßig, meine ich), und die andere hält sich die Hand vor den Mund und kichert.

»Yes?«, sage ich.

»Can you translate, please?«

»Of course!«, sage ich, lächle und verfluche im Geiste den Quirin dafür, nicht von Anfang an daran gedacht zu haben, dass man in Berlin, und vor allem in Kreuzberg, ganz unbedingt englische Speisekarten braucht. Ungefähr die Hälfte unserer Gäste sind irgendwelche jungen Leute aus Amerika, Skandinavien oder sonst woher, die für ein paar Wochen oder Monate in Berlin herumhängen, um Kunst zu machen oder Bücher zu schreiben oder sich einfach nur darüber zu wundern, wie billig ihre Miete ist. Und weil kaum einer von denen mehr als »bitte«, »danke« oder »Scheiße« in unserer schönen Landessprache sagen kann, muss ich ungefähr neunundsiebzig mal am Tag die Speisekarte erklären. Und das wäre deutlich einfacher, wenn es sich a) um Nudelgerichte oder Pizzavariationen handeln würde und nicht um Gerichte wie ausgebackene Wollwurstradl an Linsensalat, und wenn b) meine Aussprache nicht so saumäßig sakrisch wäre.

»You know, we have already ordered English menues, but they haven't arrived yet.«

Jetzt kichern beide, und ich spüre, wie eine mittelschwere Röte nun mein Gesicht überzieht. Mit Fremdsprachen und den Bayern ist es ja so: Es gibt da zwei Gruppen. Zum einen die, die auf Deutsch nicht mal ihren eigenen Namen dialektfrei aussprechen können, aber dann auf Englisch so perfekt und akzentfrei parlieren, als wären sie schon in Oxford in den Kinderhort gegangen. Leider bin ich eine typische Vertreterin der Gruppe zwei. Mein Hochdeutsch ist eigentlich einigermaßen ordentlich, zumindest wenn ich mich ein bisschen bemühe. Aber sobald ich versuche, Englisch, Französisch oder Italienisch zu sprechen, klingt es immer gleich, nämlich so, als würde ich Bayerisch reden.

Meinen Italienisch-Unterricht an der Volkshochschule habe ich übrigens aus eben diesem Grund wieder aufgegeben. Ich klang in Kurs A 2.2 immer noch wie Gisela Schneeberger in *Man spricht deutsch*.

Aber auch das gehört zu den Lektionen, die man als Wirtstochter lernt: Man darf sich nicht einschüchtern lassen, nie.

»Okay, the first thing you see on the menue is a soup with a special type of Bavarian noodles, they contain liver, very good. Next is the Pichelsteiner, that's a stew of mixed vegetables and meats ...«

Ich erzähle mir einen Wolf, ohne mir ganz sicher zu sein, ob die beiden nur höflich sind, oder ob sie mich wirklich verstehen. Und, tatsächlich: Als ich ihnen schließlich ihre bestellte Leberspätzlesuppe bringe, kriegen sie knödelgroße Augen und zücken ihre Kameras – Riesenteile, die aussehen, als würden sie sonst damit bei der Champions League am Spielfeldrand stehen. Und als sie ihre Teller fotografiert haben, knipsen sie gleich auch noch mich.

»Hey, you're tourists?«, frage ich. »Where are you from?«

»Korea«, nicken sie einvernehmlich. »We're foodbloggers!«

Da muss ich laut lachen. Und weil Asiaten prinzipiell ja eher höflich sind, stimmen beide mit ein, freilich ohne zu kapieren, was genau jetzt der Witz ist. Und noch weniger verstehen sie, was eigentlich Sache ist, als ich mich von ihrem Tisch entferne und hinterm Tresen verschwinde, um ihnen kurz darauf zwei Kurze vor die Nase zu stellen.

»Apricot Brandy. It's on the house«, sage ich.

Die beiden schauen ihre Stamperl verunsichert an.

»Drink!«, sage ich.

Sie nippen ein Milliliterchen und verziehen prompt angewidert das Gesicht. Mei, stellen die sich an. Unglaublich. Über Food bloggen und dann nicht trinken können.

»In one go«, sporne ich sie an. »Ex oder nie mehr Sex, like we Bavarians say!«

Die Mädchen zögern, dann nicken sie sich zu, schließen die Augen und kippen den Marillenschnaps hinter. Als sie wieder aufschauen, gucken sie drein, als würden sie Sternchen sehen. Die beiden schwedischen Jungs am Nachbartisch prusten los, ich lache und frage die beiden, ob sie ebenfalls einen mögen. Mögen sie, und als ich wiederkomme und ihnen ihre Gläser bringe, entdecke ich, dass Asien und Nordeuropa ins Gespräch geraten sind. Die Blondschöpfe freuen sich, als sie ihre Kurzen kriegen, und die Schnapsnovizinnen kichern.

Sehr gut. Das ist eine Stimmung, wie ich sie liebe! Hätte ich im Leben nicht gedacht, dass ein Wirtshaus in Berlin so ein *Fun* ist!

»Tisch zwei will die Rechnung!«, ruft mir Lara im Vorbeigehen zu. Sie ist ein Herz von einer Kollegin, und obendrein auch noch superhübsch mit ihrem sehr pariserischen, schwarzen Pagenkopf, der niedlichen Stupsnase und den Kirschenlippen.

»Kommt sofort!«, antworte ich.

Minuten später habe ich abkassiert und blicke mich suchend um, was es als Nächstes zu tun gibt.

Oha. Da steht ein Mann in der Tür.

Ich beeile mich, zu ihm zu kommen, denn der Mann, der sehr groß und sehr dünn ist und von einer ziemlich zerzausten Frisur gekrönt, macht ein ungeduldiges Gesicht, als stünde er da schon eine halbe Ewigkeit, was durchaus passiert sein könnte, bei dem Hochbetrieb.

»Grüß Gott!«, sage ich, ganz besonders freundlich.

»Guten Tag«, antwortet er, relativ hochnäsig, aber ich bin mir nicht so sicher, ob das an mir liegt, oder ob er nicht einfach aufgrund seiner Visage so wirkt. Er hat ziemlich arrogante Augenbrauen (so dünne, hohe) und eine riesige Nase, durch die sein ganzes Gesicht wie ein Haken wirkt.

»Haben Sie reserviert?«, frage ich.

»Watzmann. Eine Person«, sagt er kühl.

Ich werfe einen Blick ins Reservierungsbuch und entdecke ihn.

»Ah ja, da seh ich's«, sage ich und schenke ihm einen extra-charmanten Blick. Denn eines hab ich im Wirtshaus früh gelernt: zu grantigen Gästen musst du so eisern nett sein, dass sie gar nicht anders können, als gute Laune zu kriegen. Logisch, das Gegenteil wäre einfacher: Wenn einer grantelt, grantelst du einfach zurück. Aber gut für die Seele ist das nicht. Wenn du dir nämlich die Stimmung verderben lässt, ist die eben schlecht, und darunter leidest nicht nur du, sondern am Ende das ganze Wirtshaus. Und darüber freuen sich weder die Gäste noch das Bankkonto, und am wenigsten du selbst. Allein der Gast mit der schlechten Laune fühlt sich in seinem Welthass bestätigt.

»Derf ich Ihren Mantel nehmen? Ich hab einen ganz besonders schönen Tisch für Sie!«

Das Letzte war nicht einmal gelogen. Ich bringe den Kerl zu einem Ecktisch, der wie gemacht für Alleinesser ist. Er setzt sich hin und guckt missbilligend zu dem Sechsertisch daneben, an dem eine Bagage junger Künstler gerade »Oans, zwoa, gsuffa!« gröhlt. Keine Ahnung, woher sie das haben. Von mir nicht.

»Scho amoi was zum Trinken?«, flöte ich.

»Was empfehlen Sie?«, fragt der Schnösel.

Grrr, *die* Frage.

»Ein schönes Helles vornweg? Ein Tegernseer?«

»Wie Sie meinen«, sagt der Schnösel, aber in seiner Augenbraue zuckt es, als hätte ich ihm etwas unglaublich Anstößiges vorgeschlagen, einen Schluck aus der Herrentoilette zu nehmen, zum Beispiel.

Ich bringe ihm sein Bier und die Speisekarte, empfehle die Bratwürstel und bin froh, dass die Schweden nach mir winken. Sie brauchen was zum Anstoßen, denn Korea und Skandinavien scheinen sich bestens zu verstehen und wollen auf ihre Freundschaft trinken.

»Prosit«, sage ich und stelle ihnen die neuen Gläser hin.

Die Mädels kichern wieder, die Jungs schauen drein, als würden sie vor einer bedeutenden Aufgabe stehen, dann exen alle vier ihre Schnäpse, und das ohne zu zögern. Hat man von den Schweden jetzt nicht anders erwartet, aber die Girls? Also, lernfähig sind sie ja, die Asiaten, gelle?

Inzwischen hat auch Herr Watzmann gewählt. Er winkt, ich laufe zu ihm, er ordert erst eine Leberspätzlesuppe, dann eine kleine Portion Würstel, dann die Nierchen.

»Au, da hat aber wer Appetit«, sage ich und zwinkere ihm zu.

Der Watzmann lächelt gezwungen. Himmel, hat der eine Laune! Aber gut. Immerhin hat er Hunger. Hätte man bei seinem Körperbau auch nicht unbedingt vermutet.

Ich gebe die Bestellung auf, versorge die Künstler am Nebentisch mit Hellem und bemerke dann, dass die ebenso bunt gemischte Runde am Stammtisch endlich bestellen will.

»Was derf's denn sein?«, sage ich und stelle mich an den Tisch.

»Isch nämmö die Pischelsteinär«, sagt einer, der offensichtlich Franzose ist.

»Ich auch«, sagen eine Dunkelhaarige und ein Blonder gleichzeitig. Von weiter hinten am Tisch kommt ein »Ich nicht!«, ein anderer will wissen, ob es den Schweinsbraten auch mit Bratkartoffeln gibt, und ein blondgelocktes Mädchen will irgendwas mit Gemüse. Alle gleichzeitig.

Das hab ich ja gern. Kaum hat man eine Gruppe zu viel Bier trinken lassen, ehe man die Bestellung aufnimmt, geht alles durcheinander.

»Stopp!«, rufe ich und hebe die Hand. »Sonst gibt's nämlich gar nix!«

Die jungen Leute verstummen, und ich warte, bis auch wirklich alle still sind. Ich schenke ihnen ein besonders nettes, lobendes Lächeln.

»So, scho besser. Oiso. Wer fangt an?«

Die Dunkelhaarige hebt die Hand, wie in der Schule, sehr artig. Und ich erteile ihr mit einem Nicken das Wort.

»Einen Pichelsteiner, bitte!«, sagt sie.

»Und hernach?«

»Danke.«

»Nix?«, frage ich.

Sie schüttelt den Kopf noch einmal.

»Nein, das wird mir zuviel«, sagt sie.

»Gut«, sage ich, auch wenn ich mich frage, was am Pichelsteiner zuviel werden soll. Des bissl Suppe? Geh. »Aber ein Bier nimmst noch, oder?«

Sie nickt. »Ein kleines.«

Ein kleines. Ich notier's.

Dann wende ich mich an den Franzosen.

»Und du?«

»Isch auch die Pischelsteinär! Und danach die Wurstel!«

Schon besser.

»Vorzügliche Wahl«, sage ich und schenke ihm ein Lächeln. »Und? Bierli?«

»Oui!«

»Nächster?«, sage ich und sehe ein dünnes, schmalschultriges Mädchen an, das gletschereisblaue Haare hat und irgendwie ätherisch ausschaut, ein bisschen wie eine Fee. Hübsch, aber irgendwie auch komisch. Ich kann gar nicht aufhören, sie anzusehen.

»Eine Leberspätzlesuppe, bitte!«

»Und dann?«

Als ich die Bestellung an die Küche weitergebe, schiebt der Schorschi mir bereits die Leberspätzlesuppe für den Watzmann hin, und ich beeile mich, sie ihm zu bringen.

»So, eine Leberspätzlesuppe. Und an Guadn!«, wünsche ich ihm fröhlich.

Er schaut immer noch skeptisch, aber ich hab keine Zeit, mich um ihn zu kümmern, da der Schorschi bereits die Pichelsteiner für den Stammtisch über die Theke schiebt. Und als die serviert sind, winkt mich schon wieder die Lara zu sich, weil einer ihrer Tische eine Schnapsberatung will, und da bin halt trotz eines Schulungsnachmittags immer noch ich diejenige, die sich am besten auskennt.

Die Lara übernimmt derweil meine Tische, denn die Herren entpuppen sich als Kenner der Materie und wollen jeden Scheiß ganz genau wissen. Woher die Vogelbeeren im Brand stammen, zum Beispiel, und ob es sich bei dem Maulbeerfass, in dem die Williamsbirne war, um gebrauchtes oder neues Holz handelt (natürlich um gebrauchtes, bei neuem würde der Schnaps ja bloß nach Holz schmecken). Ich bringe ihnen schließlich einen Berberitzenbrand, an dem sie andächtig schnuppern, bis die Nasenflügel vor Verzückung anfangen zu beben.

Inzwischen hat der Watzmann seine Suppe ausgelöffelt und den Teller mit den Bratwürsteln vor sich stehen. Mit einer eleganten Geste winkt er mich zu sich. Ich gehe zu ihm hinüber und frage ihn, was es gibt. Er kaut seinen Bissen herunter und tupft sich den Mund an der Serviette ab.

»Diese Bratwürste«, sagt er. »Womit sind die gewürzt?«

»Thüringer Majoran, tasmanischer Pfeffer, und ein ganz kleines bisserl Piment aus Jamaika«, sage ich. »Schmeckt fein, gell?«

»Hm«, sagt der Watzmann. »Ja, eigentlich ... durchaus.«

»Aber?«, frage ich, denn er macht so ein Gesicht.

»Aber ... na ja, ich frage mich nur: Passt das denn ins Konzept?«

Ich sehe ihn verständnislos an.

»In welches Konzept?«

»Na, hier regionale Küche, alles original bayerisch, und dann so exotische Gewürze?«

Ich verdrehe die Augen. Der Kerl hat ein Problem, oder? Jetzt mal ehrlich.

»Also, erstens haben wir da herin keine Konzepte, sondern nur Rezepte. Und zweitens soll Essen so gut wie möglich schmecken, und da ist Piment aus Jamaika einfach geeigneter als welcher aus München. Ois *clear*?«

Ich stemme eine Hand in die Hüfte und funkle ihn an. Der Watzmann errötet.

»Verstehe«, sagt er und tupft sich verkniffen den Mund ab. Schon wieder.

Ich rolle die Augen.

»Herr Watzmann!«, sage ich. »Jetzt sein's halt ned beleidigt!«

»Bin ich nicht«, sagt er verschnupft.

»Sind Sie wohl«, sage ich.

»Nein!«

»Doch!«

»Na gut, vielleicht ein bisschen.«

»Aha!«, sage ich. »Ich mach Ihnen ein Friedensangebot, okay?«

Er schaut immer noch etwas düpiert. »Und das wäre?«

»Ich bring ihnen was, das astrein mit den Aromen der Würstel harmoniert. Was ganz was Regionales. Geht aufs Haus!«

Ich laufe zum Tresen und mache ihm ein Stamperl fertig. Einen Koriandergeist, eine besondere Spezialität. Der Papa und ich haben vor ein paar Monaten zufällig entdeckt, dass die zitronigen Noten des Korianders mit den Aromen von der Bratwurst irrsinnig gut zusammenspielen. Leider ist der Koriandergeist furchtbar aufwendig zu brennen und kostet schon in der Herstellung über 30 Euro, weshalb der Quirin, um die Exklusivität des Tropfens noch deutlicher zu machen, festgelegt hat, dafür 10 Euro pro Stamperl zu nehmen. Ist also nichts für die breite Masse, aber Schnösi wird's hoffentlich zu schätzen wissen.

»So, bittschön, ein Koriandergeist. Ist gut für die Verdauung und passt unglaublich gut zu den Würsteln. Abwechselnd essen und nippen!«

Der Watzmann schnuppert, trinkt ein Vogelschlückchen, dann isst er ein Stückerl vom Würstel. Dann wiederholt er die Prozedur. Und dann noch einmal. Schließlich verändert sich seine Miene. Ein Lächeln erscheint in seinem Gesicht, und das ist fast ein bisschen so, wie wenn im Frühling zum ersten Mal wieder die Sonne durchs Fenster reinscheint. Mit einem Mal sieht der Mann auch gar nicht mehr aus wie ein Hungerhaken.

»Guad, gell?«

Der Watzmann schüttelt den Kopf.

»Himmlisch«, sagt er und sieht mich auf eine Weise an, dass ich lachen muss. *Mission accomplished*, das ist ganz eindeutig.

»Des gfreit mi«, sage ich. »Lassen's sich's schmecken!«

Ich wende mich ab und blicke zum Eingang, wo gerade schon wieder die Tür aufgeht. Und prompt bleibt mir das Lachen im Halse stecken.

Himmelherrschaftszeiten.

Ein junger Mann hat das Lokal betreten. Er muss so ungefähr in meinem Alter sein, schätze ich zumindest. Er hat einen olivgrünen Parka an und einen grauen Schal, der sich wie eine Riesenkobra um seinen Hals wickelt, was irgendwie ganz schön viele Leute hier im

Viertel tragen, aber an ihm sieht es trotzdem recht verwegen aus. Er ist ziemlich schlank, wirkt aber trotzdem kräftig, hat blondes, verwuscheltes Haar und unglaubliche Lippen, die wie eine Rose in seinem Gesicht erblühen. Der Blick, mit dem er jetzt den Gastraum abscannt, ist einerseits total stechend, aber andererseits so weich und verträumt, dass es mir fast die Luft abschnürt.

Der Kerl sieht so unglaublich gut aus, dass ich ein paar Sekunden brauche, um mich aus meiner Starre zu lösen und auf ihn zuzugehen.

»Herzlich Willkommen!«, sage ich und zwinge mir ein Lächeln ins Gesicht. Ich habe unwillkürlich Hochdeutsch gesprochen, obwohl ich hier im Wirtshaus natürlich Bayerisch rede, alles andere wäre ja dämlich.

Der Typ lächelt kurz zurück, aber dann geht sein Blick über meinen Kopf hinweg in Richtung Stammtisch.

»Tino!«, höre ich hinter mir eine Frauenstimme.

»Ach, da sind sie ja schon«, sagt der Typ. »Danke!«

Dann läuft er einfach an mir vorbei und hockt sich zu der Gruppe am Stammtisch, die ich vorhin noch gutgelaunt zur Ordnung gerufen habe, die aber längst schon wieder laut und lustig durcheinanderplärrt und unser gutes Bier sichtlich genießt.

Tino. Die Stimme hallt immer noch in meinem Kopf nach. Tino. Tino. Tino.

Ich atme durch, nehme eine Speisekarte und dackle diesem Tino hinterher. Ich versuche, Contenance zu wahren, und halte ihm freundlich-professionell die Speisekarte hin. Er nimmt sie und legt sie ungeöffnet wieder beiseite.

»Ein Bier, bitte«, sagt er, ohne mir größere Beachtung zu schenken. »Essen schau ich dann später.«

»Ein Bier«, wiederhole ich und nicke blöd. »Gerne.«

Ich tappse zum Tresen, zapfe ihm ein halbwegs passables Helles und stelle es ihm hin. Inzwischen ist er in ein Gespräch mit einer rothaarigen Frau vertieft und bemerkt mich gar nicht.

»Bittschön«, sage ich, aber es ist, als würde ich ins Nichts hineinsprechen. Normalerweise stört mich so etwas nicht, ich meine, die meisten Leute gehen ja schließlich nicht ins Wirtshaus, um mit der Kellnerin zu poussieren, sondern um sich ein paar Halbe zu genehmigen und ihre Freunde zu sehen. Aber in diesem Fall spüre ich, wie es mir die Brust zusammenzieht und mein Herz anfängt zu rasen.

Ist sie das? Die berühmte Liebe auf den ersten Blick?

O Gott, ich glaube schon. Entweder das, oder es sollte schleunigst einer einen Sanka rufen.

Um nicht mitten im Lokal vor allen Gästen in Ohnmacht zu sinken, torkle ich schnell weiter in die Küche und stütze mich auf die Anrichte.

»Hey, Funny, ois fit im Schritt?«, begrüßt mich der Schorsch und haut mir auf die Schulter, dass ich halb über die Arbeitsplatte fliege. Himmelarsch, also wirklich. Ein bisschen bayerisches Humtata hat ihm ja das Omilein beigebracht, »Wer ko, der ko« zum Beispiel, oder »Zum Scheiß'n reicht's«, wenn's um schlechtes

Essen geht. Aber den Satz? Keine Ahnung, wo er den herhat.

Er guckt mich erwartungsvoll an und sieht mit seinen Dreadlocks aus wie ein lustiges Blümchen.

»Passt scho«, sage ich und torkle weiter in den Hinterhof, in der Hoffnung, dass ein wenig frische Luft hilft. Tino, der Name hallt mir immer noch in der Birne.

»But you don't look like passt scho!«, ruft mir der Schorsch hinterher, aber ich tue so, als würde ich ihn nicht hören.

Draußen schüttle ich den Kopf, als würde sich der Blutstau, der sich offensichtlich in meinem Hirn gebildet hat, dadurch lösen.

Tino.

Tino.

Tino.

Was um alles in der Welt ist denn bloß plötzlich los mit mir?

Ich fange an, zwischen Mülltonnen und Teppichstange hin und her zu laufen, aber mein Herz hört nicht auf zu klopfen, es ist, als galoppiere eine Horde Pferde darin. Ich weiß nicht, wie lange ich da auf und ab marschiere, aber irgendwann wird mir klar, dass mir das auch nicht weiterhilft. Ich muss da rein und dem Kerl in die Augen blicken! Und vor allem er mir. Bis jetzt scheint er mich noch gar nicht richtig wahrgenommen zu haben.

Ich gehe also zurück, quer durch die duftenden Dunstschwaden in der Küche. Wie aus weiter Ferne höre ich den Schorsch rufen. Ich weiß genau, dass er mich meint, aber ich komme gar nicht auf die Idee, mich umzudrehen.

Die Schiebetür geht auf und spuckt mich zurück in den Gastraum.

»Wo warst du denn? Alles in Ordnung?«, fragt mich die Lara und sieht mich besorgt an.

»Ja, ja, logisch«, murmle ich.

Ich lasse meinen Blick durch den Raum schweifen, versuche so zu tun, als hätte er überhaupt kein Ziel, lasse ihn über die Tische wandern, die Bänke, die Köpfe der Gäste, die vom Alkohol glühen. Dann lasse ich ihn auf dem Wolpertinger ruhen, der die Szenerie überragt wie ein leuchtender Buddha in einem exotischen Tempel.

Und dann spüre ich seinen Blick.

Ich gebe mir alle Mühe, mir nichts anmerken zu lassen und tue so, als sei ich vollkommen in Gedanken versunken, als sei ich mit etwas sehr Wichtigem beschäftigt und nähme ihn überhaupt nicht wahr. Doch ich spüre es mit klopfendem Herzen: Sein Blick wendet sich nicht ab von mir. Ganz im Gegenteil. Er durchbohrt mich fast, als wolle er beschwören, ihn endlich zu erwidern.

Meine Wangen erröten, und während ich überlege, was ich jetzt machen soll, merke ich, wie meine linke Hand eine Haarsträhne greift und nachdenklich zwirbelt.

Klassisches Flirtsignal, oder?

Ob ich mich langsam mal in seine Richtung drehe?

»Fanny?«

Ich spüre eine Hand am Ellbogen und zucke zusammen. Die Lara steht neben mir und sieht mich kopfschüttelnd an.

»Ja?«, sage ich.

»Du, ich glaub, am Stammtisch will noch jemand bestellen.«

9

Nicht dass ich mich beschweren will, nein, nein, um Himmels willen, wirklich nicht. Es läuft nachgerade prächtig. Doch, ehrlich!

Jetzt einmal rein objektiv betrachtet, gibt es ja auch überhaupt keinen Grund, sich zu beklagen. Wir haben seit sechs Wochen auf, und seither ist die Bude ausgebucht bis auf den letzten Platz, und das Abend für Abend für Abend. Die Gäste *lieben* das Essen, im Ernst, ganz egal, ob sie Omileins Würstel, ein Schmorgericht oder eine Mehlspeise auf dem Teller haben, und seit Allerallerneuestem trauen sich die ersten Pioniere sogar an die Innereien heran. Der Altbayerische Hirnschmarrn von der Tageskarte neulich ging sogar so gut weg, dass ich mich gefragt habe, ob die Leute das mit dem Hirn auch wirklich verstanden haben. Und auch der Schnaps fließt in solchenen Strömen, dass der Papa vor Glück schier durchdrehen würde, könnte er den Gästen beim Saufen zusehen.

Und was am allerbesten ist: Ich habe das Gefühl, unsere Gäste mögen auch mich.

Keiner, der öfter als zweimal da war, schreit »Bedienung!«, wenn er was braucht, nein, alle rufen schön brav »Fanny!« und scheinen sich wie deppert darüber zu freuen, wenn ich mich dann umdrehe und ihnen ein herzliches Lachen schenke. Ich kassiere ein Trinkgeld, dass es mir fast peinlich ist, vor allem, seit ich weiß, dass in Berlin eigentlich allenfalls fünf Prozent üblich sind und ich gut und gern auch mal zwanzig kriege. Gestern hat mir eine der sechs Milliarden Foodbloggerinnen, die bisher bei uns eingekehrt sind und die durch ihre Postings immer noch mehr Foodblogger anlocken, sogar ein Glas selbstgekochter Marmelade mitgebracht, aus wilder Kornelkirsche, von ihr höchstpersönlich und heimlich gepflückt in einem versteckten Gestrüpp des Gleisdreieck-Parks. Und: Letzte Woche ist sogar ein Artikel über mich erschienen. Also gut, nicht direkt über mich, sondern über das Wirtshaus, verfasst von Hans O. Watzmann, dem Restaurantkritiker des *Tagesspiegel* – hätte man sich echt auch denken können, dass der Mann kein normaler Gast war. Seine Worte über das Essen waren mehr als wohlmeinend, er lobte die *ausgefeilte Textur* der Leberspätzle, die *Feinwürzigkeit* der Brühe, und schließlich sogar *den Mut, mit dem Regionalkonzept zu brechen, wo es dem Geschmacke förderlich ist,* so seine Formulierung. Aber am Ende hat er auch was über mich geschrieben, und das war eigentlich das Beste an dem ganzen Artikel: *Doch auch der thüringischste Majoran wäre nur ein fades Kräutlein, wäre da nicht die Servicechefin Fanny Ambach, die das Wirtshaus mit Verve, Esprit und einem riesigen Herzen leitet, und die den Gast nicht nur zu seinem Tische führt, sondern auch keine Scheu hat, ihn, wenn es einmal sein muss, auf seinen Platz* zu verweisen. Und auch davon lebt dieses Kreuzberger Juwel: Denn wer weiß, wo er hingehört, fühlt sich wohl und geborgen.

Ich war irrsinnig stolz auf mich, und meine Kollegen ganz genauso. Und der Quirin erst, der war vielleicht aus dem Häuschen! Das war natürlich eine Selbstbestätigung hoch zehn, dass sein Konzept so astrein aufgeht!

Mit meinen Kollegen läuft es übrigens ebenfalls prächtig. Ich meine, gut, den Quirin, den muss man halt zu nehmen wissen, der spinnt natürlich ein bisschen. Aber erstens ist der eh nicht so oft da, und zweitens weiß ich, dass er im Herzen ein feiner Kerl ist und obendrein begeisterungsfähig wie ein junges Hündchen. Aber mit den anderen verstehe ich mich prima. Bei der Lara habe ich sogar das Gefühl, wir könnten Freundinnen werden, würden wir uns auch mal außerhalb das Wirtshauses sehen. Und mit der Küche ist es auch immer lustig. Die Sprüche schießen hin und her, da war das A-Team ein Dreck dagegen. Wenn ich nachmittags loslaufe, fühlt es sich nicht so an, als würde ich zur Arbeit gehen, sondern eher zu einer Verabredung mit Freunden.

Eigentlich ist also alles wahnsinnig super. Warum ich heute trotzdem so eine Lätschen ziehe? So eine Leichenbittermine?

Okay, hier kommt das Problem: Seit ein paar Tagen habe ich Zahnweh, aber weil immerfort so viel zu tun ist, komm ich nicht dazu, zum Arzt zu gehen.

Ach, was heißt »viel zu tun«?

Die Wahrheit ist, ich habe irrsinnige Angst vorm Zahnarzt.

Nicht sehr originell, ich weiß. Ich hätte auch lieber eine interessantere Phobie. Bea zum Beispiel hat vor Vögeln Angst, jedoch vor toten, nicht vor lebendigen, was ja gleich viel poetischer und tiefgründiger klingt. Aber gut, meine Angst hat eine Geschichte, und die geht so: Bei uns daheim in Mingharting gab es nur einen Zahnarzt, den alten Herrn Doktor Gschweiner, der sein Handwerk noch bei der Wehrmacht und im Dritten Reich gelernt hat. Obendrein hatte er Pranken wie King Kong persönlich, wodurch er quasi dazu prädestiniert war, verbotenerweise und natürlich schwarz, nicht nur den Dorfbewohnern, sondern auch den Kühen und Pferden in der näheren Umgebung die faulen Zähne zu ziehen – was er ganz offensichtlich mit viel größerem Genuss gemacht hat, als mit filigranem Gerät kleinen Grundschülerinnen auf den Milchzahn zu fühlen. Tja, und irgendwann musste ich zu ihm. Ich hab mich so sehr gegen die Spritze in seinen Bratzen gewehrt, dass er irgendwann entnervt aufgegeben hat, um sich meinem Kariesproblem zur Strafe ohne Betäubung zu widmen. Seither wird mir schon schlecht, wenn ich nur an das Licht denke, mit dem Zahnärzte einem in den Mund leuchten. Das Geräusch eines Bohrers löst entsprechend akute Panikattacken bei mir aus. Und noch viel schlimmer: Ich habe nicht nur Angst vor Zahnärzten, sondern kann eigentlich gar nichts ertragen, was mit Medizin zu tun hat, seien es Blut oder Schläuche oder Spritzen. Einmal hat es mich sogar aus den Latschen gehauen, bloß, weil ich eine Halsentzündung hatte und mir der Arzt einen Holzspatel auf die Zunge gelegt hat, um den Zustand meiner Mandeln zu kontrollieren.

Das ist der Grund, warum ich immer noch keinen Zahnarzttermin habe.

Idiotisch, ich weiß. Vor allem, weil natürlich auch mir völlig klar ist, dass die Schmerzen nicht von alleine verschwinden. Und besonders idiotisch ist es, weil heute Freitagabend und damit also Wochenende ist und ich nach den Tagen der Verdrängung jetzt zusehen darf, wie ich auch noch das Wochenende überstehe.

Und dann ist da noch etwas anderes. Die Zahnschmerzen sind heute Abend gar nicht einmal mein Hauptproblem.

Der Tino ist nämlich wieder hier. Zwei ganze Wochen hat er sich nicht blicken lassen, und jetzt hockt er plötzlich da, abermals am Stammtisch und in exakt derselben Runde, die schon das letzte Mal da gewesen ist.

Was daran jetzt so furchtbar ist?

Eigentlich nichts. Ich meine, hin und wieder guckt er sogar zu mir herüber! Aber jedes Mal, wenn ich irgendetwas an seinem Tisch zu tun habe, bin ich angespannt, irgendwie steif, und bekomme kaum mehr als »Was darf's sein«, »Bitte sehr« und »Gern« über die Lippen. Ausgerechnet ich, die Fanny Ambach. Die mit der Verve, dem Esprit und dem riesigen Herzen.

Na ja, und das Zahnweh macht die Sache natürlich auch nicht leichter.

Da hinten sitzt er, und ich steh hier und versuche, mir nichts anmerken zu lassen, meine Zahnschmerzen nicht und meine Anspannung auch nicht. Ich komme fast um vor lauter Mühe, so zu tun, als sei nichts.

Jetzt zum Beispiel. Ich poliere ein Glas, aber ich bekomme es beim besten Willen nicht hin, es einfach nur zu polieren. Ich bemühe mich, anmutig zu wirken, sinnlich und verführerisch, was dadurch erschwert wird, dass ich mich die ganze Zeit beherrschen muss, den Mund nicht zu verziehen. Ich versuche so angestrengt, ein entspanntes, versonnenes Gesicht zu machen, dass ich es erst gar nicht bemerke, als plötzlich der Quirin neben mir steht.

»Ist dir schlecht?«, fragt er.

»Was? Nein! Wieso?« Ich bewege das Geschirrtuch ein bisschen schneller.

»Du siehst aus, als würdest du dich gleich übergeben!«

Er lacht laut. Blöder Idiot. Er lacht tatsächlich über mich.

»Ich hab bloß über was nachgedacht«, lüge ich.

»Was? Wie man bei lebendigem Leibe einen Rentner zersägt?«

»Mann! Natürlich nicht! Ich hab nur …«

Ich stammle irgendwas über die Qualität der Geschirrtücher und hoffe, dass dem Quirin nicht auffällt, was für ein Blödsinn das ist. Aber ich habe echt überhaupt keine Lust, ihm von meinen Zahnschmerzen zu erzählen. Ich *hasse* es, wenn es die Leute um mich herum mitkriegen, was für ein Angsthase ich bin.

»Ist ja auch vollkommen egal«, unterbricht er mich, als ich gerade bei den verschiedenen Saugeigenschaften von Voll- und Halbleinen angekommen bin. »Hör mal, es wird gleich *total geil* hier.«

»Ach ja?«, frage ich mit demonstrativ gelangweiltem Gesicht. Langsam gewöhne ich mich daran, dass Quirin eigentlich fast alles »total geil« findet, unser Wirtshaus, Papas Schnäpse, seltsame Kopfbedeckungen, verrückte Gäste. Ich finde es auch nicht mehr erstaunlich, wenn etwas, das gestern noch total geil war, heute schon wieder todlangweilig ist. Und ich habe mich ebenfalls damit abgefunden, dass er alles, was in seinen Augen *nicht* total geil ist, grundsätzlich »voll scheiße« findet: schlecht sitzende Frisuren, amerikanische Touristen, schwäbische Zuzügler, Leute in C&A-Anzügen. Vor allem Letztere. Da hat er einen Blick dafür.

»Gleich kommt nämlich Benjamin Ettl!«

Er guckt triumphierend, und ich ziehe die Schultern hoch.

»Wer soll das sein?«

»Ben ja min Et tl!« Er reißt die Augen auf, als wolle er eine Schlange hypnotisieren, was blöderweise nichts nützt.

»Journalist?«

Er rollt die Augen.

»Politiker?«

Diesmal ist nur noch das Weiße zu sehen.

»Keine Ahnung, dein Zahnarzt?«

Ich sehe ihn hoffnungsfroh an, doch genau in dem Augenblick fährt Quirin herum und wendet sich dem Eingang zu, wo gerade die Tür aufgeht. Einen Kerl, wie den, der jetzt die Stuben betritt, habe ich zuletzt vor der Heavy-Metal-Disko *Breakout* in der Pforzheimer Nordstadt gesehen: dunkelbraune Haare bis zum Hintern, schlecht gepflegter Schnauz- und Kinnbart, finsterer Blick. Dazu Turnschuhe und ein schwarzer Trainingsanzug, Adidas, wenn's mich nicht irrt.

Keine Ahnung, was an diesem komischen Rocker so besonders sein soll.

Wobei.

Der Rocker macht einen Schritt in den Raum, erblickt Quirin und reckt, ja leck, die Hand zum Hitlergruß in die Höhe.

So bleibt er stehen und schaut dabei dermaßen ernst, dass man auf der Stelle den Verfassungsschutz anrufen möchte. Dann fängt er an zu grinsen.

Quirin macht einen Schritt auf ihn zu und die zwei klatschen ein, hoch über allen Köpfen.

»Benjamin!«

»Quirin!«

Die beiden halten sich zwei ausgestreckte Finger über die Oberlippe, dann schlagen sie die Köpfe aneinander. Vor lauter Schreck vergesse ich sogar mein Zahnweh.

»Wer ist denn *der* Depp?«, frage ich die Lara, die jetzt neben mir steht.

»Benjamin Ettl!«, zischt sie und schüttelt empört ihren Pagenschnitt.

Ich signalisiere ihr mit einem Schulterzucken, dass mir der Name nichts sagt, rein absolut gar nichts.

»Einer der bekanntesten deutschen Künstler! Seine Bilder sind Hunderttausende wert!«, flüstert sie, offensichtlich vollkommen entsetzt darüber, dass es Leute wie mich gibt, die das nicht wissen.

»Aber warum ist er dann Nazi?«, frage ich.

»Der ist kein Nazi. Das spielt der nur. Das ist irgendwie Teil von seinem ästhetischen Konzept. Radikales Denken und so. Bescheuert, aber ist so.«

Verstehe.

Nicht.

Quirin hat Benjamin Ettl inzwischen zu einem Platz in der Ecke geführt, wo der sogenannte Künstler sich begeistert umsieht. Sein Blick fällt auf den Wolpertinger, der immer noch sphärisch beleuchtet über dem Lokal schwebt.

»Ein Wappentier!«, ruft er. Begeistert springt er auf. »Das Wappentier des Vierten Reichs, in dem der Führer aller Völker die Kunst ist!« Dann verfinstert sich sein Gesicht, und er fängt an zu knurren, wobei er sein R rollt wie seinerzeit Hitler persönlich: »Derrr Überrrwolperrrtingerrr soll uns Volk von Wolperrrtingerrrn führen und regieren!«

Der Kerl kann von Glück reden, dass das Omilein nicht hier ist. Die hätte diesen Ettl nämlich spätestens an dieser Stelle am Ohrwaschl gepackt und zur Tür hinaustransportiert. Künstler oder nicht, bei Nazikram versteht sie keinerlei Spaß nicht. Und ich eigentlich auch nicht.

Insofern hat der Typ doppelt Massel. Wenn ich nicht wüsste, wer er ist und dass es sich um einen Spezl vom Quirin handelt, würde ich ihn nämlich ganz umstandslos auf die Straße setzen.

Was soll das denn bitte für ein ästhetisches Konzept sein? Und überhaupt, welche Ästhetik? Der Typ sieht aus, als hätte man ihn aus der Altkleidersammlung gezerrt!

Ich sehe mich vorsichtig im Lokal um, aber die anderen Gäste scheint sein Verhalten eher zu faszinieren als zu verstören, die Stammtischler eingeschlossen. Die Gletschereis-Fee tuschelt mit ihrer Nachbarin, und ich kann beobachten, wie Tino gebannt in Richtung des Künstlers stiert.

Der Ettl setzt sich wieder und legt die Hände auf den Tisch.

»Der Volkskörper braucht Nährstoffe«, erklärt er, und Quirin bedeutet mir mit einer Geste, die Karte zu bringen. Wenn's sein muss! Ich schnappe mir eine und bringe sie zum Tisch, aber statt mich einfach wieder gehen zu lassen, packt mich der Ettl am Handgelenk und hält mich fest.

»Holde Maienmaid!«, ruft er mit glockenheller Stimme und starrt mich auf eine Weise an, dass ich für einen kurzen Moment das Gefühl hab, mit dem Kerl aus *Das Schweigen der Lämmer* allein in einem Raum zu stehen.

Echt fies, der Alte.

»Grüß Gott«, sage ich und sehe auf ihn hinunter.

»Grüß Gott!«, schreit er und springt schon wieder auf und reckt schon wieder den ausgestreckten rechten Arm in die Höhe. »Grrrrüüüüüß Gott! Grrrrrüüüüüß Gott! Grrrrrrüüüüß Gott!« Es marschiert im Takt seiner Worte auf der Stelle, als würde er irgend etwas Militärisches skandieren.

Der Kerl hat sie nicht mehr alle, das ist ganz offensichtlich.

Und er hört überhaupt nicht mehr auf!

»Sag amoi, geht's noch?«, fahre ich ihn an, und er hält auf einen Schlag inne. Mist, das ist mir jetzt einfach so rausgerutscht. Aber andererseits kann ich ja auch nicht dastehen und lächelnd schweigen, wenn einer mit Hitlergruß durch unser Wirtshaus marschiert!

Irgendwo hinter mir ertönen ein paar Lacher, immerhin. Als ich mich umdrehe, strahlt mir der Tino direkt ins Gesicht.

Na pfundig, auch das noch.

Ich spüre, wie ich erröte, und drehe mich schnell wieder um. Das Gesicht vom Ettl ist plötzlich wieder ganz weich.

»Potzblitz! Wer bist denn du, holde Maienmaid?«, fragt er mit einem Gesicht, als fände diese Begegnung hier auf Wolke sieben statt und nicht an einem Wirtshaustisch. Er blickt so friedlich und freundlich drein, als hätte er gerade eben keinen Nazikram gebrüllt, sondern sei dem Dalai Lama höchstselbst begegnet.

Ich will gerade antworten, da fällt der Quirin mir ins Wort.

»Das ist Fanny«, erklärt Quirin. »Die hab ich im finstersten, tiefsten Bayern entdeckt, sie ist die Enkelin der Wirtin.«

Er sagt das so, als wolle er dem Ettl mit meiner Herkunft auch gleich meine Unzurechnungsfähigkeit erklären, und ich versehe ihn zur Strafe mit einem Blick, der ihn lehrt, was tief und finster ist.

»Sie ist so … spürbar aus Fleisch und Blut«, sagt Ettl und sieht mich verliebt an.

Fleisch und Blut? Hä?

»Aber der Name Fanny passt sehr gut … der Name erinnert mich an das fantasiastische Himmelsweib!«

Also, da fällt dir doch echt nichts mehr ein.

»Sie ist so stark und voller Leben, wie der Stamm des ewigen Eichenbaums, findest du nicht?«, sagt er zu Quirin, der unterwürfig nickt.

Also, ich nehm den Deppen nicht mehr ernst, echt nicht. Der Stamm eines Eichenbaums. Was kommt als Nächstes? Dass ich aussehe wie ein Bierfass? War ja klar, dass das irgendwann mal passiert. Kaum betritt mal eine Frau mit halbwegs wohlgenährter Oberweite ihre Stadt, flippen diese Berliner aus wie sonst was.

»Derf's schon was zum Trinken sein?«, frage ich schnippisch.

»Bring ihm ein Pils und einen Bärwurzschnaps«, sagt Quirin, und natürlich schnellt Ettl bei dem Wort in die Höhe.

»Bärrrwurrrzschnaps! Wir sind Bärrrwurrrzrrrevolutionärrrre!«

Ich drehe mich um und hole ihm augenrollend sein Gedeck, dann frage ich ihn, was er zum Essen will.

»Du spürst es«, antwortet er.

Ich werfe ihm einen Blick zu, den ich mir beim Watzmann abgeschaut hab: zwischen hochnäsig und angewidert.

»Spür es!«, zischt er mit funkelnden Augen.

Gut, kriegt er halt, was alle kriegen, die nicht wissen, was sie wollen. Den Bratwurstteller.

Ich verschwinde in der Küche, geb die Bestellung direkt dem Schorschi durch und warte, bis die Portion fertig ist.

»Was is da draußen loss?«, fragt er und haut die Würstel in die Pfanne.

»Keine Ahnung, so ein durchgeknallter Künstler ist da. Benjamin Ettl oder so heißt der.«

»Benjamin Ettl? That's totally cool!«, sagt er und macht in einem anderen Topf eine Kelle Kraut warm. »Das ist total gut für die Lokal.«

Na ja, denke ich, ohne es zu sagen. Kommt drauf an, wie man *gut* definiert.

Der Schorsch hantiert mit dem Topf, der Pfanne, und fängt wenig später an, die Würstchen besonders dekorativ auf dem Teller zu drapieren.

»Mach kein Kunstwerk draus«, drängle ich, weil ich es hasse, dabei zusehen zu müssen, wie lecker-heißes Essen langsam kalt wird.

»Fertig«, sagt Schorsch und pflanzt ein Petersiliensträußchen auf den Gipfel seines Gebildes. »And off you go!«

Ich nehme den Teller und marschiere nach draußen in die Gaststube. Um den Tisch vom Ettl hat sich inzwischen eine Menschentraube gebildet.

»Obacht!«, rufe ich, aber mich beachtet keiner.

»Essen ist fertig!« Aber auch damit hört man mich nicht.

»Heiß und fettig!« rufe ich, aber die Traube lichtet sich nicht. Entweder dieser Ettl gibt Autogramme, oder ... oder ich weiß auch nicht.

»Herr Ettl, Ihr Essen!«, schreie ich, und jetzt endlich drehen sich ein paar Hanseln aus der Schar um des Künstlers Tisch zu mir um.

»Jetzt nicht, Maienmaid, jetzt nicht!«, höre ich seine Stimme.

Na, sauber. Ich betrachte den Teller in meiner Hand, dann sucht mein Blick den Stammtisch, aber die sind scheinbar alle aufgestanden. Schade, jetzt hätte ich den Mut gehabt, den Teller einfach dem Tino zu geben. Ich überlege, was ich tun soll, dann setze ich mich an einen Tisch, der etwas abseits steht und esse Ettls Teller selber leer, schön langsam und nur auf einer Seite kauend, natürlich, was den Genuss ein wenig mildert, aber nicht killt.

Mann, das wurde aber auch eh mal wieder Zeit. Hab schon fast vergessen, wie gut der Omilein ihre Bratwürstel sind. Würzig und fein zugleich, zart, aber fest im Biss, kein Vergleich zu dieser schwammigen Currywurst, die ich neulich in dieser ach so berühmten Imbissbude am U-Bahnhof Eberswalder Straße probiert hab.

Als ich das Besteck weglege, hat sich die Traube um den Tisch vom Ettl gelichtet. Durch die paar Gestalten, die den Tisch immer noch umringen, entdecke ich Ettls bärtiges Gesicht. Er blickt mir direkt in die Augen.

Wir sehen uns an und er lockt mich mit dem Finger näher.

Einen Augenblick zögere ich, dann wische ich mir die Finger an der Serviette ab und erhebe mich.

Alle Blicke sind jetzt auf mich gerichtet, auch die von den Stammtischlern, die inzwischen wieder auf ihren Plätzen sitzen. Und der Tino lächelt mich ebenfalls an, erwartungsvoll, neugierig. Schluck.

»Was ist denn?«, frage ich und trete näher. Dabei bemerke ich, dass Ettl mit diesem Griffel, den er in den Händen hält, wie ein Irrer die Tischplatte zerkratzt hat. Ja, wo sind wir denn hier, spinnt der? Ich will ihn gerade anfahren, da bemerke ich, dass das Gekritzel etwas darstellt.

Ich trete noch näher, weil jetzt bin ich doch ein bisschen neugierig.

Und dann erkenne ich, was es ist.

Benjamin Ettl hat eine Frauenbildnis in unseren schönen Ecktisch geritzt. Es sieht aus wie von einem Vierjährigen gemalt, allerhöchstens. Und das soll Kunst sein? Was hat die Lara gesagt, wie viel Geld der Typ für seine Bilder kiegt? Hunderttausende?

Gott, wie dämlich.

Aber ich scheine die Einzige zu sein, die so empfindet. Der Quirin zumindest schaut so begeistert drein, dass es gar nicht auszuhalten ist. Und der Rest vom Wirtshaus stiert auch wie im Rausch herüber, sogar die Leute vom Stammtisch – Tino inklusive. Allerdings nicht so sehr auf Ettl und sein Machwerk, sondern auf mich.

Ich schaue das Bild noch einmal genauer an und entdecke daneben den Satz: *Fantastische Fanny.*

O nein.

Bitte nicht.

Deshalb diese Blicke!

Aber, also Leute! Jetzt mal ehrlich! Das soll ich sein? Wenn man mich fragt, deutet allerhöchstens die Frisur darauf hin. Ansonsten kann ich da überhaupt gar keine Ähnlichkeit er…

Oha.

Jetzt, wo ich genauer hinschaue, entdecke ich das Dekolleté. Es ist vollkommen überdimensioniert und absolut übertrieben.

Ja, so eine Frechheit! Ich stemme die Hände in die Hüften und sehe ihn empört an.

»Ich glaub, du wolltst grad nach Haus gehn, oder?«, sage ich.

Der Ettl schaut mich an, und dann wird er ohne Scheiß rot wie ein Puter.

Hinter mir erklingt schon wieder ein Lachen. Und dann höre ich, wie einer anfängt zu applaudieren.

10

Am nächsten Morgen rasen mir Schmerzen durch den Kiefer, dass ich nur noch sterben will.

Ein Weile lang versuche ich, das zu machen, was auch der Dalai Lama machen würde: Ruhig bleiben und die Schmerzen beobachten, sich nicht davon überrollen lassen, dann sind sie angeblich nicht mehr so schlimm. Leider fühlt sich »die Schmerzen beobachten« ungefähr so an, als würde ich auf dem Mittelstreifen der A9 in Richtung Ingolstadt stehen und versuchen, die Autos zu zählen, auf einem Teilstück ohne Tempolimit.

Ja, Kruziment, aua!

Ich taste nach meinem Handy, um zu schauen, wie spät es ist. Es liegt auf dem Parkettboden neben dem Bett, weil es in meiner Wohnung nämlich nicht einmal so etwas *Ähnliches* wie ein Nachtkästchen gibt.

Quirins Wohnung ist übrigens tatsächlich riesig, da hat er nicht übertrieben. Sie befindet sich am Maybachufer, also direkt am Landwehrkanal, in einem schönen Altbau ganz oben unterm Dach – leider ohne Lift, aber das ist auch schon der einzige Haken. Es gibt jede Menge Schrägen und irre hohe Wände – ich täte vermuten, dass sie an der höchsten Stelle mindestens sechs Meter hoch sind, vielleicht sogar noch höher. Und die Wohnung ist größer als jede, in der ich vorher gewesen bin. Ich hab mal versucht, sie mit Schritten auszumessen, und kam auf 160 Quadratmeter, zirka. Dabei besteht sie im Prinzip bloß aus vier Räumen: einem normalen Badezimmer mit Dusche und Waschmaschine, einer schicken Küche mit Tisch und zwei Stühlen, einem relativ normal dimensionierten Schlafzimmer, das aber einen begehbaren Kleiderschrank hat, und einem etwa 100 Quadratmeter großen Wohnzimmer. Und das hat's echt in sich. Eine Wand ist von oben bis unten verglast und der ganze Boden ist mit schönem altem Parkett ausgestattet, was total nobel aussieht. Der absolute Clou ist aber die riesige, antike Badewanne mit Löwenfüßen, die mitten im Zimmer steht. Ich weiß nicht, wie der Quirin die da aufgestellt hat. Das Wasser kommt irgendwie aus dem Boden und fließt auch dahin ab, aber ich habe keinen Hinweis darauf gefunden, wo die Leitungen verlaufen, ob unter dem Parkett oder durch die Wohnung unter mir. Auf alle Fälle ist diese Wanne absolut fantastisch. Manchmal lasse ich mir ein Schaumbad ein, hau mich da rein und starre in den Himmel vor den Fenstern, und dann ist das fast ein bisschen so, als würde ich im Freien liegen. Als ich neulich endlich mal wieder mit der Bea geskypt hab (schaffen wir leider nicht so oft, wie wir gerne würden, Stichwort Zeitverschiebung, ich muss ja immer ab nachmittags arbeiten), ist sie schier ausgeflippt. Eine schicke Wohnung hat sie in New York ja schon auch, aber halt nicht in *der* Größe. 160 Quadratmeter kann man sich dort nicht einmal als Anwalt leisten.

Das einzig Blöde an dem Wohnzimmer ist, dass es außer der Badewanne bloß noch ein einziges anderes Möbelstück darin gibt, nämlich eine graue, ganz schön runtergewohnte Designercouch, die der Quirin stolz angeschleppt hat, woher auch immer. Na ja. Auf alle Fälle fand ich's zunächst großartig, mit so viel Platz und so aufgeräumt zu leben, aber nach einer Weile wurde es dann doch komisch. Ich hatte irgendwie das Gefühl, mich in dem riesigen Raum zu verlieren, überhaupt keinen Halt darin zu finden. Darum hab ich die Omi gebeten, mir ein Paket mit ein paar Sachen aus meiner Minghartinger Wohnung zu schicken: Kissen, Plüschtiere, meine Lieblingsdecke, so Kram. Seither fühle ich mich wieder viel besser, wenn ich auf dem Sofa sitze. Nicht mehr wie eine Schiffbrüchige in einem riesigen Ozean, sondern eher wie auf einer blumenbewachsenen Insel. Der Mainau oder so.

Nur wird mich meine Kuschelecke heute leider nicht retten können.

Ich brauche einen Zahnarzt. Sofort.

Ganz kurz überlege ich, den Quirin anzurufen und ihn zu fragen, ob er einen guten weiß. Der Quirin kennt nämlich immer jemanden, egal, was man braucht: iranischen Safran, einen neuen Haarschnitt, ein gebrauchtes Radio.

Aber dann schau ich auf mein Handy und sehe, dass es gerade mal neun Uhr morgens ist, was in Berlin ungefähr zwei Uhr nachts entspricht, vor allem für Leute, die in der Gastronomie beschäftigt sind. Außerdem sollte ich meinen Chef nach der Szene mit diesem Ettl gestern vielleicht besser nicht noch weiter verärgern. Der Quirin war nämlich total sauer, dass ich unseren prominenten Gast so harsch angegangen bin – so sauer, dass der Ettl am Ende *ihn* beruhigen musste. Der Künstler fand meine Reaktion nämlich eher lustig, genauso wie die anderen Gäste. Die Leute vom Stammtisch haben mir sogar applaudiert!

Na gut, und der Quirin hat sich dann auch wieder eingekriegt. Das echte Ettl-Werk hat ihn getröstet. Vor allem die Aussicht darauf, dass das Gekrakel des berühmten Künstlers die Gäste noch einmal in Scharen anziehen wird.

Ich rolle mich aus dem Bett, hole meinen Laptop und lege mich gleich wieder damit hin. Der Schmerz in meinem Kiefer schwillt so hundsbrutal an, ich kann kaum die Worte *Zahnarzt* und *Berlin* und *samstags geöffnet* in die Google-Suchmaske eingeben. Zum Glück hat mir der Typ aus dem Grafikdesignbüro im Erdgeschoss das Passwort zu seinem W-Lan gegeben, sonst sähe ich jetzt alt aus.

Ich klicke auf *Google-Suche*. Es gibt gleich jede Menge Treffer, aber ich bin so verzweifelt, dass ich gar nicht lang herummache, sondern gleich den ersten Eintrag nehme. Am Telefon sagt mir die Sprechstundenhilfe, ich solle einfach kommen, samstags vergebe man keine Termine. Also ziehe ich mir rasch etwas an, das keine allzu komplizierten Bewegungen erfordert: Jeans, Hemd, Strickjacke, und versuche ansonsten gar nicht erst, mich um mein Äußeres zu kümmern. Ich bürste bloß rasch mein Haar durch. Dann sehe ich nach, wo sich die Praxis eigentlich befindet, und stelle fest, dass sie in der Nähe des U-Bahnhofs Leopoldplatz liegt. Google Maps verrät, dass das im tiefsten Wedding ist.

Egal, nichts wie hin.

Keine halbe Stunde später steige ich die Stufen der U-Bahn wieder hinauf – und will am liebsten gleich wieder umdrehen. Logisch, vom Wedding hat man auch in Mingharting schon mal gehört, Gewalt an Schulen, sozialer Problembezirk, etcetera pepe. Aber dass es hier tatsächlich so grattlig ist, wie ich's mir vorgestellt hatte, das wundert mich dann doch ein bisschen. Läden, die in bunten Buchstaben für günstige Telefontarife nach Afghanistan, Kamerun und Ghana werben, Wettbüros, Spielhallen, ein Waschsalon. Und ein verirrtes Dönerstandl mit einem traurig über seine Rotzbremse hinwegschauenden Wirt. Das Schmuddeligste, was bei uns im Oberland je eröffnet hat, war ein Internetcafé in Bad Tölz, das sechs Wochen nach der Eröffnung schon wieder pleite war. Danach hat an der Stelle ein China-Imbiss aufgemacht, der gar nicht mal so übel ist.

Ich entdecke die Seitenstraße, in der die Praxis sein müsste. Hier gibt es nun keine Geschäfte mehr. Nur ein paar Buben mit Baseballkappen, die in einem Hauseingang stehen, und die, als ich an ihnen vorbeigehe, blitzschnell so tun, als sei überhaupt nichts. Ich will nicht wissen, womit die dealen. Waffen? Drogen? Ihren kleinen Schwestern?

Ich beschließe, mich nicht weiter darum zu kümmern, und weiter nach der Hausnummer zu suchen. Nummer 18, Nummer 20... da, 22. Da ist es.

Wenig später stehe ich vor einem dutzendfach überklebten Klingelschild, auf dem der einzige vertraut klingende Name der der Ärztin ist, die heißt nämlich Podolski. Ansonsten wimmelt es bloß so von Nowaks und Nguyens und Kullukcus.

Das Omilein würde die glatte Panik kriegen. Nicht weil sie ein Problem mit Ausländern hat, um Gottes willen. Aber der exotischste Mensch, den die Omi je getroffen hat, ist vermutlich die Mercedes mit ihrem spanischen Papa. Ach so, und den Schorsch natürlich.

Ich klingle, der Türöffner summt und ich trete ein. Am Empfang muss ich als Erstes beweisen, dass ich im Besitz einer Versichertenkarte bin, vorher will die Arzthelferin nicht einmal hören, was mir fehlt. Sie vergewissert sich, dass die Versichertenkarte auch wirklich funktioniert, dann schickt sie mich in ein überfülltes Wartezimmer, in dem Menschen aller Nationalitäten durcheinanderplärren, ein quasi babylonisches Sprachgewirr, das bei mir den interessanten Effekt hat, dass ich mich zum ersten Mal in meinem Leben als Deutsche und nicht als Bayerin fühle. Aber als ich mich setze, steigt meine alte Angst wieder in mir auf. Ich starre den abgetretenen Linoleumboden an und versuche, mich nicht auf meinen Puls zu konzentrieren, nicht auf das Kribbeln der Gesichtshaut, nicht auf meine kalten, glitschigen Finger. Fast bin ich erleichtert, als man mich nach einer gefühlten Ewigkeit endlich ins Behandlungszimmer schickt.

Eine Dame in weißem Kittel zeigt auf den Folterstuhl, der in der Mitte des Raums steht, und bedeutet mir, schon einmal Platz zu nehmen, Frau Doktor sei gleich bei mir. Sie grüscht mit ein paar Instrumenten herum, bindet mir ein Lätzchen um, öffnet irgendwelche Schubladen und schließt sie wieder. Dann greift sie über mich und macht schon mal die Lampe an, deren heller, kalter Schein mich trifft wie ein Bolzenschussgerät.

Ich höre noch, wie Frau Doktor hinter mir den Raum betritt.

Dann wird mir schwarz vor Augen, und allein die Tatsache, dass die Arzthelferin sofort merkt, dass etwas nicht stimmt und deshalb sofort anfängt, mir Luft zuzufächern und meine Beine anzuheben, verhindert, dass ich tatsächlich das Bewusstsein verliere.

Hinaus aus der Praxis taumle ich. Ich fühle mich, als hätte mir einer Omis Gusseiserne über den Schädel gezogen, und zwar mit Gebrüll. Die Ärztin musste viermal nachspritzen, bis die Betäubung gewirkt hat, und jetzt ist sie so stark, dass sie sich bis übers Ohrläppchen zieht und mir quasi die ganze linke Gesichtshälfte lahmlegt. Ich fühle mich wie eine Mischung aus einem Mumps- und einem Schlaganfallpatienten: dicke Backe plus Sabber unterm Kinn. Und das alles wegen einer pupsigen Karies unter einer Füllung.

Tatsächlich schauen mich die Leute, die mir auf dem Weg zurück zur U-Bahn begegnen, an wie ein Alien.

Ich ziehe ein Tempo aus der Tasche und wische mir den Mundwinkel ab, sicherheitshalber. Und ebenfalls sicherheitshalber wiederhole ich die Prozedur ungefähr alle zehn Sekunden.

Damit mein Elend möglichst keiner mitansehen muss, drücke ich mich ins hinterste Eck der U-Bahn. Eine Weile geht das tatsächlich gut. Die Sitze gegenüber sind frei, und es setzt sich auch keiner dort hin. Doch dann, bei der Haltestelle Französische Straße, passiert es.

Der eisblaue Engel steigt ein. Genau, eine von denen, mit denen Tino gestern im Wirtshaus gewesen ist. Und zwar exakt an der Tür, die meinem Platz am nächsten ist.

Ich ducke mich in meinen Sitz und verberge mein Gesicht hinter Hand und Spucktuch.

Und Gott sei dank, es gelingt. Der Eisengel sieht mich nicht. Er setzt sich mit dem Rücken zu mir hin, schiebt sich weiße Kopfhörer in die Ohren, starrt in das Dunkel des Tunnels vor dem Fenster und schiebt rhythmisch den Kopf vor und zurück.

Ich rutsche noch tiefer in meinen Sitz. Tino hat gestern immer wieder in meine Richtung gesehen, ich glaube, mein Auftritt hat ihn ganz schön beeindruckt. Aber der gute Eindruck ist garantiert sofort verspielt, wenn er erfährt, dass die *Fantastische Fanny* sich bei Tagesanbruch in ein sabberndes Monster verwandelt.

Die U-Bahn rattert in den nächsten Bahnhof, und

der Eisengel erhebt sich wieder von seinem Sitz. Muss sie hier raus? Ich bete darum. Und ich bete, dass sie mich beim Aussteigen nicht sieht.

Doch dann erblicke ich ihn.

Jawoll, ganz recht. *Ihn.* Den Tino.

Er steht da auf dem Bahnsteig, hübsch wie immer, reckt den Kopf hin und her, und ehe ich irgendwas dagegen tun kann, macht der eisblaue Engel einen freudigen Satz zur Tür.

Jessas.

»Hey, hier!«, ruft sie und winkt ihn zu sich.

»Ah, hallo!«

Tino sprintet zu ihr, die Tür schließt sich hinter ihm, die beiden begrüßen sich mit Bussi rechts und Bussi links, dann wandert sein Blick durch den Wagen.

Ich drehe mich weg, so schnell, das glaubt man gar nicht.

»Willst du dich setzen?«, fragt der Eisengel.

Um Himmels willen. Bitte nicht.

Aber natürlich passiert es. Die beiden entdecken die freie Bank gegenüber von mir. Und nur einen Wimpernschlag später schauen sie mir direkt ins Gesicht.

»Hi, Fanny!«, ruft der Eisengel überrascht.

Wie pflegt das Omilein zu sagen? Der Teufel scheißt immer nur auf Haufen, die leicht zu treffen sind.

»Servus«, erwidere ich mit bröselnder Stimme.

Der Schweiß tritt mir auf die Stirn, und ich überlege panisch, was schlimmer ist: vor den Augen seines Schwarms zu sabbern oder sich vor den Augen seines Schwarms Speichelfäden vom Kinn zu wischen. Ich entscheide mich für Letzteres und bewege die Faust mit dem Tempo möglichst unauffällig in Richtung Mundwinkel.

»So ein Zufall!«, sagt sie, und die beiden strahlen mich an, ungefähr genauso, wie sie mich gestern angestrahlt haben, als ich den Ettl zurechtgewiesen hab.

»Hm, hm, hm«, lache ich. Obwohl sich das Geräusch, das ich mache, natürlich keineswegs so anhört wie ein Lachen, sondern eher so, als sei mir einer auf den Zeh gestiegen. Mist. Gestern war ich auch schon nicht besonders entspannt, wegen höllenmäßigem Zahnweh. Spätestens jetzt hält Tino mich für das unlockerste Wesen zwischen hier und Altötting, so viel ist sicher.

»Fährst du zur Arbeit?«, fragt jetzt der Tino, während der Eisengel grinsend danebensteht.

Ich nicke und versuche dabei, meinen linken Mundwinkel fest zusammenzupressen, damit kein Unglück geschieht. Dass der Tino überhaupt mit mir redet, muss der Ettl-Bonus sein. Irgendwie scheint mich die Aktion gestern in ein anderes Licht gerückt zu haben. Dabei hab ich einfach nur getan, was ich tun musste.

»Wir kommen heute auch wieder«, sagt er.

»Schön«, sage ich mit geschlossenen Lippen.

»Danach wollen wir noch in die Bikini-Bar«, sagt der Eisengel.

»Mhm«, mache ich mit verkrampftem Lächeln.

Ich tupfe mir noch einmal den Mundwinkel trocken. Wahrscheinlich hält er mich für vollkommen minderbemittelt.

»Das ist eine total tolle Bar in Neukölln. Komm doch mit!«, sagt der Eisengel und sieht mich auffordernd an. Ich merke, wie ich erröte. Und der Tino auch. Nicht richtig, aber ein klitzekleines bisschen.

»Ah«, mache ich.

Dann wird es hell und die U-Bahn fährt in den nächsten Bahnhof.

»Also, wir müssen hier raus«, sagt der Eisengel. »Überleg's dir, ja? Bis später!«

»Tschüss«, sagt der Tino.

Und dann verschwinden die beiden im Gewusel auf dem Bahnsteig.

Die Türen schließen sich, die U-Bahn fährt wieder an, und mir fällt auf, dass wir am Halleschen Tor sind und ich hier hätte umsteigen müssen.

Mist, ein blöder.

Aber dann auch wieder nicht. Am Ende wäre dieses Gespräch draußen weitergegangen, und das hätte schlimm enden können.

Ich lehne mich zurück, spüre, wie es rumpelt, im Waggon, in meinem Herzen, in mir, und dann erst schnackelt es, und ich kapiere, was gerade eben passiert ist.

Vorausgesetzt, es ist wirklich passiert.

Ist es?

Habe ich gerade wirklich mit Tino gesprochen? Mit dem schönen Tino, dem ich seit zwei Wochen hinterhergeifere wie ein hungriger Straßenköter?

Okay, ich *muss* jetzt einfach wissen, wie mein Gesicht aussieht. Langsam, ganz langsam, wende ich mich meinem Spiegelbild in der Fensterscheibe zu, aber weil ich darin nichts weiter erkennen kann, nehme ich mein Handy aus der Tasche und mache ein Foto von mir. Dann betrachte ich mich.

Hm.

Gut, mein Handy ist nur ein altes, ziemlich schrottiges Nokia, entsprechend also die Bildqualität. Aber eigentlich sieht alles ganz normal aus, oder? Kein hängender Mundwinkel, keine Speichelfäden, keine Nosferatu-Mimik. Gut, die eine Wange ein bisschen geschwollen, aber nicht so, dass es wahnsinnig auffällig ist. Klar, besonders erotisch sehe ich auch nicht aus, aber wegsperren müsste man mich auch nicht.

Gott, bin ich erleichtert. Ich sehe tatsächlich vollkommen anders aus, als ich mich fühle.

Ich packe das Handy wieder weg, steige an der nächsten Haltestelle aus und beschließe, die U7 zum Hermannplatz zu nehmen. Von dort ist es zwar ein Stück zu laufen, aber ich will vermeiden, dass mir der Tino gleich noch einmal an der U-Bahn-Haltestelle begegnet. So erleichtert bin ich dann auch wieder nicht.

Zu Hause lasse ich mir als Allererstes ein schönes, heißes Bad ein und sinke wie besinnungslos ins Wasser. Oder, was heißt Wasser, fast könnte man's Fluten nennen. Denn der frei stehende Bottich ist so riesig, dass man in Versuchung gerät, darin ein paar Bahnen zu ziehen.

Himmel, hab ich das vermisst! Als ich noch mit meinen Eltern zusammengewohnt hab, konnte ich ja baden, so viel ich wollte, und später in Pforzheim hatten wir dann immerhin noch so eine Sitzbadewanne, auch wenn die so winzig war, dass man sich darin immer gefühlt hat wie bei Alice im Wunderland, und stets fürchten müsse, darin steckenzubleiben. Aber in meiner Minghartinger Einliegerwohnung habe ich bloß noch eine Dusche und fertig. Dabei liebe ich heiße Bäder!

Ich lege den Kopf zurück und merke, wie die Betäubung in meinem Kiefer ganz langsam nachlässt und ich nach und nach wieder etwas spüre, wenn ich meine Wange berühre. Ich plätschere träge vor mich hin, lasse warmes Wasser nach.

Und dann, zack!, wird mir mit einem Schlag etwas klar. In meinem ganzen Körper fängt es an zu kribbeln und ich schieße wie ein geölter Blitz aus dem Wasser.

Wir kommen heute auch ...
Danach wollen wir noch in die Bikini-Bar ...
Komm doch mit! ...

Die Frage aller Fragen schießt mir durch den Kopf: Was anziehen?

Ich trockne mich notdürftig ab und hüpfe zum Kleiderschrank, wo meine ebenso notdürftige Garderobe aufgehängt ist.

Dazu muss man wissen, dass ich mir normalerweise nicht wahnsinnig viel aus Klamotten mache. Irgendwie bin ich da einfach nicht der Typ für. Im Wirtshaus trage ich T-Shirt, Jeans und Schürze, und außerhalb des Wirtshauses ... na ja. Außerhalb des Wirtshauses gibt ist ja irgendwie nicht. Ich meine, ich besitze natürlich schon auch ein Kleid, ein türkisfarbenes, trägerloses mit passendem Bolerojäckchen, das ich mir eigens für Beas Hochzeit bei K&L Ruppert in Weilheim gekauft hab, passende Ballerinas inklusive. Aber jetzt mal unter uns. Ich fühlte mich darin schrecklich. Wie eine Vogelscheuche, die man in feine Dessous gepackt hat.

Dessous sind übrigens ebenfalls nicht mein Ding. Ich sehe es einfach nicht ein, meine Zeit damit zu vergeuden, morgens den passenden BH zum Schlüpfer zu suchen, wenn das Ergebnis dann eh keiner zu Gesicht kriegt.

Ich meine, ist doch so.

Aber wenn ich heute Abend tatsächlich mit Tino ausgehen soll, werde ich mir Gedanken über meine Garderobe machen müssen. Alle Mädchen aus seiner Clique sind wahnsinnig interessant und schick gekleidet, und er selbst sieht ebenfalls aus, als ob er etwas von Mode verstünde. Also wühle ich mich durch den Inhalt meines Kleiderschranks: T-Shirts, Strickjacken, Sweatshirts, drei Paar Jeans.

Am Ende entscheide ich mich für ein schwarzes T-Shirt, das einigermaßen figurbetont geschnitten ist und betrachte mich darin im Spiegel. Ich drehe mich hin und her und versuche, mich einigermaßen hübsch zu finden. Normalerweise gelingt mir das ganz gut, aber heute?

Ich versuche es mit einem anderen T-Shirt. Dann mit einem Pferdeschwanz und schließlich mit einem Dutt, was komplett albern aussieht.

Ich fürchte, ich weiß, was mir nicht an mir gefällt.

Ich vergleiche mich mit den Mädchen, die mit Tino am Stammtisch gesessen sind. Idiotisch, gell? Aber ist so.

Bedrückt lasse ich mich auf mein Bett sinken und setze mich dabei um ein Haar auf meinen Laptop, der immer noch im Bett liegt, halb verborgen unter der Decke.

Meine Laune wird plötzlich besser. Ich habe eine Idee.

Ich klappe den Laptop auf, fahre ihn hoch und freue mich wahnsinnig darüber, eine Bea zu haben. Ich öffne Skype. Sie ist tatsächline online, und ich wähle sie an. Wieder das Ufo-Geräusch, tut, tut, tut, dann geht sie dran.

Diesmal ist *sie* zerzaust und nicht ich, eine Tatsache, die mich aber nur für eine Millisekunde mit Genugtuung erfüllt, denn sofort wird mir klar, dass es kurz nach ein Uhr mittags ist, und damit in New York ... kurz nach sieben. Und das an einem Samstag.

Autsch.

»Mann, Fanny«, flüstert sie. »Jasper schläft noch! Wichtig?«

Ich frage mich zwar, warum sie dann ihr Skype anmacht, nicke aber nur.

»Warte mal!«, wispert sie.

Mit pochendem Herzen beobachte ich, wie sich meine beste Freundin aus ihrem King-Size-Ehebett erhebt und mit mir beziehungsweise mit ihrem neuen iPad durchs Schlafzimmer trippelt. Dabei kann ich für eine Sekunde auch den Rücken ihres Gatten sehen. Das

Bild wackelt jetzt eine Weile, und ich erkenne ein paar Details aus Beas Leben: eine Bodenvase, einen Sessel, und dann endlich wieder Bea, in eine weiße Daunendecke gehüllt, halb auf dem Sofa liegend, halb sitzend.

»Tut mir leid«, sage ich.

»Du musst nicht mehr flüstern«, antwortet sie. »Bin im Wohnzimmer.«

»Sorry. Ich bin schon seit Ewigkeiten wach. Bin sogar schon beim Zahnarzt gewesen.«

»*Ouch!*«, sagt Bea und verzieht das Gesicht. »Schlimm?«

»Frag nicht«, sage ich. »Ich hatte eine Mordskaries unter einer Füllung.«

»Und sonst?«, fragt sie, denn natürlich kennt sie mich gut genug um zu wissen, dass ich nicht angerufen habe, um ihr vom Zustand meiner Zahngesundheit zu erzählen.

»Und sonst hab ich grad den Tino getroffen.«

»Den *Hottie* aus dem Wirtshaus? Wo?«

»In der U-Bahn.«

Ich habe Bea bei unserem Skype-Gespräch vor zwei Wochen von Tino erzählt, und sie war total aufgeregt, dass ich in Berlin schon einen Schwarm hab. Das zeigt, dass du dich einlebst, hat sie gesagt. Na ja.

»Aber *what's so* schlimm daran?«, fragt sie.

»Er hat mich eingeladen, heute Abend noch mit seinen Leuten in irgend so eine hippe Bar zu gehen.«

»Fanny, das ist ja super!«

»Ja, ist es«, sage ich.

»Aber?«

»Aber ... warum ich eigentlich anrufe. Ich wollte dich fragen, ob das so geht.«

Ich erhebe mich und mache ein paar Schritte zurück, so weit, dass man auf dem Bildschirm meinen ganzen Körper sieht. Dann mache ich ein paar Bewegungen wie die Mädchen bei *Germanys Next Topmodel*, obwohl ich so einen Schund natürlich *nie* anschauen täte.

Bea verzieht keine Mine.

»Und?«, frage ich, als ich wieder sitze.

»Na ja«, antwortet sie.

»Na ja?«, frage ich.

»Na ja. Vielleicht ist es besser, wenn du doch noch mal kurz einkaufen gehst.«

»Na toll«, sage ich.

»Alles kein Problem«, antwortet Bea. »Ich hab da doch neulich ...«,

Und dann fängt sie an, auf ihrem iPad herumzuwischen.

11

Um ganz ehrlich zu sein, die Gegend sieht ganz und gar nicht wie das neueste Hipster-Viertel aus, von dem Bea vorhin gesprochen hat. Schicke Läden? Fehlanzeige. Tolle Restaurants? *Niente*. Und an Galerien hab ich bis jetzt auch erst eine Einzige gesehen. Ansonsten erinnert mich die Potsdamer Straße eher an den Stadtteil, in dem ich heute Morgen beim Zahnarzt gewesen bin: Dönerstände, Internetcafés, Leerstand.

Ooooha – und Bordsteinschwälbchen.

Herrjehmine.

Bloß nicht hinschauen.

Schallalalala ...

Mein Schritt beschleunigt sich, ganz unwillkürlich. Zum Glück müsste ich bald an der richtigen Adresse sein.

Ah, Gott sei Dank. Da ist es.

Bea hat gesagt, dass der Laden im Hinterhof ist, darum gehe ich durch die Toreinfahrt und lande auf einem großen, leeren, asphaltierten Parkplatz, der von grauen Fassaden mit dunklen, staubigen Fenstern umzingelt ist. Und das hier soll der Ort sein, an dem die coolsten New Yorker die hippsten Klamotten aus den aktuellsten Kollektionen kaufen? Eher würde man erwarten, dass gleich irgendein Sandler hinter einer

Mülltonne hervorspringt, ein frisch geschärftes Victorinox-Messer zwischen den faulen Zähnen.

Es muss hier sein, irgendwo im Hof, so hat Bea es zumindest vorgelesen. Ich sehe mich um, kann aber nichts entdecken, kein Schild, keinen Hinweis.

Sowas kannst du echt auch nur mit den Berlinern machen. Wenn in Weilheim einer einen Laden eröffnen und dann kein Schild dran machen würde, dann würde den das Schicksal ereilen, das dieser Snobismus einfach verdient. In Berlin ist es genau verkehrt herum, sobald du anfängst, dich durch so etwas wie Werbung bei der Kundschaft anzubiedern, kannst du im Prinzip dichtmachen. Erst neulich habe ich von einer Boutique gehört, die umziehen musste, weil sie in den Baedecker-Reiseführer aufgenommen worden ist. Plötzlich wurde die Stammkundschaft von Touris vertrieben, und die haben dann nichts gekauft.

Und jetzt entdecke ich den Laden.

Genauer gesagt, entdecke ich nicht den Laden, sondern ein kahlrasiertes Fräulein mit makkaronilangen Wimpern, das mit einem Rudel Tüten unterm Arm durch eine graue Stahltür kommt und dann die Holztreppe davor hinabstolziert. Sie trägt ein total komisches Kostüm, das von vorne eigentlich wie eine klassische Tweedkombination aussieht, von hinten aber fast comichaft ausgestopft ist – ihr Hintern sieht aus wie der von Daisy Duck. Dazu trägt sie Plateauschuhe, die so hoch sind, dass sie geeignet scheinen, damit Suizid zu begehen. Man müsste einfach nur in ihnen von der Bordsteinkante springen.

Und ich soll da rein, wo die rausgekommen ist? Ehrlich? Himmel! Zugegeben, erst fand ich die Idee von Bea ganz gut, mir endlich mal etwas richtig Schickes und Modernes zu kaufen, aber nun kommen mir da doch Zweifel.

Aber andererseits, jetzt, wo ich hier bin, kann ich mir den Laden auch ruhig mal ansehen, oder? Außerdem wüsste ich sowieso nicht, woher ich sonst auf die Schnelle etwas zum Anziehen kriege. Noch ein schwarzes T-Shirt von Esprit brauche ich mir ja auch nicht kaufen.

Ich warte ab, dass die kahle Daisy die Treppe hinab balanciert und versuche derweil, mich daran zu erinnern, ob 110 oder 112 die richtige Nummer für den Sanka ist. Erst, als sie sicher unten angekommen ist, wage ich mich hinauf und stemme mich gegen die Tür, durch die sie herausgekommen ist.

Der Laden ist ungefähr so groß wie die Weilheimer K&L-Ruppert-Filiale, nur mit weniger Klamotten – deutlich weniger Klamotten. Es ist ein ungefähr acht Meter hoher, turnhallengroßer Saal, in dem es fast keine Einrichtung gibt, nur ein paar Kleiderstangen ganz hinten im Raum. Auf der rechten Seite befindet sich die Kasse und ein knapp raumhohes Regal, das so groß ist, dass man im Notfall wahrscheinlich die Bayerische Staatsbibliothek darin unterkriegen würde. Im Moment ist allerdings nur jedes dreißigste Fach belegt, mal mit einer Handtasche, mal mit einem Schal, mal mit einem Damenhut ohne Krempe. Vor dem Regal steht ein kegelbahngroßer Verkaufstresen, auf dem nicht einmal ein Kugelschreiber liegt. Und dann gibt es noch zwei Inseln, eine mit ein paar Schuhen und eine, auf der irgendwelcher Krimskrams ausgestellt ist. Und im ganzen Laden keine Menschenseele, den Verkäufer jetzt einmal ausgenommen.

»Hello!«, flötet der mir entgegen.

»Hi!«, antworte ich.

Oder besser gesagt, ich *will* »Hi« antworten, aber meine Stimme quiekt dabei so fürchterlich, dass ich nur irgendeinen komischen Laut von mir gebe. Keine Ahnung, warum das passiert. Vielleicht eine Antizipation des Geräuschs, das Bea entrinnen wird, wenn ich sie dafür erwürge, dass sie mich in so einen Laden schickt.

Zum Glück entdecke ich, dass es gleich rechts von mir in einen Nebenraum geht, also schlage ich einen Haken und schlüpfe hinein.

Aha. Die Kosmetikabteilung. Schon besser. Unter Deorollern fühlt man sich doch gleich viel sicherer als unter Designerfummeln.

Ich spaziere also ganz entspannt die Tische entlang, nehme hier und da ein Tiegelchen in die Hand, schnuppere mal an dem einen Fläschchen, mal an dem anderen, und dann schaue ich mir eine Plastiktube ein bisschen genauer an. Aha, ein Duschgel, sehr hübsch.

Oha. Was ist das da auf dem Deckel? Der Preis?

35 Euro für ein Duschgel?

Alter Falter.

Ich stelle die Tube wieder zurück, wende mich ab und entdecke, dass weiter hinten im Raum noch viel hübschere Flaschen stehen. Ich vermute sofort das Richtige: Das ist die Abteilung mit dem Schnaps.

Wenn ich mich da mal nicht auskenne.

Ich trete näher, lese die Etiketten und muss sofort an den Papa denken. *Hesselbacher Benjaminerkirsche aus dem Maulbeerfass* gibt es da und *Taxusgeist vom Samenmantel der Eibe* und *Mirabelle de Nancy*. Aber dann sehe ich das Preisschild auf dem Boden einer Flasche Vogelbeerbrand und muss gleich schon wieder an den Papa denken, aber diesmal anders.

185 Euro.

Für eine Flasche Schnaps!

Das glaubt der mir nie.

Plötzlich merke ich, dass der Verkäufer sich *ganz unauffällig* in die Tür gestellt hat und mich beobachtet – keine Ahnung, wie lang schon, aber ich fühle mich sofort wie ein Dieb.

»Can I help you?«, fragt er nun, mit betont freundlichem Gesicht.

Das ist hier offenbar so in Berlin. Immer wird man zuerst auf Englisch angehauen, selbst wenn man offensichtlich in Pankow geboren ist (oder meinetwegen in Bayern, wie ich).

»Naa, dankschön!«, rufe ich, genauso freundlich, und *extra* dialektgefärbt, damit der Kerl merkt, dass ich auch *wirklich* keine New Yorker Fashiondiva bin.

»Okay, einfach melden!«, flötet er und verschwindet wieder.

Immerhin, er hat's verstanden. Trotzdem beschließe ich, ebenfalls wieder nach vorne zu gehen. Nicht dass der noch denkt, ich sei bloß hier, um seinen überteuerten Schnaps zu stibitzen.

Ich durchquere also demonstrativ ohne Eile den Raum und schlendere, so entspannt ich kann, die Kleiderständer entlang. Allerlei komisches Zeugs hängt da herum, bei den meisten Sachen wüsst ich so auf Anhieb gar nicht, wie man da jetzt richtig reinschlüpft. Blusen aus komischen Materialien, Hosen mit Reißverschlüssen an Stellen, an denen man es nicht vermuten würde. Oder hier, seit dem Kindergarten nicht gesehen: ein weit schwingender Hosenrock, der bis zu den Waden geht. Oder da, diese lackierten Leggings. Nur aus Neugier linse ich auf das kleine Preisschild, das mit einer winzigen Sicherheitsnadel am Wäschelabel befestigt ist: 499 Euro. Ich vergewissere mich noch einmal, aber nein, kein Irrtum, das Ding hängt *tatsächlich* an den Leggings, und nicht an dem Spitzenkleid daneben. Auf dessen Preisschild schau ich erst gar nicht.

Und der Verkäufer guckt schon wieder so komisch herüber. Besser, ich verschwinde hier wieder und suche mir doch einfach eine Esprit-Filiale.

Aber ehe ich mich dazu entschließen kann, steht der Verkäufer schon wieder vor mir.

»Suchst du was Bestimmtes?«, fragt er.

»Naa, es is bloß ...«

»Hochzeit? Vorstellungsgespräch? Frisch getrennt?«

Ich schüttle den Kopf. »Naa, es is nur ...« Ich winke ab.

»Date?«

Ich schweige.

»Ein Date.« Er grinst und verschwindet.

Gratulation. Das war ja mal wieder *total* unauffällig.

Missmutig stöbere ich weiter. Ausgerechnet jetzt plötzlich zu gehen, sähe irgendwie auch komisch aus.

Ich ziehe eine Schlaghose aus Strick von der Stange, total zerfetzt, mit mehr Laufmaschen dran als Hose.

Langsam frage ich mich ja ernsthaft, unter welcher Psychose man leiden muss, um solche hirnrissigen Fummel zu designen. »Damenoberbekleidung« kann man das Zeug wirklich nicht nennen. Lackierte Leggins? Laufmaschenhosen? Geht's noch?

»Probier mal das hier!«

Oh no. Der Verkäufer taucht wieder vor mir auf und hält mir ein Kleid vor die Nase.

»Äh, also«, sage ich und betrachte den Fummel in seinen Händen. Was soll ich jetzt sagen? Dass ich eigentlich gar nichts kaufen will?

Er schwenkt den Bügel hin und her. Das Kleid, das daran hängt, ist aus grauem Flanell und sieht, wenn man ehrlich ist, eigentlich ganz nett aus. Es ist hochgeschlossen und schlicht.

Also gut.

»Oiso guad.«

Ich verschwinde in einer der Umkleidekabinen, schäle mich aus meinen Jeans, ziehe das Kleid über und starre mich im Spiegel an.

»Naa«, flötet der Verkäufer von draußen. »Wie ist es? Lass mal sehen!«

Muss das sein?

Unsicher trete ich aus der Umkleide, mache ein paar Schritte auf den mannshohen Standspiegel zu und betrachte mich.

Der Verkäufer betrachtet mich auch. Dann zuppelt er ein bisschen an mir herum und betrachtet mich noch einmal.

»Also, ich weiß nicht«, sage ich und schaue ihn an.

Er starrt ziemlich lange auf den Spiegel, bevor er den Kopf schüttelt.

»Du hast recht«, sagt er.

Ich sehe aus wie eine komische Witwe, die aus einem Karl-Valentin-Film abgehauen ist.

»Aber der Anhänger, den du da umhast, der ist echt hübsch!«, fügt er hinzu.

»Danke«, sage ich und mache ein Gesicht, das ihm sagen soll: Schleimen ist jetzt echt nicht nötig, ich halte das schon aus.

»Ich mein das so! Wo hast du den her?«

»Ich hab mal Goldschmiedin gelernt«, sage ich und ziehe eine Grimasse.

»Sehr schön«, sagt er. »Wirklich.«

Dann scheucht er mich zurück in die Umkleide und bringt mir ein anderes Kleid, diesmal ein gemustertes aus Samt ohne Träger. Ich muss mich gar nicht erst im Spiegel ansehen, um zu wissen, dass ich darin aussehe, als hätte man mich in einen alten Teppich gewickelt, um mich darin möglichst unauffällig auf die nächste Müllhalde zu transportieren.

Ich trete trotzdem damit aus der Kabine, und der Verkäufer legt sich nachdenklich den Finger ans Kinn.

»Nein«, gesteht er schließlich, und ich trolle mich wieder hinter meinen Vorhang. Wusst ich's doch.

»Aber jetzt hab ich was, das steht dir garantiert!«, ruft er von draußen herein.

Über das Kleid, das er mir als Nächstes bringt, schweige ich am besten.

»Na ja«, lächelt er, als ich darin vor ihm stehe. Langsam bemerkt man, wie seine eisern gute Stimmung langsam einknickt.

Ich meine, es ist gar nicht so, dass ich keine Geranien vorm Balkon hätte, also bildlich gesprochen. Ganz im Gegenteil. Und ich hab eigentlich auch einigermaßen lange Beine und einen ganz netten Schwung in der Hüfte. Das Problem hat also nicht viel mit meiner Figur zu tun, die ist echt in Ordnung. Es liegt eher in der Art, wie ich mich halte, wie ich gehe und stehe. Ich bin auf dem Dorf groß geworden. Statt als kleines Mädchen zu üben, wie man sich möglichst damenhaft übers Kopfsteinpflaster bewegt, habe ich mit dem Rubenbacher Max Fußball gespielt. Unter anderem.

Ich bin einfach kein Kleider-Typ. Nur die Bea hat das nie eingesehen. »Des is bloß ungewohnt, Fanny«, hat sie immer gesagt. »Du musst dich bloß ein bisserl drin bewegen, dann wird's irgendwann ganz natürlich.«

Ganz natürlich, ha ha.

Immerhin, der Verkäufer hier sieht es.

»Weißt du was? Wir probieren mal ganz was anderes«, sagt er.

Ich nicke, obwohl ich echt, echt, echt nichts anderes mehr anprobieren will. Aber als ich dann sehe, was mein neuer, allerbester Freund, Spezi und Seelenverwandter mir als Nächstes bringt, steigt meine Stimmung. Schlagartig.

Es ist ein schlichtes, schwarzes T-Shirt.

12

»Wa ha u aha aha?«

»Hä?«

Ich verstehe kein Wort. Es ist so spät in der Nacht, dass die Leute in der Bikini-Bar langsam die Kontrolle verlieren, gerade eben hat der DJ die Musik so abartig laut aufgedreht, dass mir der Eisengel ins Ohr *plärren* muss, und ich ihn immer noch nicht verstehe. Um uns herum drängeln sich die Leute, manche versuchen zu tanzen, obwohl es eigentlich zu eng dazu ist, und für eine Sekunde spüre ich den heißen Atem des blauhaarigen Mädchens an meinem Ohrläppchen.

»Wah ha u ohe aha?«

Ich sehe sie verständnislos an, und dann kommt es mir. Was ich vorher gemacht hab, will sie wissen. »Ich bin gelernte Goldschmiedin!«, plärre ich zurück.

»Echt?« Sie sieht mich ungläubig an. »Und ist das hier von dir?«

Gott sei Dank, der DJ hat die Musik wieder etwas leiser gedreht.

Der Eisengel, der, wie ich inzwischen weiß, Frida heißt, aus Holland kommt, in Berlin Tanz studiert und wahnsinnig freundlich zu mir ist, fasst mir vorsichtig ins Dekolleté, nimmt den Diamanten zwischen die Finger und begutachtet ihn.

Ich nicke.

»Das ist total toll!«, schreit Frida. Sie strahlt mich so begeistert an, dass mich eine Welle der Zuneigung zu ihr überspült, aber natürlich kann das auch bloß der Gin Tonic sein, von dem ich jetzt noch einen Schluck nehme. Ist mittlerweile mein dritter. Ehrlich gesagt hatte ich für Gin Tonic nie groß etwas übrig. Ich meine, warum sollte man einen Haufen Geld für ein Getränk ausgeben, das viel zu bitter ist *und* viel zu süß? Aber irgendwie nehmen sie hier einen anderen Gin und auch ein anderes Tonic, und da kann man das Zeug einigermaßen trinken. Außerdem bestellen *alle* Gin Tonic, da bestehe ich dann auch nicht auf mein Bier.

»Das hat dieser Verkäufer bei Stefanidis heute auch gesagt«, schreie ich zurück.

»Oh, du warst bei Stefanidis?«, fragt sie. »Hast du was gekauft?«

Ich zupfe demonstrativ am Kragen meines neuen T-Shirts. Es ist ganz schlicht und schwarz, ohne Aufdruck oder irgendwelche Ziernähte, aber irgendwie sieht man trotzdem sofort, dass es etwas Besonderes ist. Es rutscht bei der kleinsten Bewegung wie zufällig von der Schulter, was selbst an mir irgendwie sexy wirkt.

»Sehr schick!«, sagt Frida bewundernd.

Ich lächle geschmeichelt und verschweige ihr, dass die hautenge Jeans und die schwarzen, knöchelhohen Stiefel, die ich trage, ebenfalls neu sind – der Verkäufer hat mich dazu überredet, mein Outfit gleich komplett zu machen. Erst wollte ich nicht, weil ich es für ausgeschlossen hielt, auf diesen Zehn-Zentimeter-Absätzen laufen zu können, aber es ist komisch, er hatte recht: Weil es Stiefel sind, geht es irgendwie. Es ist wie mit Bergschuhen, in denen man auch nicht umknickt, weil sie so hochgeschlossen sind.

»Aber sag mal, Fanny, wenn du eigentlich Goldschmiedin bist, wie bist du denn dann in einem bayerischen Wirtshaus gelandet?«

Ich erzähle ihr, wo ich herkomme, und von Omis Wirtshaus und dann von Quirin und seiner Idee.

»Lustig!«, ruft sie. »Und wie lange bist du jetzt schon hier?«

Ich muss kurz nachdenken. Jetzt ist Anfang April, und Ende Februar bin ich angekommen.

»Fünf, sechs Wochen«, sage ich.

Die Frida lacht.

»Süß! Ein Frischling! Und? Wie gefällt's dir in der Großstadt?«

Ich überlege. Tja. Wie gefällt es mir in der Großstadt?

»Also, eigentlich find ich's toll«, schreie ich. »Ganz anders als jetzt zum Beispiel München. Viel unaufgeräumter. Und bunter.«

»Ja, nicht?«, sagt die Frida. »Ich hab immer das Gefühl, dass hier jeder sein kann, was er will. Dass Berlin Platz hat für jedes Leben! Du kannst Tänzerin sein und blaue Haare haben. Du kannst einfach nur Nachtmensch sein oder ein stockkonservativer Kunstsammler oder ein schwuler Rocker oder ein veganer

Penner oder was weiß ich. Ich hab ganz am Anfang meiner Zeit in Deutschland mal ein Jahr in Köln studiert, aber da hatte ich das Gefühl, alles, was aus einem werden kann, ist Kölner.«

Ich sehe sie an und denke nach über das, was sie gesagt hat. Plötzlich fällt mir auf, dass ich in den letzten Wochen eigentlich nur gebuckelt und geschlafen hab und bislang immer nur bayerische Wirtin gewesen bin und noch viel zu wenig versucht hab, die zu sein, die ich sein will. Dabei bin ich doch eigentlich genau aus diesem Grund nach Berlin gegangen, oder? Um mein eigenes Leben zu leben.

»Um ehrlich zu sein, ich bin noch kaum dazu gekommen, Berlin so richtig mitzunehmen. Bis jetzt hab ich vor allem gearbeitet. Das ist heute das erste Mal, dass ich überhaupt ausgehe.«

Ich zucke entschuldigend mit den Schultern.

»Dann fängst du jetzt eben damit an! Komm öfter mit uns mit!«

»Gern!«, sage ich beglückt. »Das würde mich total freuen!«

»Ich glaub, es gibt da noch jemanden, den das total freuen würde«, sagt sie.

»Ja?«, sage ich und versuche so zu tun, als sei nichts.

Die Frida lacht schon wieder und drückt mir freundschaftlich den Arm, und ich schiele ganz kurz an den anderen Gästen vorbei hinüber zur Bar, wo der Tino steht. Ganz unauffällig, versteht sich. Genau in dem Augenblick dreht er den Kopf in meine Richtung und erwidert meinen Blick.

Schnell wieder wegsehen. Das passiert jetzt schon zum dritten Mal an diesem Abend.

»Willst du noch einen?«, fragt Frida und deutet auf mein leeres Glas.

Oh no. Noch einen? Ich kann jetzt schon kaum noch stehen.

»Gern«, lächle ich tapfer, und sie verschwindet in Richtung Bar, dorthin, wo der Tino steht, aber das Gedränge ist so groß, dass weder er sie bemerkt noch sie ihn. Wenig später steht sie wieder neben mir und drückt mir ein kaltes, feuchtes Glas zwischen die Finger.

»Cheers«, sagt sie.

»Prosit«, sage ich.

Wir stoßen an und trinken. Das Zeug läuft ganz gut runter inzwischen.

»Sag mal«, sage ich, eigentlich nur, damit das Gespräch wieder weitergeht. »Der Tino, was macht der eigentlich beruflich?«

Die Frida sieht mich so bohrend an, dass mir ganz schwindelig wird.

»Hat er dich noch nicht gefragt?«, will sie wissen.

Ich schüttle den Kopf. »Was denn?«

»Tino arbeitet zurzeit an einem Buch mit Porträts von Berlinern.«

»Ah«, sage ich, ohne ihr das extra ins Ohr zu brüllen, sondern eher so für mich.

»Er ist Fotograf«, sagt sie, aber ich verstehe immer noch nicht.

»Er will dich fotografieren!«, schreit sie.

»Mich?«

Ich sehe sie verwundert an, und sie grinst so breit, dass ich ganz hinten in ihrem Mund eine Goldkrone sehe. Und dann spüre ich, wie mir das Herz bis hoch in den Hals hüpft und ich so rot anlaufe, dass man es offensichtlich noch im Schummerlicht dieser Bar hier sieht, denn Frida lacht auf. Dann bemerke ich, dass der Tino schon wieder zu mir herübersieht.

Leider guckt er diesmal nicht gleich wieder weg. Stattdessen gleitet er von seinem Hocker am Tresen und schlängelt sich durch die Menschenmenge hindurch zu uns herüber.

Ohjemine. Mein Herzschlag beschleunigt sich. Dabei ist es gar nicht das erste Mal, dass wir an diesem Abend miteinander reden. Als wir vorhin, kurz nach Mitternacht, von den Minghartinger Stuben aus aufgebrochen sind, war er plötzlich neben mir und hat angefangen, mit mir zu sprechen. Erst nur so über dies und das, das Wirtshaus, Benjamin Ettl, die Bar, in die wir gehen. Aber dann hat er wohl gemerkt, dass ich ein bisschen aufgeregt bin, vorfreudig zwar, aber eben auch aufgeregt, und hat aufgehört darüber zu reden, was für eine tolle, hippe Bar das ist. Stattdessen hat er mir von sich erzählt, fast so, als wolle er mich beruhigen. Der Tino ist nämlich ebenfalls erst seit zehn Monaten in der Stadt, eigentlich kommt er aus Soest und hat in Bielefeld studiert. Am Anfang, sagte er, hat er sich ganz schön schwergetan in Berlin, aber das sei viel besser, seit er Freunde gefunden hat. Und dann hat er mir etwas über die Leute erzählt, mit denen wir heute Abend unterwegs sind: über Giovanni, den Schweizer, der an der Universität der Künste Malerei studiert, über Philippe, den Franzosen, der eigentlich Cello studiert hat und nun versucht, sich sein Leben als DJ zu finanzieren, über Frida, den tanzenden Eisengel, und über Dolores, die schon seit acht Jahren in Berlin lebt und sich hier am besten von allen auskennt, und die es geschafft hat, eine Stelle als Redaktionsassistentin zu finden, bei dem offenbar total angesagten, mir aber natürlich vollkommen unbekannten *Interview*-Magazin.

Na ja, auf alle Fälle war Tino irre offen und aufmerksam, den ganzen Weg nach Neukölln hinüber. Als wir dann jedoch endlich in der Bar drin waren, hat ihn plötzlich die Dolores in Beschlag genommen, und Tino hat das einfach so geschehen lassen, was dann doch ein bisschen verletzend gewesen ist. Aber irgendwie scheint Dolores so ein bisschen die Anführerin in diesem Freundeskreis zu sein, zumindest hat sie etwas komisch Dominantes, so eine Art, dass man ihr ungern widerspricht. Ich glaube, ich muss nicht extra erwähnen, dass sie mir nicht besonders sympathisch ist. Außerdem, und das ist mir immer suspekt, ist sie auf ungesunde Weise dünn, eine echte Heugeign, wie wir in Bayern sagen. Aber inzwischen ratscht die Dolores mit dem Giovanni, und nun kommt der Tino auf mich zu. Geradewegs.

»Na?«, fragt er, als er da ist.

»Na?«, antworte ich. Ich freu mich, dass er wieder bei mir ist, hab aber zugleich ein bisschen Schiss.

Die Frida kichert und räumt das Feld. Der Tino betrachtet seine Schuhspitzen, was total niedlich aussieht.

»Sag mal ...«, sagt er, und ich bin fast traurig, dass die Musik gerade nicht lauter ist, denn dann könnte ich vielleicht seinen Atem an meinem Ohrläppchen spüren.

»Ja?«

»Du, ich arbeite gerade an so einem Buch über Berlin. Mit Fotos.«

»Ach ja?«, sage ich, ganz unschuldig.

»Weißt du, ich ... ich fotografiere«, sagt er, als wüsste er nicht, ob er darauf stolz sein soll oder sich lieber schämen.

»Wirklich?«, sage ich.

»Na ja. Sieht man mir ja auch nicht an. Hoffe ich zumindest.«

Er guckt mich wahnsinnig süß an, so von unten hervor, mit einem ganz leichten Grinsen. Dackelblick hoch zehn. Mein Herz fängt an zu hüpfen.

»Und ich fänd's toll, wenn du auch dabei wärst«, sagt er und berührt mit dem Fuß ganz leicht meine Stiefelspitze.

»Bei was denn?«, frage ich, als wüsste ich von nichts.

»Ich fänd's toll, wenn ich Fotos von dir machen dürfte.«

»Von mir?«, frage ich. »Warum denn?«

»Na ja, weil ich ... ich eben Porträts sammle von Berlinern, die besonders sind.«

»Aber ich bin ja gar keine Berlinerin«, sage ich, und

verkneife mir hinterherzuschieben: Und besonders bin ich ebenfalls nicht.

»Na ja«, sagt der Tino. »Wer ist schon Berliner, oder?«

Ich lächle. Da hat er recht. Ich hab zumindest noch keinen kennengelernt. Sogar der Quirin ist in Wahrheit eine Fischsemmel, geboren in Hamburg.

»Du bist in guter Gesellschaft«, sagt der Tino. »Ich hab echt schon ein paar tolle Leute gekriegt. Leute, die in einem Dachgarten in der Torstraße Karotten züchten. Einen Imker aus dem Wedding. Einen Gin-Destillateur. Und ein paar Musiker und Künstler!«

Es ist wirklich lieb, dass er sich so Mühe gibt, oder? Ich meine, eigentlich hasse ich es, fotografiert zu werden, aber andererseits hat es ja auch noch nie ein *echter* Fotograf probiert. Vielleicht macht es ja Spaß? Könnte doch sein, oder?

»Und? Machst du's?«

Er wirft mir schon wieder einen Dackelblick zu, und was für einen. Ich verkneife mir ein Grinsen, allerdings wohl mit eher mäßigem Erfolg.

»Das ist ein seriöses Projekt!«, sagt er schnell. »Ich meine, ich hab noch keinen Verlag oder so, aber ich bin sicher, dass ich einen finde! Berlin ist zurzeit ein Riesenthema!«

Ich schau ihn an. Eigentlich würde mich schon interessieren, wer noch so drin ist in dem Büchlein, der Eisengel oder die Dolores etwa, aber ich kann meine Mundwinkel immer noch nicht dazu zwingen, in ihre normale Position zurückzufinden.

»Was?«, fragt er erschrocken.

»Nichts.« Ich schüttle den Kopf. »Klar mach ich's.«

Er strahlt mich an wie ein Kind an Heiligabend.

»Wann? Morgen? Morgen soll das Wetter gut sein!«

»Okay«, lache ich. »Ich kann aber nur tagsüber.«

»Wann du willst!«

»Um zwölf?«

»Perfekt. Wo wohnst du? Ich hole dich ab!«

Er zieht ein kleines, schwarzes Notizbuch aus der Tasche und ich diktiere ihm meine Adresse. Er klappt das Buch zu und lächelt mich an.

»Abgemacht«, sagt er.

»Abgemacht«, sage ich.

Im selben Augenblick spüre ich eine andere Hand Auf meiner Schulter. Anatomisch kann das nicht die von Tino sein. Und so überrascht, wie der mich plötzlich ansieht, ebenfalls nicht. Ich drehe mich also um, um zu sehen, wer ihr Besitzer ist.

Und dann trifft mich fast der Schlag. Das gibt's ja nicht!

»Fanny!«

»Max! Mensch, des gibt's ja ned!«

Er ist es tatsächlich, mein alter, bester Freund aus der Nachbarschaft. Max Rubenbacher. Der Wurstkönig. Er strahlt mich an, dann fällt er mir in die Arme, ungefähr so stürmisch, als hätte es gerade einen Tsunami gegeben und ich sei sein einziges Kind.

»Fanny«, sagt er noch einmal und sieht mich an. »Was machst denn du hier?«

»I bin mit Freunden aus«, sage ich, und finde, dass

sich das total gut anfühlt. Mit Freunden aus. In dieser Riesenstadt Berlin.

»Ja, ich auch. Aber was machst du in Berlin?«

»I ...«, will ich automatisch auf Bayerisch weiterreden, aber dann fällt mir ein, dass der Tino bei uns steht, und vor dem hab ich bis jetzt immer so hochdeutsch geredet, wie es nur irgendwie ging. Ich meine, *jeder* weiß, dass ein arger Dialekt total unerotisch ist, da werd ich einen Teufel tun und irgendetwas riskieren.

Ich werfe meinem Schwarm einen Blick zu und stelle fest, dass der eine ganz schöne Lätschen zieht. Aber vermutlich nicht wegen meines Dialekts, sondern wegen der Unterbrechung.

»Ach, übrigens. Max, des is der Tino. Tino, das ist der Max, ein alter Freund von mir aus Mingharting.«

»Habe die Ehre«, sagt der Max und reicht dem Tino seine Hand, und der nimmt sie.

»Freut mich«, antwortet er.

Komisch. Eben war er so aufgeschlossen und freundlich, aber jetzt, vor einem Fremden, wirkt er abwesend, irgendwie in sich gekehrt. Entweder, er ist eingeschüchtert – immerhin ist der Max einen guten Kopf größer als der Tino und außerdem von einer Statur, der man ansieht, dass er körperlich gearbeitet hat in seinem Leben. Oder er ist eifersüchtig. Aber das hoffe ich nicht.

Na ja. Groß Zeit, mir Gedanken über Tinos Seelenheil zu machen, habe ich jetzt sowieso nicht.

»Jetz erzähl schon«, sagt der Max.

Ich erzähle ihm die ganze Geschichte, von Quirin Eichelmann, von Schorschis Küchenpraktikum in Mingharting, vom Erfolg von Papas Hausgebranntem und den importierten Würsteln von der Omi. Der Tino hat zwischendrin irgendwas gebrummt und ist woandershin gegangen, offensichtlich nicht besonders erfreut über das bayerische Intermezzo. Das ist einerseits natürlich gut verständlich, aber andererseits macht es mich ein bisschen nervös, dass er einfach so verschwindet. Ich kann den Max ja jetzt nicht einfach wegschicken, oder? Also.

Der Max staunt nicht schlecht, als ich fertig bin.

»Du machst Sachen«, sagt er, halb bewundernd, halb verwundert.

»Dass du des überhaupts ned mitgekriegt hast«, sage ich erstaunt. »Wir waren echt in allen Stadtmagazinen! Wir waren sogar im RBB!«

»Hättst halt was gesagt«, sagt der Max und wirkt, Tatsache, ein wenig beleidigt. »Konnt ich ja und wissen, dass du plötzlich da heroben bist.«

»Sorry«, sage ich. »Ich wollt die ganze Zeit mal anrufen, aber irgendwie hab ich's einfach ned gschafft. Weißt, es passiert grad so viel und es ist alles so aufregend ...«

»Ja«, sagt der Max und guckt komisch. »Am Anfang is es aufregend.«

Ich sehe ihn fragend an.

»Und später nimmer?«

Und dann erzählt mir der Max *seine* Geschichte. Ein paar Sachen hab ich natürlich noch mitgekriegt damals, zum Beispiel, dass er immer das Gefühl hatte, etwas aus sich machen zu müssen nach der Schreinerlehre, die er bei seinem Papa absolvierte. Und dass dann seine Mutter gestorben ist und er es nicht mehr ausgehalten hat in dem tristen Haus und dem engen Dorf, an der Seite eines Vaters, der sich nur noch hängenließ. Dass er dachte, raus in die Welt zu müssen, und sich also für ein Studium entschied, Architektur, und dann dachte: Wenn schon Großstadt, dann richtig, also auf nach Berlin. Aber was in den acht Jahren, die er weg war, passiert ist, wusste ich nicht, denn irgendwie haben wir den Kontakt verloren, als er fortgezogen ist, und sein maulfauler Vater hat auch nie was erzählt. Und wenn der Max dann mal daheim war, na ja, irgendwie haben wir dann auch nicht mehr richtig geredet. Aber jetzt, jetzt erzählt er. Wie es für ihn war, in eine Stadt zu kommen, in der niemand auf ihn gewartet hat, nichts und niemand. Wie lange es gedauert hat, bis er Freunde gefunden hatte, also richtige, welche, die auch da sind, wenn es einem mal nass reingeht. Und dann das Drama, einen Job zu finden in einer Stadt mit 13 Prozent Arbeitslosen und so hohen Schulden, dass es nicht einmal langt, die Gehwege zu reparieren. Jahrelang hat er als Depp vom Dienst in irgendwelchen halbseidenen Architekturbüros gejobbt, Vollzeit auf 400-Euro-Basis, weshalb er sich nun entschieden hat, und das überrascht mich jetzt doch, wieder nach Mingharting zurückzukehren. Nur deshalb sei er überhaupt da heute Abend.

Er feiere Abschied, mit ein paar Freunden, und war gerade auf dem Sprung nach Hause.

»Das tut mir leid«, sage ich, als er fertig ist.

»Muss es ned. Ich freu mich auf daheim.«

»Meinst ned, dass du Berlin vermissen wirst? Das Großstadtleben? Die Kneipen? Das alles hier?«

Er lacht. »Dich werd ich vermissen, höchstens.«

Ich erröte ganz leicht und lächle.

»Im Ernst. Mich hält hier nix. I gfreu mi auf daheim. Auf die Luft und den Himmel und die Berge.«

Ich nehme einen Schluck von meinem Gin Tonic, der plötzlich wieder ganz greislig schmeckt, vermutlich, weil er inzwischen warm ist.

»Und was willst du daheim machen?«

»I werd die Schreinerei übernehmen. Mich um den Papa kümmern. Ich werd uns ein paar schöne Aufträge reinbringen, und dabei hilft er mir dann ein bisserl.«

Ich denke an den tauben Rubenbacher und seine Werkstatt und daran, dass darin schon seit Jahren nichts mehr geschreinert worden ist.

»Deinem Papa wird's sicher guttun.«

»Mir auch. Architektur is ein Scheißjob. I mag wieder selber was bauen und ned immer bloß Arbeiter umeinanderschicken.«

Max lächelt halb froh, halb bedrückt, und ich werde ganz traurig, dass er ausgerechnet jetzt abhaut, wo ich doch gerade erst angekommen bin. Er ist so ein netter, hübscher Junge, mit dem man jederzeit Blödsinn machen kann und zwar wirklich: jeden Blödsinn machen *könnte,* meine ich.

»Oiso, Fanny. Du weißt, wost mi findest.«

Ich sehe ihn an, ein bisschen erschrocken, dass es das jetzt bereits gewesen ist mit dem Max und mir in Berlin.

»Du willst echt schon gehen?«, frage ich.

»I muss. I bin saumüd.«

Er sieht wirklich müde aus. Und wie ich ihn so anschaue, merke ich, dass er echt erwachsen geworden ist. Sein Kinn ist viel kantiger als früher, und um die Augen erkenne ich die ersten Fältchen.

»Schau doch mal bei uns im Wirtshaus vorbei, bevorst nach daheim verschwindest«, sage ich. »I geb dir a Bier aus, okay?«

Max lächelt gequält.

»Ich versuch's«, sagt er. »Aber i bin bloß no zwoa Tag da und muss noch saumäßig viel regeln.«

Er sieht mich auf eine Weise an, die mir klarmacht, dass er es wahrscheinlich nicht schaffen wird.

»Verstehe«, sage ich. »Aber mei, ansonsten halt wieder daheim, gell? Und der Papa hat meine Adresse. Falls du's dir überlegst und es dich doch wieder hierher zieht, bevor ich runter komm.«

»Na, hoffentlich«, sagt Max und grinst schief.

»Hoffentlich?«

»Hoffentlich hat dein Papa die Adresse.«

Ich erröte leicht. Stimmt. Ist ja klar, dass er sie hat.

Dann gibt er mir ein Bussi auf die Stirn und geht.

13

Ja, Kruzifünferl!

Ganz toll, ehrlich. Bin ich *einmal* im Leben damit beschäftigt, mir die Wimpern zu tuschen, klingelt das Handy. Erst will ich gar nicht dran gehen, aber dann fällt mir ein, dass es der Tino sein könnte, also schiebe ich die Bürste in das Plastikröhrchen zurück und werfe mir im Spiegel einen einäugig geschminkten Blick zu, was echt saumäßig blöd aussieht.

Zugegeben, es ist eher unwahrscheinlich, dass es der Tino ist, denn genau genommen hat der gar nicht meine Nummer. Ich wollte sie ihm gestern Abend eigentlich noch geben, bloß zur Sicherheit, aber als der Max dann schließlich gegangen war und ich den Tino gesucht hab, waren von der ganzen Bagage bloß noch der Philippe und die Dolores übrig, mittlerweile mit ordentlich einem im Tee, muss man sagen. Der Tino? Der sei plötzlich ganz müde gewesen. Er ist dann einfach gegangen. Ohne sich zu verabschieden, weil: Er wollte mich nicht stören.

Das war natürlich schon ein bisschen komisch, oder? Ob er eifersüchtig war? Albern, eigentlich.

Ich finde das Telefon neben meinem Bett und werfe einen Blick auf das Display.

Ausschank leuchtet es da. Das könnte jetzt natürlich

jeder sein, es ist nämlich der Apparat, der in Mingharting unten am Tresen steht. Den benutzen im Prinzip alle: das Omilein und der Papa und die Mama, wenn die zu faul sind, zum Telefonieren nach oben zu gehen. Manchmal nehmen ihn sogar die Stammtischler her, wenn sie zu Hause anrufen, weil es später wird.

»Hallo?«, melde ich mich.

»Servus, Fanny, i bin's.«

Der Papa. Na, da hab ich ja nur drauf gewartet.

Mit dem Telefonverhalten vom Papa ist es nämlich so: Unter normalen Umständen ruft er nie jemanden an. Never. Warum auch? Ums Geschäft kümmert er sich ja nicht, deshalb will auch nie einer was von ihm. Und die, von denen *er* was wollen könnte, die kommen eh ständig ins Wirtshaus: die Fußballer, die Schafkopfer und der Dr. Anselm, sein alter Spezl aus der Schule. Aber sobald ich mal länger als drei Tage weg bin, wird er total anhänglich. Als ich in Pforzheim war, zum Beispiel, da hat er jeden Samstag angerufen. Jeden. Ist nicht übertrieben.

»Na, Papa, was gibt's?«, frage ich ihn freundlich.

»Ach, du, also. Eigentlich nix Besonders. I wollt bloß amoi hören«, sagt er, dann schweigt er.

»Nix besonders«, wiederhole ich.

Genau so war er während meiner Ausbildung auch. Ganz exakt genau so. Hat angerufen und dann komisch rumgedruckst, sodass ich mir anfangs nie ganz sicher war, warum er eigentlich zum Hörer gegriffen hatte. Weil er mich vermisst, hätte man denken können, aber wer den Papa ein bisschen besser kennt, muss etwas anderes vermuten. Nämlich, dass er einen zwar durchaus vermisst, aber halt nicht einfach nur so aus Zuneigung, sondern vor allem, weil er es so sehr hasst, im Wirtshaus auszuhelfen. Das ist nicht bloß eine These. Während meiner Ausbildung hat er sich so arg angestellt, dass das Omilein letztendlich jemanden engagiert hat, die Babsi nämlich. Kaum war die da, waren die Anrufe vorbei. Aber noch mal jemanden anheuern will die Omi diesmal nicht. Der Bua soll si ned so anstellen, sagt sie.

»Nix Besonderes?«, frage ich.

»Naa, also ...«

Er verstummt. Ich sehe ihn geradezu vor mir, wie er in der leeren Gastwirtschaft am Tresen steht und nicht so recht herausrücken will mit der Sprache.

»Is ois in Ordnung bei euch? Wie geht's der Omi?«, frage ich.

»Du, im Prinzip ...«

»Im Prinzip was?«

»Im Prinzip geht's schon ...«

»Geht's wie?«

Himmel, muss man dem Mann denn alles aus der Nase ziehen?

»Doch, doch.«

Er räuspert sich.

Ich schweige.

Er schweigt.

Das Spiel kann ich gut: warten, wer als Erster spricht. Mit dem masochistischen Grafikdesigner hab ich das in der Trennungsphase ausgiebigst gespielt.

»Du, Fanny«, sagt der Papa schließlich.

»Ja?«, sage ich mit Engelsstimme, weil ich spüre, dass er jetzt gleich endlich mit der Sprache rausrückt.

»Du, Fanny, wann kommst'n du endlich wieder hoam?«

Da, da ist es.

Ich seufze tief und mache eine Pause.

»Ach, Papa«, sage ich. »I bin doch grad erst weggegangen.«

»Na ja, grad erst ...«, sagt er.

»Oiso, Papa, des dapackst jetzt scho no a bisserl«, sage ich mit lieber Stimme wie zu einem Kind.

»Ja, freilich«, sagt er und klingt ganz geknickt. »Es is ja nur ...«

»Geh, Papa ...«, sage ich.

Der Papa seufzt schwer, dann sagt er mit einem so dermaßen schicksalsergebenen Unterton in der Stimme »ja, ja«, dass ich auf der Stelle die Geduld verliere.

»Na, dann«, sage ich. »Du, Papa. I muss jetzt los, gell? I meld mi wieder. Grüße an alle, gell!«

»Ja, Fanny. Servus.«

Wir legen auf, und mir bleibt gar nichts anderes übrig, als leise den Kopf zu schütteln. Ein bisschen ärgere ich mich natürlich auch über ihn, weil er nur angerufen hat um zu jammern und nicht einmal höflichkeitshalber nachgefragt hat, wie es mir so geht. Aber dann denke ich, dass Väter doch irgendwie auch immer wie Kinder sind, und wie ich das so denke, merke ich, wie der kleine Ärger verfliegt.

Außerdem habe ich gleich ein Date. Beziehungsweise nicht gleich sondern jetzt, wie mir ein Blick auf mein Handy verrät.

Ich schraube die Wimperntusche wieder auf und schminke mich schnell weiter.

Als ich damit fertig bin, sehe ich noch einmal auf die Uhr. Inzwischen ist es Viertel nach zwölf. Ich will mich gerade darüber sorgen, dass der Tino möglicherweise allen Ernstes sauer wegen gestern Abend ist, da klingelt es an der Tür.

Zum Glück.

Ich atme auf und gehe zur Gegensprechanlage.

»Komme runter!«, rufe ich in den Hörer, was selbstverständlich gelogen ist. Weil: Ich komme nicht, ich fliege!

Wenig später stehen wir vor den Minghartinger Stuben. Der Tino hat vorgeschlagen, die Bilder dort zu machen, wegen der Atmosphäre und der Authentizität, denn natürlich ist das ja irgendwie mein Ort, oder nicht? Das Lokal ist um diese Zeit noch geschlossen, aber selbstredend hab ich einen Schlüssel. Wir nehmen den Kücheneingang und begegnen prompt dem Schorschi, der bereits die Vorbereitungen für den Abend trifft.

»Was mackt ihr denn?«, will er wissen und guckt neugierig.

»Fotos«, sage ich, als würde man sowas quasi jeden Tag machen.

»Fotos!«, wiederholt er und wirft dem Tino einen komischen Blick zu, so einen Männerblick, in dem

Anerkennung und Respekt mitschwingen. Dann zieht er eine Augenbraue hoch und macht eine anzügliche Tanzbewegung. Arschloch. Ich werfe ein Geschirrtuch nach ihm, er lacht und widmet sich dann wieder seiner Ochsenschwanzsuppe, ohne sich weiter um uns zu kümmern. Brav.

Natürlich hat er spätestens gestern Abend mitgekriegt, dass ich irgendwas am Laufen habe, als ich es nach dem Feierabend wahnsinnig eilig hatte, loszukommen, während Tino und die anderen vorne im Wirtshaus gewartet haben, dass ich endlich zuschließe.

»Setz dich da hin«, sagt der Tino, als wir durch die Schiebetür sind, und zeigt auf einen Tisch in der Ecke. Es ist der mit dem Benjamin-Ettl-Bild.

»Okay«, sage ich und tue, wie mir geheißen, obwohl es mir, ehrlich gesagt, lieber wäre, nicht so sehr mit dem Starkünstler in Zusammenhang gebracht zu werden. Andererseits werde ich die Geschichte wohl nie mehr ganz los, gell? Gestern Abend haben echt *alle* darüber geredet.

Der Tino dreht ein bisschen an seiner Kamera herum, dann setzt er sie an, und ich höre es klicken.

»Schau nicht in die Kamera«, murmelt er leise.

»Schau dort hin.«

»Sehr gut.«

»Den Kopf etwas weiter nach links, ja …«

Es vergehen fünf oder zehn Minuten, in denen die einzigen Worte, die zwischen uns fallen, seine Anweisungen sind, sanft aber bestimmt. Ich tue, was er mir sagt, drehe den Kopf, wie er es will, doch dann, nach einer Weile, passiert etwas: Ich fange an, mich von ganz alleine zu bewegen, im Rhythmus des Kameraklickens. Mal gucke ich verträumt in eine Ecke, dann nachdenklich ein bisschen nach oben, dann schmunzle ich leicht vor mich hin oder schaue direkt in das Objektiv, frech und amüsiert. Der Tino muss gar nichts mehr sagen.

Es ist ein komisches Gefühl, fast so, als würde ich einen Tanz tanzen, den eine lautlose Musik vorgibt. Dabei tanze ich nie, *never*. Liegt mir irgendwie nicht. Aber hier vor der Kamera kann ich mich plötzlich ganz frei bewegen, fast so, als wäre Tino selber überhaupt nicht hier. Als hätte ich seine Anwesenheit völlig vergessen.

Ich sehe noch einmal in die Kamera, verträumt, versonnen, und dabei kommt er mir mit seinem Objektiv so nahe, dass ich kurz denke, er würde mich gleich berühren. Ich blicke schnell zur Seite, doch da erhebt er sanft die Stimme.

»Schau nicht weg«, sagt er. »Bleib bei mir.«

Er klingt etwas heiser, und plötzlich wird mir bewusst, dass ich in den letzten Minuten vollkommen selbstvergessen gewesen bin und einfach so für ihn posiert hab.

»Schau in die Kamera«, sagt er.

Aber mit einem Mal merke ich, dass ich nicht mehr natürlich bin. Um darüber hinwegzutäuschen, ziehe ich eine Fratze.

»Sehr schön«, sagt der Tino glucksend.

Ich verschönere meine Grimasse, indem ich obendrein noch die Zunge herausstrecke.

»Toll, ganz toll!«

Jetzt fange ich auch noch an zu schielen.

»Yeah! Super! Bleib so!«

Ich lache los, der Tino drückt noch zweimal auf den Auslöser, dann legt er die Kamera auf den Tisch.

»Das war es«, sagt er und sieht mich lachend an.

»Danke«, sage ich, ohne zu wissen, wofür.

»Ich danke dir«, sagt er und wird wieder ernst. Er sieht mir direkt ins Gesicht, so, als würde er, nun ohne Kamera, meine Züge ganz genau studieren. Ich erröte leicht, weiche seinem Blick aus und starre in eine Ecke.

»Du bist toll«, sagt er leise.

»Genau.«

Ich sehe ihn an, dann sehe ich wieder weg und tue so, als übertreibe er völlig.

»Ich meine das ernst. Du hast so etwas in deinem Gesicht, das man sofort mag, und du guckst in die Kamera, als würdest du einen schon lange kennen.«

»Na ja«, wiegele ich ab.

»Doch! Die meisten Frauen versuchen, wenn sie fotografiert werden, vor der Kamera gefällig zu wirken. Du nicht. Aber du versteckst dich auch nicht, und das ist eine Kombination, die es gar nicht so häufig gibt. Man spürt, dass du einfach so bist, wie du bist. Also, *ich* spüre das zumindest«, sagt er und wird ein bisschen rot. »Außerdem bist du wahnsinnig hübsch.«

»Jetzt übertreibst du aber«, sage ich und werde genauso rot wie er.

»Nein«, sagt er. »Nicht im Geringsten.«

Ich glaube, mein Herz explodiert gleich, so laut schlägt es plötzlich.

Er streckt seine Hand nach mir aus und nähert sich ganz vorsichtig meiner Wange. In dem Augenblick, in dem seine Fingerspitzen meine Haut erreichen, ist es, als würde mich eine Starkstromleitung streifen.

Seine Hand wandert ganz langsam zu meinem Mund, und er fährt mir mit der Daumenkuppe über die Lippen.

Eine Milliarde Watt. So könnte man das Problem mit dem Atomausstieg lösen.

Alles Blut, das eben noch in meinem Kopf gewesen ist, sackt mir in die Füße.

Beziehungsweise. Nicht in die Füße. Sondern ... ähem. Du weißt schon.

Dann kommt sein Kopf näher, ganz langsam, und ich habe das Gefühl, als würde mir eine Armee Ameisen über den Körper krabbeln.

Mir entfährt ein leiser Seufzer, und ich lege meinen Kopf schief, damit er meinen Mund leichter ...

»Umm ... Funny?«

Wir fahren beide herum. In der Tür steht der Schorschi.

Na pfundig. Was will der denn hier?

»Sorry, dass ich stören. Aber es kommen die Kundenservice wegen die defekte Zapfsystem.«

Defektes Zapfsystem? Hä?

Aber jetzt sehe ich sie auch. Zwei Kerle im Blaumann stehen hinter ihm, offensichtlich bereit, gleich loszulegen, wenn auch nicht sonderlich erfreut über den Notfalleinsatz am Sonntag. Ich hatte überhaupt nicht gewusst, dass etwas mit der Zapfanlage nicht stimmt.

»Kein Problem«, sage ich lächelnd, als würden uns die Männer natürlich überhaupt gar nicht stören, nicht ein klitzekleines bisschen.

»Okay, sorry«, sagt der Schorsch, zieht eine Grimasse und schleicht sich.

Die Handwerker machen sich grußlos an die Arbeit. Einer der beiden hat ein Radio dabei und dreht es auf, so dass mit einem Mal grässlichster Deutschrock durch die Stuben dröhnt.

Kurz überlege ich, ob ich einfach hinlaufen soll und den Störenfrieden den Stecker ziehen, aber dann lass ich's. Hilft ja nix.

Tino und ich sehen uns an und zucken ratlos mit den Schultern.

»Sehen wir uns heute Abend?«, fragt er.

»Hier?«

Tino nickt.

»Ich bin immer hier«, sage ich.

»Das ist gut zu wissen.«

»Also dann ...«

»Dann ...«

Und dann küsst er mich.

Vier Monate später ...

14

»Gute Nacht, Frida.«
»Gute Nacht, ihr Herzchen!«
»Buona notte, Giovanni!«
»Gut Nackt, Fanny!«
»Adieu, Philippe!«
»Bies morgön!«
Wir winken unseren Freunden ein letztes Mal zu und schauen ihnen nach, wie sie in unterschiedlichen Richtungen in der Nacht verschwinden. Dann, endlich, steigen wir in das wartende Taxi.

»Wo soll et hinjehn?«, fragt der Fahrer. Ich nenne ihm meine Adresse und er steigt sanft aufs Gas. Ich kuschle mich an Tino, und er drückt mir einen weichen Kuss auf die Stirn. Ich bin unglaublich erledigt. Eigentlich bin ich ja jemand, der seinen Schönheitsschlaf braucht. Daheim in Mingharting bin ich normalerweise weit vor Mitternacht direkt aus der Servierschürze ins Bett gestiegen. Dieser Abend heute ging mal wieder ganz schön lange. Bis Mitternacht hatte ich in den Minghartinger Stuben zu tun, dann habe ich mich in die U-Bahn gehockt und bin nach Neukölln in diese neue Bar ohne Namen gefahren, die Tino und die anderen unbedingt ausprobieren wollten, und in der es weder Stühle noch Tische noch sonst etwas gibt, sondern nur einen Biertisch, hinter dem ein Kerl mit Vollbart Cocktails mischt. Eigentlich war ich schon hundemüde, als ich hingefahren bin, aber irgendwie hatte ich Lust, wenigstens noch kurz die anderen zu sehen. Na ja, was heißt die anderen, vor allem den Tino natürlich. Jetzt bin ich auf alle Fälle fix und fertig. Ich werde morgen sicher wieder bis in die Puppen schlafen müssen, um halbwegs auf mein Pensum zu kommen. Langsam macht mich das viele Ausgehen echt mürbe.

Gut nur, dass es Taxis gibt. Wenn man so bequem heimkommt, ist alles nur halb so wild. Taxis nimmt man auf dem Land ja überhaupt fast gar nicht, weil die Wege so furchtbar weit und die Fahrten damit so teuer sind. Aber hier in Berlin, hier genieß ich's. Draußen rauschen die Lichter der Stadt vorbei, während man's hinten auf der Rückbank schön kuschelig und bequem hat und die Augen langsam immer schwerer werden dürfen.

Gott, ich find es wahnsinnig schön in Tinos Arm.

Überhaupt, Berlin.

Seit ich mit dem Tino zusammen bin, hab ich angefangen, die Stadt so *richtig* zu erleben. Weil wir immerfort etwas unternehmen! Ich hab den Quirin ja dazu überredet, mir einen zweiten Abend in der Woche freizugeben, wogegen er sich natürlich erst gesträubt hat, logisch. Aber als ich ihm dann mit der Drohung kam, dass ich ohne Zeit für Berlin ja gleich nach Bayern zurückgehen könne, hat er natürlich nachgegeben. Das Ganze umzusetzen war eigentlich auch kein großes

Problem, weil inzwischen die Lara easy so weit ist, an meinem freien Abend die Verantwortung zu übernehmen. Und für mich bedeutet das, dass ich jetzt manchmal ein richtiges Wochenende habe!

Ganz ehrlich, ich bin heilfroh, dass ich mich da durchgesetzt hab. Jetzt im Sommer, als das Wetter so gut war, haben wir so jede Menge Ausflüge machen können: nach Potsdam und in den Spreewald zum Beispiel, oder an den winzigkleinen, im Grunewald versteckten Teufelssee, den kaum einer kennt. Wenn man auf dem Land wohnt, fährt man naturgegebenerweise ja nie einfach mal so ins Grüne. Aber von Berlin aus ist das ein Spitzending. Man packt eine Kühlbox und ein paar nette Leute ins Carsharing-Auto und streckt einen ganzen Tag lang den Ranzen in die Sonne.

Aber wir flacken nicht nur faul herum, keine Sorge. Wir sind zum Beispiel auch kulturmäßig unterwegs. Allein letzte Woche waren wir einmal auf einem Konzert und zweimal im Museum, und nach dem Konzert auf einer Vernissage in einem ehemaligen Autohaus, in dem junge Berliner Künstler ihre Arbeiten ausgestellt haben. Und im Mai waren wir sogar mal in der Philharmonie, als Sir Simon Rattle persönlich dirigiert hat!

Und wenn man mal überlegt, wen ich in den letzten vier Monaten so alles so kennengelernt hab. Leute aus aller Welt! Ich meine, als ich in Berlin angekommen bin, dachte ich noch, koreanische Blogger seien das Wunder aller Welten, aber hey, heute Abend habe ich einen buddhistischen Mönch getroffen, so einen platterten mit orangefarbener Kutte. Er kam aus Neuseeland, vom anderen Ende der Welt, und er hat mir die Hand auf die Stirn gelegt und dann gesagt, er könne bei mir irrsinnig positive Schwingungen spüren. Eigentlich tanze ich ja nie, aber mit ihm habe ich es versucht, zu einer Musik mit einem komisch stolpernden, blechernen Beat, zu dem wir ums Verrecken keinen Rhythmus finden konnten, worüber wir wahnsinnig gelacht haben. Und gestern erst bin ich einem pakistanischen Regisseur begegnet, der sogar schon mal für einen Oscar nominiert war, in der Kategorie bester Kurzfilm. Das hat mich echt ganz schön beeindruckt.

Das ist natürlich das Positive, wenn man ständig auf Achse ist. Man lernt neue Leute kennen, erlebt was, und dadurch entwickeln die Nächte eine unbändige Energie, die einen richtig mitreißt, auch dann noch, wenn man schon den ganzen Tag auf Achse gewesen ist (oder auf Arbeit, je nachdem), und ursprünglich gar nicht mehr die Kraft hatte, noch groß auszugehen.

Klar, unter anderen Umständen könnte es natürlich schon passieren, dass man sich zwischen den ganzen Eindrücken und Menschen und Gesprächen vielleicht irgendwann verloren fühlt, und manchmal staune ich selbst, dass ich die langen Nächte so genieße. Aber auf der anderen Seite gehe ich ja immer mit denselben Leuten aus, mit Frida, Giovanni, Dolores und Philippe, und natürlich und vor allem mit dem Tino. Mit Menschen also, die ich (mit Ausnahme von Dolores) inzwischen richtig lieb gewonnen hab, und die mir mittlerweile vertraut sind. So hat man auf jeder Party seine Anker, Leute, die man einfach ansteuern kann, wenn es einem zwischendrin mal zu viel wird, oder wenn man keine Lust mehr hat. Ich kann jederzeit einfach Tino suchen, seine Hand nehmen und meinen Kopf an seine Schulter lehnen, und dann weiß er, dass es Zeit fürs Bett ist.

Tino. Ich bin echt ganz schön verliebt inzwischen.

Es macht einen Riesenspaß, mit ihm die Stadt zu erobern. Er ist so tatendurstig, hat immer neue Ideen, weiß immer noch einen Ort, der es wert ist, angeschaut zu werden. Manchmal ist er übermütig wie ein kleiner Junge, das ist richtig ansteckend, und dann hab ich das Gefühl, dass die Stadt eine Art Zauberwald ist, den wir Hand in Hand entdecken.

Und dann gibt es noch etwas anderes, das uns in den letzten Wochen hat Flügel wachsen lassen: Der Tino hat in letzter Zeit nämlich ein paar spitzenmäßige Aufträge an Land gezogen. Das hat sich alles plötzlich ruckzuck so ergeben! Eigentlich ist er ja blutiger Anfänger, was die Fotografie angeht, immerhin ist er erst vor einem guten Jahr mit seinem Studium in Bielefeld fertig geworden. Als er nach Berlin kam, musste er erst mal in einem Fotoladen in Lichtenberg anheuern, wo er kaum etwas anderes gemacht hat, als nicht besonders ansehnliche Kunden vor einer marmorierten Tapete zu parken und hässliche Porträtfotos von ihnen zu machen – als menschlicher Passbildautomat quasi. Aber vor ein paar Wochen ist bei *Interview* irgendein Fotograf abgesprungen, kurz vor einem total wichtigen Shooting, und Dolores hat es geschafft, den Job dem Tino zuzuschustern. Bärig, oder? Aufregend natürlich auch, immerhin hatte er in seinem ganzen Leben noch nie irgendeinen Promi fotografiert. Der Auftrag lautete, Paul Herwig zu porträtieren, einen Schauspieler aus dem Ensemble der Volksbühne am Rosa-Luxemburg-Platz, also eine echt respektable Sache. Tino hatte dann die Idee, den Mann wie eine Theaterkulisse an Seilen aufzuhängen und zwischen den anderen Bühnenbildern nach oben zu ziehen, was auf dem Foto echt super und irgendwie auch witzig aussieht. Das fand zum Glück nicht nur ich, sondern auch der Art Director des Hefterls, der Tino prompt einen Folgeauftrag gegeben hat. Und das scheint sich wiederum herumgesprochen zu haben, denn kurz darauf haben sich noch zwei weitere Magazine gemeldet. Gut, mir haben die jetzt nichts gesagt, wie auch, aber hier in Berlin kennt sie ein jeder: *032c* und *Wedding*, wobei Letzteres kein Hochzeitsmagazin ist, sondern ein nach dem Berliner Problembezirk benanntes *Magazin für Alltagskultur*, in dem Fotos von unaufgeräumten Wohnzimmern und Leuten in Secondhand-Klamotten abgedruckt sind. Nicht so mein Ding, aber gut, Hauptsache, dem Tino hilft's, gell?

Na ja, auf alle Fälle ist Tino ein toller Fotograf. Ich könnte jetzt gar nicht so genau beschreiben, was das Besondere an seinen Bildern ist, aber irgendwie haben sie etwas Unperfektes, ja, eigentlich sogar etwas Schiefes, wie bei der Mona Lisa, wo man ja auch wieder und wieder hinschauen muss, weil man nicht drauf kommt, was ihr Geheimnis ist.

Ihm tun die Aufträge auch richtig gut. Er merkt, dass er etwas kann, und dass er jemand sein kann, also künstlerisch. Ich habe wirklich den Eindruck, dass er in den letzten Wochen ein Stück gewachsen ist.

Das Taxi hält vor meiner Wohnung.

»Acht Euro zwanzig«, sagt der Fahrer.

»Neun, bitte.«

Der Tino beugt sich vor und übernimmt das Bezahlen, währenddessen beobachte ich ihn. Er stellt sich ganz schön ungeschickt an, wodurch man ihm seinen Suri dann doch anmerkt. Na ja, ich spüre den Alkohol natürlich auch. In dieser Bar ohne Namen gab es einen neuen Drink, den plötzlich alle trinken, den Vesper Cocktail. Das ist ein irre starkes Gemisch, das im Wesentlichen aus Wodka, Gin und irgendeinem wiederentdeckten französischen Aperitif aus dem 19. Jahrhundert besteht und das man aus einem Martiniglas trinkt. Zugegeben, ich bin über diese Entwicklung nicht unfroh, weil ich in diese komische Gin-Tonic-Sache irgendwie nie richtig reingekommen bin und der Vesper Cocktail nicht ganz so bitter ist, sondern eher stark und kräftig in der Kehle brennt. Damit kann ich besser umgehen, das ist ein bisschen wie bei den Schnäpsen vom Papa.

Der Tino steckt seinen Geldbeutel wieder weg, wir steigen aus und stiefeln die Treppe hoch zu meiner Wohnung. Es ist bestimmt schon nach zwei Uhr früh, aber langsam gewöhne ich mich daran, mich leicht torkelnd durch das dunkle, schlafende Haus zu bewegen, wo hinter den Türen Menschen leben, die ich nicht kenne, ja, die ich in den meisten Fällen noch nicht einmal zu Gesicht gekriegt habe. Ist ja auch logisch, oder? Ich arbeite, wenn sie zu Hause sind, und umgekehrt. Ich sperre die Wohnungstür auf und hebe die Post auf, die auf dem Boden liegt. Tino umarmt mich von hinten.

»Mein Liebesmädel«, schnurrt er, und ich versuche leise lachend ihn abzuschütteln. »Meine Maienmaid!«

Himmel, der ist aber doch ganz schön angeschossen. Da ist eindeutig der Punsch Vater des Gedankens.

Rasch schaue ich die Briefe durch, aber es scheint nichts Wichtiges dabei zu sein: Werbung, eine Rechnung, noch eine Rechnung.

Und eine Postkarte. Mist. Ich weiß genau, von wem die ist.

Ich versuche, sie unauffällig zurück in den Stapel zu schieben, aber der Tino hat sie schon gesehen.

»Eine Postkarte«, sagt Tino, und nimmt seine Hände von meinem Hintern.

»Ja«, sage ich und will sie schnell in die Schublade stecken.

»Willst du sie gar nicht lesen?«, fragt er.

»Später«, sage ich.

»Ich jetzt«, sagt er. »Gib!«

Und schon hat er sie in den Fingern.

Meine Güte, das nervt.

»*Liebe Fanny*«, rezitiert er, leider leicht lallend.

»Tino, die ist für mich!«, sage ich und halte die Hand auf, damit er sie mir wieder aushändigt.

Ich weiß natürlich, von wem die Karte ist: vom Max,

dem Rubenbacher. Er hat mir in den letzten Wochen fünf oder sechs solcher Postkarten geschrieben, harmloses Zeug, das in erster Linie davon handelt, was im Dorf so passiert, wie in Bayern die Luft ist, wie viele Knödel er essen musste, als er zum ersten Mal wieder im Wirtshaus gewesen ist. So Kram halt, er will mich watscheins ein bisschen nostalgisch stimmen. Auf alle Fälle sind es keine Karten, die man vor seinem Freund verstecken müsste, und das würde ich auch nicht tun, im Leben nicht. Das Problem ist nur, dass Tino aus irgendeinem Grund brutal eifersüchtig auf den Max ist. Er hat das mit den Postkarten natürlich mitgekriegt, und will mir partout nicht abnehmen, dass es da von Maxens Seite keinen Hintergedanken gibt. Männer schreiben keine Postkarten, sagt er, es sei denn, sie sind verliebt. Pfff. Dabei hat er den Max doch gesehen, also ehrlich.

»*Liabe Fonny*«, setzt er erneut an, und klingt dabei, als würde er den bayerischen Dialekt imitieren. Ich hoffe, ich verhöre mich.

»*Wäng Arbeit zu hom is ned nur schlächt. Denn so hod man endli mol Zeit ...*«

Er tut es tatsächlich. Er äfft den Max nach. Jetzt fällt aber gleich der Watschnbaum um. Mein lieber Scholli, so nicht.

»Tino«, sage ich drohend und so leise, dass ihm gar nichts anderes übrig bleibt, als auf mich zu hören.

Er hält inne und sieht mich an. Ich ziehe eine Augenbraue hoch, was wirkungsvoller als jede Schimpftirade ist. Erfahrung aus dem Wirtshaus. Und schau, es funktioniert.

»Sorry«, sagt er kleinlaut und gibt mir die Karte zurück.

»Des mein ich aber auch«, sage ich mahnend und stecke sie in die Schublade der Garderobe.

Wenig später liegen wir nebeneinander im Bett, meine Wange auf seiner nackten Brust, sein Arm um meine Schultern. Sein Körper ist ganz warm, und trotzdem ist mir fröstelig zumute. Ich meine, wir sind doch verliebt, oder? Aber diese Szene vorhin war echt ein bisschen gruselig.

Eigentlich würde ich am liebsten einschlafen und darauf hoffen, dass morgen wieder alles in Ordnung ist. Fluchtschlaf, eine Spezialität von mir. Als ich mit dem Grafikdesigner zusammen war, habe ich das öfter gemacht. Einfach eine Runde zu ratzen, statt mich sinnlos aufzuregen. Dasselbe, wenn ich mich daheim über den Papa geärgert hab. Erstmal ein Nickerchen, dann ist es schon nicht mehr so schlimm.

»Gute Nacht«, sage ich folglich.

»Gute Nacht, Fanny.«

Ich schließe die Augen und falle planmäßig nach wenigen Minuten in den Tiefschlaf. Doch dann reißt mich seine Stimme in die Realität zurück.

»Fanny?«

»Ja?«, sage ich müde.

»Bist du sauer wegen vorhin?«

Grrr. Also doch diskutieren.

»Schon ein bisschen«, sage ich.

»Entschuldige bitte. Das war blöd von mir.«

»Ja, war es.«

»Tut mir leid«, sagt er.

»Okay«, sage ich.

»Wirklich?«

»Wirklich.«

Er macht die Leselampe an und sieht mich an.

»Sag, dass es wirklich in Ordnung ist.«

Himmel, diese Augen. Er ist echt wahnsinnig süß. Und scheinbar bereut er es tatsächlich, oder?

»Es ist wirklich in Ordnung«, sage ich großzügig. Ich bin ja schließlich kein Unmensch.

»Schwör's!«

»Ich schwöre«, sage ich und muss lachen.

»Gut«, sagt er und gibt mir einen Kuss. Dann macht er das Licht wieder aus, und ich kuschele mich zurück an seine Schulter, wo es gleich viel wärmer ist.

»Gute Nacht, Tino«, sage ich.

»Gute Nacht, Liebste!«

Ich schließe die Augen. Zum Glück funktioniert das mit dem Schlafen auch, wenn ich in friedlicher Stimmung bin. Nur ein paar Sekunden ... und ich sinke ... sinke ... sinke.

»Fanny?«

Knurr.

»Ja?«

»Willst du morgen nicht mitkommen?«

»Mitkommen? Wohin?«, frage ich.

»Zu diesem Job für *032c?*«

Ich blinzle. Tino hat mir gestern oder vorgestern von diesem Auftrag erzählt. Er soll für dieses angeblich unglaublich coole Magazin irgendeinen Schriftsteller fotografieren.

»Wann ist der noch mal?«

»Um vier.«

»Du, ich muss um fünf schon im Wirtshaus sein«, sage ich. »Sorry.«

Ich denke, dass das Thema damit erledigt ist und schließe die Augen wieder.

»Bitte«, kommt es da flehend aus dem Dunkel.

Ich schlage die Augen wieder auf.

»Du, Tino, ich glaub, das geht wirklich nicht.«

»Bitte, bitte, bitte. Komm! Mach einfach blau, dann könnten wir den ganzen Tag zusammen verbringen!«

Er klingt ein bisschen wie ein Kind. Eigentlich ganz lieb, oder? Ich schiebe mich zu ihm hoch und drücke ihm einen Kuss auf die Wange.

»Du bist süß«, sage ich.

»Nein, *du* bist süß. Komm mit!«

Ich muss lächeln.

»Also, wenn's gleich *so* dringend ist ...«, sage ich schließlich. »Ich ruf morgen Vormittag mal den Quirin an und schau, was geht.«

»Hurra!«, ruft Tino und drückt mich an sich. »Ich liebe dich«, sagt er leise.

Ich spüre, wie mein Herz einen Hüpfer macht und mein Blut noch in den kleinsten Adern unter meiner Haut pulsiert.

»Ich dich auch«, flüstere ich.

»Gute Nacht, Süße.«

»Gute Nacht.«

Dann schläft er ein. Ganz anders als ich. Ich kriege es kaum hin, ruhig zu liegen und die Augen schließen.
Ich liebe dich, hat er gesagt. *Ich liebe dich.*
Der Satz hallt wie ein Glockenschlag nach.

15

Irgendwann muss ich doch eingeschlafen sein, weil ich am nächsten Morgen nämlich aufwache, und zwar um Punkt halb zehn. Der Mann neben mir schlummert noch friedlich, darum versuche ich ebenfalls weiterzuschlafen, immerhin war es gestern ja doch ganz schön spät. Aber irgendwie will es mir nicht gelingen. Da ist etwas, das mich hinaustreibt in den Tag.

Auf dem Weg ins Bad fällt mein Blick auf die Schublade im Flur. Die Szene von gestern Nacht fällt mir wieder ein, darum ziehe ich die Postkarte aus der Schublade und betrachte sie noch einmal. Sie zeigt einen Blick auf den Ammersee, im Hintergrund ragt eine Reihe Berge in einen weiß-blauen Himmel, wie ihn Bob Ross nicht schöner hätte malen können.

Ich drehe die Karte um und lese.

Liebe Fanny,
wenig Arbeit zu haben ist nicht nur schlecht. Denn so hat man endlich mal Zeit, sich um die wichtigen Dinge zu kümmern: ausgiebigst frühstücken. Mit dem Papa Rommé spielen. Lange Spaziergänge machen, bis nach Kleinwiesenhausen hin. Und neulich lag ich unten am Weiher und hab den ganzen Nachmittag nichts anderes gemacht, als in die Wolken

zu blinzeln. Eine hat mich wahnsinnig an die Frau Mayer erinnert, und da musste ich plötzlich an die Gummibärli denken. Weißt Du noch?
Dein Max

Ich muss lachen. Logisch erinnere ich mich. Die Frau Mayer hatte eine Dose voll Gummibärli auf dem Lehrerpult stehen, und wenn ein Schüler die Hausaufgaben besonders gründlich gemacht hatte, dann durfte er sich eines nehmen. Max und ich, von Haus aus faule Stinker, erlebten diesen Moment natürlich nie und waren irgendwann so unzufrieden deswegen, dass wir eine Pause abwarteten, uns ins Klassenzimmer schlichen und jeder eine Handvoll stibitzten. Leider schmeckten die Gummibärli nur ein paar Minuten lang, und kaum hatten wir unsere Beute verputzt, überrollte uns das schlechte Gewissen. Wir überlegten hin und her und beschlossen schließlich, eine neue Tüte zu kaufen und die Bärchen wieder nachzufüllen. Gesagt, getan. Wir warteten eine Pause ab, öffneten die Dose und kippten die Gummibärli hinein. Und genau in dem Moment hat uns die Frau Mayer erwischt. Was folgte, war ein Riesendonnerwetter, denn vor lauter Schreck waren wir so blöd, sofort alles zugegeben.

Dass der Max sich dran erinnert! Ich muss ihm endlich auch mal schreiben, unbedingt. Aber irgendwie komm ich zurzeit echt zu gar nix.

Ich will gerade weiter in die Küche gehen, um mir einen Kaffee zu machen, da klingelt das Handy. Es ist wieder mal der Papa, und wieder mal klingt er quengelig. Zurzeit ruft er alle paar Tage an, gern auch zu so unmenschlichen Uhrzeiten wie dieser. Dass ich um zehn Uhr normalerweise noch schlafe, krieg ich einfach nicht in sein Hirn. Und dann druckst er rum und jammert, wie schlecht alles läuft und wie schief alles immerfort geht, doch ich weiß, dass er lügt. Mit der Omi telefoniere ich nämlich auch alle ein, zwei Wochen, und die bestätigt mir regelmäßig, dass alles wunderbar in Butter ist.

»Was is denn, Papa«, frage ich mitleidig.

»Ach mei, Fanny«, sagt er.

»Was, ach mei«, sage ich.

»Ach, nix ... Es ist nur ...«

»Es ist nur ...?

Dieses Herumgestopsle!

»Magst ned wieder heimkommen? Die Gäste fragen schon nach dir. Ohne dich san die Minghartinger Stuben einfach nimmer, was sie sind.«

Ich verdrehe die Augen.

»Papa«, sage ich.

»Ach, Fanny, komm doch wieder ...«

Also, eigentlich ist er ja echt süß, oder? Aber so weitergehen kann es trotzdem nicht. Sonst baut er nämlich irgendwann denselben Scheiß wie damals, als ich in Pforzheim gewesen bin. Da hat er so getan, als sei er beim Fußball die Tribüne runtergefallen und hätte sich den Haxen gebrochen. Sein Kumpel Dr. Anselm, der Orthopäde ist, hat das Spiel mitgespielt und ihm eine Schiene verpasst, ein Hightech-Ding aus Plastik, das die Sache wahnsinnig ernst aussehen ließ. Ich bin natürlich sofort heim und hab seine Schichten übernommen, gutgläubig wie ich bin. Oder was heißt gutgläubig? Konnte ja keiner ahnen, dass der bloß simulierte! Er hatte ja sogar die Krankenkasse hintergangen, der Schlawiner! Und wahrscheinlich wäre die ganze Sache niemals aufgeflogen, hätte es da nicht diese eine Nacht gegeben. Ich konnte partout nicht einschlafen, also bin ich noch mal raus, um mir an der frischen Luft ein wenig die Beine zu vertreten, das kann ja durchaus beruhigend wirken. Einmal bis runter zum Weiher und zurück wollte ich gehen, doch da entdeckte ich zufällig, dass in der Scheune noch Licht brannte. Erst hab ich gedacht, jemand hätte es aus Versehen an gelassen und bin hin, um es zu löschen. Doch als ich näher kam, hörte ich ein Radio, das leise lief. Auf Zehenspitzen hab ich mich der Tür genähert, es hätte ja auch ein Einbrecher sein können oder irgendwelche Trottel aus dem Nachbarort, die an der Tanke nichts mehr zu trinken gekriegt hatten. Aber von wegen. In der Scheune sah ich den Papa auf seiner Trittleiter stehen, völlig versunken in den Blick durch eine der Luken im Feinbrenner. Erst fand ich's lustig, wie sein Herz noch mitten in der Nacht für die Destille schlägt, für dieses riesige Gerät ganz aus Kupfer, das wie eine Mischung aus Raumschiff und Dampflok aussicht. Aber dann stieg der Papa eine Leitersprosse weiter hinauf und guckte durch die Luke darüber. Und plötzlich fiel mir auf, dass etwas mit ihm nicht stimmte.

Die Schiene war nicht mehr an seinem Fuß. Sie lag mit geöffneten Schnallen auf dem Sofa, direkt neben einem Stapel ausgelesener *Kicker*. Im selben Augenblick sprang der Papa mit einem Satz von der Leiter. Und sah mich in der Türe stehen.

Damals hat er eine ganze Weile gebraucht, bis er mich so weit hatte, dass ich mich wieder mit ihm versöhnen wollte. Diesmal mag ich ehrlich gesagt nicht warten, bis er wieder zum Münchhausen wird. Vorbeugen ist ja bekanntlich besser als heilen.

»Du, Papa«, sage ich mit freundlicher Stimme. »Meinst ned, dass es schlau wär, jemanden zu suchen, der euch a bisserl hilft? Damit du ned ois alloa machen musst?«

»Ja, freilich«, sagt er kleinlaut. »Aber mir finden niemand.«

Na, das erklärt natürlich alles.

»Wen habt's ihr denn scho gfragt?«

»Alle«, behauptet er.

»Jetz sag scho. Vielleicht fällt mir noch jemand ein.«

»Die Steinhuber Samantha«, zählt er genervt auf. »Und die Wimmer Vroni. Und die Babsi natürlich. Mir ham sogar beim Brückenwirt angerufen, ob die jemand über haben.«

»Und die Schaller Iris?«

»Hat seit zwei Wochen an neuen Job. Bei der Isarbau International, als Projektassistentin.«

Projektassistentin. Früher hat man, wenn's mich nicht täuscht, einfach Tippse gesagt.

»Was is mit der Schwester von der Vroni?«

»Macht grad a Sprachenjahr. England, Italien, Frankreich.«

Na pfundig.

»Und was ...«, setze ich an und überlege und überlege, aber jetzt hier so aus der Ferne fällt mir auch keine mehr ein. Ich schweige, und der Papa sagt ebenfalls nix.

Dann durchzuckt es mich wie ein Blitz.

»Und die Fleischer Susi, was is mit der?«, frage ich. Die Fleischer Susi ist hin und wieder mal eingesprungen, wenn die Babsi krank war, als ich in Pforzheim gewesen bin.

»Die is mittlerweil im Ratskeller in München«, sagt der Papa. »Festanstellung.«

»Oh«, sage ich. »Schön für sie.«

»Ja«, sagt der Papa. »Sehr schön.«

Dann schweigen wir wieder.

»Du wirst ja sicher gebraucht da oben in Berlin, oder?«, fragt er vorsichtig.

Ich verdrehe die Augen.

»Ja«, sage ich. »Werd ich.«

»Blöd«, sagt der Papa.

»Saublöd«, sage ich.

»Weil, sonst kanntst ja vielleicht du ...«

Der Papa redet nicht weiter.

»Du, weißt, ich tät ja, aber der Quirin hat mir unmissverständlich klargemacht, dass er mich echt braucht, weißt?«

»Der Quirin«, sagt der Papa.

Also, jetzt nervt er mich doch ein bisserl.

»Papa«, herrsche ich ihn an. »Mir geht's echt pfenningguad hier. Ich mag grad überhaupt ned nach Hause, fürs Erste zumindest ned.«

Der Papa schweigt betroffen.

»Ach so«, sagt er.

»Is so«, sage ich.

»Na gut«, antwortet er und seufzt schwer.

»Du, Papa, wir finden scho a Lösung, meinst ned? Bis dahin musst halt no a bisserl durchhalten, gell?«

Er seufzt.

»Durchhalten, Papa«, ermutige ich ihn noch einmal.

»Okay ...«, kommt es ganz leise aus dem Hörer.

»Servus, Papa«, sage ich.

»Servus, Fanny.«

Ich lege auf, und plötzlich steht Tino in der Tür, nur in Boxershorts und mit Strubbelmähne und lächelt mich an.

»Na?«, fragt er.

»Das war mein Vater«, sage ich. »Immer, wenn ich von zu Hause weg bin, stellt der sich an wie ein Kleinkind.«

»Er vermisst dich eben«, sagt er.

»Ich glaube nicht«, sage ich trocken.

»*Ich* würde dich vermissen«, sagt er und grinst schief.

»Ehrlich?«

Er nickt, und ich muss lächeln.

»Danke«, sage ich.

»Kaffee?«, fragt er.

»Au ja«, sage ich.

Er verschwindet in der Küche, und ich gehe ihm hinterher. Im Flur fällt mein Blick noch einmal auf die Postkarte vom Max. Ich bleibe stehen, und plötzlich fangen meine Gedanken an zu rattern.

Mei. Da hätte ich aber echt früher drauf kommen können, oder?

Hastig nehme ich noch einmal das Telefon in die Hand.

»Papa?«, sage ich, als er abgenommen hat. »Ich hab eine *Riesen*idee.«

16

Eine halbe Stunde später ist alles geregelt, und ich bin so wahnsinnig zufrieden mit mir, dass ich beschließe, dem Tino den Gefallen zu tun und mir tatsächlich freizunehmen. Aber nicht so, wie ich es sonst tue, nämlich geradeaus und ehrlich, sondern auf die gute, alte Papa-Manier. Leider kann ich mir nicht selber freigeben, obwohl ich's natürlich könnte, weil ich ja die Herrin der Dienstpläne bin. Aber blöderweise hat die Lara heute Urlaub, und irgendeinen Verantwortlichen braucht es pro Schicht. Also schicke ich den Tino aus dem Zimmer (vor Zeugen lügen kann ich nämlich gar nicht) und wähle die Nummer vom Cheffe.

»Quirin?«, sage ich mit dünner Stimme.

»Ja?«

»Quirin, mir geht's ganz schlecht.«

»O nein.«

»Doch, ich glaub, ich hab irgendwas Schlechtes gegessen.«

»Bei uns?«, fragt er alarmiert.

»Nein. Ich hab mir gestern Nacht einen Döner geholt, ich schätze, der ist es gewesen. Der sah schon so komisch aus. Wie billige Fleischwurst vom Spieß.«

»O Mann, Fanny ...«, stöhnt der Quirin. »So einen Dreck isst man aber auch nicht.«

»Es war halt spät«, entschuldige ich mich, dabei habe ich selbstverständlich keinen Döner gegessen. Ich hab einmal einen probiert, spätnachts und ausgehungert. Irgendwie hatte ich mir schon vorstellen können, dass so ein Ding ganz lecker sein kann, wenn es gut gemacht ist (was aber natürlich auf alle Gerichte zutrifft, sogar auf Saure Kutteln). Aber am Ende waren mir dann doch zu viele verschieden schmeckende Sachen in diesem Fladenbrot drin. Fleisch *und* Zwiebeln *und* Salat *und* Tomaten *und* Gurken *und* Blaukraut *und* Joghurtsauce ergeben echt ein Aromenkuddelmuddel, das für Puristen wie mich nichts ist. Da lob ich mir doch einen klassischen LKW, den Leberkaswecken, den's beim Metzger Bachhuber gibt. Fleisch, Semmel, süßer Senf, und fertig ist die Laube.

»O Mann. Kannst du wirklich nicht kommen?«, fragt er. »Ich würd ja für dich einspringen, aber ich hab Jella versprochen, heute mit ihr ins Sushilicious zu gehen.«

Das Sushilicious ist die hippste Sushi-Bar von Berlin-Mitte und gehört, wie sollte es anders sein, ihm. Komischerweise geht die Jella am liebsten dorthin essen, wahrscheinlich, weil sie sich so sicher sein kann, dass die Köche ihr als Frau des Chefs auch *wirklich* nicht heimlich Butter ins Essen rühren.

»Auf eine Misosuppe mit geräuchertem Garnelchen?«, frage ich trocken, und Quirin muss kichern.

»Na gut«, sagt er. »Ich verschiebe zwar ungern ein Date mit meiner Frau, aber ...

»Danke, Quirin.«

»Gute Besserung. Kurier dich aus!«

Ich merke, wie ich rot werde, und hoffe, dass Quirins iPhone solche Körperreaktionen auch *wirklich* nicht überträgt. Ich meine, bei diesen neumodischen Smartphones – weiß man's?

»Ja, mach ich«, sage ich. »Servus!«

Dann legen wir auf, und ich stürze zum Tino in die Küche.

»Alles geritzt!«

»Sehr gut!«

Er freut sich wie ein Schnitzel.

»Und, was machen wir jetzt?«, frage ich.

»Siehst du gleich«, sagt er.

Wenige Minuten später stehen wir in einem kleinen Fahrradverleih um die Ecke, wo der Kerl, der dort arbeitet, uns zwei wunderbare, alte Hollandräder aushändigt. Wir stellen uns die Sättel ein, ich teste die Klingel und schon rollen wir die Straße hinunter.

»Wohin fahren wir?«, frage ich.

»Ich treff diesen Schriftsteller nachher in Schöneberg«, sagt Tino und gurtet seine Fototasche enger. »Warst du da schon mal?«

Ich schüttele den Kopf. Das lag bisher nicht auf unseren nächtlichen Routen.

»Echt nicht? Dann lass uns doch gleich in die Richtung fahren.«

»Okay!«

Auf geht's!

Erst radeln wir bloß ein Stück am Landwehrkanal entlang, vorbei am alten Backsteingebäude des Urbankrankenhauses, und am Urbanhafen, in dem ein paar Kähne friedlich im Brackwasser liegen. Diese Strecke kenne ich natürlich. Aber dann biegen wir plötzlich links ab in eine von Altbauten gesäumte Straße, die uns direkt zum Tempelhofer Feld bringt. Früher war hier der Flughafen, jetzt ist das Gelände für die Allgemeinheit geöffnet, wie ein Park, jeder kann ihn nutzen. Man muss bloß durch ein kleines Tor und kommt direkt auf eine der Landebahnen.

Irre, oder?

Das Areal ist so riesig, dass man kaum erkennen kann, wo es zu Ende ist – irgendwo ganz hinten sieht man eine Reihe winziger Bäume, und dahinter wieder die ersten Wohnhäuser, in Streichholzschachtelgröße. Es ist kaum zu glauben, dass man mitten in der Stadt ist! Bäume und Sträucher, Kioske und Bänke gibt es ausschließlich am Rand des Parks, während der Rest eine total plane Fläche ist, die aus nichts als Wiese und den ehemaligen Landebahnen besteht. Und darauf laufen Hunderte winziger Menschen herum, Jogger, Spaziergänger, Rollerblader, Hundebesitzer, Eltern mit ihren Kindern, manche picknicken sogar.

Der Tino lacht, als er sieht, was ich für Augen mache, und reicht mir seine Hand. Und so radeln wir nebeneinander über das Flugfeld, strahlend wie zwei Maikäfer. Die Sonne scheint, und unsere Haare flattern im Wind.

»Toll, oder?«, fragt Tino, und ich nicke begeistert. »Komm, schneller!«

Er lässt meine Hand los und wir treten in die Pedale, was geht, fahren ein Stück um die Wette, schneller und immer schneller, und nichts versperrt uns den Weg. Gleich heben wir ab, es ist herrlich!

»Ich kann nicht mehr!«, ruft Tino nach ein paar Minuten. »Stopp! Anhalten!«

Er biegt auf die Wiese ab und fährt ein Stück querfeldein; ich folge ihm. Wir lassen unsere Räder ins Gras fallen und uns direkt daneben. Eine Weile lang schnaufen wir bloß und warten, dass unser Herzschlag sich beruhigt. Dann lege ich meinen Kopf auf seine Schulter, und wir gucken in den Himmel, an dem ein paar Wolken vorüberziehen. Keine davon ähnelt einer Grundschullehrerin, sie sehen einfach nur aus wie Wolken, aber das ist schon bemerkenswert genug.

»Ich komm total gern hier her«, sagt Tino.

»Versteh ich gut«, sage ich. »Wirklich super hier.«

»Im Herbst ist hier alles voller Familien, die Drachen steigen lassen«, sagt er.

»Ja, das macht hier bestimmt einen Riesenspaß«, sage ich. »Es geht ja jetzt schon so ein Wind, und das, obwohl erst Mitte August ist.«

»Wollen wir das auch mal machen?«, fragt er schüchtern.

»Was? Mit Drachen spielen?«, frage ich amüsiert.

»Ja!«, sagt er.

Ich lache, aber Tino bleibt ernst.

»Irgendwie erinnert mich das immer an meinen Vater«, sagt er leise.

Ich spüre, wie es mir das Herz zusammenschnürt. Tinos Vater ist gestorben, als er zwölf war, er hat mir erst vor ein paar Wochen davon erzählt, obwohl wir ja schon über vier Monate zusammen sind – so weh tut es ihm offensichtlich. Es muss eine harte Zeit gewesen sein für ihn und seine Mutter, er ist ja ihr einziges Kind. Sie hat ihn so sehr gebraucht, dass er es kaum noch ausgehalten hat, sagt er, und dass das einer der wichtigsten Gründe war, warum er NRW verließ. Er hatte irgendwann einfach nicht mehr die Kraft, ihren Ersatzehemann zu spielen.

»Ich lass gern mal mit dir einen Drachen fliegen«, sage ich. »Das würde mir Spaß machen!«

»Ja?«, fragt er, als könne er es gar nicht glauben.

»Logisch!«, sage ich und muss schon wieder lachen.

Vielleicht hat das auch etwas mit dem frühen Tod seines Vaters zu tun: Manchmal ist Tino so verspielt und zutraulich wie ein junges Hündchen, das gelobt und geliebt und geherzt werden will. Durch den Tod seines Vaters musste er wahnsinnig früh Verantwortung übernehmen, und manchmal hab ich den Eindruck, dass er jetzt in Berlin etwas nachholt, was ihm in seiner Jugend verwehrt geblieben ist: machen, was er will. Für den Augenblick leben. Sich nur um sich und seine Freunde kümmern. Er will Spaß haben, und irgendwie kann ich ihn da verstehen.

»Super!«, sagt er. »Wollen wir weiter?«

»Okay«, sage ich überrascht, denn wir haben uns eigentlich gerade erst hingelegt.

»Ich will dir noch ein paar Sachen zeigen!«

Na dann.

Wir fahren weiter nach Westen, durch den Gleisdreieck-Park und zum Nollendorfplatz, und dann ein Stück die Motzstraße hinab.

»Hier wurde Emil und die Detektive gedreht!«, sagt der Tino.

»Ehrlich? Den Film hab ich als Kind geliebt!«
»Ich auch!«
Da nehmen wir uns gleich noch einmal an die Hand.

Wir fahren ein bisschen langsamer und sehen uns um, aber leider erkennt man die Gegend nicht im Geringsten wieder. Die Motzstraße ist ein reiner Schwulenkiez, und in den Schaufenstern links und rechts liegen keine Kinderbücher aus, sondern vor allem Regenbogenfahnen, Lederhalsbänder und Unterhosen mit Reißverschluss – nicht unspannend, zugegeben. Am Viktoria-Luise-Platz beschließen wir, uns auf eine Cola in ein Café zu hocken, in dem eine krude Mischung aus gelangweilten Schülern, reichen Russinnen, alkoholisierten Rollstuhlfahrern und alten Omis beisammensitzt. Mir fällt plötzlich auf, wie selten man in Kreuzberg Leute sieht, die über fünfzig sind, oder welche, die *nicht* so gekleidet sind, als würden sie irgendetwas Interessantes studieren. Am Tisch neben uns sitzen zwei Männer in Lederhotpants und Netz-T-Shirts und lösen friedlich Kreuzworträtsel – und endlich einmal kann ich hier in Berlin mit meiner Herkunft brillieren. »Bayerischer Bauherr, in Klammern: Neuschwanstein«, fragt der eine seinen Freund, und der und ich antworten im Chor: »Ludwig der Zweite, der Märchenkönig!«

Der Tino lacht, und die beiden Lederjungs schenken mir aus Dank ein Röschen, inklusive der kleinen Vase, die auf dem Tisch steht. Aber die nehmen wir selbstverständlich nicht mit.

»Und jetzt?«, frage ich, als wir aufs Rad steigen.

»Warst du schon mal im KaDeWe?«

Ich schüttle den Kopf. Gehen da nicht nur Touris hin?

»Fanny!«, ruft der Tino bestürzt.

»Was soll ich denn in einem stinknormalen Kaufhaus, das auch noch im tiefsten Westen liegt?«, wehre ich mich.

»Kaufhaus ... du Dodel! Komm, wir fahren hin.«

Wir brauchen nur ein paar Minuten, bis wir zum Wittenbergplatz geradelt sind, und schon stehen wir auf einer Rolltreppe, die uns Etage um Etage nach oben trägt. Bis jetzt habe ich nur Klamotten gesehen, aber als wir im sechsten Stock ankommen, breitet Tino die Arme aus und sagt: »Mademoiselle, die berühmte Fressetage!«

Ich hätte ja abgestritten, dass Berlin meiner Heimat kulinarisch auch nur ansatzweise das Wasser reichen kann, aber das, was sich hier oben so an Fressalien häuft, ist durchaus beachtlich. Eine Fleischtheke, dass die Omi ausrasten würde vor Freude. Eine Abteilung mit Hunderten Sorten Käse. Dann da: eine ganze Wand nur mit seltsamen Senfsorten. Eine weitere nur mit Essig. Und erst die Fischabteilung! Krabben und Krebse in allen Größen und Formen, und ein ganzes Bataillon seltsam aussehender Muscheln und Schnecken, Aquarien mit lebenden Hummern und Fischen. Schließlich kommen wir an einen Tresen, an dem ein paar auffällig geschminkte Damen herumstehen, die allesamt russisch reden und Champagner trinken und hin und wieder durch die aufgespritzten Lippen eine Auster schlürfen.

»Was guckste denn so?«, fragt mich der Tino.

»Da kann ich gar nicht hinsehen«, sage ich angewidert.

Aber ich tue es doch. Unwillentlich. Es ist eklig, aber irgendwie auch faszinierend.

»Hast du schon mal eine gegessen?«, fragt er.

»Was? Nein! Pfui Deifi!«

»Ich kauf dir eine.«

»Gott bewahre!«

Leider nehmen genau in diesem Moment zwei Damen ihre *It-Bags* und hinterlassen eine Lücke am Tresen. Ehe ich's mich versehe, hat mich der Tino auf einen der leeren Plätze gezerrt, und bittet den Kerl mit der Kochmütze hinter der Theke, uns je eine Auster zu bringen.

»Je eine?«, fragt der und zieht fragend die Augenbraue hoch.

»Nur mal zum Probieren«, sagt Tino.

»Das wirst du büßen«, fauche ich, lächele den Koch aber an und kräusele entschuldigend die Nase. Der Tino grinst und gibt mir ein Bussi auf die Backe.

Der Koch holt einen dunkelgrauen, unförmigen Klumpen aus einem der überall herumstehenden Holzkörbchen. Den knackt er mit einem Messer auf und schiebt mir die untere Hälfte zusammen mit einem Zitronenschnitz auf einem Tellerchen rüber.

»Sylter Royal«, sagt er. »Mit Zitrone beträufeln, und einfach aus der Schale schlürfen. Guten Appetit!«

Der Tino kippt seine sofort hinter. Ich zögere noch und betrachte die geöffnete Muschel, die vor mir liegt. Das, was da auf dem weißen Perlmutt schwimmt, sieht aus wie eine Mischung aus einer halbverdauten Nacktschnecke und ... einer ungewaschenen Muschi. Oder irgendwie so. Auf alle Fälle nicht wie etwas, das man essen würde.

»Runter damit«, ermutigt mich Tino.

»Runter damit«, sagt jetzt auch die alte Dame mit den Perlohrringen, die neben mir sitzt. Na toll. Ich sollte schnell machen, sonst mischen sich auch noch die Nachbartische ein.

Ich überlege, ob ich mir die Nase zuhalten soll, aber das wäre wahrscheinlich albern.

»Einfach schlürfen!«

Einfach. Schlürfen. Aber klar doch. Ich träufele ein bisschen Zitrone auf den Schlonz, halte die Luft an, setze die Schale an die Lippen und kippe das Zeug dann einfach hinter. Ein Schwall kalter Schleim glitscht mir über die Zunge. Sein Geschmack erinnert mich verdächtig an das Wasser aus dem Weiher in Mingharting.

»Bäh«, mache ich und verziehe das Gesicht.

Die alte Dame schiebt mir ihr Champagnerglas hin.

»Nachspülen«, befiehlt sie.

Meinetwegen. In diesem Moment würde ich alles trinken. Und dieser Champagner hier ist eigentlich ganz lecker.

»Und?«, fragt der Tino, als ich das Glas wieder abgesetzt habe.

»Eher komisch«, antworte ich höflich.

»Iss noch fünfe, Kleene, dann verstehste ooch, was ditt für ne Delikatesse is«, sagt die alte Dame neben mir.

Noch fünf? Das wäre dann eine Lernkurve, auf die ich nicht besonders scharf bin.

»Ick komm eenmal die Woche hierher und ditt seit fünfundvierzig Jahren, und ick find se immer noch köstlich!«, sagt sie.

Sie sieht wirklich entzückend aus, ganz klein und runzlig, ein bisschen wie das Omilein, nur dass sie keinen Baumwollschurz trägt, sondern ein teuer aussehendes Seidenkleid, jede Menge Perlenschmuck und viel pinken Lippenstift dort, wo mal ihre Lippen waren. Die Farbe befindet sich auch am Rand des Champagnerglases, wie ich jetzt erst sehe. Aber gut, nun ist es zu spät. Außerdem ist Alter ja auch nicht ansteckend.

»Seit fünfundvierzig Jahren?«, sagt Tino erstaunt.

»Ja, da guckste, Kleener«, sagt sie stolz. »Jeden Montach, um die Woche zu begrüßen. Ditt hält jung!«

»Was hält jung? Austern und Champagner? Oder die Woche zu begrüßen?«, frage ich und schaue sie skeptisch an.

»Quatsch. Det Leben zu jenießen!«, ruft sie. »Det macht Glanz in de Oogen! Komm, ick spendier dir noch'n paar von den Dingern!«

»Danke«, wehre ich lachend ab. »Lieber nicht!«

»Stell dir nich so an! Was ist mit dir, Jungchen?«

»Danke«, sagt Tino. »Wir müssen leider weiter.«

Ich sehe auf das Display meines Handys, und es stimmt. In einer halben Stunde ist schon Tinos Shooting.

Tino bezahlt und wir rutschen von unseren Barhockern.

»Auf Wiedersehen!«, sagt Tino zu ihr.

»Und danke für den Champagner!«, füge ich hinzu.

»Keene Ursache!«, sagt sie und winkt mir nach.

»Und immer schön det Glucklichsein nich verjessen!«

»Nett, die Alte«, sage ich, als wir wieder ans Tageslicht treten.

»Und klug«, sagt der Tino.

»Was meinst du?«

»Na, was sie gesagt hat. Dass man das Leben genießen soll!«

Tinos Job besteht heute darin, einen jungen Schriftsteller zu fotografieren, und wieder einmal hat er eine wirklich gute Idee: Er setzt den Kerl nämlich in einen Altpapiercontainer. Ich hätte ihn wahrscheinlich allenfalls vor seine Bücherwand gestellt, aber das mit der Container ist natürlich viel lustiger. Der Schriftsteller, ein hübscher, junger Mann mir zerzauster Frisur, hat nämlich nicht einfach nur einen langweiligen Roman geschrieben, sondern hatte den Einfall, alle Folgen von *The Voice of Germany* wortwörtlich zu protokollieren und als Buch herauszubringen. Er wollte vorführen, was für einen Müll die im Fernsehen so reden. Alle, also wirklich alle – Literaturkritiker, Musikjournalisten, sogar Modemagazine – sind hingerissen von dem Projekt, und das Buch verkauft sich wie blöde. Was mir wiederum eher unverständlich ist. Ich meine, die Idee ist natürlich ganz witzig, und es ist es auch unterhaltsam, diese dummen Jurydiskussionen schwarz auf weiß gedruckt zu sehen. Aber wenn man ein bisschen länger drin blättert, stellt man fest, dass der Inhalt jetzt auch nicht *so* viel spannender als die Fernsehsendung ist. Dem Schriftsteller scheint der Erfolg auf alle Fälle zu Kopf gestiegen zu sein, denn er schenkt mir unaufgefordert und mit großer Geste ein Exemplar seines Werkes, gewidmet und signiert.

Nach dem Shooting ist der Tino so aufgekratzt, dass er unbedingt noch etwas Tolles machen will. Ich schlage ihm vor, zurück nach Kreuzberg zu radeln und dort irgendwo einen schönen Kaffee zu trinken, aber er mag nicht.

»Ich will was Glamouröses!«, sagt er und schenkt mir einen verliebten Blick.

Was Glamouröses? Was soll das sein? Auf dem Fernsehturm Champagner trinken?

»Der Herr meinen?«, frage ich.

»Nicht fragen«, sagt er. »Komm mit!«

Wir schwingen uns wieder auf unsere Räder und fahren ein Stück, erst nur durch kleine Seitenstraßen, die ich nicht kenne, ganz gemütlich. Doch nach einer Weile sind wir auf einer mehrspurige Straße, die mir bekannt vorkommt. Mir schwant Böses, und tatsächlich – wir biegen in den Innenhof, in dem ich am Tag unseres ersten Dates auf der verzweifelten Suche nach etwas zum Anziehen gestrandet bin.

»Na!«, sage ich und bleibe entrüstet stehen. »Echt nicht!«

»Ach komm, sei nicht so!«, sagt er. »Ich möchte dir gern etwas kaufen! Etwas Hübsches!«

»Tino, da drin gibt's nix für mich«, sage ich, mit einiger Überzeugung, denn ich weiß, dass ich die einzigen drei Kleidungsstücke, die mir in dem Laden stehen, bereits besitze.

»Vielleicht ja doch!«

»Tino!«

»Bitte!«, sagt er und schaut bettelnd. »Bitte, bitte, bitte!«

Ich merke, wie ich weich werde. Man muss sagen, der Mann weiß, wie er mich kriegt.

»Meinetwegen. Aber nur kurz, okay? Und wir kaufen nichts!«

»Sicher«, sagt der Tino und nimmt mich an die Hand. »Komm!«

Wir steigen die Stufen hoch und betreten den Laden. Ich nicke flüchtig dem Verkäufer zu, der mich zu erkennen scheint, zumindest macht er ein Gesicht, als würde er sich an mich erinnern.

Wir schauen uns eine Weile um, mein Freund zerrt hier und da etwas von der Stange, hängt es dann aber doch immer wieder weg – zum Glück. Ich freue mich insgeheim schon, Tinos Spendierlaune zu entgehen, da hält er mir plötzlich doch einen Kleiderbügel hin.

»Hier, das!«, sagt er mit leuchtenden Augen.

Oh no. Bei dem Stück in seiner Hand handelt es sich um das hochgeschlossene, graue Flanellkleid, das ich beim letzten Mal anprobiert hab. Ich sah echt grässlich aus darin, das fand sogar der Verkäufer.

»Tino, das hatte ich schon mal an. Es steht mir nicht.«

»Glaub ich nicht«, sagt er.

Ich verdrehe genervt die Augen.

»Tino!«

»Bitte, Fanny! Nur mal anprobieren!«

Grrrr ... Ich nehme ihm den Fummel aus der Hand und verschwinde in der Kabine, aber nur, weil das schneller geht, als ihn mit Worten zu überzeugen.

Als ich Minuten später wieder heraustrete, ist Tino total begeistert. Und der Verkäufer, der sich neben ihm eingefunden hat, findet es auch »ganz, ganz wunderbar«.

Verräter, blöder.

»Es ist toll, Fanny. Wahnsinnig toll!«, sagt Tino.

»Genau«, sage ich ironisch.

»Es steht dir wirklich gut«, sagt der Verkäufer. »Betont deine Figur sehr vorteilhaft!«

Ach ja? Ich sehe an mir herunter, kann aber nichts feststellen.

»Er hat recht!«, sagt Tino.

»Und dieser tolle Anhänger, den du da trägst, ist wie gemacht dafür«, sagt der Verkäufer – schon wieder.

Ich schiele auf das Schmuckstück hinunter. Na ja, geht so, oder? Der Anhänger ist grünlich-grau und das

Kleid grau, ohne Grün. Er verschwindet beinahe, so sehr ähneln sich die Farben.

»Hm«, mache ich.

»Fanny«, sagt der Tino mit so ernster Stimme, dass sich der Verkäufer diskret aus dem Staub macht, um uns die Möglichkeit zu geben, die Sache alleine zu diskutieren.

»Das Kleid ist wirklich ganz toll«, sagt der Tino.

»Aber ich trage keine Kleider«, sage ich.

»Du Dummerchen. Warum denn nicht?«

»Weil ich darin immer doof aussehe!«

»Fanny«, sagt Tino nur. Dann nimmt er mich an den Schultern und führt mich zum Spiegel. Dort angekommen, dreht er mich hin und her.

»Immer noch?«, fragt er.

Ich sehe mich an. Irgendetwas ist anders als beim letzten Mal. So anders, dass ich mich kurz frage, ob es überhaupt dasselbe Kleid ist.

»Na?«, fragt der Tino und streichelt mir über den Rücken. »Gefällt es dir wirklich nicht?«

Ich schaue immer noch in den Spiegel. Das Kleid ist dasselbe, keine Frage. Nur die, die drinsteckt, scheint sich verändert zu haben.

Irgendetwas ist an mir anders. Stehe ich gerader? Hab ich abgenommen? Hab ich eine bessere Haltung bekommen, nur weil ich verliebt bin?

»Fanny?«

»Vielleicht ist es doch gar nicht so schlimm«, gestehe ich langsam.

»Nicht so schlimm?«, fragt der Tino.

»Na ja«, sage ich, aber nur, weil ich es nicht zugeben will: Irgendwie kann ich es tragen. Es steht mir.

»Na ja genügt«, sagt der Tino. »Wir nehmen es. Komm, ich kauf es dir!«

»Spinnst du? Es ist viel, viel, viel zu teuer.«

»Ist es nicht.«

»Tino! Es kostet 500 Euro!«

»Ach Fanny, sei nicht so. Ich bin heute in der Stimmung! Außerdem hast du mir gerade geholfen, 500 Euro zu verdienen. Du musst doch deinen Anteil kriegen!«

»Ich hab dir kein bisschen geholfen«, sage ich. »Außerdem sind 100 Prozent Anteil etwas viel, meinst du nicht?«

»Nö«, sagt er bloß.

Ehe ich ein weiteres Wort sagen kann, marschiert er schon zur Kasse.

Zu Hause in meiner Wohnung muss ich gleich noch einmal Modenschau machen, diesmal mit den passenden Schuhen, den knöchelhohen mit den Killerabsätzen. Anfangs komme ich mir noch vor wie eine Giraffe auf Stelzen, aber je länger ich darin herumlaufe, desto besser fühle ich mich. Wieder und wieder stelle ich mich vor die Spiegelwand im Flur, und gewöhne mich langsam an meinen Anblick. Sollte aus der alten Fanny Ambach am Ende noch eine richtige Frau werden?

»Du siehst super aus! Richtig schick!«

»Bist du sicher?«

Ich drehe mich hin und her. So ganz glauben kann ich es immer noch nicht.

»Wir müssen ausgehen. Du wirst es schon noch merken, wenn du erst unter Leuten bist!«

»Meinst du wirklich?«

Ich sehe auf die Uhr. Es ist schon nach neun Uhr abends, und ich hätte eigentlich große Lust, mich einfach in mein großes, weiches Bett zu legen und keinen mehr zu sehen außer ihn.

»Wo willst du denn hin?«, frage ich.

»Weiß nicht, erst mal was essen? Danach kann man ja dann gucken, ob man noch weiterzieht«

Oha. Das Wort *essen* schlägt bei mir jetzt doch ganz schön ein. Wie eine Bombe, die mir ein Loch in den Bauch reißt. Plötzlich fällt mir auf, dass ich seit dem Frühstück nichts mehr zu mir genommen habe, von der Auster jetzt einmal abgesehen. Und das ändert die Sache mit dem großen, weichen Bett natürlich. Außerdem gefällt mir der Gedanke, dass dieser Tag zu zweit mit einem romantischen Rendezvous in einem netten, kleinen Restaurant um die Ecke ausklingt.

»Wollen wir ins Casolare?«, frage ich.

Gut, das Casolare ist natürlich eher kein nettes, kleines Restaurant um die Ecke, sondern eine stets rammelvolle, laute Pizzeria ein Stück den Landwehrkanal hinab. Aber es gibt dort die beste Pizza der Stadt, und wenn ich mir jetzt so eine in meinem Mund vorstelle, knusprig und mit geschmolzenem Käse und herrlich öliger Salami, dann tropft mir der Zahn wie sonst was. Außerdem finde ich, dass es an Romantik ohnehin nicht zu toppen ist, wenn man zusammen etwas sehr, sehr Köstliches isst. Da ist es mir eigentlich wurscht, ob Kerzen dazu brennen und Kuschelrock läuft.

Der Tino guckt mich skeptisch an.

»Ins Casolare? Meinst du?«

»Hast du keine Lust? Wo würdest du denn gerne hin?«, frage ich. »Ich bin zu allem bereit. Du entscheidest.«

»Also, die anderen sind in so einem neuen chinesischen Restaurant, das sich auf Dim Sum spezialisiert hat, das soll unglaublich gut sein!«

»Dim Was?«, frage ich, zugegebenermaßen ein bisschen enttäuscht. Wir gehen immer nur mit den anderen aus, nur ganz selten mal zu zweit, und heute wäre eigentlich der richtige Abend für ein Dinner als Paar gewesen. Komisch, oder? Manchmal hab ich das Gefühl, er hat Angst, etwas zu verpassen, wenn er nicht immer, immer mit der Herde zieht. Als sei ihm seine Clique wichtiger als ich.

»Dim Sum. Das sind verschiedene chinesische Häppchen.«

Und dafür sollen wir den Tag beenden? Für China-Mampf? Und dann auch noch als Häppchen? Ich frag mich echt, was mit den Mädels zurzeit los ist. Seit Kurzem wollen sie ständig irgendwas Neues ausprobieren. Libanesisch, israelisch, koreanisch, vietnamesisch.

»Und da willst du jetzt hin?«, frage ich.

»Ich dachte?« Der Tino zieht die Schultern hoch und schaut lieb. »Wir müssen doch dein neues Kleid ausführen!«

Ich seufze leise. Das Kleid. Das kann ich ihm jetzt natürlich nicht abschlagen, oder? Wo es doch ein Geschenk von ihm ist. Und außerdem hat er recht. Ich will auch, dass mich die anderen sehen. Ich bin schon ein wenig gespannt, wie zum Beispiel die Dolores reagiert, wenn ich so superfesch auftrete.

»Jetzt sofort?«, frage ich.

»Vielleicht? Die anderen sind schon seit acht dort, und Dolores hat gerade gesimst, dass es total lecker ist und wir doch auch kommen sollen.«

Chinesische Häppchen. Total lecker. Hüstel.

Aber gut. Ich bin ja für alles offen, fast immer.

»Wenn wir wollen, müssten wir aber jetzt langsam los«, sagt der Tino. »Die wollen danach noch irgendwo anders hin.«

»Na gut. Sekunde, ich mach mich nur geschwind hübsch.«

Ich verschwinde im Bad und widerstehe dem Drang, das Kleid doch auszuziehen und einfach schnell in etwas Bequemes zu schlüpfen. Stattdessen lege ich etwas Wimperntusche auf und sogar ein bisschen Lippenstift.

»Perfekt«, sagt der Tino, der plötzlich in der Türe steht. »Du bist jetzt schon die schönste Frau des Abends.«

231

17

Der Bass pumpt und pumpt und pumpt, die Beats dreschen durch meinen Körper, ein martialischer Rhythmus marschiert mir entgegen. Eine Melodie kommt vorbei, nimmt mich an die Hand, zieht mich durch die Halle. Kahlrasierte Männer mit nackten Oberkörpern tanzen ekstatisch, einige tragen knallenge Jeans, andere Tarnfleckhosen, wieder andere Hotpants aus Leder. Ich atme ein, es ist, als könnte ich dreimal so viel Luft in mich reinkriegen als sonst, ich atme tiefer und tiefer und tiefer, und plötzlich bin ich ein Luftballon, der sich über die Menschenmenge erhebt und in der Halle schwebt, in diesem Tempel aus Tanz und Lust und Liebe und Gier, und dann geht das Licht an, und …

… ich bewege meine Hand. Es ist eindeutig mein Kopfkissen, das ich da berühre. Ich bewege den Kopf, der dröhnt wie ein Autobahntunnel, durch das ein Pulk Harley-Davidsons röhrt. Ich bewege die Schultern, und sofort wird mir speiübel.

Geht's mir schlecht. Ja Kruzinesen – aua!

Ich könnt nicht einmal sagen, was mir am meisten wehtut. Meine Arme? Meine Beine? Mein Schädel? Außerdem müffelt irgendwas, und zwar ganz gewaltig. Weil meine Decke gerade frisch bezogen ist, fürchte ich, dass ich selbst das bin, respektive mein eigener Atem. Ich kann mich kaum entscheiden, wie ich schnaufen soll: durch Mund oder Nase.

Und brutal schlecht ist mir, der absolute Wahnsinn. Was ist passiert?

Sofort fällt's mir wieder ein. Nachdem wir erst im Buddha's Belly diese Dim Sum mit einem ziemlich leckeren Drink aus Apfel, Gurke, Ingwer und Wodka runtergespült haben, sind wir noch weiter in eine Bar, in der es weitere drei oder vier Drinks für mich gab, Vesper Cocktails, und die waren *stark*. Der Abend war entsprechend lustig, ich habe mich prima mit einer Galeristin unterhalten, die vor allem Künstler aus Korea und China vertritt. Und irgendwann hat mich der Tino von hinten umarmt und mich gefragt, ob wir noch weiterziehen wollen. Die anderen würden jetzt ins Berghain gehen.

Ins Berghain.

Das Berghain gilt als der coolste Club der ganzen Welt, das behaupten einträchtig die *Brigitte*, die *Süddeutsche Zeitung*, die Bea und *032c*. Es gibt Leute, die fliegen extra aus Tokio nach Berlin, um einen Abend dort zu verbringen.

Und ich war gestern Nacht ebenfalls dort, allerdings ohne nennenswerte Reste von Bewusstsein. Dafür auf gefährlich hohen Absätzen. Und – nach dem ganzen Gurkenzeugs und den Vesper Cocktails – mit einem Fetzenrausch im Gesicht.

Damit wäre dann wohl auch der Höllentraum von gerade eben erklärt. Halbnackte Männer gibt's im Berghain nämlich massig.

Langsam, ganz langsam, kommt die Erinnerung wieder.

Da war diese unglaublich lange Schlange, an der wir einfach vorbeimarschiert sind. Das finstere, Ehrfurcht einflößende Fabrikgebäude, das sich wie ein riesiger Tempel in die Nacht erhob. Die kleine Stahltür, zu der die Schlange hinführte. Auf die gingen wir zu, und dann – einfach so und unter den neidischen Blicken der Leute hinter uns – am Türsteher vorbei und hinein.

Dazu muss man wissen, dass Tino den Kerl vor ein paar Wochen für sein Berlinbuch fotografiert hat. Seither sind die beiden *so* dicke miteinander. Er hat mir die Fotos gezeigt, aber in Wahrheit sah der Typ nicht halb so fies aus wie auf den Bildern. Gut, freilich, er hatte eine Glatze und war bis auf die Zähne tätowiert, aber als er uns begrüßt hat, war er freundlich wie ein junger Schimpanse. Schön, dass ihr da seid, hat er gesagt, und dass er sich freue, mich kennenzulernen.

»Servus«, ist mir da vor Freude rausgerutscht, was mir komischerweise öfter passiert, wenn ich aufgeregt bin. Aber dann hab ich gleich wieder zurück ins Hochdeutsche gefunden. »Ich freue mich auch sehr.«

Und schon haben wir uns links und rechts gebusselt.

Dann sind wir rein. Wir haben unsere Jacken abgegeben und sind eine große Treppe hinaufgestiegen. Der Bass kam uns dumpf und treibend entgegen, den hast du nicht nur im Bauch gespürt, sondern überall, sogar in den Ohrläppchen. Plötzlich waren überall schwule Männer um uns herum, die sich zum Teil recht unverblümte Blicke zugeworfen haben. Einmal hab ich in einer dunklen Ecke sogar ein Pärchen bei einer recht eindeutigen Aktion entdeckt. Es war auf alle Fälle krass. An den Rest kann ich mich nicht mehr so recht erinnern.

Aua. Ich bin echt beisammen wie ein Packerl Kunsthonig. Dieses Kopfweh!

Ich wimmere leise, drehe mich auf die andere Seite – und blicke direkt in Tinos weit geöffnete Augen, die sich jetzt zu kleinen, freundlichen Schlitzen zusammenziehen. Er lächelt belustigt.

»Morgen«, murmle ich entkräftet.

»Naa, ausgeschlafen?«

»Geht so«, sage ich und verziehe leicht das Gesicht, um zu unterstreichen, dass es eigentlich eher nicht so geht.

»Dabei ist es schon vier Uhr.«

»Nachmittags?«

»Nachmittags.«

»Um Gottes Willen, ich muss ja gleich schon wieder zur Arbeit!«

Ich sehe ihn entsetzt an.

»Tja, das passiert halt, wenn man die ganze Zeit nur noch tanzen will«, zieht der Tino mich auf.

»Ha ha. Ich tanze *nie*«, sage ich und versehe ihn mit einem empörten Blick.

»Ach so? Soll ich dir Beweise zeigen?«, dringt Tinos Stimme zu mir.

»Was für Beweise?«, knurre ich.

Verarschen kann ich mich fei nämlich selber.

Er grinst, dreht sich um und kramt sein iPhone hervor, wischt darauf hin und her und hält es mir dann hin. Ich starre auf den Bildschirm, und er zieht das Foto auseinander und vergrößert es damit.

»Lösch das sofort«, sage ich.

Tino kichert.

»Und überhaupt, ich dachte, dass im Berghain Fotografieren verboten ist!«

»Was keiner sieht ...«, sagt er glucksend.

Ich betrachte das Bild genauer. Ich sehe aus, als hätte man mir ein Stromkabel in den Hintern geschoben: die Augen weit aufgerissen, der Mund ein verzerrtes Grinsen, und meine ohnehin schon immer chaotischen Haare stehen mir in alle Richtungen vom Kopf ab.

»Habt ihr mir was in den Drink gerührt?«, frage ich bestürzt.

Der Tino glucksst schon wieder so blöd.

»Ihr habt mir was in den Drink gerührt?«

Ich funkle ihn wütend an.

»Schatz«, sagt er mit beruhigender Stimme. »Du hast dir *selber* was in den Drink gerührt.«

»Wie bitte?«

Mein Herz macht einen Aussetzer.

»Du hast den ganzen Abend von Freiheit geredet, und davon, dass Berlin dich so frei macht, und dass du jetzt unbedingt endlich mal Ecstasy probieren willst!«

»Ich? Ecstasy? Kann überhaupt gar nicht sein!«, rufe ich entsetzt.

Wobei ... ganz eventuell kann es vielleicht doch sein. Tatsächlich taucht eine ganz, ganz dunkle Erinnerung auf, da war irgendeine weiße Substanz, die ... o Gott.

»Doch«, sagt Tino.

»Und ihr habt mir welches gegeben?«

Tino schüttelt den Kopf.

»Ich hab sogar noch versucht, dich davon abzubringen. Aber du hast dir so überhaupt nicht mehr reinreden lassen, dass du zu so einem schwulen Pärchen in Latexhöschen gegangen bist, das ganz offensichtlich *total* drauf war, und die hast du drum gebeten.«

Ich erröte.

»Und?«

»Die beiden hatten ein Briefchen MDMA im Schlüpfer und haben dir eine Fingerspitze davon gegeben.«

Lecko mio.

Aber tatsächlich: Nun sehe ich es wieder vor mir. Eine Fingerspitze mit weißem Pulver, die sich meinem Mund nähert und total bitter auf meiner Zunge schmilzt.

Ich verziehe angeekelt das Gesicht, als ich dran denke. Jetzt fällt mir auch ein, dass ich an der Bar einen Jägermeister bestellt hab gegen den widerlichen Geschmack. Und dann noch einen.

»Mach dir nichts draus«, sagt der Tino tröstend. »Das gehört dazu.«

»Zu was?«, frage ich zynisch. »Zum Ausgehen?«

»Zum Leben! Das sind alles Erfahrungen! Das macht dich alles reicher.«

Reicher? Wie soll man sich denn in meinem Zustand bitte reicher fühlen?

»Theoretisch ja«, antworte ich. »Aber leider kann man Erfahrungen doch nur auch als solche werten, wenn man sich am Ende auch an sie erinnert!«

Ich reibe mir den Schädel, und Tino drückt mir einen Kuss auf die Schläfe.

»Arme Fanny.«

»Aua!«

»Na komm. Das geht vorbei. Nimm ein paar Aspirin und trink einen Kaffee, dann geht es dir schon viel besser.«

»Meinst du?«

Er nickt zuversichtlich, dann steht er auf und verschwindet in die Küche. Püh. Und ich? Ich brauche deutlich länger als er, denn ich muss jeden Knochen einzeln von der Matratze heben. Dann stehe ich auf beiden Füßen und setze mich in Bewegung ... und vernehme plötzlich ein Geräusch aus dem Wohnzimmer.

Da schnarcht einer, ganz eindeutig.

Ich stehe in der Küchentür und schau den Tino fragend an.

»Pssst«, grinst er und hält den Zeigefinger vor den Mund.

»Wer ist das?«, frage ich lautlos und schließe leise die Küchentür hinter mir.

»Philippe«, raunt er. »Weißt du das nicht mehr? Er hatte kein Geld mehr fürs Taxi, da haben wir ihn auf dem Sofa untergebracht.«

»Ah«, sage ich, denn daran erinnere ich mich noch

ungefähr so gut wie an meine Geburt, nämlich gar nicht.

Tino lacht über mein erstauntes Gesicht.

»Ich schmeiß ihn raus, sobald er aufgewacht ist, okay?«

Ich winke ab. Eigentlich hab ich es ja ganz gern, wenn ein bisschen Leben in der Bude ist. Außerdem hab ich ihn eingeladen, oder? Angeblich.

»Hauptsache, er will hier nicht einziehen«, sage ich.

»Keine Sorge«, sagt der Tino. »Wenn, dann ziehe *ich* hier ein, okay?«

»Bist du ja schon«, sage ich und gucke verliebt.

Der Tino drückt mir einen Kuss auf die Lippen und gießt mir einen schönen, starken Kaffee ein. Dazu gibt er mir zwei Kopfwehtabletten und löst ein Päckchen Durchfallelektrolyte in einem Glas Wasser auf. Das Zeug schmeckt grässlich, wie flüssiger Schlamm, aber immerhin: Hinterher fühle ich mich besser. Zwar nicht gerade wie neu, aber immerhin doch wie einmal durchgefeudelt. Und dann ist es auch schon wieder Zeit für die Arbeit, höchste Zeit sogar.

»Kommt ihr heute Abend ins Wirtshaus?«, frage ich Tino leise, als ich mich an der Tür von ihm verabschiede.

Der Tino verzieht das Gesicht.

»Ich glaube nicht«, sagt er. »Nach der Nacht gestern brauch ich ein bisschen Pause.«

Ja, da hat er recht. Ich bräuchte auch eine Pause. Aber leider habe ich Dienst, und ich kann den Quirin nicht schon wieder anlügen.

»Aber was essen musst du doch sowieso?«

Der Tino seufzt und guckt wirklich wahnsinnig müde.

»Heute nicht, okay? Ich bleibe einfach mal zu Hause. Ich warte hier auf dich.«

»Soll ich dir was mitbringen?«, frage ich. »Kartoffelsalat? Würstel?«

Der Tino winkt ab und küsst mich.

»Ich bin dann mal weg«, sage ich, und schließe leise hinter mir die Tür.

18

Als ich die Tür nach sieben Stunden Totalstress um halb ein Uhr nachts komplett fix und foxy wieder aufschließe, ist der Tino tatsächlich noch da. Und der Philippe leider ebenso. Ich höre ihn laut lachen, als ich die Wohnung betrete.

Mäh. Auf den hab ich jetzt eigentlich keine besondere Lust, wenn ich ehrlich bin. Ich meine, ich mag den Philippe, natürlich, aber nach den letzten vierundzwanzig Stunden bin ich echt groggy. Eigentlich will ich bloß noch schlafen.

Offensichtlich haben mich die beiden noch nicht gehört, sie scheinen in ein Gespräch vertieft zu sein, aber ich kann nicht verstehen, worum es geht. Ich hänge meine Jacke auf, ziehe in aller Seelenruhe meine Schuhe aus und höre plötzlich noch zwei andere Stimmen. Frauenstimmen, wenn's mich nicht täuscht.

Nanu?

Neugierig tappse ich den Flur ins Wohnzimmer hinab, und tatsächlich, da fläzen sie auf dem Fußboden: die Dolores und die Frida, beide total entspannt. Ihnen gegenüber hocken die beiden Jungs auf dem Sofa, alle vier haben Gläser mit Rotwein vor sich, und irgendeiner scheint gerade einen Witz gemacht zu haben, denn die Dolores kriegt sich gar nicht mehr ein vor Lachen.

»Guten Abend!«, grüße ich fröhlich in die Runde, denn ich bin zwar müde, aber den anderen die Laune verderben will ich natürlich trotzdem nicht.

»Hey, Fanny!«

Die Frida dreht sich zu mir um und strahlt mich mit ihren hellen Augen an. Der Philippe wirft mir einen Handkuss zu, und Tino streckt mir die Arme entgegen und spitzt flehentlich die Lippen, damit ich ihm ein Begrüßungsbussi gebe. Bloß die Dolores giggelt immer noch vor sich hin, was sich ein bisschen so anfühlt, als lache sie über mich. Manchmal kommt sie echt ganz schön bitchy rüber, das nervt mich, wenn ich ehrlich bin. Irgendwie habe ich das Gefühl, dass sie auch was vom Tino wollte, und dass sie jetzt eifersüchtig ist, weil er mit mir zusammen ist. Ihr Verhalten ist also bis zu einem gewissen Punkt verständlich, deshalb bemühe ich mich wirklich, immer nett zu ihr zu sein. Aber das bringt natürlich nichts, wenn sie sich mir gegenüber verhält, als sei ich eine lächerliche Idiotin.

»Hallo, Süße!«, sagt der Tino.

Ich drücke ihm einen Kuss auf die Lippen, und zwar nicht besonders heimlich, sie soll uns ruhig sehen. Dann lasse ich mich erschöpft auf Tinos Schoß fallen und rege mich wieder ab. Ich meine, wir werden uns nicht aus dem Weg gehen können, oder? Also werde ich mich wohl mit ihr arrangieren müssen und sie mit mir, und irgendwann wird uns das auch gelingen.

»Na, müde?«, fragt Tino und krault mir den Rücken.

»Und wie«, sage ich und unterdrücke ein Gähnen. »Aber lasst euch überhaupt nicht stören.«

»Wir reden gerade über der Geburtstag von den Tino«, sagt der Philippe.

»Stimmt, der ist ja bald«, sage ich und drücke meinem Liebsten ein Bussi auf die Backe.

Wahnsinn, wie die Zeit vergeht. Es kommt mir vor wie gestern, dass ich angekommen bin, dabei war es Ende Februar, und jetzt ist es schon Mitte August. Tinos Geburtstag ist am 23., was ich mir gut merken kann, weil das auch der Geburtstag meines Exfreundes gewesen ist, dem Grafiker mit der Hundeleine.

Ich hoffe nicht, dass sich irgendwann herausstellt, dass das ein Zeichen war.

»Am 23.«, belehrt mich die Dolores.

»Stimmt genau«, lobe ich sie und bemühe mich, sie nicht allzu giftig anzusehen. »Und ich hab auch schon eine Idee.«

»Ah?«, macht der Philippe.

Mit einem Mal bin ich wieder ganz wach und sehe begeistert in die Runde.

»Ja, der Schorschi hat doch damals beim Omilein gelernt, wie man ein ganzes Spanferkel backt, aber hier in Berlin hat er das noch nicht ein einziges Mal ausprobieren können. Das wär doch eine super Gelegenheit, oder? Ich reserviere uns einen schönen langen Tisch, wir könnten vorher ein paar Kleinigkeiten essen, einen Ochsenmaulsalat, einen Obazda oder eine Leberknödelsuppe. Und dann das Spanferkel mit Krautsalat und Semmelknödeln, das wär doch fein, oder? Und hinterher einen gescheiten Kaiserschmarrn. Oder Germknödel mit Vanillesauce!«

Ich strahle die vier an, aber keiner reagiert. Nur die Dolores wirft der Frida einen tiefen Blick zu.

»Ja, das wäre nett«, sagt der Tino nach einer Weile – und, um ehrlich zu sein, etwas zu spät, um noch überzeugend zu klingen.

»Das Spanferkel war jetzt natürlich bloß eine Idee«, sage ich geschwind. »Wir können auch einen ganz normalen Schweinsbraten machen. Oder ein Kalbsrahmgulasch. Wobei ich persönlich für so große Runden einen ganzen Braten immer ein bisschen festlicher finde.«

»Ja, das stimmt natürlich«, sagt der Tino.

»Na ja, Fanny, weißt du«, sagt die Frida, »wir haben gerade überlegt, ob wir nicht doch lieber ins Buddha's Belly gehen, weißt du?«

Ich nicke, obwohl ich eigentlich nicht die geringste Ahnung habe, wovon sie redet. Nach dem Besuch gestern ist mir vollkommen schleierhaft, wie man auf die Idee kommen kann, dort seinen Geburtstag zu feiern. Ich meine, das geht doch wohl viel besser bei uns?

»Weißt du, die haben da doch so lange separierte Tische, was für große Gruppen immer ganz praktisch ist«, sagt die Frida, die meinen Blick wohl richtig interpretiert hat. »Und dann gibt es ja doch immer ein paar Leute, die lieber Wein trinken als Bier.«

Also, das ist ja mal eine super Erklärung. Ich sehe sie immer noch verständnislos an.

»Aber bei uns gibt es doch auch Wein. Und lange Tische genauso«, sage ich und schüttle den Kopf. »Und ich könnte uns einen total guten Preis machen.«

»Na ja«, sagt der Tino schnell, »wir haben das ja auch nur *überlegt*. So ein ganzes Spanferkel klingt natürlich auch lecker.«

Das möcht ich aber auch meinen. Langsam gewinne ich wieder Oberwasser in dieser Dikussion.

»Und es wäre nett. Man könnte die Beilagen in großen Schüsseln auf die Tische stellen, und jeder kann sich so viel Kraut und Knödel nehmen, wie er mag«, sage ich.

»Fantástico«, sagt die Dolores. »Wenn das mal gibt keine Hüftgold.«

Also, das Mädel hat doch echt einen an der Waffel. Wovon redet sie? Der Tino hat Geburtstag und sie sorgt sich um ihre Hüften? Vermutlich lässt sie beim Brathendl auch die Haut weg.

»Ist doch egal«, sage ich. »Lass am nächsten Morgen das Frühstück aus, dann passt das schon.«

Ich schicke meinen Worten ein nettes Augenzwinkern hinterher, damit sie ein bisschen freundlicher klingen und alles hübsch harmonisch bleibt. Nicht dass sonst ein Riss durch die Gruppe geht und am Ende des Tages *ich* die Doofe bin.

Leider scheinen meine Worte trotzdem nicht besonders gut angekommen zu sein, denn die Dolores verdreht die Augen.

»Tino«, sagt sie mit mäkelnder Stimme. »Das bringt doch nichts.«

Ich sehe den Tino an, und der errötet.

»Was bringt nichts?«, frage ich ihn.
»Nichts«, schüttelt er den Kopf.
»Tino«, sagt die Dolores noch einmal. Tiiii-noooo.
»Ach, hör doch auf«, sagt er.
»Okay«, sagt sie, dann seufzt sie theatralisch.
Also, irgendwas stimmt hier nicht.

Ich schaue den Tino an, doch der weicht meinem Blick aus. Ich zwicke ihn in den Arm und zwinge ihn damit, mir in die Augen zu sehen.

»Ach, weißt du, Fanny« sagt er, und man kann richtig sehen, wie er sich windet. »Die Mädels haben das viele feiste Essen ein bisschen über. Immer das viele Fleisch, die vielen Kohlenhydrate, die viele Butter. Na ja, deshalb hatten wir gerade eben die Idee, einfach ins Buddha's Belly zu gehen und dort zu essen. Die Küche dort ist einfach ein bisschen leichter, weißt du?«

»Leichter«, wiederhole ich, relativ tonlos.

Na super. Jetzt finden sie Schorschis Essen plötzlich zu fett. Ganz toll. Spätestens als die Jella damals aus Bayern abgereist ist, hätte man ahnen können, dass diese ganzen Berliner Bohnenstangen irgendwann Probleme mit Omileins Küche kriegen.

Vielleicht müssen wir doch ein paar Mädchengerichte auf die Karte nehmen, auch wenn der Schorsch das total lächerlich findet, und ich ja eigentlich genauso. Aber bevor uns wegen so einem Blödsinn die Gäste wegbleiben?

»Und wenn wir etwas Leichteres machen?«, lenke ich ein. »Schweinsbraten kann man auch ganz mager zubereiten, wenn man ein Stück vom Rücken nimmt, zum Beispiel. Und dazu könnte man Pellkartoffeln statt der Knödel machen und Salat ...«

Ich verstumme, als ich bemerke, was für einen Schmarrn ich da rede. Schweinerücken mit Pellkartoffeln ist ungefähr so trocken wie die Wüste Sahara, das kann man echt auch einfach bleiben lassen. Dann doch lieber gleich gedämpften Pak Choi mit Sojasauce und Ingwer.

»Hm, vielleicht«, sagt der Tino.

»Tino, jetzt sag's ihr schon«, sagt die Dolores mit drängelnder Stimme.

»Was denn?«, fragt der Tino alarmiert.

Er ist immer noch rot im Gesicht, sogar noch ein bisschen roter als gerade eben.

»Was denn?«, frage jetzt auch ich.

»Dass du das Wirtshaus inzwischen auch ätzend findest!«

19

Als ich am nächsten Morgen aufwache, ist der Tino bereits aufgestanden. Ich strecke meine Hand aus, die Matratze neben mir ist noch warm. Ein Blick auf mein Handy verrät mir, dass es erst acht Uhr morgens ist – keine Ahnung, wo der Kerl die her hat, diese Energie. Ich vernehme, wie im Bad die Dusche angeht, ein paar Sekunden läuft und dann gleich schon wieder ausgestellt wird. Als Nächstes ist zu hören, wie Tino sich abtrocknet und anzieht.

Ich muss lächeln. Rein, raus, für mich mit meinen Duschvorlieben wäre das Folter, Waterboarding quasi. Wenn ich erst mal unter dem heißen Wasserstrahl stehe, schlage ich da regelmäßig Wurzeln.

Tino geht hinüber in die Küche, schraubt den kleinen Espressokocher aus Aluminium auf, befüllt ihn mit Wasser und Kaffee und zündet den Gasherd an. Ich denke daran, ebenfalls aufzustehen, zu ihm hinüber zu gehen und mich einfach in seine Umarmung zu schmiegen, als sei überhaupt nichts geschehen. Es wäre ganz einfach, und irgendwie wäre es auch fair. Immerhin hat er sich gestern Abend so sehr darum bemüht, mich wieder fröhlich zu stimmen. Aber dann fehlt mir doch die Kraft dafür.

Als Philippe, Frida und Dolores endlich gegangen

waren, haben wir noch lange über die Sache mit den Minghartinger Stuben diskutiert, na ja, sogar fast ein bisschen gestritten. Und auch wenn er mir am Ende glaubhaft versichern konnte, dass die Dolores ihn vollkommen falsch verstanden hat und es auf gar keinen Fall stimmt, dass er das Wirtshaus nicht mehr mag, hat mich der Abend dann doch saumäßig erschöpft. Ich fühle mich irgendwie schwächlich, deshalb bleibe ich einfach liegen, mit offenen Augen, die ins Nirgendwo stieren. Aber nach einer Weile kommt Tino noch einmal ins Schlafzimmer geschlichen, um seinen Geldbeutel zu holen, der wie immer neben dem Bett auf dem Boden liegt, und bemerkt, dass ich die Augen offen habe und ihn ansehe.

»Nanu?«, fragt er leise. »Du schläfst ja gar nicht mehr?«

Ich schüttle den Kopf und schau ihn weiter an, wort- und tonlos, wie ein verschüchtertes Waldtier.

»Du musst doch mal schlafen«, sagt er, setzt sich auf die Bettkante und streichelt mir übers Haar.

Das ist lieb, oder? Und er hat recht. Ich müsste mich endlich mal wieder ausschlafen. Gestern ist es wieder viel zu spät geworden, und jetzt ist es noch furchtbar früh. Es ist, als steckten mir nicht nur die letzten zwei Nächte, sondern die ganzen letzten Monate in den Gliedern.

»Oder bist du immer noch sauer?«, fragt er mich sanft.

Ich schüttle den Kopf, und das ist gar nicht gelogen. Ich bin wirklich nicht mehr sauer auf Tino. Und trotzdem ... da ist immer noch ein Gefühl der Enttäuschung in mir. Ich meine, es geht hier ja nicht nur um ihn, im Gegenteil. Tino liebt mich, das hat er mir gestern noch einmal gesagt. Aber dass unsere Freunde die Minghartinger Stuben nicht mehr mögen, das verletzt mich dann doch ein bisschen. Ich hab überhaupt keine Lust aufzustehen, wenn ich daran denke, dass ich nachher zur Arbeit muss. An den Ort, den meine Freunde plötzlich total uncool finden.

»Dann ist ja gut. Und den anderen darfst du das auch nicht übel nehmen. Dolores ist quasi verheiratet mit ihrem Hintern. Und Frida ist Tänzerin, da musst du auch Verständnis haben. Bei ihr zählt doch jedes Milligramm über Federgewicht, weißt du? Außerdem sind die Leute eben so in Berlin. Alle wollen immer irgendwas Neues. Wer weiß, wie schnell die das Buddha's Belly wieder abgeschrieben haben. Und dann würde es mich nicht wundern, wenn alle wieder zu dir zurückkehren.«

Er lächelt so lieb, dass auch ich lächeln muss, obwohl ich weiß, dass das, was er sagt, nicht so ganz stimmt. Wenn unsere Freunde das Buddha's Belly abgeschrieben haben, was ja tatsächlich schon in ein paar Wochen der Fall sein kann, dann rennen sie natürlich ganz woanders hin. Zum ... keine Ahnung ... zum Chilenen. Oder zum Tibeter. Oder in ein Restaurant, in der es eine Mischung aus japanischer und norwegischer Küche gibt. Aber im Prinzip hat er natürlich recht. Ich sollte das den anderen nicht krumm nehmen. Tu ich ja auch eigentlich nicht. Es ist halt bloß ein bisschen enttäuschend, wenn alle immer toll finden, was du machst, und dann auf einen Schlag plötzlich nicht mehr. Das fühlt sich dann eben so an, als würden sie auch dich persönlich nicht mehr mögen, nicht nur deine Arbeit.

»Und jetzt schlaf noch ein wenig, okay? Ich muss heute unbedingt die Bilder von diesem Schriftsteller fertig machen, nachdem ich gestern den ganzen Tag bloß gechillt hab.«

Er gibt mir einen Kuss und verschwindet im Flur. Ich höre die Wohnungstür und wie er die Treppe hinunter läuft und wie seine Schritte schließlich verklingen.

Ein paar Minuten lang versuche ich zu tun, wie mir befohlen, und noch einmal einzuschlafen, leider ohne Erfolg. Also stehe ich auf, dusche ausgiebigst und mache mir ebenfalls einen Kaffee. Und mit dem geht es mir auch gleich wieder besser.

Es stimmt ja: Ich sollte mir die Sache mit dem Wirtshaus nicht so zu Herzen nehmen. Ich meine, es ist total lustig, wenn Leute da sind, mit denen man befreundet ist, logisch. Die Arbeit macht dann einfach viel mehr Spaß und fühlt sich gar nicht mehr wie Arbeit an, sondern eher so, als gäbe man eine Fete. Aber andererseits kann man seine Leute ja auch nach der Arbeit sehen, und mit den anderen Gäste kann man es sich ja schließlich ebenfalls nett machen. Und außerdem: Abends im Wirtshaus hatte man doch eh nie besonders viel Zeit zu reden.

Na schau. Kopf hoch, Fanny.

Und jetzt sollte ich mir Gedanken um wichtigere Dinge machen. Zum Beispiel darüber, was ich dem Tino zum Geburtstag schenke. Ist ja nicht mehr lange hin, und wer weiß, wie oft ich in der nächsten Woche noch Gelegenheit zum Einkaufen habe. Also. *Carpe diem,* wie der Römer sagt.

Ich beschließe, vor Dienstbeginn eine ausgiebige Runde durch den Weserkiez bei mir um die Ecke zu drehen. Es gibt so viele nette kleine Läden in der Gegend, da wird sich doch sicher etwas Hübsches finden. Vielleicht gibt es etwas Nettes zum Anziehen für ihn. Oder eine neue Umhängetasche, denn die, mit der Tino gerade herumläuft, ist inzwischen schon ganz schön hin. Oder vielleicht entdecke ich irgendeine Kleinigkeit für seine Wohnung.

Das ist es. Ich werde dem Tino heute sein Geburtstagsgeschenk kaufen!

Ich schließe die Wohnung zu, hüpfe die Stufen hinab und freue mich, dass bei meinem Vorhaben sogar das Wetter mitmacht. Saugut! In den letzten Tagen ist der Himmel nämlich ohne Unterbrechung grau gewesen (und das wohlgemerkt im August, das schaffen sie, glaube ich, auch nur hier in Berlin), deshalb freue ich mich unbandig, als ich aus dem Haus trete und der Himmel wie auf Kommando aufbricht. Die Sonnenstrahlen tauchen das Viertel in ein ganz anderes Licht, verzaubern es richtig. Als würde ich die Cafés und kleinen Läden der Nachbarschaft mit neuen Augen sehen. Ich gehe ein Stück, bleibe vor der Auslage der kleinen Boutique an der Ecke stehen, in dem zwei

Schaufensterpuppen aufgestellt sind: eine weibliche mit einem grünen Seidenkleid und eine männliche mit einem Jackett aus Tweed. Kurz überlege ich, ob die Jacke Tino gefallen würde, traue mich dann aber doch nicht hineinzugehen. Man sieht ihm das zum Glück nicht an, aber der Tino ist ganz schön heikel mit seinen Klamotten. Etwas, das nicht optimal sitzt, würde er sich im Leben nicht kaufen. Aber ein Jackett *muss* optimal am Körper liegen, oder nicht? Also laufe ich lieber noch ein Stück.

Ich gehe in den Antiquitätenladen ein paar Schritte weiter und sehe mich dort ein bisschen um. Antiquitäten mögen schließlich alle. Ich nehme hier einen Aschenbecher, da Whiskygläser und dort ein altes Radio in die Hand, aber irgendwie spricht mich nichts so richtig an. Blöd, oder? Und noch blöder, dass es mir in dem Möbelladen eine Ecke weiter ganz genauso geht. Ich verharre längere Zeit vor einem kleinen Couchtisch, kann mich jedoch nicht so recht zu ihm entschließen. Na ja. Dafür kaufe ich Bülent, dem Gemüsetürken an der Ecke, einen Apfel ab, nicht für den Tino natürlich, sondern für mich. Ich poliere ihn an meiner Jeans und beiße hinein, dass es nur so spritzt. So ein frischer Apfel ist doch immer wieder der Hammer.

Mit voller Backe grüße ich die Ines, die in der Tür ihrer kleinen Bäckerei steht und sich das Treiben auf der Straße ansieht. Sie liefert uns seit einiger Zeit unser Baguette, ohne das heutzutage offenbar überhaupt nichts mehr geht. Wenn man nicht gleich mit den Speisekarten Weißbrot und Butter an den Tisch bringt, hagelt es nur so Beschwerden. Das darf ich dem Omilein gar nicht erzählen. Bei der gibt es selbstverständlich ausschließlich Steinofenbrot, und auch das nur zu Suppe, Salat und Jausenbrettl, und auf keinen Fall einfach bloß so, um sich den Bauch vollzuschlagen, bevor es etwas Ordentliches zu Essen gibt.

»Hallo, Ines!«

»Hey, Fanny!«

»Der Sommer ist wieder da!«, rufe ich ihr zu, und als hätte sie bislang noch gar nicht bemerkt, dass sie in der Sonne steht, legt sie den Kopf in den Nacken und blinzelt in den blauen Himmel.

Ach, schön.

Ich laufe weiter die Straße entlang und gelange schließlich zum Café Colette, in dem Tino und ich manchmal waren, als wir ganz frisch zusammen gewesen sind, oft auch mit Giovanni, Philippe oder Frida. Eigentlich sind wir immer gerne dort gewesen, aber dann haben wir aus irgendeinem Grund vergessen, dass der Laden existiert. Plötzlich fällt mir auf, wie vieles in Vergessenheit gerät in Berlin. Das ist dann wohl der Preis dafür, dass es im Gegenzug ständig irgendetwas Neues zu entdecken gibt.

Ich beschließe, hineinzugehen und einen Kaffee zu trinken. Vielleicht fällt mir ja im Sitzen ein, was ich dem Tino schenken könnte.

»Fanny!«, ruft Sebi, der Besitzer überrascht, als ich sein Café betrete.

»Grüß dich! Machst du mir einen Milchkaffee?«

»Klar«, sagt er. »Setz dich!«

Ich nehme an einem Tisch am Fenster Platz. Die Espressomaschine faucht und zischt und Sekunden später stellt der Sebi mir einen wunderbaren Milchkaffee mit einer herrlichen Schaumkrone hin. Ich bin froh, dass er nicht fragt, wo wir abgeblieben sind. Ich bin eigentlich ein todtreuer Mensch, der weder seine Waschmittelmarke wechselt noch sonst irgendwas. Ich sorge mich beispielsweise immer, was eine Verkäuferin denkt, wenn ich plötzlich nicht mehr in ihren Laden gehe.

»Und, wie läuft's?«

Sebi stellt mir einen Zuckerstreuer hin und bleibt einen Moment an meinem Tisch stehen.

»Gut«, sage ich und süße meinen Kaffee. »Die Minghartinger Stuben brummen wie sonst was.«

»Ja? Das freut mich. Bei mir läuft's im Augenblick eher mäßig.«

»Echt? Warum denn?«

»Keine Ahnung«, sagt er und zuckt mit den Schultern. »Irgendwas hat sich verändert.«

Sein Blick geht aus dem Fenster, und meine Augen folgen ihm. Gegenüber hat ein Restaurant neu aufgemacht, das ich noch gar nicht bemerkt hatte. Ein Italiener.

»Das Lokal da drüben gehört so einem Großgastronomen. Irgendeiner GmbH, die eigentlich nur Edelitaliener betreibt. Da drüben tun sie jetzt aber so, als seien sie total undergroundig und szenig.«

»Ach so?«, frage ich erstaunt. Der Italiener sieht ei-

255

gentlich ganz nett aus, mit groben Holztischen und Stühlen und Industrielampen, die über den Tischen hängen. Tja, man weiß es halt nie.

»Der Chef fährt hier jeden Tag im dicken Benz vor. Total eklig.«

»Und der Laden daneben?«, frage ich und deute auf ein winziges Geschäft mit einem noch winzigeren Schaufenster, in dem nur ein kleiner Kasten liegt.

»Das? Die sind auch neu. Aber nett. Anna und Julie, zwei ganz, ganz liebe Goldschmiedinnen.«

Bei dem Wort sackt mir alles Blut in die Beine, und ich spüre, wie es in meiner Brust zu ziehen beginnt. Goldschmiedinnen – das Wort löst Wehmut in mir aus. Als Goldschmiedin zu arbeiten, das war immer mein Traum. Ein Traum, den ich aus den Augen verloren habe, weil die Realität immer so real war und nicht viel Platz ließ für Fantastereien.

Na ja. Vielleicht war ich auch einfach nur zu feige.

Ich nehme ein paar Schlucke von meinem Kaffee und schaue hinüber auf die andere Straßenseite. Der Laden sieht fast so aus, wie Bea und ich uns unseren immer vorgestellt hatten: ein kleines Geschäft in einer kleinen, nachbarschaftlichen Straße, in einem hübschen Altbau mit weiß gestrichenen Holzfenstern.

»Nett, sagst du, ja?«, frage ich, ohne den Blick von dem Laden zu lösen.

Der Sebi nickt. »Total nett.«

»Gut«, sage ich und zähle das Geld für meinen Kaffee ab. Dann stehe ich auf und lege die Münzen auf den Tresen.

»Oh, du hast ja gar nicht ausgetrunken. So in Eile?«, fragt der Sebi erstaunt.

Ich lächle ihn an.

»Bis bald«, sage ich statt einer Antwort.

Sekunden später verlasse ich das Café und marschiere quer über die Straße.

Ich hab da eine super Idee.

20

»Noch eine Minute dreißig«, flüstert mir die Frida ins Ohr.

»Noch eine Minute dreißig«, raune ich an Tino weiter.

Der lächelt und drückt meine Hand, und ich erwidere seine Geste. Alle Blicke sind jetzt auf meinen Freund gerichtet – oder auf die Displays diverser Handys. Wir befinden uns in der Bar 17, einem winzigkleinen, plüschigen Lokal in Neukölln, das ungefähr genauso neu wie das Buddha's Belly ist und ebenfalls auf einen Schlag total hip wurde. Die Inhaber haben die Einrichtung der Nacktbar, die vorher drin war, einfach übernommen – inklusive Plüschsofas, voll verspiegelten Separees und Mini-Bühne mit Poledance-Stange. Dazu läuft Musik aus den Zwanzigerjahren und brasilianischer Bossanova, der Barkeeper hat eine Fliege um den Hals und ein Monokel im Gesicht und mixt Cocktails mit Schirmchen, was selbst in Bad Tölz seit zehn Jahren aus der Mode ist. Trotzdem sind Tino und die anderen hingerissen von dem Laden. Na ja, für diese Gelegenheit ist er zumindest genau richtig. Es ist Freitagabend, und gleich hat Tino Geburtstag.

»Aber bei mir sind noch zwei Minüten«, beschwert sich Philippe.

»Meine geht genau«, verbessert ihn Frida.

Noch eine Minute, dann wird Tino dreißig. Ich habe mir heute Abend freigenommen, versteht sich von selbst. Dafür muss ich dann morgen Abend arbeiten, obwohl da doch *eigentlich* erst Tinos Geburtstag ist und ich nur zu gern noch einmal mit ihm gefeiert hätte, ganz alleine mit ihm. Aber dummerweise hat morgen eine Geburtstagsgesellschaft für zwanzig Personen reserviert, mit Leberknödelsuppe, ganzem Spanferkel (dazu sag ich jetzt nichts) und Bayerisch Creme, deshalb wollte mir der Quirin auf Teufel komm raus nicht schon wieder Urlaub geben. Aber dann hat sich ergeben, dass der Tino morgen ohnehin einen Job hat, bei dem nicht ganz klar ist, wie lange er dauert. Er soll für das Niedersächsische Staatstheater Hannover die Ensemblemitglieder fotografieren. Und zuletzt: Der Tino feiert ohnehin viel lieber in seinen Geburtstag rein als raus. Das hat immer etwas von Silvester, findet er, und dass man ja auch nicht auf die Idee käme, das neue Jahr erst am Abend des 1. Januar zu begrüßen.

So kann man's natürlich auch sehen.

Noch 45 Sekunden.

Und jetzt steigt die Aufregung langsam auch in mir. Wegen meines Geschenks für den Tino.

Mir ist es nämlich gelungen, Anna und Julie aus der kleinen Goldschmiede gegenüber des Café Colette dazu zu überreden, mich für ein paar Stunden in ihrer Werkstatt arbeiten zu lassen. Das war gar nicht so schwer, die beiden haben nämlich ebenfalls in Pforzheim ihre Ausbildung gemacht, und da kommt man dann doch quasi aus einer Familie. Sebi hat nicht gelogen, die beiden sind echt total herzig, und obendrein auch noch aufgedreht und hübsch. Außerdem haben sie mir mein ganzes Material zum Selbstkostenpreis überlassen, was sie überhaupt nicht hätten tun brauchen, am Ende aber der Grund war, dass ich mir das Geschenk überhaupt leisten konnte. Denn Gold ist zurzeit beinahe unbezahlbar.

Na ja. Auf alle Fälle ist das Stück in meiner Tasche mein absolutes Meisterstück geworden. Ich hab es der Bea über Skype gezeigt, und sie sieht das ganz genauso.

Der Tino nimmt mich in den Arm und drückt mir einen Kuss auf den Schopf. Inzwischen gucken *alle* auf ihre Uhren und keiner mehr auf den Tino, was bei mir sofortigen Gruppenzwang auslöst. Ich hole ebenfalls mein Handy aus der Tasche und starre gebannt darauf. Man kann sagen, was man will, aber Tinos Freunde wissen, wie man Leute richtig feiert.

Noch dreißig Sekunden.

Zum Essen sind wir heute tatsächlich im Buddha's Belly gewesen. Insgeheim hatte ich ja gehofft, dass der Tino es sich doch noch einmal anders überlegt und bei uns mit einem schönen Spanferkel feiert, aber am Ende wurde er einfach überstimmt. Und dann war es ja auch ganz lustig dort bei diesem Chinesen. Alle saßen zusammen an einem langen Tisch und alle paar Minuten kam eine Kellnerin vorbei und brachte kleine Bambuskörbchen und Tellerchen mit so Sachen wie

Quallencarpaccio und Seidentofuwürfel und exotisch gewürztes Gemüse.

Na ja, also zum Essen muss man natürlich sagen: Wer's mag, gell. Ich hab mich jedenfalls an die Dumplings gehalten, die im Prinzip zu groß geratene Ravioli mit Hackfleischfüllung sind, und an den geschmorten Schweinebauch, der so zart war, das hätte selbst das Omilein kaum besser hinbekommen.

Gut, meine Speisewahl hatte dann natürlich nicht ganz den Effekt, wegen dem wir dort hingegangen sind, nämlich den, dass man nicht gar so pappsatt und vollgefressen in die Nacht loszieht. Aber gut. Mir macht feistes Essen ja nicht so furchtbar viel. Mittlerweile (und vor allem, wenn ich mir das Au-bin-ich-voll-Gejammer mancher Mädels nach einem Hühnerflügelchen oder einer halben Banane ansehe) glaube ich ja, das ist Kopfsache. Und ein bisserl Übung.

Noch fünfzehn Sekunden.

Ich stecke meine Hand in die Tasche und fingere vorsichtig nach der Kette für Tino. Ich habe sie extra nicht in eine Schachtel oder Geschenkpapier gepackt, ich finde es irgendwie schöner, sie ihm in die Hand gleiten zu lassen, sodass er als Erstes spürt, wie filigran sie ist. Wie fein und sorgfältig geschmiedet.

Ich habe *ewig* gebraucht, um den Anhänger anzufertigen. Ich kann wirklich von Glück sprechen, dass Anna und Julie nicht irgendwann die Geduld verloren haben, als aus »ein paar Stunden« dann doch vier Vormittage geworden sind. Aber jetzt ist das gute Stück perfekt: eine winzige, goldene Spiegelreflexkamera mit allen Details, mit einem Knopf, den man drücken kann (natürlich ohne dass etwas passiert) und einem Objektiv zum Drehen, das sich sogar ein bisschen hinein- und herausschiebt. Sie ist makellos, ganz ehrlich. Ich freue mich schon auf die Augen, die Tino gleich machen wird.

Noch zehn.

Neun.

Acht.

Alle um mich herum haben jetzt angefangen, laut zu zählen, und ich, ich zähle mit. Der Tino steht im Mittelpunkt und freut sich wie ein Keks auf das große Hallo, das es gleich geben wird.

Sechs Sekunden.

Fünf.

Meine Hand umschließt die kleine Kamera in meinen Fingern. Ich habe immer noch Angst, sie kaputt zu machen, obwohl ich weiß, dass das gar nicht geht. Ich habe sie ganz robust konstruiert, so robust, dass er sie niemals wird abnehmen müssen.

Zwei!

Eins!

Alles jubelt, ich falle Tino um den Hals und drücke ihm einen Kuss auf die Lippen. Er drückt mich ganz fest an sich, und einen Augenblick lang taumeln wir durch Raum und Zeit, ganz fest umschlungen, als hätten wir vollkommen vergessen, wo wir uns befinden.

»Alles Gute, mein Liebster.«

»Danke, Fanny. Das wird ein gutes Jahr, da bin ich mir sicher.«

Ich lächle ihn an, und er küsst mich gleich noch einmal.

»Ich hab was für dich«, sage ich, entlasse ihn aus meiner Umarmung, mache einen Schritt zurück, bedeute ihm, seine Hand zu öffnen. Dann lege ich vorsichtig die Kette mit dem kleinen, goldenen Fotoapparat hinein und drücke seine Hand wieder zu, so dass sie das Schmuckstück wie eine Muschel umschließt.

»Was ist das?«, fragt er, öffnet die Hand wieder und beugt sich darüber. »Das ist ja ...« Er nimmt die Kamera in die Finger und beäugt sie.

»Ich habe es selbst geschmiedet«, sage ich stolz. »Das Objektiv ist drehbar.«

»Wow«, sagt er.

»Soll ich es dir umhängen?«

»Vielleicht, ja ...«

Er gibt mir die Kette zurück, und ich fingere nach dem Verschluss, um die Kette zu öffnen, was in dem Schummerlicht der Bar gar nicht so einfach ist. Ich habe gerade den Karabiner aufgefummelt, da schiebt mich plötzlich jemand mit den Worten »Hey, wir wollen ihm auch Glück wünschen!« zur Seite.

Einfach so. Hallo?

»Hey«, beschwere ich mich noch, aber natürlich ohne dass sich die Betreffende groß darum scheren würde. Es ist die Dolores, wer sonst.

»Feliz cumpleaños, mein Lieber!«, flötet sie und fällt dem Tino in den Arm.

»Von mir auch!«

Das ist die Frida, die den Tino nun ebenfalls an sich drückt.

Und dann schwirren auf einen Schlag alle um ihn herum, wie Bienen um einen Zwetschgendatschi, der in der Sonne steht. Mich haben die Gratulanten beiseite gedrängt, sodass ich plötzlich abseits der Festgesellschaft stehe – als würde ich gar nicht richtig dazugehören.

Giovanni kommt mit einem Tablett voller Sektgläser an und drückt mir mit den Worten »Hier, Fanny, Sekt!« eines in die Hand. Dann begibt er sich ebenfalls zu den anderen und verteilt die übrigen Gläser.

Und ich habe immer noch Tinos Geschenk in der Hand.

Ich nehme einen Schluck Sekt, aber schon beim nächsten steigt mir die Säure zu sehr auf. Ich stelle das Glas irgendwo ab und starre auf das Gewusel, das sich um Tino gebildet hat, allerdings ohne *wirklich* hinzublicken. Ich beobachte niemanden, schaue niemanden an. Ich wende nur nicht den Blick ab.

Und dann merke ich, dass dort, wo gerade eben noch der Sekt gebrannt hat, ein Kloß anschwillt. Erst ist er nur ganz klein, ein Griesnockerl eher, aber nach einer Weile wird er ungefähr so groß wie Omileins Kartoffelknödel.

Meine Hand umkrallt immer noch den Anhänger. Er hat ihm nicht gefallen, oder?

Oder täusche ich mich?

Ich halte mir den Moment noch einmal vor Augen, als ich ihm die Kette gegeben habe. Der Tino hat *Wow* gesagt, das schon, und er hat gelächelt. Aber irgendwie waren seine Lippen dabei ganz hart. Sie sahen überhaupt nicht aus wie seine Lippen. Dann kam uns die Dolores in die Quere, und er schien damit überhaupt kein Problem zu haben. Und jetzt hat er immer noch kein Problem, sich erst einmal gehörig feiern zu lassen.

Mann, bin ich enttäuscht.

Ich sehe Tinos Freunden dabei zu, wie sie miteinander anstoßen, ihm ihre Geschenke überreichen, wie sie lachen und sich freuen. Die Stimmung ist so laut, dass man einzelne Geräusche gar nicht mehr wahrnimmt und es merkwürdigerweise ein bisschen so wirkt, als hätte einer der ganzen Szenerie den Ton abgedreht.

Ich bin vollkommen fehl am Platz mit meiner mühsam geschmiedeten Kette.

Ich wende mich ab und bemerke, dass jemand mich beobachtet: Der Barsnob mit der Fliege. Ich erwidere seinen Blick und überlege, ob ich mir nicht einfach einen Drink bei ihm bestellen soll und dann zu den anderen zurückgehen. Aber das bringe ich nicht über mich. Stattdessen schnappe ich mir meine Jacke von der Garderobe und gehe.

Ich laufe ein paar Meter die Straße hinab und bin schon nach wenigen Schritten am Landwehrkanal angelangt. Ich beuge mich über das Geländer und gucke in das Wasser hinab, das da unten schwarz und träge fließt.

Ich denke an Tino.

Er hat nicht einmal bemerkt, dass ich abgehauen bin.

Ich betrachte die kleine Kamera in meiner Hand, die in der Dunkelheit glänzt, als würde sie von innen heraus leuchten. Ich hätte gute Lust, sie einfach in den Kanal zu schmeißen, Ciao, auf Nimmerwiedersehen. Aber natürlich tue ich es nicht. Ich meine, das Ding ist aus Gold, und so viel Geld verdiene ich dann auch wieder nicht.

Ich komme mir vor wie eine riesige Idiotin, als hätte ich irgendetwas zutiefst Falsches getan – aber leider habe ich keine Ahnung, was. Hätte ich ihm mein Geschenk nicht gleich geben sollen? Aber das ist doch auch Blödsinn, oder? Ich habe mich so darauf gefreut, es ihm zu überreichen. Ich bin doch seine Freundin!

Ich umschließe die Kamera mit der Faust, lege den Kopf in den Nacken und blicke in den Nachthimmel, in dem man, obwohl keine Wolke darin steht, fast keine Sterne sieht. Nur ein Flugzeug zieht in der Ferne vorüber.

Mit einem Mal höre ich Schritte, die sich immer schneller nähern.

»Fanny? Fanny!«

Ich schließe die Augen. Es ist Tino.

Ich drehe mich nicht um.

»Fanny!«

Jetzt hat er mich erreicht und berührt meine Schulter.

»Fanny, wo bist du denn hin?«

Ich wende mich ihm zu und merke, dass mir Tränen in den Augen stehen, ohne zu wissen, wo die so plötzlich hergekommen sind.

»Ach, Fanny, es tut mir leid«, sagt er, als er sie sieht. »Komm, nicht weinen.«

Mir bleibt die Sprache weg, und ich kann überhaupt nichts mehr sagen. Ich halte immer noch die Kette in den Fingern, das wertvollste Geschenk, das ich je irgendjemandem gemacht habe.

»Das war blöd gerade eben. Irgendwie waren plötzlich lauter Leute um mich herum, die etwas von mir wollten ...«

Er sieht mich an, so lieb, dass es mich fast ein bisschen tröstet. Er liebt mich doch ... Vielleicht habe ich gerade eben einfach ein bisschen überreagiert.

»Du musst mir doch noch mein Geschenk geben!«

Ich betrachte den Anhänger in meiner Hand. Ganz kurz überlege ich, ihn trotzdem in den Fluss zu schmeißen, einfach nur, um ihm zu zeigen, was ich fühle. Aber dann lasse ich es natürlich. Stattdessen nehme ich die Kette, lege sie ihm um den Hals und verschließe sie.

»Danke, Fanny«, sagt er und gibt mir ein Bussi auf die Lippen. »So etwas hat noch nie jemand für mich gemacht.«

Er lächelt mich an.

»Gern geschehen«, sage ich, aber ich spüre, dass ich immer noch nicht ganz versöhnt bin.

»Bist du noch sauer?«, fragt er und mustert mein Gesicht.

Er sieht mich an, und ich versuche, in mich hineinzuspüren. Bin ich noch sauer? Schwer zu sagen. Der Moment, als Dolores mich beiseite stieß, ist mir im-

267

mer noch gegenwärtig, ein fieser, bohrender Schmerz. Aber ich bin nicht mehr wütend auf Tino. Höchstens auf sie.

»Fanny?«

Er sieht mich an, und ich ihn, und dann lächle ich.

»Alles in Ordnung«, sage ich und beschließe, es einfach auf sich beruhen zu lassen. Beschließe, dass wirklich alles in Ordnung ist.

»Gehen wir wieder rein?«, fragt er.

Ich nicke.

»Okay, gehen wir.«

21

Am nächsten Morgen, der ja Tinos *eigentlicher* Geburtstagsmorgen ist, weckt mich um Punkt acht Uhr das Vibrieren meines Handys, das lautlos gestellt unter meinem Kopfkissen liegt. Normalerweise bin ich morgens ja eher der Typ Kontinentalplatte – ich bewege mich nur ganz, ganz langsam. Aber heute bin ich sofort hellwach, und meine Hand schlüpft blitzschnell unter das Kissen. Ich schalte das Handy aus und bleibe noch einen kurzen Moment still liegen, um sicherzugehen, dass Tino auch wirklich nichts bemerkt hat.

Hat er nicht. Sein Brustkorb hebt und senkt sich absolut gleichmäßig.

Ich rolle mich aus dem Bett, schleiche auf Zehenspitzen in die Küche und trage einen Küchenstuhl zum Schrank. Dann steige ich darauf, hole den Blumenstrauß aus dem Versteck und den Kuchen, den ich gestern Nachmittag heimlich in der Küche der Minghartinger Stuben gebacken habe. Es ist ein riesiger, saftiger und sündhaft süßer Schokoladenkuchen mit einer dicken, glänzenden Glasur, nach einem Originalrezept vom Omilein, selbstredend. Es ist der Kuchen, den sie immer backt, wenn einer Geburtstag hat, und von dem immer schon am nächsten Tag kein Stück mehr übrig ist (woran übrigens nicht in erster Linie die Frauen des Hauses schuld sind). Auf alle Fälle ist der Kuchen der Hammer, und mit einer Standleitung zum Omilein hab ich ihn perfekt hingekriegt. Jetzt muss ich ihn nur noch verzieren. Also verrühre ich ein Eiweiß mit einer Tonne Puderzucker, fülle alles in einen Gefrierbeutel und schneide davon, wie vom Omilein befohlen, eine winzige Ecke ab. Dann male ich mit diesem improvisierten Konditorbeutel Tinos Namen, eine große 30 und ein ganzes Meer von Herzchen auf das Braun. Allerliebst! Noch geschwind Kaffee aufgesetzt, dann gehe ich rüber ins Schlafzimmer und setze mich auf die Bettkante, um dem Tino einen Geburtstagsweckkuss zu geben. Mein Herz klopft ein bisschen, als ich das Kettchen mit dem Anhänger um seinem Hals sehe. Die Kamera schaut echt wahnsinnig niedlich aus an ihm, und Gold steht ihm vorzüglich.

Der Tino freut sich riesig, über die Blumen, über den Kuchen, und dann natürlich schon auch über den Kaffee. Nachdem der Abend zwischendrin ja doch eher wolkenverhangen gewesen war, ist es Tino gelungen, mich wieder aufzuheitern, und so ist die Nacht dann doch noch relativ lustig geworden. Und alkoholisch, das leider auch. Dank des greisligen Sekts haben wir beide Kopfschmerzen, als seien wir in einen Steinschlag geraten. Na ja, außerdem sind wir halt doch erst um drei ins Bett, und jetzt ist es gerade mal halb zehn.

Trotzdem haben wir keine Zeit zum Trödeln. Der Tino muss heute schließlich noch seine Hannoveraner Theaterleute fotografieren, und ich bin auch gleich verabredet, mit der Frida, zum Kaffeetrinken.

Der Tino legt die Kuchengabel aus der Hand, trinkt seinen Kaffee aus, springt unter die Dusche und ist – typisch – nach ungefähr zwei Minuten schon wieder raus. Er zieht sich an, schnappt sich seine Fototasche und steht kurz danach vor mir.

»Bis heute Abend, Fanny. Und danke für den Kuchen!«

»Viel Spaß beim Fotografieren!«

Ich gebe ihm ein Bussi und bleibe in der Wohnungstür stehen, bis er auf der Treppe um die Ecke ist. Dann spüle ich das Geschirr, decke den Kuchen mit einer umgedrehten Salatschüssel ab und springe ebenfalls unter die Dusche. Oder na ja, was heißt springen. Es braucht halt alles seine Zeit.

Als ich ungefähr eine halbe Stunde später das Wasser wieder abdrehe, bemerke ich, dass ich immer noch Kopfweh habe. Oh, hätt ich bloß nicht diesen Sekt getrunken! Ob ich kurz kalt dusche? Helfen tät's bestimmt, aber bei sowas bin ich leider Memme statt Männin. Stattdessen föhne ich mir die Haare, was die Schmerzen leider noch schlimmer macht. Wahrscheinlich, weil sich die Migränebakterien unter Hitzeeinfluss schneller bewegen.

Ich blicke in den Spiegel und lächle müde. Dann öffne ich das kleine Schränkchen.

Eigentlich finde ich es falsch, ständig Schmerzmittel zu nehmen, so wie der Tino, für den eine schöne Portion Acetylsalicylsäure quasi zum Frühstück dazu gehört. Das hat vielleicht etwas masochistisches, aber normalerweise habe ich bei einem Kater immer das leise Gefühl, Strafe muss sein. Doch heute bin ich so schlecht beinander, dass mir gar nichts anderes übrig bleibt, als zur Tablette zu greifen.

Leider ist das, was ich im Spiegelschrank entdecke, viel schlimmer als das blöde Kopfweh.

Auf einer Dose Niveacreme liegt ein goldenes Häufchen. Tinos Kette.

Ach, Mann.

Irgendwo ganz tief in mir drin geht so etwas wie eine Falltür auf, durch die alles, was mich sonst aufrecht hält, wegsackt. Mit einem Mal bin ich ganz leer: im Kopf, im Bauch, im Herzen.

Und dann taucht ein neues Gefühl in mir auf.

Das Gefühl, etwas begriffen zu haben.

Ich muss einen Moment die Augen schließen und ganz tief einatmen. Als ich sie wieder öffne, ist der Anhänger immer noch da.

Das Ding ist aus Gold, das ich mir eigentlich gar nicht leisten konnte. Ich hab es mit meinen eigenen Händen geschmiedet, vier ganze Vormittage lang. Und jetzt hat Tino es einfach liegen lassen, auf einer Cremedose, zwischen einem Rexona-for-Men-Deostift und einer Schachtel Wattestäbchen.

Tränen steigen mir in die Augen.

Okay, Fanny. Beruhige dich. Ganz ruhig, ja? Hey, bestimmt gibt es dafür eine Erklärung. Ich meine, es gibt für *alles* eine Erklärung. Immer. Höchstwahrscheinlich hat er sich einfach nach dem Duschen mit

Nivea eingecremt und, damit der Anhänger nicht fettig wird, die Kette abgenommen. Und dann hat er vergessen, sie wieder anzulegen. Er hat sich eben noch nicht daran gewöhnt, das ist doch ganz klar. Du hast deinen Anhänger am Anfang, als er neu war, sicher auch öfter mal am Waschbecken vergessen.

Nein, hab ich nicht.

Außerdem cremt Tino sich nicht den Hals mit Nivea ein. Er verwendet überhaupt keine Nivea. Die Dose gehört mir. Und Schmuck, den man nur mal kurz abnimmt, legt man auf den Waschbeckenrand und versteckt ihn nicht im Schrank, oder?

Er *wollte* den Anhänger nicht tragen. Und dann hat er ihn auch noch so schlecht versteckt, als hielte er mich für vollkommen blöde.

Und jetzt?

Was soll ich jetzt mit alldem anfangen? Bin ich traurig? Enttäuscht? Wütend?

Alles zugleich?

Meine Verabredung mit Frida fällt mir ein. Ich müsste mich fertigmachen und losgehen. Aber ich kann mich überhaupt nicht bewegen.

Ich bin viel zu spät dran, als es mir doch noch endlich gelingt, mich aus meiner Erstarrung zu reißen und das Haus zu verlassen. Ich hasse es, wenn andere auf mich warten müssen, ich hab dann das Gefühl, total respektlos zu sein, darum renne ich fast zum Café Colette. Und während ich hastig über rote Ampeln laufe und Straßen an widersinnigen Stellen überquere, male ich mir aus, wie Frida mir sofort ansehen wird, dass etwas mit mir nicht stimmt, und dass sie dann etwas sagt, das mich beruhigen wird. Dass Tino den Anhänger so toll findet, dass er Angst hat, ihn zu verlieren, so etwas in der Richtung. Das gibt mir Hoffnung, und schon die hilft mir so sehr, dass ich fast überhaupt nicht mehr niedergeschlagen bin, als ich um die allerletzte Ecke biege und gerade noch sehe, wie Frida das Café Colette betritt – und hinter ihr: Dolores.

O nein.

Ich mache auf dem Absatz kehrt und trete in den nächsten Hauseingang, sodass man mich vom Café aus nicht sieht.

Dolores. Also, die kann ich jetzt echt als Allerletztes gebrauchen. Bestimmt steht mir die Enttäuschung wie mit Neonfarben ins Gesicht geschrieben, und wenn Frida dann fragt, was mit mir nicht stimmt, werde ich es nicht hinbekommen zu lügen. Leuten, die ich mag, sage ich immer die Wahrheit, ich kann überhaupt nicht anders. Und diesen Triumph gönne ich der Dolores nicht.

Also, was tun?

Einfach umdrehen und wieder heimgehen? Ist irgendwie nicht so meine Art.

Anrufen und absagen? Aber da müsste ich ja schon wieder lügen.

Per SMS absagen? Nicht viel besser. Aber immerhin sieht man einer SMS nicht an, wie ihr Absender errötet.

Also ziehe ich mein Handy aus der Tasche und fange an zu tippen. Eigentlich *hasse* ich es, Leute zu versetzen, aber in diesem Falle ... ich meine, Frida ist ja nicht allein, oder?

Und das, obwohl ich mich allein mit ihr verabredet habe.

Ich beiße mir auf die Unterlippe und spüre plötzlich, wie verletzt ich bin. Irgendwie hatte ich gedacht, dass Frida und mich etwas verbindet. Aber offensichtlich ist dem nicht so. Sonst wüsste sie, dass sie mir keine Freude damit macht, wenn sie sich mit mir zum Kaffee verabredet und dann ausgerechnet diese blöde Schnalle mitbringt. Die Enttäuschung schlägt mir richtig auf den Magen.

Ich tippe traurig etwas von *verschlafen* und *Kater* und *tut mir wahnsinnig leid* in mein Handy. Die Antwort folgt auf dem Fuße: *Oh, schade. Ein anderes Mal!*

Das klingt zwar nicht besonders enttäuscht, aber ich bin so froh, es hinter mir zu haben, dass ich beschließe, nicht auch noch über Fridas SMS nachzudenken. Mir reichen meine Sorgen auch so.

Und nun? Was würde mir jetzt guttun? Mich wieder ein bisschen aufbauen? Ob ich mich irgendwo reinsetze und ein zweites Frühstück einnehme? Aber das klingt auch irgendwie trostlos, oder? Außerdem habe ich nach dem vielen Geburtstagskuchen überhaupt keinen Appetit.

Zurück nach Hause? Wo mich alles an Tino erinnert?

Seufz.

Ganz nach Hause, *das* wäre schön.

Ich merke, dass ich bei dem Gedanken heiße Wangen bekomme.

Das war das erste Mal, dass ich an daheim gedacht habe, also, zumindest auf *diese* Weise, mit Heimweh im Herzen. Aber jetzt, ganz plötzlich, ist der Gedanke da. Zu Hause musste ich mich nie fragen, ob Leute, die nett zu einem sind, einen auch wirklich mögen. So komische Hintergedanken braucht man dort überhaupt nicht haben. Man weiß immer, wer wen ausstehen kann und wer nicht. Und wer einen lieb hat, das weiß man auch ganz sicher.

Ich starre auf die andere Straßenseite, wo es eine Bushaltestelle gibt, und einen kurzen Augenblick lang stelle ich mir vor, der Bus würde nicht zum Kottbusser Tor fahren, sondern nach Mingharting.

Und dann, ganz plötzlich, weiß ich, wo ich hin muss.

Und den Bus, der gerade ankommt, den nehme ich tatsächlich.

22

Keine Ahnung, welcher unbewusste Trieb mich jetzt auf diese Idee gebracht hat. Heimweh? Nostalgie? Oder war's bloß igendeine seltsame Übersprungshandlung?

Na ja, ist ja vielleicht auch egal. Auf alle Fälle geht's mir mit einem Schlag viel besser, und das, obwohl das hier sicher einer der uncoolsten, unhippsten und ungemütlichsten Orte der Stadt ist, noch dazu in einer hässlichen Gegend ohne ungewöhnliche Boutiquen, originelle Restaurants oder liebevoll geführte Schokoladenläden. Ich befinde mich im Alexa-Einkaufszentrum am Alexanderplatz, dem meistgehassten Ort des tollen Hipster-Berlins.

Oder ist es vielleicht sogar deswegen?

Ich nehme meine Tally-Weijl-Tüte ein bisschen fester in die Hand. Ich habe soeben ein hübsches hellgraues T-Shirt und einen feschen V-Ausschnitt-Pulli in Petrolgrün erstanden, beide reduziert auf den Preis einer Leberkassemmel. So viel schicker ist so ein Martin-Margiela-Top für über 100 Euro dann auch wieder nicht. Zumindest nicht *zwanzig Mal* schicker.

Ich schlendere den Gang des Einkaufszentrums ein Stückchen weiter, vorbei an Fielmann, McPaper und einem Vodafone-Geschäft.

Da drüben: Esprit!

Bingo. Der Anblick fühlt sich fast ein bisschen so an, als würde dort, wo normalerweise der Fernsehturm in den Berliner Himmel ragt, mit einem Mal ein riesiger Maibaum stehen, vertraut und erhebend. Dabei ist Esprit natürlich überhaupt keine bayerische Firma, sondern lediglich ein Laden, den es eben auch in der Altstadt von Weilheim in Oberbayern gibt.

Drinnen ist es, als würde man in einer süddeutschen Kleinstadt shoppen. Angenehme Musik läuft, es gibt genügend Kundschaft, die verhindert, dass einen aus Langeweile ein Verkäufer anspricht, und die Kassiererinnen reden deutsch mit einem, nicht englisch.

Ich entdecke eine bezaubernde und obendrein sehr praktisch aussehende Handtasche aus cognacfarbenem Leder, die mir dann aber doch ein bisschen zu teuer ist, und probiere verschiedene Hosen an, eine aus Cord, eine aus Stoff und eine aus Tweed. Aber am Ende nehme ich natürlich doch wieder bloß eine Jeans. Irgendwie sehen meine Beine komisch aus, wenn sie in irgendetwas anderem stecken als Denim, überhaupt nicht wie meine Beine. Mit einer weiteren Einkaufstüte in der Hand schaue ich noch, was es Neues bei Bonita, H&M und Vero Moda gibt, dann hole ich mir eine Käsebrezn bei Kamps Backstube, die ich aber gleich nach dem ersten Bissen wieder wegschmeiße. Pfui bäh! Stattdessen trinke ich noch einen Kaffee in der kleinen Eisdiele im zweiten Stock, und zwar keinen Cappuccino und keinen Galão, sondern einen ganz normalen Filterkaffee. Dabei stellt sich heraus, dass die Bedienung doch tatsächlich aus Bayern kommt, wenn auch bloß aus der Nähe von Passau.

Hinterher geht's mir besser. Nur hungrig hat mich der Kaffee gemacht – keine Ahnung, wie manche Frauen das anstellen, Kaffee gegen den Appetit zu trinken. Bei mir regt Koffein die Verdauung gerade erst recht an! Außerdem war der verunglückte Bissen von der Käsebrezn eher eine Art Magentratzerl, sodass es in meinem Bauch jetzt ganz schön knurrt. Aber es geht ja schon auf drei Uhr zu. Hier im Einkaufszentrum etwas essen mag ich allerdings nicht.

Ich hüpfe die Treppe ins Erdgeschoss hinab und trete ins Freie, nicht unglücklich darüber, dem Klimaanlagen-Dampf des Alexa zu entfliehen. Und schwups, bin ich auch schon wieder umgeben vom ollen, grauen Berlin: von trostlosen DDR-Nachkriegshäusern, dem Fernsehturm, einem Hochhaus mit einem Hotel darin. Ich schlendere ein paar Schritte weiter, unschlüssig, wohin.

Alles, was ich entdecken kann, sind eine Currywurstbude und ein Burger King, und die Bierbar Alkopole lacht mich auch nicht so richtig an. Ich laufe noch ein Stück und überkreuze eine mehrspurige Straße, in der Hoffnung, irgendwohin zu kommen, wo es ein bisschen wirtlicher ist. Und plötzlich kommt mir die Gegend bekannt vor. Noch ein paar Schritte weiter, und schon stehe ich vor einem Gebäude, in dem ich schon mal gewesen bin.

Es ist das Hofbräuhaus am Alexanderplatz. Hier

war ich mit meiner Familie, kurz bevor die nach der Eröffnung zurück nach Bayern geflogen ist.

Ich seufze, als ich dran denke. Das Essen war grässlich, das weiß ich noch, aber irgendwie war's auch schön. Hier bin ich zum letzten Mal mit dem Omilein an einem Tisch gesessen.

Ich blicke die breite, moderne Glasfront entlang, die ungefähr das Gegenteil des echten Hofbräuhauses repräsentiert, denn das ist altmodisch, antik und urig, und auch, wenn alle meinen, es sei bloß eine blöde Touristenfalle – es gehen nach wie vor jede Menge Münchener dorthin. Im Berliner Hofbräuhaus war vermutlich noch nie auch nur ein einziger Bayer, von meiner Familie jetzt mal abgesehen. Überhaupt scheint der Laden nicht allzu gut zu laufen, denn es ist früher Samstagnachmittag, und das Lokal ist maximal zu einem Viertel gefüllt. Doch trotzdem: Als eine dicke Familie (alle vier in Turnschuhen, weißen Socken und Shorts, die die Knie nicht bedecken) an mir vorbei und zielstrebig durch die Glastür stapft, hänge ich mich an die dran und trete ein.

Na servus. Vor mir tut sich dieselbe grattlige Halle wie vor einem halben Jahr auf, mit gefliestem Fußboden und Holzfurnier. An einzelnen langen Tischen sitzen ein paar Leute vor Maßkrügen und tragen kauend die Fleischberge auf ihren Tellern ab. Die Stimmung ist eher mäßig, muss man sagen, aber gut, es ist ja auch noch früh. Ich suche mir einen Platz weit hinten, nur Sekunden später kommt eine gehetzte Kellnerin an meinen Tisch. Ich bestelle eine Leichte Weiße und, weil mir die Würstel beim letzten Mal gar so zuwider gewesen sind, einen Leberkas mit Kartoffelsalat.

Der Leberkas kommt keine drei Minuten später, sodass ich ungläubig mit dem Finger prüfe, ob er tatsächlich warm ist – ist er aber. Leider ist er jedoch nicht vom Metzger Bachhuber, das kann man drehen, wie man will. Aber der Kartoffelsalat ist passabel, und mit einem ordentlichen Klacks Händlmaier oben drauf kriegt man ja eigentlich alles runter, gell?

Also. An Guadn.

Ich esse gemächlich und sehe wahrenddessen der Kellnerin zu, die mit hastigen Schritten aus der Küche raus- und wieder reinmarschiert. Auf den ersten Blick sieht sie aus wie all die anderen Servicekräfte hier: jung und gestresst und in ein billiges Dirndl gezwängt, das aussieht wie eine lieblos zusammengeschneiderte Faschingsrequisite. Aber wenn man die Frau ein bisschen genauer ansieht, merkt man, wie wahnsinnig hübsch sie eigentlich ist. Sie hat einen langen, schönen Hals, der elegant aus ihrer Dirndlbluse herauswächst, ein liebes Gesicht und warme, volle Lippen, die Männer sicher gerne küssen.

Ob sie wohl einen Freund hat? Ich meine, einen, der sie wirklich liebt?

Ich hab das den ganzen Vormittag lang erfolgreich verdrängt, aber plötzlich bin ich in Gedanken wieder ganz beim Tino, und natürlich auch bei der Kette im Badezimmerschränkchen. Ich hab das Gefühl, dass irgendetwas zwischen uns kaputtgegangen ist. Nicht nur durch die Kette, sondern vorher schon, aber ich könnte gar nicht genau sagen, wann. Oder hatte unsere Beziehung von Anfang an einen Knacks? Die Sache mit seinen Freunden, zum Beispiel, war die nicht schon immer ein bisschen komisch? Ich meine, ich hab immer versucht, da großzügig zu sein und keine Eifersucht hochkommen zu lassen. Aber ist es nicht sonderbar, wenn ein Mann so sehr an seiner Clique dranhängt und kaum Interesse daran hat, sich mal einen ruhigen Abend nur mit seiner Freundin zu machen? Logisch, es ist ja gut, dass er Freunde hat, und dass er sich mit denen amüsieren kann, endlich, das hat er sich doch verdient. Aber trotzdem ... wo bin ich eigentlich die ganze Zeit geblieben?

Ein bisschen war ich immer nur sein Anhang, oder?

Irgendwie schon. Auch, wenn es mir schwerfällt, das zuzugeben.

Und was bedeutet das jetzt letztendlich? Wäre das am Ende ein Grund, sich von ihm zu trennen? Wegen einer liegen gelassenen Kette?

Und vielleicht täusche ich mich ja auch. Vielleicht höre ich zu oft auf mein Bauchgefühl. Klar, normalerweise trügt es mich nicht, aber man stelle sich einmal vor, es würden alle immer nur intuitiv entscheiden, die Bundeskanzlerin zum Beispiel. Das gäbe eine Schlagzeile: Merkel entlässt Außenminister wegen komischem Bauchgefühl. Völlig undenkbar, oder?

Andererseits würde sie ihn ja auch nicht ernennen, bloß weil er am Anfang so ein lieber Kerl gewesen ist.

Ich sehe immer noch der Kellnerin hinterher. Haben andere auch solche Probleme?

Bestimmt.

Bestimmt nicht.

Ich kann mir überhaupt nicht vorstellen, dass irgendjemand auf der Welt schon mal so enttäuscht und traurig war wie ich.

Ich muss die Kellnerin in Gedanken wohl ganz schön blöd angestiert haben, denn als sie das nächste Mal an meinem Tisch vorbeikommt, fragt sie mich, ob ich die Rechnung möchte. Ich nicke perplex, dabei habe ich zwar aufgegessen, aber noch gar nicht daran gedacht zu gehen. Sekunden später habe ich bereits den Bon vor mir. Also suche ich das Geld in meiner Börse zusammen und warte darauf, dass die Kellnerin zurückkommt. Aber leider kommt sie nicht.

Nicht sie.

Sondern – ja Jessas Maria, was macht *der* denn hier?

Aus einer Tür neben dem Zugang zur Küche tritt ein Mann um die fünfzig, mit Jürgen-Drews-Frisur, schneeweißem Anzug und einem Teint wie frisch aus der Bräunungsdusche gehüpft. Und an seiner Seite: der Quirin.

»Quirin«, rufe ich überrascht und völlig unvermittelt aus.

Der zuckt zusammen und blickt nervös um sich.

»Quirin, hier!«

Ich winke ihm zu, und dann sieht er mich endlich. Er schaut immer noch wahnsinnig erschrocken aus, drum lächle ich ihn aufmunternd an.

»Was machst denn *du* da herin?«, frage ich ihn amüsiert, weil dies sicher der letzte Ort auf der Welt ist, an dem man jemanden wie ihn vermuten würde. Ich meine, das hier ist doch wirklich das Gegenteil von hip.

»Dasselbe könnte ich dich fragen«, sagt er und wirft einen angewiderten Blick auf die Tüten, die auf der Bank neben mir liegen – Esprit, Tally Weijl, Bijoux Brigitte. Er guckt so irritiert, dass ich mir die Auskunft darüber, wo ich gewesen bin, spare und stattdessen lapidar sage:

»Ich musste ein paar Besorgungen machen. Und du?«

Der Quirin guckt total komisch, als sei es eine absolute *Zumutung*, ihm so banale Fragen zu stellen.

»Fanny, sorry. Ich muss echt weiter.«

»Ich wollte auch gerade gehen«, sage ich, schmeiße das Geld auf den Tisch und nehme meine Jacke. Der Quirin ist bereits vorausgeeilt, und ich pese ihm hinterher. Himmel, was hat der's denn so eilig?

»Quirin? Fährst du nach Kreuzberg? Warte!«

Der Quirin bleibt stehen und sieht mich entnervt an.

»Fanny ...«, sagt er, aber dann lenkt er doch noch ein. »Na gut, okay. Komm mit.«

»Super!«

Erfreut stopfe ich die Einkäufe in meine Handtasche, die zum Glück groß genug für all die Tüten ist. Ich habe mich ja schon immer gefragt, was Frauen mit Handtaschen wollen, in die gerade mal ihr Handy passt. Ich trage immer wahnsinnig viel mit mir herum: Zeitschriften, Hustenbonbons, Geld, Schlüssel, Wasserflasche, Taschentücher ... Oh, der Quirin geht schon durch die Tür. Beeilung!

Mein Chef stapft voraus, ich hinterher. Er scheint irgendwie schlechte Laune zu haben, denn normalerweise redet er *immer,* egal mit wem. Er steuert auf seinen Mercedes zu, steigt ein, und ich lasse mich auf den Beifahrersitz fallen. Sekunden später prescht er aus seiner Parklücke hinaus und wendet mit quietschenden Reifen.

Ich sehe ihn erstaunt an, sage aber nichts. Er wirkt so abwesend, dass mir kein Thema einfällt, dabei gäbe es ganz sicher etwas zu bereden.

Schweigend fahren wir immer geradeaus. Wir überqueren die Spree an der Jannowitzbrücke, dann kommen wir nach Kreuzberg.

»Wohin willst du noch mal?«, fragt der Quirin.

»Ins Wirtshaus. Ist ja gleich Schichtbeginn.«

»Ach so, ja. Entschuldige«, sagt er und biegt links ab.

Inzwischen bin ich überzeugt, dass er gar nicht schlecht gelaunt ist, sondern Ärger hat. Wenn Quirin nur sauer ist, ist er spitzfindig und schlagfertig, aber nicht so unkonzentriert wie jetzt im Augenblick.

»Sag mal, beschäftigt dich irgendwas?«, frage ich, und versuche, freundlich und nicht zu aufdringlich zu klingen.

Quirin fährt weiter geradeaus, setzt den Blinker, biegt rechts ab.

»Quirin?«

Inzwischen fahren wir die Köpenicker Straße hoch. Gleich sind wir beim Wirtshaus.

»Quirin!«, sage ich, und stupse ihn leicht an.

Erschrocken hebt er den Kopf.

»Was?«

»Nichts«, sage ich, weil wir jetzt eh schon fast da sind. »Da vorne ist ein Parkplatz.«

23

Als ich in T-Shirt und Schürze aus dem Personalraum komme, hat sich der Quirin bereits im Büro eingebunkert, sodass ich überhaupt keine Gelegenheit mehr habe, ihn doch noch zur Rede zu stellen. Aber gut, vielleicht ist das ja auch besser so, man soll seine Nase schließlich nicht überall reinstecken. Vielleicht hat er ja einfach bloß Ärger mit der Jella. Aber was er mit diesem Strizzi aus dem Hofbräuhaus zu tun hatte, das tät ich schon gern wissen.

Weil die Bude heute jedoch echt am Brennen ist, hab ich den Quirin schnell wieder vergessen. Wir sind vollkommen ausgebucht, die meisten Tische sogar in zwei Schichten, einmal von halb sieben bis neun und einmal von neun bis open end. Und dann, als gäbe es keinen besseren Tag dafür, meldet sich in letzter Minute auch noch die Luisa krank, was bedeutet, dass die Lara und ich den Service alleine stemmen dürfen. Noch dazu haben wir heute diese Geburtstagsgesellschaft, die sich am Ende als etwas ganz anderes entpuppt, nämlich als das zwanzigjährige Jubiläum eines Paares, das in ganz großer Runde gefeiert wird. Über so viel Liebesglück bin ich aus nachvollziehbaren Gründen im ersten Moment nicht so wahnsinnig begeistert, aber dann sind die beiden Jubilare so furchtbar allerliebst und süß, dass einem schier das Herz aufgeht. Die beiden sind irgendwann in den späten Achtzigern, ohne sich zu kennen, aus benachbarten schwäbischen Dörfern nach Berlin gegangen – er, um um den Wehrdienst herumzukommen, sie, um Soziologie zu studieren. Irgendwann sind sich die zwei dann in Kreuzberg über den Weg gelaufen und haben sich sofort ineinander verliebt. Zack, schlagartig. Geheiratet haben die beiden nie und Kinder bekommen auch nicht. Und irgendwie merkt man das den beiden an: dass sie nie Eltern waren, sondern immer ein Liebespaar geblieben sind. Den ganzen Abend über himmeln sie sich an, busseln herum und füttern sich mit Spanferkel und kleinen Knödelstückchen, dass es eine wahre Freude ist.

Auf alle Fälle haben die Lara und ich ganz schön zu tun, zu zweit kommen wir kaum hinterher mit dem Servieren, zumal die Jubiläumsrunde solche Mengen an Bier verdrückt, dass es mich fast an die Stammtischler daheim in Mingharting erinnert. Erst gegen Mitternacht lichtet sich die Menge langsam, und die Jungs können anfangen, die Küche zu schließen. Als dann um kurz nach eins nur noch am Jubiläumstisch ein paar Hanseln über ihren Schnäpsen sitzen, schicke ich die Lara nach Hause, denn den Rest schaffe ich auch alleine. Außerdem muss ich eh noch auf Tino warten. Sein Job scheint mehr Zeit in Anspruch zu nehmen als vorgesehen, denn er hatte versprochen, im Wirtshaus vorbeizuschauen, wenn er fertig ist, hat sich bis jetzt aber noch nicht blicken lassen.

»Bist du sicher, Fanny?«, fragt die Lara. »Ich helf dir schon noch, wenn du willst.«

»Abmarsch«, befehle ich.

»Super. Bis morgen, Fanny!«

»Schlaf schön!«

Und schon ist sie im Personalraum verschwunden und kurz darauf durch die Hintertür. Nur unwesentlich später machen sich auch der Schorschi und seine Mannschaft vom Acker, und eine halbe Stunde später – gelobt sei Jesus Christus – beschließt auch der Jubiläumstisch, noch in den Würgeengel weiterzuziehen, eine legendäre Cocktailbau, die bis in die Puppen aufhat. Ich warte, bis die letzten Gäste auf die Straße getorkelt sind, dann sperre ich rasch die Tür zu.

Uffz.

Ich räume den Tisch ab, spüle die letzten Gläser, mache meine Abrechnung und stelle die Stühle hoch, damit die Leute von der Putzfirma morgen früh beim Wischen freie Bahn haben. Dann gehe ich nach hinten, sperre meinen Spind auf und werfe einen Blick auf mein Handy. Eine SMS vom Tino ist angekommen. Er hat es nicht mehr in die Minghartinger Stuben »geschafft«, was auch immer das heißen soll, und wartet jetzt zu Hause auf mich. Na gut, meinetwegen. Ich schlüpfe in eines meiner neuen T-Shirts und verwende noch einmal Deo. Seinem Mann gefallen will man ja komischerweise auch dann, wenn es gerade Schwierigkeiten gibt. Oder erst recht dann, je nachdem.

Durch einen Spalt in der Schiebetür sehe ich, dass das Licht in der Gaststube immer noch brennt, was komisch ist, denn ich bin mir fast sicher, es vorhin gelöscht zu haben. Aber gut, um zwei Uhr morgens verlasse ich mich nur ungern hundertprozentig auf mich selber. Also gehe ich durch die Küche, schon einen Ärmel in der Jacke und bereit, gleich durch den Hintereingang nach Hause zu gehen, da öffnet sich die Schiebetür und vor mir steht – der Quirin. Ich mache vor Schreck einen Satz nach hinten, und mein Puls schnellt in die Höhe, als sei eben ein Serienmörder mit einer blutverschmierten Axt aus seinem Versteck gesprungen.

»Tschuldigung!«, ruft der Quirin. »Sorry!«

»Ist schon gut«, sage ich und halte mir hechelnd die Hand aufs Herz, das pocht und pocht und pocht. »Meine Güte. Was machst du denn noch hier?«

Mit meinem Chef hätte ich wirklich im Traum nicht mehr gerechnet. Der Mann hat sich den ganzen Abend nicht ein einziges Mal blicken lassen, deshalb hatte ich vollkommen vergessen, dass er heute überhaupt im Wirtshaus gewesen ist. Außerdem geht er normalerweise allerspätestens um zehn nach Hause, weil er sonst nämlich von seiner Jella den Hintern voll kriegt.

Und damit deutet wirklich alles darauf hin: Der Quirin hat Streit mit seiner Frau und traut sich nicht nach Hause. Das würde einiges erklären. Eigentlich alles.

Tatsächlich sieht er ganz zerknautscht aus, als er mich fragt, ob ich noch kurz Zeit für ihn hätte.

»Dauert nur ein paar Minuten«, schiebt er hinterher.

»Logisch«, sage ich und folge ihm ins Büro. »Was gibt's denn?«

Er zeigt auf den Stuhl gegenüber seines Schreibtischs, dort, wo normalerweise neue Mitarbeiter zum Vorstellungsgespräch Platz nehmen. Mir fällt auf, wie penibel aufgeräumt der kleine Raum heute ist. Normalerweise stapeln sich überall Rechnungen, Kataloge und Briefe, aber heute ist der Schreibtisch absolut frei, und alle Ordner stehen picobello aufgereiht in dem Schrank hinter seinem Rücken. So ähnliche Tendenzen hatte die Bea auch immer, wenn sie unglücklich war. Wie es in ihren Beziehungen lief, konnte man stets am Zustand ihrer Küche ablesen. Schmutziges Besteck, Essensreste, leere Pizzaschachteln unterm Waschbecken bedeuteten: alles bingobongo. Strenger Geruch nach Reinigungsmitteln und kein Fingertapser auf Cerankochfeld und Spüle: Obacht, aber hallo.

»Fanny, ich muss dir etwas sagen«, murmelt Quirin, als wir sitzen.

»Was denn?«, frage ich und mit einem Mal wird mir klar, was es bedeuten könnte, wenn er und Jella sich tatsächlich scheiden lassen. Er braucht dann bestimmt seine Wohnung zurück, und das schnellstmöglich. Und das heißt für mich: Ich stehe auf der Straße. Denn die Wohnung ist zwar riesig, aber halt leider echt nicht so geschnitten, dass ich mit meinem Chef drin wohnen könnte.

Deshalb war er vorhin im Auto so sonderbar.

Der Quirin legt den Kopf in den Nacken und starrt

eine Minute oder so an die Decke, wo es außer weißer Farbe überhaupt nichts zu sehen gibt, nicht einmal einen Spinnweben, schließlich wurde der Raum erst zur Eröffnung frisch gestrichen. Dann sieht er mir plötzlich direkt ins Gesicht.

»Ich hab heute die Minghartinger Stuben verkauft.«

»Was?« Ich springe von meinem Stuhl auf und sehe ihn fassungslos an. »Verkauft? Was heißt das?«

»Setz dich doch wieder«, sagt er und deutet auf den Stuhl, als wüsste ich nicht, wo der steht.

»Was soll das bedeuten, du hast verkauft?«

»Na ja. Was es eben bedeutet.« Er hebt die Schultern. »Der Laden gehört mir nicht mehr.«

»Aber wem gehört er denn dann?«

Doch schon im nächsten Moment schwant mir die Antwort. O nein.

»O nein«, sage ich und sehe ihn entsetzt an.

»Doch«, nickt der Quirin. »An Heiko Poppe vom Hofbräuhaus am Alexanderplatz.«

Ich glaub's nicht.

»Der Zuhälter mit dem weißen Anzug?«, frage ich bestürzt.

»Also, Zuhälter trifft es nicht ganz.«

»Der mit der Jürgen-Drews-Frisur?«

»Das schon eher.«

»Spinnst du? Das kannst du doch nicht machen!«

»Ja, das ist scheiße von mir, oder?«

Er lächelt verschämt, wie ein Kind, das dabei erwischt wurde, wie es Schokolade stibitzt.

Dieses Vollarsch. Hier geht es doch nicht um Schokolade! Hier geht es um meine Existenz! Und die meiner Familie!

»Scheiße? Das nennst du Scheiße?«

Der Quirin grinst verlegen.

»Das ist keine Scheiße, das ist ein riesiger, stinkender, widerlicher Haufen Bockmist! Du kannst doch nicht das Lokal verkaufen, ohne mir vorher auch nur ein Sterbenswörtchen davon zu sagen! Du hättest mit mir reden müssen!«

»Na ja, du wärst vermutlich dagegen gewesen, oder?« Er zieht die Schultern hoch und versieht mich mit einem Blick, der sagen soll: Was hatte ich sonst tun sollen? Ich kann nichts dafür!

So ein Arschloch.

»Und deshalb hast du lieber nicht mit mir geredet«, sage ich wütend. »Weil ich sowieso dagegen gewesen wär. Und nicht nur ich übrigens. Die Omi sicher auch, und der ganze Rest der Familie.«

»Tja«, sagt er.

»Und deshalb hast du dir stattdessen gedacht: Ich scheiß auf meine Verträge.«

»Na, das ist jetzt vielleicht ein bisschen hart ausge...«

»Aber dass wir Verträge haben, daran hast du schon gedacht, oder? Dass die Minghartinger Stuben eigentlich meiner Familie gehören? Und du im Prinzip bloß der Lizenznehmer bist?«

»Na ja, so kann man das eigentlich nicht ausdrücken«, sagt er.

»Wie? Spinnst du? Wie willst du es denn dann ausdrücken? Dass *wir* bloß *deine* Lizenznehmer sind? Dass das Omilein ihre Würstel nach Jellas Originalrezepten fabriziert? Und der Papa seinen Schnaps nach den Vorgaben von dir? Oder wie?«

»Ruhig, Fanny, ruhig.«

»Ich bin ruhig!«

»Fanny, die Sache ist die. Deine Mutter und ich haben einen Vertrag geschlossen, den du übrigens wie alle anderen unterschrieben hast, wenn du dich erinnerst. Und in diesem Vertrag wurden gewisse Bestimmungen festgehalten, unter anderem auch für den Fall der Veräußerung oder Verpachtung. Und zum Thema Veräußerung steht drin: Ein Verkauf des Wirtshauses ist nicht genehmigungspflichtig. Und: Im Falle eines Besitzerwechsels gehen alle Vereinbarungen auf den neuen Besitzer über. Paragraph zwölf, Absätze eins und zwei.«

Selbst schuld, vermittelt der Gesichtsausdruck, mit dem er mich jetzt ansieht. Selbst schuld. Wenn ihr mir solche Klauseln durchgehen lasst, dann *kann* ich doch gar nicht anders handeln.

»Also, so ein Blödsinn! So einen Schwachsinn hätten wir doch im Leben nicht unterschrieben! Wir geben unseren guten Namen doch nicht her für … für … so einen dahergelaufenen *Münchner!*«

Nicht dass München an sich schon ein Schimpfwort ist, aber diese Schicki-Micki-Typen, denen für ein bisschen Diridari kein Geschäft zu schmutzig ist, die hab ich schon lange gefressen. Ein Hofbräuhaus aufzumachen! In Berlin!

»Poppe kommt nicht aus München, Fanny.«

Na, das ist ja noch schöner.

»So? Woher kommt er denn dann? Vielleicht auch noch aus Würzburg?«

Das fällt mir ein, weil ich mal gehört hab, dass sie in Würzburg ebenfalls ein Hofbräuhaus haben. Mann, bei diesem Fraenzi-Zeugs zur Eröffnung hätte ich mich von Anfang an querstellen müssen. Das hätten wir nie im Leben machen dürfen. Das war ein ganz, ganz schlechtes Omen. Kam das Zeug nicht auch aus Franken? Eben.

»Poppe kommt aus Rostock.«

Krass. Ich kann gar nichts sagen, so schockiert bin ich. Was kommt als Nächstes? Mexikaner eröffnen Hofbräuhäuser in Kasachstan? Indonesier veranstalten Oktoberfeste in Buenos Aires?

»Und zum Thema unterschrieben«, sagt der Quirin, zerrt einen Vertrag aus der Schublade, legt ihn mir aufgeschlagen hin und zeigt auf den entsprechenden Paragraphen. »Bitte sehr.«

Tatsächlich, da steht es. Ich lese es mir mehrmals durch, aber es besteht kein Zweifel. Der Quirin durfte den Laden verkaufen, ohne uns darüber zu informieren.

»Diesen Paragraphen habe ich noch nie gesehen«, wehre ich mich, wenn auch nicht sehr lautstark.

»Fanny, ob gesehen oder nicht ist bei Verträgen vollkommen egal. Ihr habt ihn unterschrieben.«

Er blättert weiter nach hinten, und tatsächlich, da steht meine Unterschrift, genauso wie die vom Omilein, die vom Papa und die von der Mama. Er dürfte also recht haben. Unterschrieben gilt als gesehen, oder? Verdammt. War der Typ, den die Mama angeschleppt hat, um die Verträge zu prüfen, tatsächlich Rechtsanwalt? Wenn man mich fragt, sah der Kerl von Anfang an aus wie ein verkleideter Metzger. Gott, wie ich mir in den Arsch beißen könnte! Ich meine, zugegeben, ich war auch dagegen, irgendso einem selbsternannten Staranwalt irre viel Kohle in den Rachen zu schieben, nur, damit der sich ein paar Seiten Papier durchliest. Und ich fand es auch super, dass die Mama jemanden aufgetan hat, der uns das fürs halbe Geld macht. Aber tja. Hinterher ist man immer schlauer.

Grmpffff!!!

»Aber warum hast du das gemacht?«, frage ich, völlig fassungslos. »Ich meine, das Wirtshaus gibt's doch gerade mal ein halbes Jahr! Und es läuft doch wunderbar!«

»Na ja, Fanny. Wenn du ein Gefühl für so etwas hättest, dann würdest du merken, dass die *richtig* coolen Leute schon längst woanders hingehen, und wenn das erst mal eingesetzt hat, dann ist so ein Laden ratzfatz auf dem absteigenden Ast. Dann sind morgen nur noch Spackos aus Lichterfelde da und in ein paar Monaten hast du hier bloß noch schwäbische Touristen.«

Plötzlich muss ich an Dolores denken, an Frida, an Tino, an Philippe und all die anderen. Das sind also die *richtig* coolen Leute, ja? Ich merke, was für einen Stich mir das versetzt. Aber ich lasse mir nichts anmerken.

»Und da hast du dir gedacht: Man soll aufhören, wenn's am schönsten ist«, sage ich zynisch.

»Oder besser: Die Kuh melken, solange sie noch Milch gibt«, sagt er.

Ich sehe ihn fragend an, und er macht die universelle Handbewegung für Moos, Kohle, Knete.

»Weißt du, der Poppe wollte den Laden unbedingt haben. Gerade wenn noch mehr Touristen Kreuzberg erschließen, hat das Wirtshaus ein riesiges Potenzial! Ein paar kleinere Anpassungen, und schwups, schon transportierst du hier die Kohle in Schubkarren raus.«

»Anpassungen«, wiederhole ich.

»Na ja. Musikmäßig. Dirndl.«

»Dirndl. Wie im Hofbräuhaus.«

»In etwa.«

Aaaah! Ich könnte in den Tisch beißen, so wütend bin ich!

»Wie viel, hast du gesagt, hast du dafür gekriegt?«

»Ne knappe Million, und das nach einem halben Jahr. Geil, oder? Ihr seid übrigens zu fünf Prozent beteiligt«, sagt er großzügig und zeigt auf eine andere Klausel im Vertrag.

Fünf Prozent! Wie großzügig! Dafür, dass wir unsere Würstel in Zukunft an einen Rostocker Schwerverbrecher liefern dürfen!

»Dann würde ich doch mal vorschlagen, dass du gleich morgen früh in Mingharting anrufst und das dem Omilein sagst. Dass sie zu fünf Prozent beteiligt ist an dem Scheiß, den du gebaut hast.«

»Äh«, sagt er und setzt ein verlegenes Lächeln auf. »Weißt du, Fanny, ich dachte, das könntest doch am besten du übernehmen.«

»Ich?«

Ja leck mich am Arsch. Erst macht er Schluss, und dann traut er sich nicht einmal, es selbst zu sagen? Und bittet *mich* darum? Ausgerechnet?

»Na ja, am Ende hast du doch zu deiner Familie den viel besseren Draht, oder?«

Er schaut mich so großkotzig an, dass es mir fast hochkommt.

»Sag mal, hat dir jemand ins Hirn geschissen?«, fauche ich ihn an. »*Du* hast den Laden verkauft, also wirst du es ihnen auch erklären, das ist doch wohl klar!«

Er hebt entschuldigend die Arme.

»Ich dachte nur …«

»Du rufst da selber an!«

»Ach, aber Fanny …«

»Gleich morgen früh!«, schreie ich. »*Capisce?*«

»Okay, okay …«, sagt er. »Ich mach's, okay? Morgen früh. Um acht.«

»Um acht«, wiederhole ich mahnend. »Ich werde das kontrollieren.«

»Klaro.«

»Und verlass dich nicht darauf, dass meine Familie danach noch Lust hat, noch irgendwas hierhin zu liefern. Es gibt da garantiert eine Ausstiegsklausel für solche Fälle, und dann kann sich dieser Strizzi seine Würstel selber drehen!«

»Macht, was ihr wollt«, sagt der Quirin. »Das ist nicht mehr meine Sache.«

Ich sehe ihn an und fühle mich mit einem Mal so leer wie ein Heißluftballon, dem der Treibstoff ausgegangen ist und der langsam auf dem Boden in sich zusammensinkt. Ich muss wieder daran denken, wie dieser Mistkerl im letzten Herbst bei uns angetanzt ist und uns kollektiv die Köpfe verdreht hat. Er hat uns mitgerissen mit seiner Idee, und wir, wir haben ihm blindlings vertraut, einfach, weil wir keine misstrauischen Zyniker sind, sondern naiv und freundlich und arglos. Ich meine, klar, wir haben schon bemerkt, dass er gewisse diktatorische Züge hat, aber irgendwie war ich überzeugt davon, dass er in Wirklichkeit ein ganz feiner Kerl ist.

Tja. Und jetzt das.

Ich kann es kaum glauben.

»Sag mal, Quirin, nur noch eine allerletzte Frage, bevor wir uns hoffentlich nie, nie wieder sehen: Findest du das eigentlich in Ordnung? Nur, weil es rechtens ist?«

Ich sehe ihm prüfend in die Augen, und er wendet seinen Blick ab.

»Ach, Fanny«, sagt er.

»Verstehe«, nicke ich.

Und dann gehe ich.

24

Es ist ohne Scheiß fast halb vier Uhr morgens, als ich endlich den Landwehrkanal überquere und die Straße hinab nach Hause stolpere. Was für ein Tag! Ich bin so fertig wie noch nie zuvor in meinem Leben. Quirin, dieser Mistkerl! Einfach das Wirtshaus zu verkaufen! An irgend so einen dahergelaufenen Strizzi aus Rostock!

Ich fasse es immer noch nicht so richtig.

Schon klar, ich kenne den Kerl natürlich überhaupt nicht, aber irgendwie hab ich es so dermaßen im Urin, dass dieser Wechsel nichts Positives bringen wird, dass es mich im ganzen Körper kribbelt. Ein Wirt, der seine Servicekräfte in billige Dirndl steckt und seinen Gästen statt ordentlichem Essen eine schäbige Touri-Show serviert? Wenn der diese Nummer aus dem Hofbräuhaus auch nur zu einem halben Prozent bei uns einführt, dann ertrage ich das nicht. Dann muss ich kündigen, ehrlich.

Eigentlich müsste ich schon jetzt kündigen. Einfach, um ein Zeichen zu setzen. Hallo? Ich lasse mich doch nicht mit Füßen treten!

Einen Augenblick lang schwillt mir jetzt richtig die Brust an, und mein Gang, der eben noch wütend und stampfend gewesen ist, verwandelt sich in ein stolzes

Schreiten. Aber dann verliere ich den Mut wieder. Und wenn ich kündige? Was dann?

Ich bräuchte einen neuen Job. Aber welchen? Als irgendeine doofe Kellnerin in einem Lokal, mit dem ich überhaupt nichts zu tun hab?

Bei dem Gedanken zieht sich alles in mir zusammen, die Brust, der Magen, das Herz.

Nein, irgendwo kellnern, das ist nichts für mich. Wenn ich schon serviere, dann Essen, hinter dem ich stehen kann. Dim Sum durch die Gegend zu tragen, da käme mir ja mein ganzes Leben verkehrt vor. Schon bei der Vorstellung wächst in meinem Hals ein riesengroßer, hackfleischgefüllter *Dumpling*.

Ach, das ist doch alles ein riesengroßer Mist. Ich will nur noch heim zum Tino und mich ausheulen. Ich hab ihm ja auch schon längst verziehen. Ich meine, diese Sache mit der Kette heute Morgen, war die am Ende nicht doch einfach bloß lächerlich? Eine Kleinigkeit, wenn man es mit ein bisschen Abstand sieht? Sie *war* lächerlich. Eine Lappalie. Vor allem jetzt, in diesem Augenblick, in dem ich mich so sehr nach einem starken Arm sehne. Nach jemandem, der mir zuhört, und der versteht, wie wahnsinnig fertig ich bin.

Und ich bin fertig. Den Tränen nahe.

Und ich fange fast wirklich an zu heulen, als ich zum Dachgeschoss hinaufblicke und sehe, da oben brennt noch Licht.

Wie hat er in seiner SMS geschrieben? *Ich warte zu Hause auf dich.*

Er hat wirklich auf mich gewartet. Ich schlinge die

Arme um meinen Körper, und es fühlt sich beinahe so an, als würde *er* mich drücken. Ach, mein lieber, lieber Schatzi.

Zum Glück gibt es nur ein Schwein in meinem Leben, und das werde ich hoffentlich so bald nicht wieder sehen.

Ich sperre die Haustür auf und mache mich an den langen Aufstieg ins Dachgeschoss. Ich beeile mich, so gut es geht, aber die Müdigkeit steckt mir in den Gliedern, und so nehme ich Stufe um Stufe um Stufe, betrachte den roten Sisalteppich, der in jedem dritten Berliner Treppenhaus liegt, das mit Schnitzereien verzierte Treppengeländer, die antiken Lampen mit den hässlichen Energiesparbirnen. Mit einem Mal habe ich das Gefühl, dass heute etwas anders ist als sonst, dass irgendetwas nicht stimmt. Es ist, als wäre das gar nicht mein Treppenhaus, sondern nur eins, das meinem ähnlich sieht. In Wirklichkeit hat sich natürlich überhaupt nichts verändert, auf den Klingelschildern stehen die richtigen Namen, aber trotzdem ... Und plötzlich weiß ich, was mit dem Haus nicht stimmt. Ich werde hier nicht länger wohnen können, das ist der Fehler. Denn meine Wohnung da oben gehört dem Quirin, und der Quirin und ich, wir sind von heute an geschiedene Leute.

Verdammt. Ich muss unbedingt hoch zu Tino.

Die letzten Stufen laufe ich immer schneller. Oben angekommen, ziehe ich meinen Schlüsselbund aus der Tasche und fingere zwischen den Schlüsseln aus dem Wirtshaus und denen von daheim in Mingharting nach dem für diese Wohnung. Ich stecke ihn ins Schloss, drehe ihn um und stoße sanft die Türe auf.

Gelächter schallt mir entgegen. Und Musik.

Ich halte inne. Der Tino hat schon wieder Leute mitgebracht. Als sei das hier seine Wohnung.

Ach, Männo, ich will das jetzt nicht!

Ich wische mir enttäuscht über die Augen, die richtig brennen, so müde bin ich.

Aus dem Gelächter, das aus mehreren Stimmen besteht, schält sich jetzt eine einzelne heraus – die vom Tino. Ich stehe immer noch im Flur und kann nicht sehen, was im Wohnzimmer geschieht, denn die Türe ist angelehnt. Aber ich höre ihn. Laut und deutlich.

»*Liaba Fonny, als i gestern bei eich ...*«

Der Tino lacht, die anderen stimmen mit ein.

Und mir, mir bleibt fast das Herz stehen.

»*Als i gestern bei eich driaben im Wirtshaus war, hat mich dein Omilein ongeschaut und verachtlich die Nase gerümpft. ›Geh, der Bua schaugt ja bloß no aus wiara Currywürstel!‹ Donn hot sie mir eine Portion Schweinsbrodn vor die Nase gesetzt und east Ruahe gegeben, als ich den dritten Kneddel-Nochschlog verputzt hatte, und zwar völlig.*«

Mein Blick fällt auf die Garderobe, deren Schublade weit offen steht. Tino hat sich die Postkarten vom Max genommen. Und jetzt liest er sie vor und macht sich über sie lustig, indem er Max' Dialekt imitiert.

Und meinen Dialekt. Es ist auch meiner.

»Lass mich mal!«, sagt eine Frauenstimme.

Es ist Dolores, na klar. Ich halte die Luft an und beiße mir auf die Lippe.

»... *und east Ruahe gegeben, als ich den dritten Kneddel-Nochschlog verputzt hatte, und zwar vollig. Jetzt schau i selbst aus wie oaner, und sieh do: Das fiehlt sich wohnsinnig guat on. Und duah? Wie läbt's sick in Bärrliehn? Doan Mox«*, rezitiert sie.

Diese blöde Ziege. Mir steigen die Tränen in die Augen.

»Nein, du kannst das nicht«, sagt der Tino. »*Jetzat schauck i selbst aus wia oaner, und siehe do: Dös fühlt si wahnsinnig guat o. Und dua? Wie läbt's si in Berlin? Dein Mox*«

Ich drücke mir die Hand auf den Mund, damit das Wimmern, das in mir steckt, nicht nach draußen dringt. Ich drücke fest und immer fester und kneife auch die Augen zu, doch die Tränen fließen trotzdem.

Geh rein, Fanny. Mach dem ein Ende!

Aber mein Körper versteift sich, und ich bleibe im Flur stehen wie festgenagelt, unfähig, mich auch nur einen Millimeter zu rühren.

Ich muss mich dem stellen. Ich muss die Wahrheit hören.

Die ganze Wahrheit.

»Mach noch mal, was du vorhin im Buddha's Belly gemacht hast.«

Vorhin im Buddha's Belly?

Als er es nicht »geschafft« hat, ins Wirtshaus zu kommen?

Der Tino lacht, dann höre ich, wie er sich räuspert und mit verstellter Stimme sagt:

»Äh, 'tschuldigung, i hatt gern no so an Schweinsbauch.«

Schlagartig höre ich auf zu weinen. Meine Hand sinkt nach unten und mein Mund öffnet sich, trotzdem kann ich nicht atmen, und mein Herz bleibt stehen.

Mit diesen Worten habe ich eine weitere Portion von diesem leckeren Schweinebauch bestellt. An Tinos Geburtstag.

Er hat mich nachgemacht. *Mich.* Und nicht einmal richtig. Es heißt Schweinebauch, nicht Schweinsbauch und es heißt hätt statt hatt, auf Hochdeutsch genauso wie auf Bayerisch. Ich merke, wie sich meine Kiefer vor Wut verhärten, wie sich meine Schultern anspannen, wie sich meine rechte Hand zur Faust ballt und sich bereit macht, auf den Tisch zu hauen.

Ich muss da reingehen. Ich *muss.* Aber ich stehe einfach nur da und lausche, wie die letzte, dümmste, idiotischste Masochistin.

Was fällt denen denn noch ein?

Jetzt versucht auch Philippe eine Postkarte vorzulesen. Philippe, ausgerechnet. Ich hatte gedacht, er mag mich!

Und kein Wort darüber, wie *er* sich dabei anstellt, etwas auf Bayerisch zu sagen – mit seinem Dialekt.

»Gib noch mal den Wein«, sagt die Dolores.

»Hier!« Das ist die Frida.

O Gott, das war ja klar. Wahrscheinlich sind alle stramm bis in die Zehenspitzen.

305

Aber macht es das besser? Im Wein steckt die Wahrheit, oder?

Und der Schmerz.

Und manchmal beides.

»Und jetzt zeig noch mal diese hässliche Kette!«

»Kommt, das ist gemein«, sagt die Frida mit sanfter Stimme.

»Hier!«, sagt der Tino. Dann scheint er ihr etwas zu reichen.

»Knips, knips«, fiepst die Dolores. »Knips! Knips! I bin die Maienmaid!«

»Dolores …«, sagt die Frida.

»Und das zum dreißigsten Geburtstag«, kichert die.

»Ach, hört auf«, sagt die Frida. »Sie hat eben nicht so einen guten Geschmack.«

»Nein, hat sie nicht«, sagt die Dolores.

»Ich hab ja versucht, sie da in andere Bahnen zu lenken«, sagt der Tino lachend. »Aber tja.«

In andere Bahnen? Was? War das der Grund für den Einkauf bei Stefanidis?

»Armer Tino«, macht die Dolores mitleidig.

Also, jetzt reicht es. Endgültig.

Und während ich eben noch nicht einmal in der Lage war, auch nur einen Zehen zu rühren, setzen sich meine Beine jetzt von ganz alleine in Bewegung. Ich marschiere den Flur entlang, stoße die Türe auf und baue mich vor meinen Freunden auf. Meinen Freunden. Ha ha.

»Armer Tino«, wiederhole ich und schaue ihn böse an.

»Fanny!«, sagt der Tino und starrt mich erschrocken an.

Und dann scheint ihm endlich zu schwanen, dass ich möglicherweise nicht erst in dieser Sekunde nach Hause gekommen bin, sondern ihm schon eine ganze Weile zuhöre.

Ich sehe den Anhänger achtlos auf dem Boden liegen, zwischen Rotweingläsern, leeren Flaschen und offenen CD-Hüllen.

»Raus«, sage ich mit gefasster Stimme.

Ich bin selbst überrascht, wie ruhig ich bin, ruhig und kalt und in meiner Wut vollkommen bei mir. Vielleicht sollte ich Politikerin werden, wenn das mit der Gastronomie und meinem ganzen Scheiß-Leben hier nichts mehr wird. Politiker sind doch Meister darin, ihre Gefühle in Eis zu verwandeln.

»Fanny ...«

»Raus, habe ich gesagt!«

Ich trete eine Flasche um, sie kippt in die Richtung von Dolores, aber leider ist sie leer.

Okay, das war jetzt doch nicht so cool, aber immerhin wirksam, denn die Dolores schnappt sich ihre Tasche und springt auf.

»Ich wollte sowieso längst los«, quietscht sie und macht sich trippelnd vom Acker. Sekunden später höre ich, wie die Wohnungstür geht.

»Die anderen auch«, sage ich.

Der Philippe erhebt sich zögernd.

»Fanny«, sagt die Frida.

»Geht einfach«, sage ich wütend. »Alle.«

Die Frida steht auf, und tappst auf Zehenspitzen in Richtung Flur, als würde sie ahnen, dass in mir etwas brodelt, das besser nicht zum Überkochen gebracht wird. Der Philippe läuft ihr hinterher, in großen, flinken Sätzen.

»Tür zu«, schreie ich den beiden nach, und man kann hören, wie sich ihr Tempo verdoppelt und sie zusehen, allerschleunigst zu verschwinden.

Der Tino bückt sich nach seiner Jacke und will sich ebenfalls davonstehlen.

»Du nicht«, sage ich und halte ihn am Ärmel fest.

Ich sehe ihn eisig an, dann höre ich, wie die Türe zufällt und Frida und Philippe endgültig aus der Wohnung sind. Und im selben Augenblick bricht meine Fassade zusammen.

»Du Arsch«, sage ich.

»Fanny!«

»Du Arsch«, sage ich, diesmal wimmernd.

Der Tino macht einen Schritt auf mich zu und will mich tröstend in den Arm nehmen, aber ich mache unwillkürlich einen Schritt nach hinten.

»Fanny, was ist denn los?«

»Du Arsch! Arsch! Arsch! Arsch!«, schreie ich, stampfe mit dem Fuß auf und kann überhaupt nicht aufhören zu schluchzen. Er hat mich die ganzen letzten Wochen nur angelogen, hat mir etwas vorgemacht, jeden verdammten Tag. Ich bin so aufgelöst, dass ich kaum noch denken kann, und erst recht nicht die Kraft aufbringe, ihm seine Fehler auch noch zu erklären. Und wieso auch? Wenn er mich lieben würde, würde er selber wissen, was er falsch gemacht hat.

Wenn er mich lieben würde, wären all diese Dinge überhaupt nicht passiert.

Der Anhänger, da liegt er, auf dem Boden. Als ich ihn sehe, weine ich noch mehr. Es sprudelt aus mir heraus, als gäbe es da eine tiefe, dunkle Quelle in mir, von der ich überhaupt nicht wusste, dass sie existiert.

»Fanny, das ...«

»Du liebst mich gar nicht, richtig?«, frage ich.

Ich sehe ihn an. Tränen laufen mir die Wangen runter, tropfen mir vom Kinn und von der Nase. Eine landet auf meinen Lippen. Sie schmeckt vertraut und salzig.

»Fanny ...«

»*Fanny, Fanny, Fanny!*«, äffe ich ihn nach.

»Fanny ...«, sagt der Tino noch einmal.

»Mehr hast du nicht zu sagen?«

Er macht einen Schritt auf mich zu, versucht noch einmal, mich in den Arm zu nehmen, aber diesmal stoße ich ihn so heftig von mir weg, dass er ins Stolpern gerät. Dieser Riesenblödmann! Und ich Riesenblödmann! Ich war in diesen Mistkerl verliebt!

»Lieb dich doch selber«, das ist alles, was ich fiepse. Und dann gehe ich.

Ich gehe die Treppe hinunter und hinaus auf die Straße, zum Kottbusser Damm hoch und dann nach rechts. Ich gehe schnell, aber nicht so schnell, dass man mich nicht einholen könnte, doch der Tino folgt mir nicht. Ich gehe weiter in Richtung Kottbusser Tor, zur U-Bahn, und als gerade die wahrscheinlich erste U8 des Tages in Richtung Alexanderplatz einfährt und vor meiner Nase zischend die Tür aufgeht, steige ich einfach ein.

25

Es ist eigentlich fast ein Wunder, so aufgekratzt und durcheinander wie ich bin. Oder vielleicht doch nur ein vollkommen natürlicher Mechanismus, wie bei einem Systemabsturz oder einem Kurzschluss? Dass ein Kopf, dem alles zu viel wird, einfach Feierabend macht und sich herunterfährt? Keine Ahnung, ich weiß es nicht. Auf alle Fälle kann ich mich gerade noch dazu zwingen, wach zu bleiben, bis der Schaffner kommt und mein Ticket kontrolliert hat. Aber kaum hat der die Abteiltür wieder zugeschoben, übermannt mich der Schlaf auf der Stelle.

Tief schlafe ich, tief und traumlos, und ich wache erst wieder auf, als mich durch die geschlossenen Augenlider hindurch die Sonne blendet und ich bemerke, dass ich schweißgebadet bin. Im nächsten Augenblick brabbelt der Schaffner etwas von der nächsten Haltestelle ins Mikrofon, die da heißt: Ingolstadt.

Oha. Fünf Stunden Zugfahrt einfach durchgeratzt. Da hatte wohl jemand etwas nachzuholen.

Ich gähne, blinzele und strecke mich ausgiebig, und tatsächlich, da rollen wir auch schon über die Donau. Zugegeben, ich kenne die Gegend hier oben überhaupt nicht besonders gut, Ingolstadt liegt weit nördlich von München und Mingharting tief im Süden. Und doch kommt mir irgendetwas daran total vertraut vor. Die Formen der Dächer, die Häuser, die Straßen. Aber leider fühlt sich die Vertrautheit nicht gut an.

Dem Stand der Sonne und dem Fahrplan nach zu urteilen, müsste es schon später Vormittag sein, aber so ganz genau kann ich es nicht sagen. Mein Handy habe ich gestern Nacht ausgeschaltet, denn kaum, dass ich in der S-Bahn in Richtung Hauptbahnhof saß, bekam ich Angst, der Tino könne anrufen und anfangen, mich irgendwie zu beschwatzen, und das wollte ich nicht. Ich kann nicht mit ihm diskutieren. Ich bin viel zu verwirrt, um irgendeinen klaren Gedanken zu fassen. Zu verwirrt und zu müde.

Ich nicke wohl noch einmal weg, denn als ich die Augen das nächste Mal öffne, fahren wir schon in den Münchener Hauptbahnhof ein, in diese riesige, graue, taubenverdreckte Halle.

München, Endbahnhof.

Der Zug kommt quietschend zum Stehen. Das einzige Gepäckstück, das ich bei mir habe, ist meine Handtasche, die nehme ich und stolpere damit aus dem Abteil, das ich Gott sei Dank (beziehungsweise hoffentlich, denn sicher kann ich es ja nicht wissen) die ganze Fahrt über alleine hatte. Ich klettere mit wackligen Knien aus dem Zug, tapse vor zum Anfang der Gleise, dort, wo auf der großen Anzeigetafel die nächsten Verbindungen stehen, und stelle fest, dass ich etwas mehr als eine halbe Stunde habe, bis der nächste Zug nach Bad Tölz geht. Also beschnuppere ich die Imbissstände in der Halle, schrecke vor Hot Dogs und Dönern zurück und erstehe schließlich eine Käsebrezn, die durch das Glas der Vitrine einigermaßen essbar aussieht. Sie schmeckt dann zwar auch nicht viel besser als die gestern Vormittag im Alexa, aber ich habe seit meinem Besuch im Hofbräuhaus nichts Ordentliches mehr gegessen und beschließe deshalb, es mit dem Omilein zu halten, das in solchen Fällen zu sagen pflegt: *Der Hunger treibt's nei, der Ekel abi und der Geiz hält's drin.* Ich kaufe mir zum Nachspülen noch eine Pepsi und schütte sie hinunter, Schluck um Schluck um Schluck. Ich kann richtig spüren, wie die Flüssigkeit meine Kehle runterfließt und sich von dort aus wie in einem Schwamm verteilt. Getrunken hab ich nämlich auch schon seit Stunden nichts mehr. Dann laufe ich, die leere Flasche wie eine Säuferin umkrallt, zu Gleis 33, von wo aus mein Zug fährt.

Man sollte meinen, sechs Stunden Tiefschlaf würden einen etwas klarer im Kopf machen, hellsichtiger, klüger. Aber nichts da, ich bin noch genauso durcheinander wie gestern Nacht. Das zeigt sich zum Beispiel darin, dass ich zwar zum Gleis laufe, dann aber beinahe vergesse, auch in den Bummelzug einzusteigen, der da auf seine Abfahrt wartet. Ich stehe einfach nur da und glotze gedankenverloren vor mich hin, und mache erst dann einen hysterischen Satz durch die Tür, als eine warnende Durchsage aus den Lautsprechern dringt. Himmelherrschaftszeiten, das war knapp!

Ich lasse mich in einen Sitz fallen, beruhige mich einigermaßen von meinem Schrecken und starre schon Minuten später wieder vor mich hin.

Ich bin mir darüber im Klaren, dass es klug wäre, daheim anzurufen und Bescheid zu geben, dass ich auf dem Heimweg bin. Bestimmt würde mich der Papa vom Bahnhof abholen, das macht er immer und auch durchaus gern. Aber meine Glieder sind so schwer, dass ich einfach nicht die Kraft aufbringe, das Handy aus der Tasche zu ziehen.

Und dann ist da noch diese andere Sache: Ich glaube, ich will mir noch gar nicht eingestehen, dass ich aus Berlin abgehauen bin. Ich meine, es ist nicht zu übersehen, dass ich das getan habe, oder? Ich habe kapituliert und bin auf dem Weg nach Hause. Aber alles in mir sträubt sich dagegen, es vor mir zuzugeben.

Die Fahrt durchs bayerische Oberland dauert keine Stunde, dann bin ich auch schon da. Der Bahnhof von Bad Tölz ist ein gedrungenes Gebäude, über dem sich ein wehrhaft aussehender Turm erhebt. Ich habe das alles schon Hunderte Male gesehen, und doch ist mir früher nie aufgefallen, wie zutiefst bayerisch dieser Bahnhof wirkt, wie altmodisch und behäbig. Alles um mich herum wirkt plötzlich altmodisch und behäbig, die schwerfälligen Häuser mit den fast vollkommen flachen Dächern, die hölzernen Läden vor allen Fenstern, das kleine, taubengraue Häuschen, das man hier Busbahnhof nennt. Alles sieht aus, als sei es nur dazu da, dass sich die Leute darin verschanzen, vor dem Leben da draußen, und vor den Veränderungen, die es manchmal mit sich bringt. Ich habe das lang genug selbst getan, aber jetzt, wo ich hier stehe, ist es, als würde sich irgendwo in mir drin ein Rolltor ratternd schließen, und mit einem Mal sinkt meine Stimmung schlagartig.

Da bin ich also wieder, verdammt.

Hier in Bayern, wo ich doch immer nur weg wollte, mein ganzes Leben lang, und dann schaffe ich endlich den Absprung und alles geht schief. Es ist furchtbar. Ich möchte mich am liebsten auf die Treppe vor dem Haupteingang setzen und warten, bis mich ein Unwetter von den Stufen fegt.

Da bin ich wieder.

Ich rufe den Papa immer noch nicht an, dabei könnte er in einer halben Stunde hier sein, wenn er ein bisschen aufs Gas steigt und nicht so tritschelt wie gewohnlich. Stattdessen steige ich in den Überlandbus, der sich wenig später um die Ecke schiebt, kaufe beim Fahrer ein Ticket und lasse mich auf einen Platz ganz weit hinten sinken. Ich lehne meine Stirn an die Scheibe, die sich, obwohl es draußen warm und sonnig ist, angenehm kalt anfühlt, und starre auf die Landschaft, die langsam an meinem Fenster vorüberzieht. Natürlich ist mir bewusst, wie schön die Welt dort draußen ist, die Felder, die sich wie feinster Samt sanft über die Hügel legen, die Wälder und die Weiden, die in harmonischem Wechsel ineinander übergehen, der Himmel, der wie ein zartes Aquarell in die Luft gemalt ist. Aber im Augenblick habe ich keinen Blick für die Lieblichkeiten vor dem Fenster.

Ich bin wieder da, das spüre ich fast körperlich.

Wie lange bin ich weg gewesen? Ein halbes Jahr?

Es war im Februar, als ich das letzte Mal durch diese Gegend gefahren bin, aber es kommt mir vor, als sei seitdem ein halbes Leben vergangen. Und das stimmt ja auch irgendwie, oder? Ich war glücklich in Berlin, irgendwie bei mir – ein paar Monate Liebe können dreißig Jahre Mittelmaß im Handstreich aufwiegen.

Der Bus kurvt um eine große Weide herum, ein paar Kühe glotzen wiederkäuend zu mir herüber. Dann biegen wir nach rechts ab. Je länger wir unterwegs sind, umso besser kenne ich die Strecke; es dauert nicht lange und schon ist mir jedes Haus am Straßenrand vertraut. Da vorne kommt der Bachhuber, dort drüben der Brückenwirt, und da rechts die Derbolfinger Mehrzweckhalle, wo der Papa den Fußballern im Winter manchmal beim Training zuschaut. Immer mehr Details bemerke ich, die mir sonst nie aufgefallen sind: ein antiker Traktor, der in einem Garten verwittert, eine Armada Gartenzwerge, ein amerikanischer Briefkasten, der wie ein kleines Aluminium-Ufo in der Landschaft steht.

»Mingading die näxte«, brummelt der Fahrer plötzlich durchs Mikrofon und tritt nur eine Sekunde später auf die Bremse.

Verdammt.

Ich hab natürlich gewusst, dass die Haltestelle kommt, aber jetzt bin ich trotzdem erschrocken. Ich hab mich überhaupt nicht darauf vorbereitet, was ich sagen soll, wenn ich gleich daheim bin. In Windeseile raffe ich meine Jacke und meine Tasche zusammen, stolpere durch den engen Gang nach vorne und aus dem Fahrzeug. Der Bus fährt los und an mir vorbei.

Mingharting. Da ist es.

Die Haltestelle ist nicht mitten im Dorf, sondern an dessen Rand, was ich schon als Schülerin nie besonders praktisch fand, denn unser Wirtshaus befindet sich am anderen Ende der Ansiedlung, sodass ich stets den längsten Schulweg von allen hatte. Heute finde ich diese Tatsache immer noch nicht so super, aber aus anderen Gründen als damals. Ich muss durchs ganze Dorf hindurch, wahrscheinlich immer noch nach Berlin riechend und zerfleddert wie nach einer verlorenen Schlacht. Keine verlockende Aussicht.

Aber es hilft ja nix.

Ich setze mich in Bewegung und trotte durch den Ort, vorbei am Dorfweiher, am Maibaum, am Kircherl und am Edeka, und dann immer weiter die Hauptstraße entlang. Zum Glück ist um die Mittagszeit kaum einer unterwegs, außer der Messmer-Omi, aber die ist dement und hat mich entweder nicht erkannt oder gar nicht bemerkt, dass ich überhaupt je weg gewesen bin. Ich laufe an Häusern vorbei, in deren Gärten ich früher einfach so gespielt habe – so ein Dorf ist ja quasi Kollektiveigentum, da wäre im Traum keiner auf die Idee gekommen, sich zu beschweren. Die Bebauung wird langsam lockerer, die Abstände zwischen den Häusern größer, und dann erscheint es plötzlich vor mir: unser Wirtshaus. Es sieht aus, als wäre ich keine zehn Minuten lang weg gewesen. Die Blumenkästen voller Geranien, die Gardinen hinter den Fenstern, der schmiedeeiserne Schaukasten für die Speisekarte, der bösartige Mülleimer von Langnese. Das Ganze ist zu hundert Prozent genau so wie immer, und möglicherweise ist genau das der Grund für das, was als Nächstes mit mir passiert. Alles in mir zieht sich zusammen, aber diesmal wörtlich, und dann muss ich mich übergeben. Ich kotze direkt in die Hecke, die den Parkplatz von der Straße trennt, einfach so, ohne Vorwarnung. Einmal, zweimal, dreimal schießt es aus mir heraus, dann ist es vorbei und ich stehe wieder aufrecht. Ich ziehe ein Tempo aus der Tasche, wische mir den Mund ab und betrachte verwundert die kleinen Käsebreznstücke, die da unten in den Zweigen kleben.

Dann blicke ich wieder auf das Wirtshaus. Irgendetwas in mir sträubt sich dagegen, dort hineinzugehen, und doch habe ich das Gefühl, es tun zu *müssen*. Ich brauche eine Auszeit. Ein paar Tage, in denen nichts passiert, in denen die Erde einfach eine Weile lang stillsteht. Das hier ist der Ort dafür. Hier kann ich mich verkriechen.

Ich blicke hoch zu meiner Wohnung im Dachgeschoss und muss plötzlich daran denken, wie der Quirin hier unten stand und telefonierte und ich neugierig das Fenster öffnete, um zu hören, was er spricht. Niemals hätte ich damals gedacht, was in dem Jahr, das darauf folgte, passieren würde. Wie unschuldig ich damals war! Ich bin ein ganz anderer Mensch gewesen.

Plötzlich laufen mir schon wieder die Tränen übers Gesicht. Mein Gott, ich hab so viel geheult in den letzten zwei Tagen. Echt kein Wunder, dass ich so fertig bin.

Komm, Fanny. Du musst dich nur ein bisschen ausruhen. Und dann gehst du wieder zurück. Ob mit Tino oder ohne, ob mit den Minghartinger Stuben oder nicht. Berlin hat dir gutgetan. Du musst nur wieder die Kraft dafür finden. Niemand hat behauptet, dass es einfach wird.

Ich brauche eine ganze Weile, bis ich die Tränen weggekämpft habe, aber ich kann da auf gar keinen Fall heulend reinmarschieren, deshalb reiße ich mich kräftig zusammen. Ich atme ein und beschließe, jetzt endlich hineinzugehen und nicht mehr länger wie ein Stalker hier draußen herumzustehen. Da öffnet sich plötzlich die Tür vom Wirtshaus.

Es ist der Bürgermeister, der – offenbar voll wie ein Wikinger – aus den Minghartinger Stuben herausmarschiert. Dummerweise sieht er mich sofort, deshalb knülle ich das schmutzige Tempo in der Faust zusammen und zwinge mir ein Lächeln aufs Gesicht.

»Fanny!«, ruft er, als er mich sieht. »Mei, des is ja ganz schön!«

Er kommt auf mich zu gewankt und schüttelt mir die Hand so heftig, dass ich kurz Angst hab, sie könne sich vom Unterarm lösen.

»Bist jetz wieder da, oder was?«, fragt er.

Ich schüttele den Kopf.

»Bloß a paar Tage«, sage ich.

»Ah so«, sagt er enttäuscht. »Aber morgen bist scho erst amoi hier, oder?«

»Bestimmt«, sage ich tapfer und nicke.

»Guad, dann komm i morgen wieder. Jetzat muss i

los, heim zum Weibi, gell? Na ja, kennstas. Habe die Ehre«, sagt er, lüftet den Hut, sperrt sein Auto auf und lässt sich auf den Fahrersitz fallen. Normalerweise würde ich ihn mindestens ermahnen und im Ernstfall seine Frau anrufen, dass sie ihn abholen kommt, aber andererseits wohnt er ja gleich um die Ecke, da wird schon nichts passieren. Außerdem denke ich heute ziemlich langsam, und als ich schließlich am Ende des Gedankens angekommen ist, ist unser Dorfchef längst verschwunden.

Mittags schon besoffen. Was für ein Vorbild, ts ts.

Die Begegnung hat mich dann doch etwas aus dem Konzept gebracht, deshalb muss ich mich erst noch einmal sammeln, bevor ich mich in der Lage sehe, endlich hinein zu meiner Familie zu gehen.

Ein Fuß vor den andern.

Ich stecke dem Langnese-Gesicht das schmutzige Tempo in den Schlund, fahre mir durchs Haar und lege die Hand auf den Türknauf.

Es ist, als würde ich in eine alte Erinnerung treten, als ich die Tür aufdrücke. Alles ist noch ganz genau so, wie es immer gewesen ist: das warme Licht der Messinglampen, die Holzvertäfelung, die alten Dielen. Die Tische, an denen ein paar Gäste sitzen, die mich gar nicht groß bemerken. Die Wolpertinger, die in unterschiedliche Richtungen schauen und sich nicht weiter um das Geschehen im Wirtshaus kümmern. Nur eines ist neu. Der Max, der hinterm Tresen steht und ein Bierglas abspült.

Der Max. Den hatte ich vollkommen vergessen.

»Fanny!«, ruft er überrascht, schüttelt das Glas ab, stellt es auf das Abtropfgitter und trocknet sich die Hände ab. »Du da?«

Ich sehe ihn an. Ich hatte wirklich nicht mehr dran gedacht, dass er hier seit ein paar Wochen im Service aushilft, obwohl ich die Sache ja höchstpersönlich eingefädelt hab und mir der Papa auch wirklich, wirklich dankbar für die Vermittlung war. Aber ich hab keine Zeit, mich länger darüber zu wundern, wie seltsam es ist, dass mein alter Sandkastenfreund plötzlich mit einer Schürze um die Hüften hinter meinem angestammten Tresen steht, denn bei dem Wort »Fanny« taucht wie auf Kommando der Kopf vom Omilein in der Durchreiche auf. Und keine zwei Sekunden später schießt sie aus der Küche.

»Fanny! Da bist ja!«

Sie nimmt mich erfreut in den Arm, nackelt mir die Wange und zieht mir den Kragen zurecht, ganz so, wie es sich für eine Begrüßung vom Omilein gehört. Doch dann wird ihr Gesicht wieder ernst, sie macht einen Schritt zurück und stemmt die Hände in die von einer Blumchenschürze bedeckten Hüften.

»Fanny, mir ham die ganze Zeit versucht, dich zu erreichen! Sag amoi, was baut denn der Quirin da für einen Scheißdreck?«

Sie schaut mich empört an, und weil ich nicht weiß, was ich sagen soll, hebe ich bloß die Schultern und senke sie wieder. Wenn ich ganz ehrlich sein soll, hab ich in den letzten Stunden nicht besonders ausgiebig an meinen Chef, oder besser Ex-Chef, gedacht. Offensichtlich hat er also tatsächlich schon angerufen, wenigstens das.

»Oiso ehrlich, so a Unverschämtheit! So a Arschloch, so a bleds. Wenn des die Umgangsformen in der Großstadt sind, dann woaß i scho, warum ...«

Das Omilein schimpft los wie ein Rohrspatz, der Max stellt sich daneben und stimmt ein. Und ich stehe vor ihnen und schau wie ein Schwammerl, wenn's blitzt. Offensichtlich sind die beiden überzeugt, dass der Grund meiner plötzlichen Anreise der Quirin sein muss. Dass ich hier bin, um mich über ihn auszulassen und unser weiteres Vorgehen in der Sache zu diskutieren.

»So ein Muhackl, so ein dreckerter! Zefix! Der Lackl, der gscherte! Aber i sag's dir, dei Muatta hat scho gsagt, dass sie bis vors Bundesverfassungsgericht geht ...«

Die Omi schimpft und ich sehe ihr ins Gesicht. Wahrscheinlich liegt es an ihrem Dialekt, denn plötzlich ist die Erinnerung an gestern Nacht wieder mit voller Wucht da. Der Moment, als ich in der Türe meiner Dachgeschosswohnung am Maybachufer stand und belauscht hab, wie der Mann, von dem ich dachte, dass er mich liebt, gemein über mich herzog. Wie ich da stand und sich alles in mir zusammenkrampfte, wie hilflos ich mich fühlte, wie verraten und betrogen, und wie ich doch vollkommen unfähig war, irgendetwas zu tun. Und mit einem Mal ist der Schmerz so heftig, dass ich wieder anfange zu weinen. Es beginnt ganz leise, mit einer einzelnen Träne, die mir die Wange runterläuft und mir aufs T-Shirt tropft. Max bemerkt sie und verstummt und sieht mich verunsichert an, das Omilein entdeckt sie jedoch nicht, noch nicht. Aber als mir ein Wimmern aus der Kehle steigt und sich mein Gesicht vor Verzweiflung verzerrt, bricht ihre Schimpftirade schlagartig ab.

»Fanny, wos is denn?«, fragt sie erschrocken und fasst mich am Arm, und in diesem Augenblick kann ich die Tränen nicht mehr länger halten.

Ein paar Tage später ...

26

Ich starre gerade eine Staubfluse neben dem Sofa an, da klingelt das Telefon. Es klingelt viermal, fünfmal, sechsmal, doch ich kann mich beim besten Willen nicht dazu überwinden abzuheben. Ich habe die letzten vier Tage im Bett verbracht und bin nicht einmal ansatzweise wieder in der Lage, dem Alltag zu begegnen. Es klingelt und klingelt, und ich rühre mich so lange nicht, bis es endlich wieder Ruhe gibt.

Dann atme ich aus.

Um ehrlich zu sein, tue ich das schon seit Tagen: auf meinem Bett liegen, den Kopf auf dem Kissen, und die Dinge in meinem Zimmer anstieren.

Als ich kurz nach meiner Ankunft in Mingharting auf mein Zimmer geflüchtet bin, habe ich noch geheult und geheult, aber nach ein paar Stunden ist mein Tränenreservoir leer gewesen, richtig ausgeblutet hab ich mich gefühlt. Und seither liege ich so da und verziehe keine Miene. Ich betrachte mein Zimmer, das in dem durch die geschlossenen Fensterläden dringenden Schummerlicht vollkommen leblos aussieht, betrachte die Stühle, die sauber zusammengerückt um den kleinen Esstisch herum stehen, die Küchenzeile, in der sich keine Einkäufe stapeln, mein altes Lümmelsofa, über das ein weißes Bettlaken geworfen ist. Nichts in dem Raum fühlt sich lebendig an, nichts scheint daran zu erinnern, dass ich hier einmal gelebt, gewohnt und gefühlt habe. Es ist eher so, als würde ich auf einem Friedhof liegen, was irgendwie passend ist, denn ich fühle mich so elend, dass ich am liebsten sterben würde.

Dummerweise versucht meine Familie relativ intensiv, mein Ableben zu verhindern. Mittags und abends bringt mir der Papa (ausgerechnet!) ein Tablett aus der Wirtschaft herauf, darauf eine Portion von irgendetwas, das das Omilein für Nervennahrung hält – Kalbshaxn, Wurstsalat, Bratwürstel, so Kram, aber leider kriege ich kaum etwas davon herunter. Und natürlich habe ich auch psychischen Beistand bekommen. Erst kam die Omi zu mir rauf und hat versucht, mich wieder aufzurichten. Danach hat es mehrmals die Mama probiert, die sich in Sachen enttäuschte Liebe für ziemlich erfahren hält, aber was hilft einem schon das Unglück von jemand anderem? Nach einer Weile rückte dann sogar der Papa an, der sich aus solchen Sachen normalerweise lieber raushält – gut, er hatte dann auch keine guten Ratschläge zur Hand, sondern bloß sein iPad. Damit hatte er eine Skype-Verbindung zur Bea aufgebaut, in der Hoffnung, dass *die* mich vielleicht trösten könne. Negativ, leider.

Ich bin nicht zu trösten. Und ich will auch nicht getröstet werden. Ich will einfach meine Ruhe. Ich muss irgendwie herausfinden, wie es weitergehen soll mit mir, und dabei hilft mir kein Psycho-Rhabarber. Die Antwort steckt irgendwo in mir drin, da bin ich mir ganz sicher. Ich muss nur genau in mich reinhören, dann finde ich sie.

Herrschaftszeiten. Das Telefon klingelt schon wieder. Aber wieder rühre ich mich nicht. Ich hebe nicht einmal den Kopf vom Kissen. Ich glotze einfach weiter vor mich hin, und warte geduldig darauf, dass wieder Stille einkehrt, was zum Glück auch bald passiert.

Dass ich Ruhe brauche, das habe ich auch dem Tino verklickert. Nicht sofort am ersten Tag natürlich. Ich habe es geschafft, mein Handy diszipliniert ausgeschaltet zu lassen, und ich war ganz froh um den Abstand, den ich dadurch von Berlin gewann. Aber vorgestern Abend habe ich es dann doch nicht länger ausgehalten. Denn *natürlich* war ich in Gedanken trotzdem ständig bei ihm. Die ganze Zeit habe ich mich gefragt, was er jetzt wohl gerade macht, ob er sein Verhalten bereut, ob er besorgt darüber rätselt, wo ich eigentlich abgeblieben bin und verzweifelt versucht, mich zu erreichen. Ich habe mir sogar mehrmals ausgemalt, dass er herausgefunden hat, wo ich bin, und dass er plötzlich mit einem riesigen Strauß roter Rosen vor mir steht. Das ist dumm, ich weiß. Tino hat mich behandelt wie ein Stück Dreck, und eigentlich wäre es klüger, ihn nicht vor meine Haustür zu visionieren, sondern eher ins Death Valley, ohne Wasservorrat, versteht sich. Aber etwas in mir drin klammert sich an die Vorstellung, dass es mit uns weitergehen könnte. Dass zwischen uns etwas existiert, das die Katastrophe überleben wird. Dass wir uns doch eigentlich lieben. Kurz: Irgendwann *musste* ich einfach nachsehen, ob ich Anrufe von ihm habe, oder ob ich ihn nicht doch einfach abschreiben muss, denn natürlich hätte es ja auch sein können, dass er froh ist, dass ich fort bin. Also habe ich das Handy eingeschaltet, meine PIN eingetippt und tatsächlich hat der Apparat sofort angefangen hektisch zu piepsen. Meine Mailbox war voll von Nachrichten von ihm, und in allen hat er um Verzeihung gefleht und mich angebettelt, doch bitte, bitte, bitte mit ihm zu reden. Tja, Tinos Flehen hat mich schon öfter erweicht, also hab ich seine Nummer gewählt und kurz mit ihm geredet. Wo ich bin, wollte er wissen, und was er tun kann, um mich zu überzeugen, es noch einmal mit ihm zu probieren. Ich teilte ihm mit, dass ich bei meinen Eltern sei, und dass ich Zeit bräuchte, ein paar Tage für mich. Verstehe, hat er gesagt, aber dann hat er doch jeden Tag angerufen. Natürlich bin ich nicht dran gegangen, ich meine, ich hatte ihn doch um etwas Abstand gebeten, oder? Außerdem glaube ich nicht, dass es mich weiterbringt, mit ihm zu reden. Ich muss herausfinden, was ich will, und dazu muss ich mit meinen Gefühlen in Kontakt kommen und nicht mit ihm.

Also, Jessas, jetzt klingelt das blöde Telefon ja schon wieder! Wie soll man sich denn so bitte auf sein Seelenleben konzentrieren? Und diesmal hört es überhaupt nicht auf. Es klingelt achtmal, zehnmal, zwölfmal. Himmel! Ich verdrehe genervt die Augen. Und beim fünfzehnten Mal gehe ich halt dran.

»Ja?«, sage ich in den Hörer, dabei ist es natürlich

überhaupt keine Frage, wer am anderen Ende der Leitung ist.

»Fanny?«

Das Omilein, natürlich. Seit ihre Kalbshaxe quasi unberührt zu ihr zurückgekommen ist, ruft sie vor jeder Mahlzeit bei mir an, um mich zu fragen, was ich essen will. Dabei müsste sie das gar nicht, denn sie bekommt ohnehin immer dieselbe Antwort: Kartoffelbrei mit Bratensauce. Es ist das Gericht, das ich als Kind immer bekommen habe, wenn ich krank im Bett gelegen bin. Das einzige Essen, das ich noch herunterkriege. Und das Einzige, das in der Lage ist, mich ein ganz klein wenig zu trösten.

»Omilein, servus«, sage ich mit dünner Stimme. Ich meine, es ist ja nett, dass sie so geduldig mit mir ist und die Hoffnung nicht aufgibt, dass aus dem Trauerkloß im Dachgeschoss doch irgendwann wieder die gute, alte Fanny wird. »Was gibt's denn?«

»Fanny, i brauch di heit zum Bedienen.«

Huch? Bedienen? Ich?

»Warum denn ich?«, frage ich, vollkommen überrumpelt.

»Fanny, heit is Bratwursttag!«, erklärt sie unwirsch.

Ja, und? Ich bin krank! Depressiv! Überhaupt nicht imstande, mit freundlichem Lächeln von Gast zu Gast zu schweben!

»Oiso, Omilein, i woaß ned. I bin eigentlich no ned so ...«

Ich kann den Satz nicht zu Ende sagen, da fällt mir die Omi ins Wort.

»Fanny, du suhlst di jetz seit vier Tagen in Selbstmitleid, irgendwann muss amoi Schluss sein.«

»Aber Omi, mir geht's schlecht! Da kann doch i nix dafür!«

»Na, Fanny, aber die Herumliegerei macht's offenbar aa ned besser.«

»Oiso, Omi ...«, sage ich empört.

»Fanny, i sag amoi so. Du hast die freie Wahl. Entweder i ruf bei der Maurerfirma Schmidt-Herzog in Derbolfing an und lass di da oben einziegeln, dann kannst du liegen bleiben, bis dich die Würmer holen. Oder du hievst deinen Hintern da herunter und hilfst mir!«

»Oiso, Omi, so kannst du aber doch ned ...«

»Ende der Durchsage«, sagt sie. Und dann hat sie auch schon aufgelegt.

Ich hingegen habe den Hörer immer noch in der Hand.

Unglaublich. Geht's noch? Ich soll kellnern? *Ich?* In *meinem* Zustand? Also wirklich, was für eine fantastische Idee. Als ob es sonst nicht auch ohne mich ginge! War aber irgendwie auch klar, oder? Dass das Omilein so tut, als sei ich gar nicht weg gewesen, meine ich. Als hätte ich mich in den letzten Monaten kein bisschen entwickelt. Als sei überhaupt nichts passiert. Als sei ich immer noch die Familiensklavin, die ich, seit ich denken kann, gewesen bin.

Ich atme ein und wieder aus, und weiß erst gar nicht, wohin mit meiner Empörung, aber nach einer Weile spüre ich, wie meine Wut langsam abflaut und ich mich in mein Schicksal füge. Was soll's, gehe ich eben kellnern. Ist am Ende ja auch wurscht, oder? Ich meine, ich bin in den letzten Tagen kein Stück weitergekommen mit meinen Gefühlen, da kann ich zwischendurch auch ein paar Teller und Gläser von A nach B tragen. Außerdem ist es ohnehin mal wieder an der Zeit für ein bisschen Körperhygiene. Mit der hab ich's in den letzten Tagen nämlich eher nicht so übertrieben.

Ich werfe einen Blick auf den Funkwecker auf meinem Nachttisch. Es ist halb elf, in einer Stunde beginnt das Mittagsgeschäft. Also sollte ich mich langsam in Bewegung setzen, fürchte ich. Ich stemme mich schwerfällig aus dem Bett und stehe auf. Meine Beine fühlen sich ganz schön wackelig an, so ähnlich, als hätte man mir gerade einen Gips abgenommen, oder als sei ich tatsächlich ein paar Tage krank gewesen. Ich mache ein paar Schritte in Richtung Badezimmer, das billige Parkett aus dem Baumarkt fühlt sich vertraut an unter meinen nackten Füßen. An manchen Stellen knarzt es leise, genau so, wie ich es gewohnt bin. Als ich im Bad in den Spiegel schaue, sehe ich blass und verschlafen aus, irgendwie auch ein bisschen knochiger ums Kinn. Habe ich abgenommen? Ich ziehe mein T-Shirt und meine Pyjamahose aus und blicke an mir herunter: Ja, habe ich. Sicht aber nicht unbedingt schlecht aus.

Ich muss etwas gestehen. Ich habe nicht ein einziges Mal geduscht in den letzten Tagen. Manchmal fühlt man sich ja am wohlsten, wenn Inneres und Äußeres harmonieren. Und zu meinem bedauernswerten

Zustand hat es gepasst, dass ich mich klebrig fühlte. Das, was aus der nun aufgedrehten Dusche kommt, fügt sich allerdings ebenfalls ganz gut ins Bild. Eine rostbraune Brühe schießt da nämlich heraus, und ich muss eine ganze Weile warten, bis das Wasser wieder klar wird.

Ich bleibe lange unter der Dusche stehen, bestimmt eine Viertelstunde. Und hinterher geht es mir tatsächlich schon fast ein kleines bisschen besser. Ich tapse tropfend in mein Zimmer zurück und erinnere mich plötzlich an meine Alexa-Beute. Die müsste doch eigentlich noch in meiner Tasche sein? Mal schauen. Ah, da sind sie! Die Tüten kommen mir fast so vor wie ein Fund aus grauer Vorzeit, prähistorische Objekte aus einer fernen Vergangenheit. Aber gefallen tun mir die Sachen immer noch, darum ziehe ich gleich mein neues T-Shirt an und meine neue Jeans. Wenn man schon schlecht aussieht, dann sollte man doch wenigstens gut aussehen dabei.

Als ich die Klamotten anhabe, betrachte ich mich im Spiegel.

Na ja, geht so. Schlecht dominiert noch immer.

Ich sehe erneut auf die Uhr, dann schlüpfe in das Paar Chucks, das ich seltsamerweise nicht mit nach Berlin genommen hatte, und das, inzwischen richtig eingestaubt, neben der Wohnungstür steht. Dann steige ich die knarzende Treppe hinunter zur Wirtschaft. Zum Glück ist noch keiner da, außer dem Max natürlich. Er lächelt mich an, als ich den Gastraum betrete.

»Na? Ich hab gehört, du hilfst mir heute?«, fragt er neckend.

Ich verdrehe die Augen, um ihm klarzumachen, dass ich keineswegs freiwillig hier bin, nicke dann aber natürlich.

»Super«, sagt er. »I kann a bissl Unterstützung gebrauchen.«

Ich schenke ihm ein knappes Lächeln, antworte aber wieder nicht. Ich meine das nicht böse, es ist nur, ich habe eine halbe Woche lang kaum ein Wort gesprochen, da kann ich jetzt nicht einfach so die Smalltalk-Taste drücken. Ich wüsste auch gar nicht, worüber ich jetzt mit ihm reden sollte. Das Wetter etwa? Am Ende ist doch alles, was man normalerweise so austauscht, vollkommen banal.

Andererseits bin ich natürlich froh, dass der Max so tut, als hätte er nichts mitgekriegt von meinem Unglück, was natürlich nicht sein kann. Entweder ist er sehr diskret oder er scheint zu spüren, dass ich nicht in der Stimmung zu emotionalen Bekenntnissen bin.

»Magst du Besteck auffüllen?«, sagt er stattdessen und schiebt mir den Kasten mit den Messern und Gabeln hinüber.

Ich nicke wieder, nehme den Kasten und mache mich ans Werk. Normalerweise ist das eine lästige Notwendigkeit, bevor das Wirtshaus öffnet von Tisch zu Tisch zu gehen und die Tonkrüge auf den Tischen mit Messern, Gabeln und Löffeln zu füllen. Aber heute ist es irgendwie ganz angenehm, zumindest ein paar Minuten lang genau zu wissen, was zu tun ist. Zum ersten

Mal seit Tagen muss ich nichts denken, nichts wissen, nichts fühlen.

»Fertig«, sage ich und bringe den Besteckkasten zum Tresen zurück.

»Gut«, sagt der Max.

Er will gerade noch irgendetwas hinterherschieben, da spüre ich einen Luftzug im Nacken. Die Tür geht auf.

»Breznkönigin!«, schallt eine Stimme hinter mir.

Ich fahre herum und schiebe mir ein höfliches Lächeln ins Gesicht. Na klar, das ist Max' Vater, der da in der Türe steht.

»Griaß eahna, Herr Rubenbacher«, kommt es zu meiner eigenen Überraschung ganz umstandslos aus mir heraus. Ich laufe zu ihm hin, um ihm die Hand zu schütteln. »Kommen's, i begleit eahna zum Tisch.«

Den letzten Satz hat er offensichtlich wieder nicht gehört, denn er wackelt im Alleingang los zu seinem angestammten Platz mit der hellen Glühbirne. Er setzt sich hin, ich bringe ihm die Aktionskarte, die sich natürlich nicht verändert hat, seit ich aus Mingharting weggegangen bin, er bestellt seine Würstel und ein schönes Edelpils. Manche Dinge ändern sich nie. Gut so.

»Kommt sofort«, sage ich, und dann geht die Tür schon wieder auf und die nächsten Gäste betreten die Stuben.

»Grüß Gott«, rufe ich denen entgegen und will gerade los, um die Neuankömmlinge in Empfang zu nehmen, da packt mich der alte Herr Rubenbacher am Arm.

»Fanny?«

»Ja, Herr Rubenbacher?«, sage ich und drehe mich zu ihm um.

Er guckt mich an, dann breitet sich auf seinem Gesicht ein verschmitztes Grinsen aus.

»Fanny, des is fei schee, dass'd wieder da bist!«

Und für diesen einen kurzen Moment finde ich das auch.

27

»Zwoamoi Kälberne!«, plärrt das Omilein durch die Durchreiche und schiebt die zwei Portionen Bratwürstel weiter nach vorn, damit ich sie endlich sehe.

»Bin ja scho da!«

Ich laufe hin, schnappe mir die Teller und trage sie hinter an Tisch fünf. Dann weise ich die vier Gemeinderäte, die gerade reingekommen sind, an, sich an Tisch eins zu setzen, und nehme auch gleich deren Bestellung auf, für die sie gar nicht erst in die Karte schauen müssen: Vier Schneider Weisse und viermal Münchner an Kraut. Ich laufe zurück zur Durchreiche und rufe dem Omilein die Bestellung in die Küche. Die Getränke ordere ich beim Max, der hinterm Tresen steht und aus dem Zapfen gar nicht mehr rauskommt. Irgendwie fließt am Bratwursttag immer noch mal so viel Bier, vielleicht, weil die Würstel so lecker salzig sind, oder aber einfach nur, weil der Bratwursttag halt ein Festtag ist, gell. Immerhin zapft der Max fast genauso schöne Biere wie ich, und das will was heißen. Man kommt dem perfekten Bier nämlich relativ nahe, wenn man in einem Haus aufwächst, in dem statt einer Tischtennisplatte eine Zapfanlage im Keller steht.

Inzwischen hat das Omilein schon wieder zwei Teller durch die Durchreiche geschoben, zwei herrliche

Portionen saftigster Schweinsbraten, begleitet von einer wunderbar braunen Sauce, einem tiefviolett glänzenden Blaukraut und perfekten, güldenen Kartoffelknödeln. Unwillkürlich vergleiche ich die Teller mit denen, die wir bei uns oben in Berlin servieren. Klar, die sind natürlich viel hübscher angerichtet, irgendwie übersichtlicher und moderner. Doch komischerweise: So lecker wie die von der Omi sehen sie trotzdem nicht aus. Und was da für ein Duft aufsteigt! Mir tropft der Zahn, ganz ehrlich.

Leider sind die beiden Braten nicht für mich (obwohl ich jetzt doch langsam bereit wäre, mal wieder feste Nahrung zu mir zu nehmen), sondern für den Tony und den Jimmy aus Derbolfing, die hinten in der Ecke an Tisch sieben sitzen. Natürlich heißt der Tony eigentlich Anton und der Jimmy Jakob. Die englischen Namen kommen daher, weil sie in einer Blues-Kapelle namens *Schubiblue* spielen. Aber das nur nebenbei.

Ich stelle den beiden ihre Teller hin und frage sie, ob sie noch ein Bierli mögen. Mögen sie. Also drehe ich mich um, laufe zurück zum Tresen und höre gerade noch, wie der Jimmy zum Tony sagt: »Endlich is die Kloane wieder da. Da lafft's glei ganz anderst.«

Nettes Kompliment, aber ich hab keine Zeit, mich darin zu sonnen. Der Max zapft das Bier, ich schnappe mir die nächsten beiden Teller – einmal Münchner, einmal Rostbratwürstel, beides an Röstkartoffeln und Kraut – und trage sie an Tisch zwei. Dann hole ich die Beilagensalate für Jimmy und Tony, die die Omi jetzt erst durch die Durchreiche schiebt. Die hätten eigentlich vor dem Braten kommen müssen, aber mei, wenn viel zu tun ist, ist halt viel zu tun. Außerdem essen die meisten ihren Salat am Ende eh nicht. Dann kommen gleich wieder neue Gäste, zwei Fußballer, von denen mir der eine vor lauter Wiedersehensfreude gleich in die Arme fällt, während ich nicht mal in der Lage bin, mich an seinen Namen zu erinnern. Seinen Spezi halte ich mir vom Leibe – grad noch so, muss man sagen – und drück den beiden schnell zwei Speisekarten in die Hand. Ein Ablenkungsmanöver, das nicht sonderlich gut funktioniert, denn die beiden wollen gleich zwei schöne Obstler aufs freudige Wiedersehen von mir. Die kriegen sie natürlich nicht, zumindest nicht *vor* dem Essen, irgendwie finde ich es ungehörig, mittags bereits Schnaps zu trinken, unter der Woche vor allem. Dann wollen die Fußballer Essen bestellen, die Derbolfinger noch einen Nachschlag-Knödel und ein Batzerl Blaukraut, und da warten auch schon vier dampfende Portionen Münchner, die der Max fix den Gemeinderäten bringt, als er sieht, dass ich beschäftigt bin. Und irgendwann kommt auch noch der Papa, dem es ganz peinlich ist, eine Bestellung bei mir aufzugeben. Offensichtlich erinnert wenigstens *er* sich daran, dass eigentlich *ich* hier zu Gast bin, und nicht die ganzen anderen. Aber als ich ihm sein Bier bringe, da freut er sich, und als er dann auch noch seine Würstel kriegt, ist er wieder so sehr mit sich und der Welt im Reinen, dass er bloß noch sein leeres Glas hochhält, um mir zu signalisieren, dass er noch was zu trinken will.

Ächz. Ich hätte ja irgendwie gedacht, dass es mir Probleme bereiten würde, direkt aus dem Liebeskummer-Wochenbett heraus wieder Vollgas zu bedienen. Aber jetzt, wo ich dabei bin, bleibt mir gar keine Zeit, darüber nachzudenken, ob ich dazu in der Lage bin oder nicht. Ich serviere einfach, und das war's auch schon wieder.

Und dann gibt es da noch etwas anderes, das ganz automatisch passiert: Je länger ich dabei bin, desto besser komme ich in den Takt, desto klarer und harmonischer wird der Rhythmus, in dem ich vom Max Biergläser übernehme, Speisekarten einsammele, Bestellungen aufgebe und leichtfüßig tänzelnd (ja, ich!) leere Teller durchs Lokal jongliere. Klar, so richtig lustig bin ich immer noch nicht, aber plötzlich kann ich eine leise, stille Freude im Hin und Her meiner Arbeit finden. Vielleicht war die Auszeit zumindest dazu gut. Wenn du immer bloß Alltag hast und schuftest, dann siehst du ja keine Schönheit mehr in deinem Tun – jetzt mal poetisch ausgedrückt. Dann wirkt jeder Rhythmus gleichförmig und hohl und stupide. Und als jetzt auch noch der Bürgermeister höchstpersönlich kommt und mich freundlich in die Seite knufft, da muss ich dann doch grinsen. Es ist mein erstes Lächeln seit Tagen, also mein erstes *echtes* Lächeln, das von Herzen kommt und nicht gequält ist.

Und, nebenbei bemerkt: Das ist schon lustig, wie der alte Trick mit dem Rarmachen funktioniert, oder? Als ich noch da war, hat kaum einer wahrgenommen, wer ihm da sein Bier hinstellt, aber kaum ist man mal ein paar Monate lang weg, vermissen einen alle ganz gewaltig.

Dann, irgendwann, leert sich die Wirtschaft wieder. Die Fußballer machen sich los, die Gemeinderäte verschwinden, und der Bürgermeister nimmt ebenfalls seinen Hut. Nur der Jimmy und der Tony kleben noch auf ihren Stühlen, vor halbvollen Biergläsern, in denen schon lange kein Schaum mehr steht. Ich werfe einen Blick auf die Uhr. Es ist schon fast drei, darum gebe ich den beiden subtil zu verstehen, dass ich dann auch bei ihnen gerne langsam mal abkassieren würde.

»So, jetz werd aber ausgetrunken, und zwar dalli!«

Die beiden tun murrend wie befohlen, zahlen endlich und schleichen sich.

Nun ist es plötzlich wieder still in der Stube. Das Omilein hantiert noch in der Küche herum, es scheppert und klirrt, dann kann ich hören, wie die Spülmaschine angeht. Sie steckt den Kopf durch die Durchreiche, schaut, wo wir sind, und fragt uns, ob wir auch noch schnell was essen mögen.

»Au ja«, sage ich geschwind.

»Na, endlich«, brummt die Omi. »Und was?«

»Bratwürstel«, sage ich und schäme mich fast ein bisschen für meine plötzliche Gier.

»Und, was mag der Max?«, fragt sie.

»Dito«, sagt er, und wir müssen beide lächeln.

»Oiso gut, zwoamoi Rostbratwürstel«, ruft die Omi sich selber zu, und schon hört man, wie die Pfanne auf den Gasherd fliegt.

»Super«, freut sich der Max. »Des is jetzt genau des Richtige.«

»Und was dazu?«, ruft die Omi und steckt ihren Kopf schon wieder durch die Durchreiche.

»Für mich Kraut!«, rufe ich.

»Für mich auch«, ruft der Max.

»Zwoamoi Kraut«, wiederholt die Omi, und man hört einen weiteren Topf scheppern.

Wenig später macht sich ein irrsinniger Duft in der Stube breit, und mit einem Mal bekomme ich einen so dermaßenen Hunger, dass ich kurz befürchte, es könnte ein riesiges, schwarzes Loch in meinem Bauch entstehen, das alles Mögliche in sich einsaugt – Suppenlöffel, Weißbiergläser, die schönen Senftöpfchen aus Steingut. Mir knurrt der Magen, dass es beinahe schmerzhaft ist.

»Setz dich ruhig schon mal«, sagt der Max, als er das Brüllen aus meinem Bauchraum hört, und weist in Richtung Stammtisch. »Ich mach hier bloß schnell fertig.«

»Danke«, sage ich und stapfe in die Stuben, relativ breitbeinig, wie mir jetzt erst auffällt. Wenn man im Stress ist, verdrängt man so etwas ja manchmal, aber jetzt plötzlich weiß ich wieder, warum ich die Chucks nicht nach Berlin mitgenommen habe: Die Gummikappen drücken beim Laufen immerfort gegen meine kleinen Zehen, und jetzt tun mir die Füße weh, sogar ziemlich. Bestimmt bekomme ich eine Blase.

Der Max stellt ein paar Gläser ins Regal und hängt sein Geschirrtuch weg.

»Was zum Trinken?«, fragt er.

»Apfelschorle«, sage ich. »Groß, bitte.«

Er macht uns zwei davon, bringt die Gläser an den Tisch und setzt sich auf den Platz übereck. Ich lächle ihn dankbar an, und wir trinken, gleichzeitig, was sich irgendwie ein bisschen so anfühlt, als würden wir uns verbrüdern. Was für eine saugute Idee das doch gewesen ist, den Max als Kellner zu verpflichten. Kaum einer kennt das Dorf und seine Gepflogenheiten so gut wie er, und natürlich auch das Wirtshaus, immerhin hat er hier schon als Kind unter den Tischen gespielt. Und gleichzeitig ist er klug, studiert, war in Berlin. Und er hat Manieren. Er ist ein angenehmer Mensch, einer, der zupacken kann, wenn es sein muss, und sich zurückhält, wenn er spürt, dass das das Richtige ist. Jetzt mal abgesehen davon, dass sich ein paar Gäste daran stören werden, dass ihm der Vorbau fehlt – wenn mich hier einer ersetzen kann, dann er.

»Und, wie ging's heut?«, fragt er, als wir die Gläser abgesetzt haben, wieder gleichzeitig.

»Gut«, sage ich und nicke.

»Ich hoffe, es war ned zu stressig?«

»I wo«, sage ich. »In Berlin ist manchmal viel mehr los.«

»Noch mehr?«, fragt der Max überrascht.

»Freilich. Wir haben ja fast doppelt so viele Tische, wenn's da zugeht, ist des immer gleich ein Mordshalligalli und Riesengeplärr, und das manchmal in zwei, drei Belegungen an einem Abend, hintereinander.«

Der Max schmunzelt.

»Klingt aber irgendwie auch ganz lustig«, sagt er.

»Ist es auch«, sage ich und lächle, aber dann werde ich wieder ernst. Denn lustig ist es wahrscheinlich nur *gewesen*. Wie es weitergeht in den Minghartinger Stuben, jetzt mit dem neuen Besitzer, das wird sich noch zeigen. Die spaßigen Abende mit Frida und den anderen sind auf alle Fälle vorbei.

»Na ja«, sage ich. »Mein Englisch hat sich zumindest verbessert.«

»Des glaub ich. Ich wüsst ja nicht einmal, was Semmelknödel auf Englisch heißt.«

»Bread Dumpling«, sage ich, wie aus der Pistole geschossen.

»Und Reiberdatschi?«

»Potato Pancake.«

Max Mundwinkel zucken.

»Und Obazda?«

»Oubäzda.«

»Blöd«, kichert er.

»Saublöd«, sage ich, ebenfalls belustigt.

»Und sonst?«, fragt er, was jetzt natürlich alles heißen kann: Und sonst? Das Leben? Die Liebe? Verdauungsprobleme?

»Mei«, sage ich, weil ich es lieber nicht genauer wissen will, und zucke mit den Schultern. »Es war schon immer viel Arbeit«, sage ich so dahin.

Er sieht mich an, ich weiche seinem Blick aus, denn ich spüre, dass er eigentlich über etwas anderes mit mir reden will. Darüber, warum ich hier bin. Wie es mir geht. Er sagt nichts, zurückhaltend, wie er ist. Trotzdem bin ich heilfroh, als jetzt das Omilein zwei Teller bereitstellt.

»Kinder!«, plärrt sie. »Fressi!«

Ich will aufstehen, aber der Max legt mir eine Hand auf den Arm.

»Bleib sitzen«, sagt er und holt sie.

»I geh jetz a Runde auf'n Federball, gell«, ruft uns die Oma durch ihr Loch in der Wand zu. »Wenns ihr bloß no so gut wärt, nachert die Spülmaschin no amoi durchlaufen zu lassen. Es gibt no Geschirr.«

»Koa Problem«, sagt der Max.

»Servus, Omi«, sage ich.

»Oiso«, sagt die Omi und verschwindet. Wenig später höre ich sie die Treppe hinauf in ihre Wohnung stapfen und bin heilfroh, dass auch sie kein Wort zu meinem Wohlbefinden fallen lässt. *Siggst, da geht's da glei besser.* Die Mama könnte sich so etwas in der Art wahrscheinlich nicht verkneifen. Dabei kann ich blöde Sprüche jetzt überhaupt nicht brauchen.

Obwohl es stimmt. Mir geht es besser. Etwas. Ich meine, ich stehe wieder aufrecht, das ist doch auf alle Fälle schon mal ein Fortschritt.

Der Max stellt mir meinen Teller hin, teilt Messer und Gabeln für uns aus und setzt sich wieder auf seinen Platz.

»Danke. An Guadn«, sage ich.

»Ebenso«, sagt er und stopft sich in aller Seelenruhe den Zipfel seiner Serviette in den Hemdkragen. Ich muss lachen, als ich ihn mit Lätzchen sehe.

»Sorry«, sagt er und errötet. »Des gewöhnt man sich so an, wenn man immer alloa isst.«

Er will sich die Serviette wieder herausziehen.

»Lass!«, sage ich und mache ihm das mit dem Lätzchen nach. »Ist doch nett.«

»Danke«, sagt er. »War mir jetzt ganz peinlich.«

»Peinlich, so ein Schmarrn«, sage ich.

Der Max lächelt mich dankbar an, dann nickt er in Richtung seines Tellers, auf dem die Bratwürstel langsam zu brutzeln aufhören.

»Also, los. An Guadn«, sagt er und greift sich sein Besteck.

Wie gesagt, ich habe seit Tagen keine richtige feste Nahrung mehr zu mir genommen, deshalb kann ich mich, obwohl mein Hunger natürlich riesig ist, nicht dazu überwinden, gleich in die Vollen zu gehen. Stattdessen schneide ich recht zögerlich ein klitzekleines Stück vom Würstel ab, nehme zusätzlich ein winziges Häufchen Kraut auf die Gabel und schnuppere vorsichtig. Der Max beobachtet mich.

»Mei, wie ein kleines Katzerl«, sagt er grinsend. »Stimmt was ned damit?«

Ich schüttele den Kopf. Im Gegenteil. Die Wurst riecht fantastisch.

Ich nehme das winzige Stückchen in den Mund und merke, wie sich Salz und ein Hauch allerfeinsten Fettes an meinem Gaumen verteilen. Dann fange ich an zu kauen, was dazu führt, dass sich der Geschmack in meinem ganzen Mund ausbreitet. Es schmeckt so herrlich, dass ich heulen könnte vor Glück. Das Brät von der Omi ist einfach der Hammer. Fein und würzig, ohne bloß nach Gewürzen zu schmecken – elegant, aber gleichzeitig wahnsinnig deftig und lecker.

Ich nehme noch einen Bissen und schneide mir kauend gleich das nächste Stück ab, diesmal aber eines, das größer ist. Bringt ja nichts, dieses Herumgepicke.

»Schmeckt's?«, fragt der Max belustigt.

Ich nicke. Lenk mich nicht ab.

Und das nächste Stück. Saugut, ehrlich. Ich könnte nicht sagen, woran es liegt, aber obwohl die Würstel in Berlin ja ebenfalls hier und vom Omilein hergestellt worden sind, ist dieses hier viel leckerer als die im Wirtshaus in Berlin. Das muss ich dem Max natürlich mitteilen.

»Irgendwie«, sage ich mit vollem Mund und zeige mit der Gabel auf den Teller. »Irgendwie san die Dinger hier vui besser als bei uns da oben.«

»Ja, sicher«, sagt der Max ernst. »Des is bei allem so, was aus Bayern kommt.«

Er sieht mich eindringlich an, was mich komischerweise verunsichert, und ich erröte ein wenig, obwohl es eigentlich überhaupt keinen Grund dafür gibt.

»Des hat doch mit Bayern nix zum tun«, sage ich. »Seefisch zum Beispiel schmeckt am Meer auch besser als auf der Zugspitze.«

»Ja, weil er da frischer ist.«

»Naa.« Ich schüttele den Kopf. »Des hat mit irgendwas anderem zum tun. Bei der Hochzeit von der Bea, da auf den Virgin Islands, da hat es einen riesigen Red Snapper gegeben, der war saumäßig gut. Ich hab natürlich auch gedacht, dass des daran liegt, dass der ganz frisch aus dem Wasser gewesen ist, aber später hat mir der Koch gebeichtet, dass die Dinger tiefgekühlt und ausm Großmarkt waren, und höchstwahrscheinlich aus Mexiko oder Kolumbien gewesen sind. Des war enttäuschend, aber ich hätt schwören können, dass er wirklich viel leckerer war, weil ich ihn am Meer gegessen habe. Ich mein, italienischer Wein schmeckt in Italien auch vui besser als wie hier. Und Speck ist am besten in Südtirol.«

»Und Blumen blühen am schönsten, wenn man sie ned pflückt«, sagt er und schaut mich ganz komisch an.

»Und eine Leberkassemmel schmeckt am besten beim Bachhuber an der Theke«, sage ich schnell und schiebe mir das letzte Stück Wurst in den Rachen. Es ist eigentlich viel zu groß, um es in einem Haps zu essen, aber irgendwie wird mir das Gespräch langsam unangenehm. Ich spüre, dass wir hier eigentlich gerade über etwas anderes reden als über regionale Spezialitäten – wir reden über mich. Über mich in Bayern. Und mich in Berlin. Viel umständlicher als nötig kaue ich herunter und wische mir mit der Serviette über die Lippen.

Der Max scheint zu merken, dass ich über das Thema nicht reden will, denn er steht auf und nimmt unsere Teller.

»Guad, dann räum ich mal die Spülmaschine aus«, sagt er knapp.

»Okay«, sage ich.

Er steht auf und verschwindet in der Küche. Wenig später höre ich ihn mit Geschirr hantieren. Hoffentlich ist er nicht sauer, dass ich ihm eben so ausgewichen bin.

Ich hole einen Lappen, wische unseren Tisch ab und bringe unsere leeren Gläser zur Spüle. Dann stelle ich mich in die offene Küchentür und sehe Max dabei zu, wie er Stapel sauberer Teller und Schüsseln in die Schränke hievt. Man merkt wirklich an keiner Bewegung, dass er erst seit zwei oder drei Wochen bei uns ist. Es ist, als wäre er hier zu Hause. Das ist einerseits sonderbar, denn er ist ja irgendwie doch ein bisschen ein Fremder – ich war vermutlich ein Teenie, als ich das letzte Mal mit ihm in dieser Küche gestanden bin. Aber andererseits hat es auch etwas Beruhigendes. Irgendwie überträgt sich seine Sicherheit auf mich.

Max beugt sich wieder zur Maschine runter, holt eine letzte Suppenterrine heraus und stellt sie zu den anderen Schüsseln in den Schrank. Dann bückt er sich noch einmal und greift sich mit beiden Händen ein ganzes Bündel Messer und Gabeln.

»Gib her«, sage ich und gehe zu ihm hin. »Die bring ich schnell nach nebenan.«

»Au, gern«, sagt er.

Ich strecke die Hände aus und er reicht mir das glänzende Besteck wie einen viel zu dicken Strauß Blumen, oder wie einen Packen Spargel, wenn man's lieber so sehen will. Aber irgendwie bin ich unachtsam oder eben doch noch nicht wieder völlig auf dem Damm, vielleicht sind auch einfach nur meine Hände zu klein.

Auf alle Fälle greife ich nicht richtig zu, und das ganze Bündel scheppert zu Boden.

»Scheiße«, sage ich.

»Scheiße«, sagt der Max.

Wir gehen in die Knie, beide gleichzeitig und fangen in verschiedenen Ecken an, das Besteck aufzusammeln, das sich in der halben Küche bis unter die Schränke verteilt hat. Plötzlich muss ich daran denken, wie wir als Kinder mal zusammen ein Haus gebaut haben, aus irgendwelchen Holzabfällen aus der Werkstatt seines Vaters. Eigentlich war es ein Puppenhaus, mit Wohnzimmer, Schlafzimmer, Küche und Kamin, und am Ende war es vor allem ich, die damit gespielt hat. Aber das Basteln des Hauses ist unser gemeinsames Projekt gewesen, wahrscheinlich hatte er sogar mehr Freude daran als ich. Damals haben wir Stunden nebeneinander auf dem Boden hockend verbracht, hämmernd, sägend, klebend, na ja, wir waren eben immer schon ein gutes Team. Wir sind irrsinnig stolz auf unser Werk gewesen.

Was wohl damit passiert ist? Stimmt, irgendwann hab ich es einfach auf den Sperrmüll geschmissen. Ich bin ja nie so der mädchenhafte Typ gewesen, und als ich dann in die Pubertät kam, wollte ich sichergehen, dass ich wenn ich schon nicht so richtig zur Frau werden würde, wenigstens auch kein Kind mehr bin.

Wie doof von mir, oder?

Der Max und ich haben mittlerweile fast alles eingesammelt, nur der Haufen in der Mitte ist noch da, dort, wo ich das Bündel habe fallen lassen. Gemeinsam beugen wir uns darüber. Und weil meine Hände inzwischen so voll sind, dass ich jedes Mal, wenn ich ein Besteckteil aufhebe, ein paar andere fallen lasse, sagt er »gib her«, und nimmt mir etwas von meinem Besteck ab.

In dem Augenblick öffnet sich hinter mir die Küchentür, und jemand sagt meinen Namen.

Fuck.

Ich lasse vor Schreck ein paar Gabeln fallen. Ich kenne diese Stimme. Sehr gut sogar.

28

Langsam, viel langsamer als nötig, drehe ich mich um. In der geöffneten Küchentür steht der Tino.
Oha.
»Was macht ihr denn da?«, fragt er und blickt verstört auf uns hernieder.
»Was?«, frage ich, relativ verwirrt, denn ich hab keine Ahnung, was er meinen könnte. Doch schon in der nächsten Sekunde wird mir klar, was wir für einen Anblick bieten. Klar, wir haben die Hände voller Besteck, aber wir hocken gefährlich nah beieinander. So nah, dass wir das Besteck nur fallen lassen müssten und schon könnte etwas ganz anderes passieren.
Oweiowei.
Plötzlich ist mir die Situation selbst ganz peinlich. Ich meine, es ist nichts auch nur ansatzweise Verfängliches geschehen. Aber trotzdem fühle ich mich, als hätte Tino mich tatsächlich bei irgendetwas Heimlichem ertappt. Ich spüre, wie meine Wangen ganz heiß werden und wie mir das Blut in die Ohren schießt.
»Mir ist nur das Besteck runtergefallen!«, sage ich und deute auf die Teile, die noch am Boden liegen. Doch meine Worte klingen wie eine Ausrede, wie eine schäbige Lüge.
»Ach so«, sagt Tino mit ausdrucksloser Stimme. Er

sieht aus, als würde er mir nicht für ein Zehnerl glauben.

»Tino!«, ermahne ich ihn. »Ehrlich! Was denkst du denn bloß so einen Schmarrn!«

»Keine Ahnung. Vielleicht kannst du es mir ja sagen?«

Er sieht mich verletzt an. Enttäuscht auch. Und irgendwie wütend.

»Ich geh dann mal lieber«, meldet sich der Max schüchtern, legt das Besteck auf die Anrichte und zeigt mit beiden Händen in Richtung Türe.

»Ja, geh mal«, sagt der Tino. Er sagt es nur ganz leise, aber es klingt wahnsinnig abschätzig.

Spinnt der? Hallo? Es ist doch überhaupt nichts passiert? Warum tut er denn plötzlich so, als hätte ich irgendetwas ganz Schlimmes angestellt!

»Tino, spinnst du?« Ich sehe ihn wütend an. »Max, du bleibst hier!«

»Naa, oiso, Fanny ...«

Der Max schüttelt den Kopf, aber ich halte ihn schnell am Handgelenk fest, so bleibt ihm gar nichts anderes übrig, als dazubleiben. Der Penner kann ihn doch nicht einfach so wegschicken!

Tino weicht einen Schritt zurück.

»Alles klar«, sagt er und starrt auf meine Hand. »Vielleicht sollte doch lieber *ich* gehen.«

»Spinnst du jetzt?«, frage ich.

»*Deshalb* bist du da, ja?«, fragt der sauer. »Das ist der *Abstand*, den du brauchst, oder? Das bisschen *Zeit*.«

Also, jetzt wedelt aber der Schwanz mit dem Hund.

Vor lauter Fassungslosigkeit lasse ich den Max wieder los. Ich starre den Tino an, und er mich. Er sieht total verletzt aus, als hätte ich ihm etwas Furchtbares angetan.

Ich. Ihm.

Ich fühle mich so ungerecht behandelt, dass es mir die Kehle zusammenschnürt. Ich würde gern irgendetwas dagegen tun, mit der Faust auf die Anrichte hauen oder dem Tino auf die Brust, aber ich kann ihm nur ins Gesicht starren und spüren, wie sich meine Augen mit Tränen füllen.

Und dann weine ich plötzlich.

»Du hast echt überhaupt nichts kapiert, oder?«, fiepse ich.

»Fanny«, sagt der Tino, und sein Gesicht, das eben noch das eines betrogenen Ehemanns war, sieht wahnsinnig erschrocken aus. »Fanny«, sagt er noch einmal und macht einen Schritt auf mich zu.

»Sag mal, schnallst du eigentlich überhaupt nichts? Ich bin wegen dir hier, du Idiot! Wegen dir, verstehst du?«

Tinos Lippen öffnen sich leicht. Er hebt seine Hand und will mich an der Wange berühren, doch ich stoße sie weg.

»Du hast mich behandelt wie den letzten Scheißdreck, deshalb bin ich hier, kapiert? Der Max hilft mir nur! Weil ich wegen dir zu depressiv zum Arbeiten bin!«

Das Letzte war natürlich ein bisschen gelogen, aber einen wahren Kern hat es, drum ist es mir egal.

Tino weicht einen winzigen Schritt zurück.

»Ich weiß«, sagt er leise. »Entschuldige. Ich bin ... ich weiß auch nicht, was los ist mit mir.«

Er sieht mich bittend an, dann schlägt er die Augen nieder.

»Du entschuldigst dich immer«, sage ich und schlucke die Tränen hinunter. »Hinterher. Und dann denkst du, dass alles wieder gut ist, und machst so weiter wie vorher.«

»Entschuldige«, sagt er noch einmal, und ich lache auf.

»Klar!«, sage ich.

»Fanny, es tut mir leid.«

»Jaja«, sage ich und wische mir mit dem Handgelenk die letzten Tränen aus den Augen. Ich spüre, dass ich das, was er mir sagen möchte, überhaupt nicht hören will.

»Fanny, wirklich«, sagt er.

»Geh einfach«, sage ich.

»Fanny, bitte! Ich bin extra gekommen!«

»Ja, wozu eigentlich?«

»Um dir zu sagen, dass es mir leid tut. Und dass ich dich liebe.«

Ich schweige und sehe ihn an, ohne die geringste Regung.

»Fanny, ich liebe dich«, sagt er.

Er sieht mich wieder so flehend an, dass er für einen kurzen Moment fast so niedlich aussieht wie am Anfang, als wir uns kennengelernt haben. Plötzlich spüre ich dieses leichte Ziehen in der Brust, ein Ziehen hin zu ihm.

»Ich wünschte, ich könnte dir das glauben«, sage ich.

»Es stimmt«, sagt er. »Kannst du mir noch einmal verzeihen?«

Ich antworte nicht.

»Ich ... ich weiß, dass ich mich wie ein Arsch benommen hab, Fanny. Ich weiß auch nicht, wieso. Ich hab mich von irgendwas hinreißen lassen.«

Ich sehe ihn an, wie er da steht, klein und zerknirscht.

»Für ein bisschen Liebe würdest du alles tun, hab ich recht?«, frage ich ihn, und er hebt die Schultern. »Vor allem für die Liebe aller anderen.«

Tino schaut zu Boden, und plötzlich liegt alles ganz klar vor mir. Es ging ihm wirklich immer nur um Liebe. Und um Anerkennung natürlich. Und zwar um die seiner coolen Berliner Freunde. Irgendwie hat er gehofft, durch sie dazuzugehören und irgendwann vorne mitzuspielen in Berlin. Für diese Hoffnung hat er mich verraten.

»Aber eigentlich gibt es nur einen Menschen, dessen Zuneigung mir wirklich wichtig ist«, sagt er und guckt wahnsinnig treuherzig.

Fast hab ich mit ihm Mitleid. Ein Blinder kann sehen, dass ihm etwas fehlt. Sicherheit. Der Glaube an sich selbst. Die Fähigkeit, sich selbst zu mögen. Deshalb rennt er allem hinterher, was ihm ein bisschen Anerkennung bringt. Dabei müsste ihm eigentlich nur genügen, dass es jemanden gibt, der ihn liebt.

Eigentlich möchte ich ihm vergeben. Aber ich kann es nicht.

Ich bemerke ein Glitzern an seinem Hals. Ein goldenes Glitzern. Und obwohl die Kette, die er anhat, in seinem Ausschnitt verschwindet, ist klar, dass er meinen Kamera-Anhänger trägt. Das ist nicht der Rosenstrauß aus meinen Tagträumen, aber es geht in die Richtung.

Irgendein kleiner Rest in mir empfindet immer noch etwas für ihn.

»Fanny«, sagt er noch einmal, und anders als beim letzten Mal, als er meinen Namen wieder und wieder wiederholt hat, macht mich das Wort nicht mehr wütend. Es klingt eher wie ein Liebesschwur, wenn er es sagt. Mit einem Mal ist der Zug in meiner Brust so stark, als sei da eine unsichtbare Leine, die mich zu ihm zieht.

Plötzlich hat er einen dunklen Gegenstand in der Hand.

»Komm mal her, Fanny«, sagt er, und obwohl irgendwo in meinem Hinterkopf die Frage auftaucht, warum er nicht selber kommt, wenn er etwas von mir will, mache ich ein paar Schritte auf ihn zu. Sofort fühle ich mich ihm viel näher und vertrauter als gerade eben noch aus der Entfernung.

»Ich möchte dir etwas geben«, sagt er.

Ich spüre, wie meine Knie nachgeben. Der dunkle Gegenstand entpuppt sich als ein braunes Säckchen aus Leder. Er öffnet das Band, mit dem es verschlossen ist, und einen Augenblick später liegt auf seiner Handfläche ein kleiner Anhänger. Ein Diamant, meinem ganz ähnlich. Aber dieser hier ist geschliffen und glitzert.

Okay, das schlägt die Version mit den Rosen jetzt doch.

Um Längen.

»Du bist verrückt«, sage ich, mit einem riesigen Kloß in der Kehle.

»Vielleicht«, sagt er.

Er umschließt den Anhänger noch einmal mit der Faust und sieht mir fest in die Augen.

»Fanny, ich wollte dir nur zeigen, was du für mich bist. Weißt du, für mich bist du nicht wie dieses Ding da«, sagt er und zeigt auf die Stelle meines T-Shirts, unter der sich der Anhänger mit dem Rohdiamanten befindet. »Du bist kein Mauerblümchen.«

Er öffnet die Faust wieder und hält mir den Anhänger vor die Nase, der funkelt und leuchtet, wie es nur Diamanten können. Er mustert mein Gesicht, das spüre ich, aber ich bekomme es nicht hin, meinen Blick von dem Schmuckstück zu heben. Das ist jetzt nicht besonders originell, ich weiß, aber selbst, wenn man sich beruflich mit diesen Steinen beschäftigt hat, sind sie immer noch faszinierend. Jeder Stein ist ein bisschen anders, hat seine eigene Seele. Und die Seele dieses Klunkers hier ist obendrein ziemlich groß. Der Stein hat bestimmt ein halbes Karat, vielleicht sogar noch mehr.

»Darf ich ihn dir umhängen?«, sagt er und deutet auf die Kette, die ich um den Hals trage.

Ich blicke mich zu Max um, doch da, wo er vor wenigen Minuten noch stand, ist niemand mehr. Und dann passiert etwas Sonderbares: Es ist, als würde sich seine Abwesenheit wie ein Schatten über mich legen. Irgendetwas in mir sinkt ein kleines bisschen in sich zusammen, und dieses kleine, unscheinbare Gefühl ruft ganz andere Gefühle wach. Gefühle, die immer noch in mir sind, und die ich für einen kurzen Augenblick vergessen hatte. Ich bin immer noch verletzt, das spüre ich.

»Fanny?«

Ich sehe wieder zu Tino. Er hält mir den Anhänger wie eine Praline hin, und sieht mich mit seinen Tino-Augen an.

Mir wird noch etwas klar: Dass ich eigentlich überhaupt nicht herausfinden will, ob diese Entschuldigung wirklich ernst gemeint ist.

»Deine Kette«, sagt er.

Ich spüre, wie sich die Muskulatur in meinem Nacken anspannt und meinen Kopf nach links und rechts bewegt.

»Was?«, fragt er entsetzt.

»Ich kann nicht«, sage ich leise.

»Warum?«

»Ich kann einfach nicht.«

»Aber ...«

Wir sehen uns an, und ich spüre, dass es tatsächlich nicht geht. Ich kann ihm nicht einfach um den Hals fallen und so tun, als sei alles wieder auf Anfang gestellt. Ich würde nicht einmal die Arme hochkriegen.

»Tut mir leid«, sage ich leise.

Er steckt den Anhänger in die Hosentasche und stopft den Beutel hinterher.

»Okay«, sagt er verletzt und blickt zu Boden, wo immer noch ein paar Messer, Gabeln und Löffel liegen. »Ich verstehe.«
»Wirklich?«, frage ich.
»Ja. Du brauchst Zeit, oder?«, sagt er.
»Ich glaube nicht, Tino«, sage ich.
»Du brauchst Zeit«, sagt er und sieht mich aufmunternd, aber irgendwie auch leicht panisch an. »Fanny, ich liebe dich, und du kriegst so viel Zeit, wie du willst, okay? Aber jetzt kommst du erst mal mit nach Berlin zurück.«
»Nach Berlin?«
»Ja. Wir müssen dich wieder aufmuntern. Du musst mal ein bisschen ausspannen, ins Schwimmbad, in die Sauna, oder zur Thai-Massage. Du brauchst eine Auszeit, dann wird schon wieder alles!«
Ich sehe ihn an, wie er die Augen hoffnungsvoll aufreißt. In seine Augen habe ich mich als Erstes verliebt, und als Nächstes in seine Fähigkeit, mir ein gutes Gefühl zu geben. Als ich zum ersten Mal mit in die Bikini-Bar gegangen bin und er mir Mut gemacht hat, ganz einfach, indem er mir von sich selbst erzählt hat, da hab ich mich sofort zu ihm hingezogen gefühlt. Aber irgendwie funktioniert das nicht mehr.
»Nein«, sage ich.
»Nein?«, fragt er erstaunt.
»Das hier ist meine Auszeit.«
Er lacht leise auf und breitet die Arme aus, um mich auf den Raum aufmerksam zu machen, in dem wir uns befinden. »Auszeit? Hier?«

»Ja, hier«, sage ich kalt.

»Fanny, jetzt komm mal runter! Es ist echt kein Wunder, wenn du hier depressiv wirst! Schau dich doch mal um! Das ist doch der Horror hier!«

Er sieht sich in der Küche um, zwischen den bunt zusammengemixten Einbauküchenmöbeln, dem billigen Landhausbüfett, den eierlikörgelben Unterschränken. Blickt auf die uralten, verbeulten Kühlschränke, die zusammen wahrscheinlich mehr Energie verbrauchen als eine texanische Kleinstadt. Den Küchentisch aus rustikaler Eiche. Omis Schemelchen.

»Ich fühle mich wohl hier«, sage ich leise.

»Das ist nicht dein Ernst«, sagt Tino. »Komm mit, Fanny!«

Ich sehe ihn an und habe plötzlich das Gefühl, vor einem fremden Menschen zu stehen. Im Leben werde ich nicht mit ihm nach Berlin fahren. Und ohne ihn auch nicht, das wird mir plötzlich klar. Ich habe da doch überhaupt nichts verloren. Es war eine Erfahrung, aber meine Zeit da oben ist abgelaufen, das spüre ich. Das hier ist mein Zuhause. Dieser Ort hier.

»Sorry, Tino. Ich bleibe hier.«

Der Tino schaut mich an, und dann verzieht sich sein Gesicht zu einer Fratze, dass es mir kurz das Herz zusammenzieht.

»Scheiße«, sagt er leise.

Und dann schreit er.

»Scheiße, scheiße, scheiße!«

Er tritt mit voller Wucht eines von Omis Schemelchen weg, das wie ein Fußball durch die Küche fliegt.

Es landet direkt im Geschirrregal, in dem klirrend das Porzellan zerbricht.

»Scheiße«, sagt er noch einmal, diesmal leiser, und ich denke, dass er sich gleich entschuldigen wird. Aber dann sagt er bloß »Leck mich« und tritt gegen Omis Küchenbüfett, dass das Sperrholz splittert.

Leck mich. Er hat das so gesagt, als spucke er mir direkt ins Gesicht. Dann dreht er sich um und verschwindet.

Die Küchentür knallt.

Seine Schritte im Kies.

Ein Motor, der aufheult.

Ein Auto, das um die Ecke verschwindet.

Himmelarschundzwirn.

Ich halte die Luft an und warte darauf, dass oben das Fenster aufgeht und das Omilein diesem Irren etwas Treffendes hinterherbrüllt. *Varreck do glei, du Glätznsepp, du greisliger, du miserabliger Bettsoacher, du ogschissner Knedlwascher, du damischer, herglaffana Heislschleicher, verzupf di, aber dalli!* – um gute Schimpfworte ist sie ja nie verlegen. Aber dann fällt mir ein, dass das Omilein sich ja hinlegen wollte. Und wenn sie schläft, würde sie nicht einmal der Dritte Weltkrieg wecken. (Eine Schutzfunktion, wenn man mich fragt. Sie schnarcht nämlich so laut, dass sie quasi dazu gezwungen ist, im Schlaf ihr Gehör abzuschalten.)

Stattdessen kommt, alarmiert vom Krach, der Max zurück in der Küche. In der Türe bleibt er stehen und sieht sich mit großen Augen um, ohne ein Wort zu sagen. Der Schemel hat im Geschirrschrank dafür gesorgt, dass kein Teil mehr heile scheint. Und das schöne Büfett von der Omi ist wohl endgültig Sperrmüll, denn die Tür ist richtig eingetreten und wohl eher nicht mehr zu reparieren.

»Scheiße«, sagt er, beinahe tonlos.

Er schüttelt sich, als wolle er den Schrecken loswerden, dann macht er ein paar Schritte in den Raum. Das zerbrochene Geschirr knirscht unter seinen Füßen.

»Scheiße«, sage ich.

Der Max sieht mich an, dann zieht er die Schultern hoch und wirft den Schemel auf den Haufen mit dem zerdepperten Geschirr.

»Scheiße«, sage ich noch einmal.

Der Max seufzt, dann guckt er mir in die Augen.

»Weißt du was?«, sagt er.

»Was?«, frage ich.

»Ich finde, wir müssen hier sowieso mal renovieren.«

Sechs Wochen später ...

29

Eines muss ich zugeben: Mit meiner Aussage über die Leberkassemmel, die am allerbesten beim Metzger Bachhuber an der Theke schmeckt, habe ich mich geirrt. Denn noch viel besser als bei ihm im Laden schmeckt so eine Bachhuber-Semmel eindeutig hier unten am Weiher, im Schatten des alten Kahns. Vor allem, wenn die Oktobersonne noch richtig sommerlich scheint, wenn du alte Arbeitsjeans und einen fleckigen Kapuzenpulli trägst und es in der Ferne sägt und bohrt und hämmert. Saugut schmeckt sie hier sogar. Mit echtem Händlmaier-Senf – einfach ein Traum.

Gut, dass ich mir noch eine zweite geholt hab.

Ich ziehe sie aus der Papiertüte. Die erste habe ich mit ein paar schnellen Bissen verputzt, aber die zweite, die genieße ich. Und wie ich so vor mich hin kaue, muss ich wieder einmal daran denken, dass es im Leben halt doch vor allem darum geht, die Dinge aufs Wesentliche zu reduzieren. Nicht nur das Essen, aber das schon auch. Da haben die japanische und die bayerische Küche doch einiges gemeinsam, nicht wahr? Eine rösche Semmel, guter Senf, ein gschmackiger Leberkäse, fertig ist das Festgericht. Und in Japan käme auch keiner auf die Idee, sich auch noch Blaukraut, Zwiebeln, Gurken, Tomaten und vier verschiedene Saucen ins Sushi zu drehen, oder?

Ein Riesenschmarrn, diese Döner.

Ich verzehre den letzten Bissen, schlecke mir die Finger ab und versenke sie anschließend kurz im Weiher, um die klebrigen Reste des Senfs abzuspülen. Dann trockne ich mir die Hände am Pulli ab, exe die Apfelschorle, die ich mir in eine Flasche Adelholzener gefüllt habe, und lehne mich noch einmal zurück.

Aua. Jetzt überrollt mich die Erschöpfung aber. Alles tut mir weh, wirklich alles, Schultern, Arme, Rücken. Auf der Stelle einschlafen könnte ich, im Ernst. Ich werde froh sein, wenn ich den morgigen Tag überlebt hab.

Hinter meinem Rücken nähern sich Schritte, relativ zielstrebig kommen sie auf mich zu. Ich will mich noch ducken, aber das ist natürlich zwecklos. Männo! Ich will doch nur mal kurz meine Ruhe!

»Fanny?«, plärrt das Omilein.

»Ja?«

»Fanny?«

»Ich mach grad Brotzeit!«

In diesem Moment bereue ich es zutiefst, die zweite Leberkassemmel nicht *noch* langsamer gegessen zu haben. Weil das Wort Brotzeit natürlich viel plausibler klingt, wenn man auch etwas zu essen am Mann hat. So, wie ich da am Boden flacke und die Beine von mir strecke, sieht es natürlich aus, als würde ich mich bloß vor der Arbeit drücken.

»Fanny?«

Die Omi steht jetzt schnaufend vor mir und ich blicke an ihr hinauf. Wie sie da steht in ihrem Kochschurz, Haxen wie ein Sack voll Hirschgeweih – wirklich, eine unnachahmliche Aussicht.

»Fanny, i brauchat di zum Wursten.«

Jessas, das war ja mal wieder klar. Nicht eine Minute darf man in diesem Hause mal seine Ruhe haben.

»Frag doch erst amoi den Papa«, sage ich, recht waghalsig. »I hab heit no ned eine Minute Pause gemacht.«

Die Omi atmet schnaufend aus.

»Der Papa, der will si, fürcht i, schonen«, sagt sie abfällig.

»Wieso?«, frage ich unschuldig.

»Weil er sich irgendwo versteckt hat. In der Scheune is er ned, im Haus is er ned – i tat vermuten, dass er beim Doktor Anselm untergeschlupft is.«

Ich verdrehe die Augen. Das würde ja mal wieder passen. Der Doktor Anselm ist der Spezi, der ihm damals die Simulanten-Schiene verpasst hat, also ein Kumpel, auf den er in Notsituationen wie dieser hier zählen kann. Und eine Notsituation ist es: Der Papa ist morgen nämlich mit Würstelgrillen dran, und da gibt's überhaupt gar keine Widerrede. Die Minghartinger Stuben feiern nämlich große Wiedereröffnung, nachdem wir wegen der Renovierung mehr als vier Wochen zugehabt haben. Da brauchen wir jeden Mann. Und rausreden wird er sich nicht können, weil, dass er Würstel grillen kann, hat er auf unzähligen Bay-Wa-Betriebsfeiern bewiesen, auf denen er unter dem

Regiment von der Mama hinter den glühenden Kohlen stand.

Hihi, wahrscheinlich trinkt er sich gerade Mut an.

»Und der Max?«, frage ich.

»Der is bei dir oben und zankt sich mit dem Lehrbua von der Gas-Wasser-Scheiße.«

»Ehrlich?« Ich muss lachen. »Was stimmt denn da schon wieder ned?«

»Ach, I woaß do a ned. Die ham falsche Armaturen geliefert oder was.«

Also ehrlich, der Max. So ein Bopperl. Wie der sich reinhängt, das ist einfach toll.

Erst habe ich seinen Vorschlag, groß zu renovieren, ja für eine Schnapsidee gehalten. Hier bei uns im Wirtshaus wurde nämlich das letzte Mal ungefähr während des Zweiten Weltkriegs etwas erneuert, vom Ausbau meiner Dachgeschossbutze einmal abgesehen. Aber dann deutete sich an, dass der Quirin uns ganz vertragsgemäß tatsächlich einen Anteil am Verkaufserlös der Berliner Minghartinger Stuben auszahlen würde, und das rückte die Schnapsidee dann doch in ein anderes Licht. Gut, der im Vertrag festgelegte Betrag hätte uns nicht besonders weit gebracht, aber dann hat die Mama der Ehrgeiz gepackt. Ich glaube, ihre Schmach darüber, dass sie sich beim Vertragsabschluss mit dem Quirin dermaßen hat bratzeln lassen, war so groß, dass sie uns allen unbedingt beweisen musste, wie sehr sie es eben doch drauf hat. Sie hat sich an der VHS Starnberg für ein Seminar über Verhandlungstaktik angemeldet und sich den teuersten

Anwalt im ganzen Landkreis empfehlen lassen, der dann auch prompt ein paar gravierende Schwachstellen in Quirins Vertragswerk aufgetan hat. Wir haben uns beide ordentlich briefen lassen und sind dann bis an die Zähne mit Argumenten bewaffnet nach Berlin gefahren, um dem Quirin einen Besuch abzustatten. Zugegeben, wir hatten ganz schönes Muffensausen, als wir vor seiner Haustür standen, aber dann ist etwas passiert, womit wir nicht gerechnet hätten: Mein Ex-Chef hat sich überhaupt nicht gewehrt. Er hat sofort alles zugegeben, lachend sogar, als sei die ganze Angelegenheit nicht mehr als ein Spiel gewesen, und wir hätten halt herausgefunden, dass er bloß geblufft hat. Er war dabei so offen und ehrlich, dass mein Misstrauen darüber, wie umstandslos er unseren Anteil verdreifachte, sofort wie weggeblasen war – ich konnte gar nicht anders, als ihn gleich wieder ein kleines bisserl gern zu haben. Hinterher hat er uns sogar noch zum Essen eingeladen, in ein neues Restaurant in Mitte, in dem es ausschließlich Tatar gibt, unter anderem aus weißem Fischfleisch, was eine peruanische Spezialität ist, die gerade schwer in Mode zu kommen scheint. Er wollte unbedingt wissen, wie uns das Konzept gefällt, und ob wir glauben, dass so ein Lokal auch in Kreuzberg Chancen hätte, aber die Mama fand das Essen so dermaßen greislig, dass sich das Thema ganz fix erledigt hatte. Zum Glück, muss man sagen, denn ich fürchte, er hätte sonst versucht, uns zu überreden, unsere schöne Gewinnbeteiligung gleich wieder neu zu investieren, was ihm möglicherweise sogar gelungen wäre. Ich weiß auch nicht. Er hat irgendetwas an sich, dass es mir selbst nach dieser unglaublichen Schote, die er sich mit uns geleistet hat, unmöglich macht, so richtig sauer auf ihn zu sein.

Blöd, gell?

Aber gut.

Am Ende hatten wir zumindest richtig viel Diridari übrig, und mit dem wollten wir dann natürlich auch etwas machen. Also haben wir der Omi eine Profiküche reingestellt, dass es einem schier die Augen raushaut: mit dem Gemüsewaschtisch, den sie sich immer gewünscht hat, einem Konvektionsofen wie dem vom Schorschi und allem Pipapo. Wir haben die Fassade und die Fensterläden neu gestrichen, die Zapfanlage erneuert, im Wirtshaus selbst ebenfalls geweißelt und endlich einmal wieder die Gardinen gewaschen (da kam eine Brühe raus, ja servus!). Und meine Wohnung oben haben wir komplett renoviert, inklusive Fußböden, Wänden, Möbeln und Fliesen. Und dann haben wir noch …

Ach, aber die Überraschung heb ich mir jetzt noch ein bisschen auf.

Auf alle Fälle ist es der absolute Glücksfall für uns gewesen, dass der Max die Leitung der Renovierung übernommen hat. Weil erstens kennt er sich aus, zwecks gelernter Schreiner und studierter Architekt. Und zweitens hat er einen super Geschmack, was sich vor allem bei der Renovierung meiner Wohnung ausgezahlt hat. Er hat mir zum Beispiel irrsinnig hübsche, antike Kacheln ausgesucht, und ganz, ganz tolle

Dielen aus Altholz, da hat er die Beziehungen seines Vaters spielen lassen. Und dann hat er mir bei einem Händler für historische Baustoffe eine wunderbare, alte Badewanne ausgesucht, eine auf Löwenfüßen, wie die aus Quirins Wohnung. Und die sieht selbst in einem so winzigen Bad wie meinem absolut traumhaft aus – dieser neue, schwarz-weiß gekachelte Fliesenboden haut die eher kleine Größe echt raus. Gemeinsam haben wir die ollen Strukturtapeten von den Wänden gelöst und alles neu spachteln lassen und anschließend auch noch kalken, wodurch die ganze Wohnung gleich viel edler wirkt. Und dann gibt es noch einen dritten Vorteil, den der Max als Bauleiter hat: Er hat in seinen Berliner Jahren gelernt, faule, motzende Bauarbeiter gescheit auf Spur zu bringen. Gerade erst letzte Woche hat er den Fliesenleger alle Fliesen in meinem Bad noch einmal weghauen lassen, denn der hatte vergessen, den Boden diagonal zu verlegen, wie es sein Auftrag gewesen war. Die Bestimmtheit, die Max manchmal an den Tag legt, ist ganz schön beeindruckend, ehrlich. Ich meine, ich kenne ihn ja eigentlich nur als Nachbarsjungen. Aber in den letzten Wochen hat er gezeigt, dass er – das hört sich jetzt blöd an, ich weiß – ein Mann geworden ist.

»Kimmst jetzat, oder ned?«, unterbricht die Omi meine Gedanken.

»Ja, freili«, sage ich, komme wieder auf die Füße und klopfe mir ein paar Steinchen vom Hintern.

Gemeinsam marschieren wir zurück in Richtung Wirtshaus. Auf der Wiese hinterm Haus ist die Bühne schon fast fertig aufgebaut, die Mama steht mit einem Klemmbrett am Rand und versucht plärrend, die Handwerker zu kontrollieren. Doch die scheinen einfach zu machen, was sie wollen, zumindest sehen sie nicht gerade so aus, als würden sie sich auch nur im Geringsten um den Diktator am Spielfeldrand stören.

Ach so, die Bühne! Ja, selbstverständlich wird es morgen Musik geben, live von *Schubiblue*, den Blues-Granaten aus Derbolfing. Die haben versprochen, gegen Kost und Freibier gratis zu spielen, ist für sie Ehrensache. Ursprünglich wollten wir das Einweihungsfest viel kleiner aufhängen, bloß als kleine Feier im Wirtshaus. Aber jetzt herrscht seit einer Woche so ein dermaßen goldener Oktober, dass es eine Sünde wäre, sich zum Feiern im Haus zu verstecken. Klar, abends könnt es schon ein bisschen frisch werden, aber das halten wir dann schon aus. Zur Not kann man ja immer noch reingehen und da weiterfeiern.

»Du, Omi, i schau bloß schnell, wie's oben ausschaut«, sage ich, als wir das Haus betreten. »Bin gleich wieder da, gell?«

»Ah so«, sagt die Omi und schaut mich verschwörerisch an. »Wie's oben ausschaut. Aha.«

Dann schnalzt sie anzüglich mit der Zunge.

Also, das ist ja wirklich nicht zum Aushalten nicht. Seit Wochen unterstellt sie mir, dass der Max und ich ein Techtelmechtel haben, was natürlich vollkommener Blödsinn ist. Ich meine, wir kennen uns ungefähr seit dem Kindergarten, haben zusammen Blumen gegessen und gegenseitig unsere Popel probiert und uns vollkommen unbekleidet in Positionen gesehen, von denen manche Pornokameramänner nur träumen können. (Zum Beispiel, wenn wir splitternackt »Lkw mit Anhänger« gespielt haben, und er der Anhänger war. Ich bekomme ganz rote Ohren, wenn ich mich heute dran erinnere.) Also: Was für eine Idee!

»Omi«, sage ich drohend.

»Dann beeilst dich aber.«

Eh klar.

Immer zwei Stufen auf einmal nehmend, laufe ich die Treppe hoch bis unters Dach. So langsam sieht meine Wohnung wieder bewohnbar aus. Die letzten Wochen habe ich beim Papa in der Scheune auf dem Sofa verbracht, was am Ende gar nicht mal so unkomfortabel war, und schön irgendwie auch, mit seinem alten Herrn mal wieder ein bisserl zusammenzusitzen. Als ich eintrete, schraubt der Klempner gerade den Wasserhahn von meiner Badewanne wieder ab, mit genervtem Gesicht und leise fluchend. Ansonsten ist das Bad aber schon so gut wie fertig, ein Spiegelschränkchen fehlt noch, und ein kleines Regal, aber das will mir der Max nächste Woche zimmern. Die Küchenzeile ist bereits vollständig und auch schon wieder eingeräumt, alles schneeweiß, mit schlichten, modernen Griffen und einer schönen, dunklen Arbeitsplatte. Und mein Wohn-, Schlaf- und Esszimmer ist ebenfalls komplett: Ich habe einen neuen Esstisch, einen neuen Couchtisch und ein tolles, schlichtes Himmelbett aus Holz, das sich wahnsinnig gut macht auf dem neuen Dielenboden. Nur mein Sofa habe ich behalten. So nostalgisch bin ich.

»Max?«, rufe ich, und er steckt den Kopf aus der kleinen Abstellkammer, in der ich jetzt nicht mehr ein olles Stahlregal fürs Bügeleisen, sondern einen kleinen, begehbaren Kleiderschrank habe.

»Ja?«, fragt er und wischt sich die Hände ab. Sein Gesicht ist voller Staub, die Augenbrauen vor allem – ein Anblick, an den ich mich fast schon ein bisschen gewöhnt hab. Wir sehen uns seit Wochen im Prinzip nur noch ungewaschen, was sich irgendwie irrsinnig vertraut anfühlt.

»Ach, nix eigentlich«, sage ich. »Wollt nur mal schauen.«

»Heut Abend bin ich hier fertig«, sagt er. »Kannt bloß sein, dass es a paar Tage dauert, bis du dein erstes Bad nehmen kannst.«

Er verdreht die Augen und gestikuliert lautos in Richtung des jungen Klempners, mit dem es seit Tagen nichts als Ärger gibt. Eigentlich ist die Firma, die der Max engagiert hat, ein super Betrieb, seit sechzig Jahren ansässig in Derbolfing, aber der neue Lehrbub macht alles falsch, selbst Sachen, die eigentlich gar nicht falsch zu machen sind. Eine einzige Katastrophe.

Ich antworte, indem ich ebenfalls die Augen verdrehe. Wir müssen beide grinsen.

»Danke, Max«, sage ich.

»Gern«, sagt er.

Wir lächeln.

Ich lächle überhaupt ganz schön viel in letzter Zeit,

und das, wo alle doch immer sagen, dass Handwerker im Haus der blanke Horror sind. Ich lächle auch noch, als ich die Treppe hinuntersteige, bis hinab zur letzten Stufe. Erst, als ich die Küche betrete, verziehe ich das Gesicht. Wie das blendet!

Grausam.

Eines vorneweg: Mit der Küche habe ich nichts zu tun, absolut rein gar nichts. Die Omi und der Max haben die zusammen im Geheimplan ausgeheckt und wollten sich partout überhaupt nicht reinreden lassen. Logisch, man hat schon ungefähr ahnen können, was da kommt, immerhin ist das Omilein tagelang ohne ihren großen *Gastro-Star*-Katalog überhaupt nicht mehr anzutreffen gewesen. Einmal hat sie ihn sogar zum Aldi mitgenommen und selbst beim Schieben des Einkaufswagens noch darin gelesen. Aber dass sie es so übertreiben würde? Alles ist neu, wirklich alles, Kühlschränke, Wärmeschränke, Waschtische, Spülen. Und alles ist aus gleißend glänzendem Edelstahl, beleuchtet von großen Profideckenlampen, die so hell sind, dass man sich in der Küche ein bisschen wie in einem Raumschiff fühlt. Und wie in einem Raumschiff bewegt sich auch das Omilein darin – mit leuchtenden Augen, vor Glück fast schwebend. Wenn sie ihren neuen Pürierstab in der Hand hat, sieht sie aus wie ein kleines Kind, das im Flugzeug mal vorne im Cockpit den Steuerknüppel halten darf. Das Einzige, das sie aus ihrer schönen, alten Küche behalten hat, ist die große Wurstmaschine vom Metzger Bachhuber, von der konnte sie sich dann doch nicht trennen. Und natürlich hat sie immer noch ihre alten Schemelchen, weil es die halt in einer Profiversion dann doch nicht gibt. Auf alle Fälle hat die Omi diese Küche mit dem Berlin-Abenteuer vollkommen versöhnt.

Ich wasche mir die Hände, stelle mich neben sie und helfe ihr, den Schweinedarm aufs Füllhorn zu fädeln, was eine ganze Weile dauert. Dann schmeißt sie die Maschine an, der Darm füllt sich langsam, und ich drehe Stück für Stück die einzelnen Würste ab und lasse sie in eine große Schüssel aus Edelstahl gleiten. Das machen wir eine halbe Ewigkeit lang, denn morgen kommt schließlich auch der halbe Landkreis, und der hat erfahrungsgemäß Hunger.

Als wir fertig sind, decken wir die Schüssel mit Frischhaltefolie ab, packen sie in den riesigen, neuen Kühlschrank und drehen den, damit die Würstel schön frisch bleiben, ordentlich kalt. Ich wasche mir die Hände, frage die Omi, ob es noch etwas für mich zu tun gibt, und gehe hinüber in meine Werkstatt.

Jawoll, in meine Werkstatt.

Trara!

Die ist ebenfalls auf dem Mist vom Max gewachsen, und dafür werde ich ihm ewig dankbar sein, ehrlich. Nach dem Rambo-Auftritt vom Tino hat es sich ergeben, dass mein alter Freund und ich die ganze Nacht miteinander gesprochen haben, erst über den Tino, dann über den Tino und mich, und dann nur noch über mich, über meine Träume und darüber, was ich eigentlich vom Leben will. Und ich habe ihm erzählt: von meinen Fluchtfantasien und davon, dass ich immer weg wollte aus Bayern, dass ich das Gefühl hatte, nicht das Leben zu führen, das ich eigentlich führen will. Und ich habe ihm auch von meiner Angst erzählt, dass mein Leben, wenn ich jetzt hierbleibe, endgültig entschieden ist. Aber dann, noch während ich das erzählte, ist etwas Seltsames passiert. Der Papa ist reingekommen, hat sich ein Bier geholt und ist dann wieder in seiner Scheune verschwunden. Und in dem Augenblick habe ich etwas Wichtiges kapiert.

Ich hab mich ja immer wahnsinnig darüber aufgeregt, dass der Papa sich aus allem immer nur raushält und sich für unser schönes Wirtshaus einen feuchten Dreck interessiert. Ich habe mich nicht nur über ihn geärgert, ich habe ihn sogar manchmal regelrecht verurteilt, wenn ich ehrlich bin. Aber in diesem Augenblick, in dem er sich sein Bier geholt hat und anschließend wieder in seinem Reich verschwunden ist, habe ich verstanden, dass sein Leben auch ein Stück Wahrheit für meines enthalten könnte. Ein kleines zumindest.

Könnte es nicht sein, dass es für mich nicht nur zwei Möglichkeiten gibt? Entweder wegzugehen und meinen Traum zu verwirklichen oder hierzubleiben und Biere zu servieren? Dass es etwas dazwischen gibt? Könnte ich nicht einfach hierbleiben und mein Leben trotzdem in die Hand nehmen? Könnte ich nicht, statt zu fliehen, einfach mein Leben hier so verändern, dass es gut ist?

Eines hatte ich nämlich kapiert: In Wirklichkeit macht es mir nichts aus, im Wirtshaus zu schuften, überhaupt nicht. Ich mag die Arbeit, den Stress, die Gäste. Aber ich brauche einen Ausgleich. Einen Platz, an dem ich ich sein kann. Als ich nach Berlin gekommen bin, habe ich gedacht, dass die Stadt dieser Ort ist, und vielleicht wäre sie es irgendwann auch geworden. Nur: Der Traum, den ich dort gelebt habe, war gar nicht mein Traum. Berlin hat mich nicht dazu gebracht, ich selbst zu werden. Berlin wollte, dass aus mir eine Berlinerin wird – na ja, zumindest wollten das die Berliner, die ich getroffen habe. Dabei weiß ich gar nicht, was das eigentlich sein soll, eine Berlinerin. Es gibt ja noch ganz andere Leute in dieser Stadt, nicht nur die, die in Stefanidis-Klamotten durchs Nachtleben ziehen. Mittlerweile denke ich an diese Fanny, die mit Gin-Tonic-Gläsern in Bars herumsteht, wie an einen fremden Menschen, an einen netten zwar, aber doch an einen, dem ich nie so richtig nah gekommen bin. Ich bin dort einfach nicht ich selbst gewesen.

Wo bist du denn du selbst, wollte der Max dann wissen, und dann habe ich ihm von meinem alten Traum von einer eigenen Goldschmiedewerkstatt erzählt. Komisch, oder? In dem Augenblick, als ich Max in die Augen geschaut hab und er mich gefragt hat, wo denn da das Problem ist, hab ich selbst es auch nicht mehr gesehen. Mit einem Mal war alles ganz einfach.

Ich gehe an Papas Scheune vorbei und öffne die Tür, die in den neuen Raum an der Rückseite führt. Früher war hier nur eine Art Veranda, ein Dachvorsprung, unter dem wir den Rasenmäher und irgendwelches Geraffel aus dem Garten parkten. Aber der Max hat ringsum Wände hochziehen lassen und riesige Fenster eingebaut, es gibt jetzt eine Heizung und Strom. Ich habe mir einen Werktisch gekauft und eine Tageslichtleuchte, eine Karatwaage und ein Lötgerät. Klar, bis es eine richtige voll ausgerüstete Werkstatt ist, fehlen mir noch ein paar Sachen. Ich beobachte auf eBay ein ganz tolles Punktschweißgerät, und wenn das nicht zu teuer wird, dann starte ich hier richtig durch. Ein bisschen angefangen habe ich sogar schon, mit niedlichen, kleinen Ohrsteckern, winzigen, zarten Origami-Blüten, die ich aus Goldfolie unter der Ringlupenleuchte gefaltet habe. Die muss ich unbedingt noch fertig machen und morgen früh nach Berlin losschicken, damit sie pünktlich am Montag im Laden liegen.

Ja, richtig. Ich bin vor zwei Wochen noch einmal nach Berlin gefahren, mit meinen schönsten Schmuckstücken im Gepäck, alten aus Pforzheim und den paar Arbeiten, die ich in den letzten Wochen geschmiedet habe. Und mit denen bin ich direkt in die Potsdamer Straße gelaufen, zum Laden von Stefanidis. Der Inhaber hat sich tatsächlich noch an mich erinnert, zum Glück, also habe ich ihm meine Arbeiten auf den Tresen gelegt und ihn dann mit pochendem Herzen gefragt, ob er sich vorstellen könnte, das eine oder andere Stück in seinem Laden zu vertreiben. Er fand die Idee sofort super, hat sich richtig über mein Angebot gefreut, aber noch während er mir erzählte, zu welchen Konditionen er sich vorstellen könnte, meine Sachen in Kommission zu nehmen, ist etwas Komisches passiert. Ich hab mich in dem Laden umgesehen, zwi-

schen den Designerklamotten und den Kosmetikartikeln und all diesem ganzen Nobelkrimskrams, den kein Mensch braucht und doch eigentlich auch kein Mensch will, und habe plötzlich gemerkt, dass ich meinen Schmuck hier gar nicht verkaufen will. Ich will nicht, dass irgendwelche Tinos und Dolores und Philippes meine Sachen plötzlich toll finden, nur weil es sie hier im Laden gibt. Also hab ich den Schmuck hastig wieder eingepackt und mich entschuldigt, bin aus dem Laden gestolpert und die Potsdamer Straße hinab gelaufen, vorbei an den Prostituierten, die mich ansahen, als sei ich vollkommen irr. Ich habe mir ein Taxi angehalten und bin nach Kreuzberg gefahren, zum Laden von Anna und Julie. Tja. Und jetzt verkaufen die beiden doch echt meine Sachen. Gegenüber vom Café Colette. Mitten in Kreuzberg. Im hippen Berlin.
Mann.
Echt Wahnsinn.
Mein Leben nimmt Formen an, endlich. Und zum ersten Mal seit Langem trage ich wieder etwas in meinem Herzen, das mir ein gutes Gefühl gibt, etwas Leuchtendes, Warmes.

30

Es gibt Nächte, die kommen nicht zur Ruhe, selbst dann nicht, wenn die Party längst zu Ende ist. Sie funkeln, pochen und vibrieren immer weiter, auch wenn du längst im Pyjama und mit geputzten Zähnen im Bettchen liegst und das einzige Licht im Zimmer die kleine Leselampe auf dem Nachtkästchen ist.

Diese Nacht ist so eine. Ich versuche die Augen zu schließen, doch sie kribbelt immer weiter. Im ganzen Körper kribbelt sie.

Ich schlage die Decke wieder zurück und springe aus dem Bett, was leicht ist, denn ich bin nicht im Geringsten müde. Ich stehe da, in meinem neuen Schlafzimmer, auf meinem neuen Dielenboden, zwischen meinen neuen Wänden. Ich weiß überhaupt nicht wohin mit mir, tapse erst ins Bad, dann zum Kühlschrank, obwohl ich alles andere als hungrig bin. Und dann spüre ich den Mond, dessen Licht hell und milchig durch die Ritzen der Fensterläden dringt. Ich gehe hinüber, öffne das Fenster und stoße sie auf.

Ich beuge mich ein wenig hinaus. Silbernes Licht strömt auf mich herab, und die kühle Nachtluft umfängt mich wie ein Schleier.

Was für eine Nacht.

Ich schlinge die Arme um die Brust und reibe mir

die Gänsehaut weg. Es ist zwar ungewohnt warm für Oktober, aber nachts ist es natürlich kühl. Aus dem Garten dringen noch ein paar Stimmen zu mir nach oben. Ich muss grinsen. Ich kann zwar keinen sehen, aber ich weiß trotzdem ganz genau, wer sich da unten in den Armen liegt. Doch der Rest von Mingharting schläft bereits – wenn man die Straße hinab in Richtung des Dorfes blickt, ist alles dunkel und still. Und auch im Garten sind die Lichterketten bereits aus, die Bühnentechnik ist eingepackt, Grill und Tresen wieder im Keller verstaut.

Die Party ist vorbei, mein Lieber.

Doch etwas Neues beginnt. Ich spüre es ganz deutlich. Seit diesem Abend steht wie ein Stern ein Anfang am Himmel, hell und unverrückbar.

Ich schließe die Augen, ein Schauer überströmt mich, und obwohl das nicht ausschließlich an der Außentemperatur liegt, hole ich meine Strickjacke und ziehe sie mir über.

Was für eine Nacht.

Und was für ein Fest das war!

Alle waren da, wirklich alle, die Gemeinderäte, der Schafkopf-Club, die Jungs vom Fußball, der Burschenverein und die Stammtischler natürlich auch. Es wurde gegessen und getrunken und noch mehr gegessen. Der Metzger Bachhuber hat uns nämlich überraschend die saftigste Sau aller Zeiten spendiert, und die gab's frisch vom Spieß – neben Bier vom Fass und Omis Würsteln natürlich. Es wurde gebrüllt und gezetert und gelogen und gelacht, der Papa stand mit Leichenbittermiene am Grill, die Jungs von *Schubiblue* haben sich auf der Bühne die Seele aus dem Leib gejammt und die kleine Mercedes Schaller hat dazu (bekleidet mit einem Minirock, der vermutlich einmal ein Gürtel ihrer Mutter gewesen war) den Macarena getanzt, was natürlich nicht gepasst hat, aber man wäre ja schön blöd gewesen, sie davon abzuhalten. Stichwort: Mayonnaise im Seifenspender.

Kurzum, alles hat ganz wunderbar gepasst, und vermutlich wäre die ganze Feier ohne weitere Umwege in den planmäßigen Kollektivrausch gemündet, hätte es nicht zwischendrin eine Überraschung gegeben. (Gut, zum Kollektivrausch kam es dann trotzdem noch, und insgesamt gab es zwei Überraschungen, nein, eigentlich drei, aber immer der Reihe nach.)

Die Überraschung war die: Der Quirin kam zu unserer Party. Und nicht nur der. Aus dem riesigen, schwarzen Daimler mit Anhänger, der mit majestätischer Ruhe auf den Parkplatz bog, und der die halbe Partygesellschaft dazu brachte, sich die Hälse zu verdrehen, stiegen außerdem nacheinander aus: die Frida, der Benjamin Ettl und der Schorschi.

Der absolute Hammer.

»Schorschi!«, plärrte winkend die Omi.

»Ommi-line!«, jubelte der Schorschi zurück.

Die Omi war außer sich vor Freude und nackelte ihrem Lieblingsspezi so inbrünstig die Wange, dass dem seine Dreadlocks nur so wippten. Der Benjamin Ettl versuchte ebenfalls die Omi zu begrüßen, allerdings mit ausgestrecktem Arm, womit er sich eine Watschen einfing, die er noch auf dem Totenbett spüren dürfte und die ihn hoffentlich endgültig kuriert hat. Die Frida hielt sich von der Omi lieber fern und kam gleich auf mich zu, ganz schüchtern und mit soviel Reumut unterm blauen Haarschopf, dass ich beinahe lachen musste. Ob ich ihr böse wäre, wollte sie wissen, aber ich nahm sie einfach in den Arm. Am Ende war sie mir von allen Berlinern dann doch die Allerliebste, und als sie mir jetzt sagte, sie hätte sich nach der Nummer mit den Postkarten ohnehin von der Gruppe zurückgezogen, wuchs sie mir erst recht ans Herz. Auch, wenn sie mir mit betroffener Mine die Nachricht überbrachte, dass der Tino jetzt mit der Dolores zusammen sei. Aber das geschieht den beiden nur recht, oder? Wie heißt es schon in der Bibel? Arschloch zu Arschloch, Staub zu Staub. Das sollte mir die Laune nicht verderben.

Und der Quirin? Der Quirin busselte uns nacheinander ab, dann packte er mit großem Trara eine Berliner Devotionalie nach der anderen vom Anhänger: den Riesenwolpertinger mit den vielen Köpfen, den von Benjamin Ettl massakrierten Tisch, ein ganzes Dutzend von den schicken Schürzen, vier Stühle … Ein Friedensangebot, wie er sagte, und alles rechtzeitig vor der Übergabe an Heiko Poppe von ihm höchstpersönlich beiseite geschafft.

»Und, was sollma jetz mit dem Graffel?«, fragte die Omi, als sie den Möbelhaufen im Gras sah.

»Keine Ahnung«, sagte der Quirin. »Ich brauch jetzt erstmal einen Schnaps.«

Und weg war er.

Erst eine ganze Weile später entdeckte ich ihn wieder, Arm in Arm mit dem Papa. Dessen Dienst am Würstelgrill hatten derweil der Benjamin Ettl und der Schorschi übernommen.

Und so ging das Fest weiter. Die Frida freundete sich mit der Iris Schaller an (naja, für den Abend zumindest), die Stammtischler soffen wie die Bürstenbinder Schnaps, die Omi drückte sich am Würstelgrill herum, hin- und hergerissen zwischen Schorschi (allerliebstes Bopperl) und Ettl (Breznsoizer, brunzfackldumm), und die kleine Mercedes verdrückte sich mit einer Kracherlflasche in ihr Parallelreich unter den Tischen, um dort wer weiß welche diabolischen Pläne auszuhecken. Und dann, etwas später – *Schubiblue* standen kurz vor ihrer vierten Zugabe – da rollte die zweite Überraschung des Abends an: in Form eines schwarzen 6er-BMWs mit Münchener Nummernschild und getönten Scheiben.

Der Wagen parkte, die Beifahrertür ging auf, und heraus stieg eine unglaublich gutaussehende Blondine in perfekt sitzenden Jeans, T-Shirt und einem wahnsinnig schicken Blazer.

»Bea!«, schrie ich. »Des gibt's ja ned!«

Ich rannte auf sie zu, als hätte ich sie seit zwanzig Jahren nicht gesehen und nicht erst im letzten. Aber das war ja auch eine Überraschung!

»Fanny! *Dear!*«

Wir fielen uns in die Arme, und hielten uns lang und noch ein bisschen länger – so lange halt, bis wir die

Freudentränen wieder weggeblinzelt hatten. Wir setzten uns zusammen in eine Ecke und dann sprudelte es aus uns heraus wie aus angestochenen Fässern.

Den Besuch arrangiert hatte, ohne Schmarrn, die Omi. Sie hat sich vom Papa ins Skype einweisen lassen und die Bea dann wie ein Staubsaugervertreter so lang beschwatzt, bis die die Flüge gebucht hatte.

Dass Beas Mann, dem Jasper, derweil nicht langweilig geworden ist, darum hat sich dann übrigens der Quirin gekümmert. Und zwar intensiv.

Hihi! Es war aber auch klar, dass mein Ex-Chef so auf den Jasper reagieren würde. Der ist nämlich total sein Beuteschema: Sauberer Anzug, die richtigen Schuhe, teurer Haarschnitt – der Quirin hat sofort geschnallt, dass bei dem Typen Geld zu holen ist, unter Umständen nicht wenig. Er hat Beas Mann in eine Ecke gezerrt und ihn auf eine Weise bequatscht, dass es mich nicht wundern würde, wenn Bea und er morgen früh als Teilhaber eines Tatar-Restaurants in Berlin-Mitte erwachen.

Ach ja. An diese Nacht werde ich mich noch lange erinnern.

Ich blinzle ins Dunkel, schaue in den Himmel, und habe mit einem Mal das Gefühl, als blinzelten die Sterne heimlich zurück. Und dann geht in einem Fenster im zweiten Stock des Hauses gegenüber ein Licht an.

Das ist das Zimmer von Max.

Ich sehe hinüber. Es ist nur ein ganz gedämpftes Licht, wahrscheinlich bloß seine Nachttischlampe. Aber obwohl ein Parkplatz, eine Straße und noch ein

Parkplatz zwischen uns liegen, wärmt es mich wie ein Feuer.

Also gut. Hier kommt die dritte Überraschung an diesem Abend. Obwohl ich gar nicht sagen könnte, was genau eigentlich die Überraschung gewesen ist. Ich meine, es war klar, oder? Irgendwie zumindest. Ich hab es gewusst, schon länger. Ich hatte bloß nicht den Mut, es mir einzugestehen.

Es war schon relativ spät am Abend, zehn vielleicht, aber natürlich war das Fest immer noch in vollstem Gange. Gut, die Gäste saßen schon etwas schiefer an den Tischen, der Papa vor allem. Der Grill war auch schon aus, und die Omi hatte den Schorschi gerade ins Haus geführt, um ihm ihre neue Küche zu zeigen. Vorher hatte sie mich flüsternd gefragt, ob ich mir nicht vorstellen könnte, dass der Schorschi bei uns anfängt, was man mal durchrechnen müsste, aber im Prinzip doch eine super Idee ist, oder? Ich schlug vor, das gleich morgen früh zu diskutieren, aber jetzt musste ich erst einmal mit allen anstoßen. Also ging ich zu Bea und Jasper, die vollkommen fasziniert an Quirins Lippen hingen, und kippte einen mit den dreien. Dann ging ich weiter zu den Stammtischlern, bei denen auch der Benjamin Ettl saß, um mit denen einen weiteres Stamperl zu nehmen. Dann traf ich den Papa, der gerade vom Abort kam, und zwang ihn, ebenfalls einen mit mir zu heben. Ich hatte also relativ schnell relativ viel intus, wurde aber dennoch nicht betrunken, was komisch war. Irgendetwas arbeitete in mir, machte mich unruhig, und das, obwohl doch eigentlich alles fertig war: das Wirtshaus, meine Goldschmiedewerkstatt, meine Wohnung. Alles außer der Badewanne, aber die konnte es ja wohl nicht sein.

Irgendetwas fehlte.

Ich sagte niemandem Bescheid, als ich mich für eine kleine Pause von der Party schlich. Oder was heißt *schlich* – ich ging ja gar nicht weit, nur bis runter zum Weiher.

Der Himmel war sternenklar, es wehte Gelächter durch die Nacht, der helle Mondschein leuchtete mir den Weg. Ich weiß noch, wie seltsam ich es fand, dass Nächte so unterschiedlich sein können. Dass, obwohl der Himmel und die Sterne doch dieselben sind, die Nächte in Berlin so atemlos und flackernd sind, und hier so ruhig und regungslos, selbst dann noch, wenn in der Nähe eine Party stattfindet.

Der Weiher lag still und schwarz glänzend zwischen den Büschen, von außen hätte man nicht sagen können, wie tief er ist. Ich beugte mich darüber, doch ich spiegelte mich nicht darin.

Ich steckte zwei Finger ins Wasser, es fühlte sich an wie flüssige Seide. Kleine Wellen breiteten sich aus und rührten das Schwarz auf. Ein winziger Schauer lief mir den Rücken hinab, ich hörte Schritte in der Ferne, und wenig später eine Stimme, die meinen Namen rief.

»Fanny?«

»Fanny!«

Das war der Max, der mich da suchte. Mit einem Mal wurde mir ganz warm.

»Was gibts?«, fragt ich, stand auf und trocknete mir die Pfote am Hosenboden ab.

Der Max trat näher, sah mich an und wieder weg. Er wirkte fast so, als hätte ich ihn bei irgendetwas ertappt.

»Ach, nix eigentlich«, sagte er. »Wollt nur mal schauen.«

Ich musste lächeln, und er guckte zu Boden. Dann hob er den Blick wieder, und wir sahen uns an. Wir standen einander gegenüber, und für einen kurzen Moment, zwei oder drei Sekunden lang, dachte ich, er würde mich gleich küssen.

O Mann.

»Ich ...«, sagte er. »Ach, nix.«

Wieder sahen wir uns an, und ich war froh, dass es dunkel war, denn ich konnte ganz genau spüren, dass meine Wangen glühten.

Ich hatte es die letzten sechs Wochen immer wieder von mir weggeschoben, aber das Gefühl ist wiedergekommen, wieder und wieder und wieder. Etwas war zwischen uns entstanden.

»Wollen wir wieder raufgehen?«, fragte ich, einfach nur, weil ich so irre nervös war.

»Ja, klar«, sagte er. »Gehen wir.«

»Gehen wir«, wiederholte ich, und bereute meine Worte noch im selben Augenblick. In Wirklichkeit wäre ich doch lieber hiergeblieben, hier unten am Weiher, mit ihm. Mein Herz pochte, und ich ging an ihm vorbei, doch im selben Augenblick ergriff er von hinten meine Hand.

»Fanny«, sagte er tonlos.

Ich drehte mich um, und er zog mich zu sich, und schon spürte ich seine Lippen auf meinen, nur ein, zwei Sekunden lang, dann lösten sie sich wieder.

Ich blickte zu Boden, und ich glaube, er auch. Ich bin mir sicher, dass sein Herz genauso in Aufruhr war wie meins. Alles in mir raste, und doch war ich gleichzeitig starr vor Schreck, unfähig, mich zu bewegen.

Doch dann küsste er mich noch einmal. Er legte mir eine Hand in den Nacken, und eine auf die Wange, sein Daumen berührte meine Lippen, und er küsste mich. Und da wusste ich plötzlich, dass es genau das hier war: mein Leben. Das hier und nichts anderes.

Wir blieben lange da unten. Erst, als wir so sehr froren, dass wir uns nicht mehr wärmen konnten, gingen wir zurück zu den anderen. Wir taten so, als sei nichts geschehen, was nicht sonderlich schwer war. Es waren ohnehin alle so betrunken, dass kein Mensch gemerkt hatte, dass wir überhaupt weg gewesen waren.

Kein Mensch, außer Bea. Sie hat nichts gesagt, aber als ich mich später am Abend neben sie setzte und scheinheilig vorgab, dass alles so sei wie immer, sah sie mir prüfend in die Augen, strich mir die Haare aus dem Gesicht und streichelte mir die Wange. Dann lächelte sie mich an, auf diese Bea-Weise, und da wusste ich, dass sie wusste, was da eben passiert war.

Tja, so war das.

So fing es also an.

Und jetzt stehe ich da, und gucke hinüber zu Max' Zimmer. Die ganze Zeit habe ich niemanden gesehen, aber jetzt erscheint er plötzlich hinter dem Fenster. Er steht da und schaut mich an, das Herz pocht mir bis zum Hals und wir rühren uns keinen Millimeter. So verharren wir, ein paar Minuten lang. Irgendwann legt er sich die Hand aufs Herz, dann auf seine Lippen, und schließlich pustet er mir sein Herz mit einem Kuss herüber.

Und ich? Ich tue gar nichts. Ich lächle nur dämlich vor Glück zurück.

Ich lächle auch noch, als Max vom Fenster verschwindet und wenig später das Licht ausgeht.

Ich lächle einfach immer weiter.

Dann, ich will gerade doch endlich das Fenster schließen, steht plötzlich das Omilein in der Türe. Sie trägt ein weißes Nachthemd mit alter Spitze und sieht so dermaßen bezaubernd aus, dass ich mich erst gar nicht wundere, was sie hier oben will. Aber dann tue ich es doch, weil sie ja sonst bekanntermaßen anruft, wenn sie was will. Es ist ewig her, dass sie zu mir in den zweiten Stock heraufgeklettert ist.

»Omi«, sage ich, »was gibt's?«

Sie sieht mich verträumt an und antwortet nicht, sondern schaut nur und schaut in mein Gesicht.

»Omi?«, frage ich, und erst jetzt löst sie sich aus ihrer Starre.

»Ach, ich wollt doch amoi schaun, was da heroben ois passiert is«, sagt sie und tut so, als würde sie sich wirklich umsehen. Nachts um halb drei. Das Omilein.

»Schee«, sagt sie schließlich, und dann tritt sie neben mich und schaut mit mir aus dem Fenster.

Und so schauen wir.

Einmal seufze ich, und das Omilein seufzt auch. Und dann vergeht noch einmal eine ganze Weile, bis die Omi endlich fragt, was sie eigentlich fragen will.

»Und, Fanny?«

»Ja, Omi?«

»Bist jetz glücklich?«

Ich sehe immer noch aus dem Fenster, und mein Herz macht einen so riesigen Hüpfer, dass mir prompt ein riesiger Kloß im Hals anschwillt. Bea war wohl doch nicht die Einzige, die geschnallt hat, was passiert ist. Das Omilein hat es schon die ganze Zeit geahnt, lange vor mir.

Ich drehe mich zu ihr um und nicke.

»Dann bin i's a«, sagt die Omi, legt mir eine Hand auf die Schulter und drückt sie.

»Oiso, guad Nacht«, sagt sie und macht sich daran zu gehen.

Aber dann dreht sie sich doch noch einmal zu mir um.

»Du, Fanny«, sagt sie.

»Ja, Omi?«

»Moanst, i kann den Max morgen früh zum Aldi schicken?«

Ich muss lachen.

»Bestimmt«, sage ich.

»Pfenningguad«, sagt die Omi und schließt hinter sich die Tür.

Schmunzelnd schließe ich das Fenster, und immer noch schmunzelnd lege ich mich zurück ins Bett. Ich schätze, dass ich das Lächeln auch dann noch auf den Lippen trage, als ich schließlich eingeschlafen bin.

Endlich habe ich verstanden, was das Omilein immer gemeint hat, wenn sie sagte, wie wichtig ein Mann im Leben ist.

Glossar

Adelholzener   dem Bayern sein San Pellegrino
Apfelkren   Meerettich-Apfel-Mischung, zum Tafelspitz Pflicht
Batzerl   kleine Menge, aber auch: ein Batzerl Vogelscheiße
Bopperl   ein ganz ein Lieber
bratzeln   jemanden übern Tisch ziehen
Breznsoizer   einer, der wo so blöd ist, dass er zu nix anderem taugt, als wie zum Brezensalzen
brunzfackldumm   minderbegabt
deppert   minderbegabt
Diridari   Asche, Kohle, Knete
fei   bayerisches Lieblingswort, das alles mögliche bedeuten kann: bestimmt, gewiss, wirklich, voll, aber, doch
granteln   seiner schlechten Laune Ausdruck verleihen
grattlig   Grattlig nennt man etwas, das ganz schön heruntergekommen ist
greislig   grässlich
griabig   gemütlich, z. B.: Mei, is des griabig daherin!
gruschen   kramen, wühlen
gschmackig   so gut, dass einem der Zahn tropft
Gspusi   jemand, mit dem man ein Techtelmechtel hat (von ital. sposa, sposo: Braut, Bräutigam)
gwampert   dick, z. B.: Du siggst aus wiara gwamperte Küchenschaben!

Haferl   große Tasse

Hendlfriedhof   Wampe, auch: Augustinermuskel

Heugeign   große dürre Frau

Ja mei   erster Kernsatz bayerisch-stoizistischer Lebensphilosophie: Übe dich in Gleichmut, denn es lohnt sich nicht, sich über Dinge aufzuregen, die ohnehin nicht zu verändern sind

Jessas   Jesus, Gottessohn

Kaffeetscherl   eine schöne Tasse Kaffee

Kracherl   Limo

Krampus   bad cop an der Seite des Nikolaus

Kruzifünferl   → Kruziment

Kruziment   → Kruzinesen

Kruzinesen   → Kruzifünferl

gscherter Lackl   ungehobelter Mistkerl

Lätschen   ja, so ein Gesicht halt

Magentratzerl   der Franzose nennt's amuse-gueule: ein appetitanregendes Häppchen

Marterl   ein Kreuz am Wegesrand, auf dem meist ein besinnliches Sprüchlein steht

Muhackl, dreckerter   durchtriebener Dreckskerl

narrisch   verrückt

Obacht   aufmerksame Wahrnehmung der Umwelt

Passt scho   zweiter Kernsatz bayerisch-stoizistischer Lebensphilosophie: Ausdruck der Fähigkeit, die Welt zu akzeptieren und in Ordnung zu finden, auch dann, wenn sie gerade nicht perfekt ist, z. B., wenn jemand gerade sein verdammtes Bier über deiner schönen neuen weißen Hose verschüttet hat

pfenningguad   nicht perfekt, aber sonst vollkommen in Ordnung

plattert Schädel, der mit einer Platte ausgestattet, also kahl ist

rösch wenn die Kruste splittert

Sandler Obdachloser

Schafkopf was dem Briten sein Bridge ist, ist dem Bayern sein Schafkopf

Schmarrn a rechter Blödsinn

schauen wie ein Schwammerl, wenn's blitzt recht perplex sein

Spassettl Späßchen

Spezi Bavarian Buddy

Strizzi Zuhälter

Suri Pilsinfektion, Rausch

tritscheln wenn einer langsam umeinander tut

Varreck do glei, du Glätznsepp, du greisliger, du miserabliger Bettsoacher, du ogschissner Knedlwascher, du damischer, herglaffana Heislschleicher, verzupf di, aber dalli! dringende Empfehlung, schleunigst zu verschwinden

watscheins es steht zu vermuten, dass …

Watschn auch: katholischer Elfmeter oder Bud-Spencer-Gedenk-Schelle, z. B. A bayerische Watschn gspürt ma zwoaravierzg Jahr

Watschenbaum wenn der umfällt, setzt's a Watschen

Wollwurst auch: Nackerte oder Gschwollne, im Prinzip eine Weißwurst, aber ohne Darm

Wollwurstradl Scheibe einer Wollwurst

Wolpertinger bayerisches Fabelwesen, Vorkommen vor allem in traditionellen Gasthöfen und privaten Zirbelstüberln

Amelie Fried

»Mit ihrer Mischung aus Spannung, Humor, Erotik und Gefühl schreibt Amelie Fried wunderbare Romane.« *Für Sie*

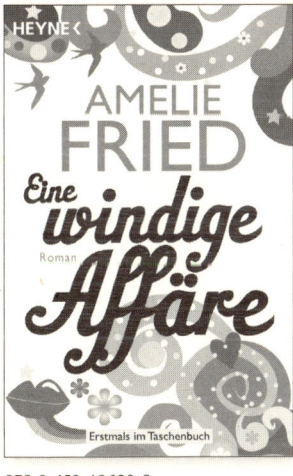

978-3-453-40633-9

Eine windige Affäre
978-3-453-40633-9

Immer ist gerade jetzt
978-3-453-40719-0

Die Findelfrau
978-3-453-40550-9

Rosannas Tochter
978-3-453-40467-0

Liebes Leid und Lust
978-3-453-40495-3

Glücksspieler
978-3-453-86414-6

Der Mann von nebenan
978-3-453-40496-0

Am Anfang war der Seitensprung
978-3-453-40497-7

Kolumnen:

Wildes Leben
978-3-453-40674-2

Offene Geheimnisse
978-3-453-59015-1

Verborgene Laster
978-3-453-87129-8

Leseproben unter: **www.heyne.de**

HEYNE ‹

David Nicholls

»Eine herrliche Liebesgeschichte. Das schönste Buch des Jahres.«
Christine Westermann, WDR

»Ein wunderbar witziges und sanft wehmütiges Buch, eine Zeitreise durch die letzten zwanzig Jahre.«
NEON

978-3-453-81184-3

www.heyne.de

HEYNE ‹